非洲文学研究丛书 | 朱振武 主编

国家出版基金项目
NATIONAL PUBLICATION FOUNDATION

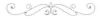

中部非洲精选文学作品研究

Studies in Choice Writings of Central African Writers

蓝云春　朱伟芳　朱振武　著

西南大学出版社
国家一级出版社　全国百佳图书出版单位

图书在版编目（CIP）数据

中部非洲精选文学作品研究 / 蓝云春, 朱伟芳, 朱振武著. -- 重庆：西南大学出版社，2024.6
（非洲文学研究丛书 / 朱振武主编）
ISBN 978-7-5697-2134-8

Ⅰ.①中… Ⅱ.①蓝… ②朱… ③朱… Ⅲ.①文学研究－非洲 Ⅳ.①I400.6

中国国家版本馆CIP数据核字(2024)第001629号

非洲文学研究丛书　朱振武　主编

中部非洲精选文学作品研究
ZHONGBU FEIZHOU JINGXUAN WENXUE ZUOPIN YANJIU
蓝云春 朱伟芳 朱振武　著

出 品 人：张发钧
总 策 划：卢　旭　闫青华
执行策划：何雨婷
责任编辑：王玉竹
责任校对：畅　洁
特约编辑：汤佳钰　陆雪霞
装帧设计：万墨轩图书 | 吴天喆　彭佳欣　张瑷俪
出版发行：西南大学出版社
　　　　　重庆市北碚区天生路2号　　邮编：400715
　　　　　市场营销部电话：023-68868624
印　　刷：重庆升光电力印务有限公司
成品尺寸：170 mm×240 mm
印　　张：23
字　　数：400千字
版　　次：2024年6月　第1版
印　　次：2024年6月　第1次印刷
书　　号：ISBN 978-7-5697-2134-8

定　　价：88.00元

国家社会科学基金重大项目"非洲英语文学史"阶段成果

"非洲文学研究丛书"顾问委员会

（按音序排列）

陈建华	华东师范大学
陈圣来	上海社会科学院
陈众议	中国社会科学院
董洪川	四川外国语大学
傅修延	广东外语外贸大学
蒋承勇	浙江工商大学
蒋洪新	湖南师范大学
金　莉	北京外国语大学
李安山	北京大学
李维屏	上海外国语大学
刘鸿武	浙江师范大学
刘建军	上海交通大学
陆建德	中国社会科学院
罗国祥	武汉大学
聂珍钊	广东外语外贸大学
彭青龙	上海交通大学
尚必武	上海交通大学
申　丹	北京大学
申富英	山东大学
苏　晖	华中师范大学
王立新	南开大学
王　宁	上海交通大学
王守仁	南京大学
王兆胜	中国社会科学院
吴　笛	浙江大学
许　钧	浙江大学
杨金才	南京大学
殷企平	杭州师范大学
虞建华	上海外国语大学
袁筱一	华东师范大学
查明建	上海外国语大学
张忠祥	上海师范大学
周　敏	杭州师范大学

"非洲文学研究丛书"专家委员会

（按音序排列）

丛书主编简介

朱振武，博士（后），中国资深翻译家，中国作家协会会员；上海市二级教授，外国文学文化与翻译博士生导师，博士后合作导师，上海师范大学外国文学研究中心主任，比较文学与世界文学国家重点学科带头人；上海市"世界文学多样性与文明互鉴"创新团队负责人。主持国家社科基金重大项目、重点项目十几项，项目成果获得国家出版基金资助。在《中国社会科学》《文学评论》《外国文学评论》《文史哲》《中国翻译》《人民日报》等重要报刊上发表文章400多篇，出版著作（含英文）和译著50多种。多次获得省部级奖项。

主要社会兼职有（中国）中外语言文化比较学会小说研究专业委员会会长和中非语言文化比较专业委员会副会长、中国外国文学学会副秘书长暨教学研究会副会长、上海国际文化学会副会长、上海市外国文学学会副会长兼翻译专业委员会主任等几十种。

本书主要作者简介

■ 蓝云春

　　文学博士，杭州师范大学外国语学院副教授，区域与国别研究所副所长，浙江省外文学会理事，中非语言文化比较研究专业委员会理事，中英语言文化比较研究专业委员会副秘书长，主持国家社科基金一般项目"当代津巴布韦文学的去殖民书写研究"等各级别课题十余项，参与国家社科基金重大、一般、青年项目等课题近十项，是国家社科基金重大项目"非洲英语文学史"骨干成员，伦敦大学亚非学院和中央华盛顿大学访问学者，主要研究方向为非洲英语文学与文化，在《非洲研究》《当代外国文学》《英美文学研究论丛》《上海师范大学学报》《外语研究》《中国社会科学报》《社会科学报》等期刊和报纸发表论文三十余篇，完成编著五部，参编教材三部。

■ 朱伟芳

　　上海外国语大学上海全球治理与区域国别研究院、中国话语与世界文学研究中心博士后，上海市"世界文学多样性与文明互鉴"创新团队成员，上海师范大学比较文学与世界文学国家重点学科博士，在《中国翻译》《上海翻译》《中国比较文学》《中国社会科学报》等重要学术期刊和报纸发表文章多篇，在《外国文艺》等期刊发表译文多篇，获得"国家资助博士后研究人员计划"（GZC20231689）资助、国家社科基金重大项目"非洲英语文学史"骨干成员，主要从事中部非洲英语文学，特别是马拉维英语文学研究以及翻译学研究。

■ 朱振武

　　简介同前页面。

总序：揭示世界文学多样性　构建中国非洲文学学

2021 年的诺贝尔文学奖似乎又爆了一个冷门，坦桑尼亚裔作家阿卜杜勒拉扎克·古尔纳获此殊荣。授奖辞说，之所以授奖给他，是"鉴于他对殖民主义的影响，以及对文化与大陆之间的鸿沟中难民的命运的毫不妥协且富有同情心的洞察"①。古尔纳真的是冷门作家吗？还是我们对非洲文学的关注点抑或考察和接受方式出了问题？

一、形成独立的审美判断

英语文学在过去一个多世纪里始终势头强劲。从起初英国文学的"一枝独秀"，到美国文学崛起后的"花开两朵"，到澳大利亚、加拿大、爱尔兰、印度、南非、肯尼亚、尼日利亚、津巴布韦、索马里、坦桑尼亚和加勒比海地区等多个国家和地区英语文学遍地开花的"众声喧哗"，到沃莱·索因卡、纳丁·戈迪默、德里克·沃尔科特、维迪亚达·苏莱普拉萨德·奈保尔、J. M. 库切、爱丽丝·门罗，再到现在的阿卜杜勒拉扎克·古尔纳等"非主流"作家，特别是非洲作家相继获

---

① Swedish Academy, "Abdulrazak Gurnah—Facts", *The Nobel Prize*, October 7, 2021, https://www.nobelprize.org/prizes/literature/2021/gurnah/facts/.

得诺贝尔文学奖等国际重要奖项①，英语文学似乎出现了"喧宾夺主"的势头。事实上，"二战"以后，作为"非主流"文学重要组成部分的非洲文学逐渐呈现出蓬勃发展的态势，涌现出一大批优秀的作家作品，在世界文坛产生了广泛影响。但对此我们却很少关注，相关研究也很不足，其中一个重要原因就是我们较多跟随西方人的价值和审美判断，而具有自主意识的文学评判和审美洞见却相对较少，且对世界文学批评的自觉和自信也相对缺乏。

非洲文学，当然指的是非洲人创作的文学，但流散到其他国家和地区的第一代非洲人对非洲的书写也应该归入非洲文学。也就是说，一部作品是否是非洲文学，关键看其是否具有"非洲性"，也就是看其是否具有对非洲历史、文化和价值观的认同和对在非洲生活、工作等经历的深层眷恋。非洲文学因非洲各国独立之后民主政治建设中的诸多问题而发展出多种文学主题，而"非洲性"亦在去殖民的历史转向中，成为"非洲流散者"（African Diaspora）和"黑色大西洋"（Black Atlantic）等非洲领域或区域共同体的文化认同标识，并在当前的全球化语境中呈现出流散特质，即一种生成于西方文化与非洲文化之间的异质文化张力。

非洲文学的最大特征就在于其流散性表征，从一定意义上讲，整个非洲文学都是流散文学。②非洲文学实际上存在多种不同的定义和表达，例如非洲本土文学、西方建构的非洲文学及其他国家和地区所理解的非洲文学。中国的非洲文学也在"其他"范畴内，这是由一段时间内的失语现象造成的，也与学界对世界文学的理解有关。从严格意义上讲，当下学界认定的"世界文学"并不是真正的世界文学，因此也就缺少文学多样性。尽管世界文学本身是多样性的，但我们现在所了解的世界文学其实是缺少多样性的世界文学，因为真正的文学多样性被所谓的西方主

---

① 古尔纳之前6位获得诺贝尔文学奖的非洲作家依次是作家阿尔贝·加缪，尼日利亚作家沃莱·索因卡，埃及作家纳吉布·马哈福兹，南非作家纳丁·戈迪默、J. M. 库切和作家多丽丝·莱辛，分别于1957年、1986年、1988年、1991年、2003年和2007年获得诺贝尔文学奖。

② 详见朱振武、袁俊卿：《流散文学的时代表征及其世界意义——以非洲英语文学为例》，《中国社会科学》，2019年第7期。作者从流散视角对非洲文学从诗学层面进行了学理阐释，将非洲文学特别是非洲英语文学分为异邦流散、本土流散和殖民流散三大类型，并从文学的发生、发展、表征、影响和意义进行多维论述。

流文化或者说是强势文化压制和遮蔽了。因此，许多非西方文化无法进入世界各国和各地区的关注视野。

二、实现真正的文明互鉴

当下的世界文学不具备应有的多样性。从歌德提出所谓的世界文学，到如今西方人眼中的世界文学，甚至我们学界所接受和认知的世界文学，实际上都不是世界文学的全貌，不是世界文学的本来面目，而是西方人建构出来的以西方几个大国为主，兼顾其他国家和地区某个文学侧面和诺贝尔文学奖得主的所谓"世界文学"，因此也就不能实现真正意义上的文明互鉴。

文学是文化最重要的载体之一。文学是人学，它以"人"为中心。文学由人所创造，人又深受时代、地理、习俗等因素的影响，所以说，"文变染乎世情，兴废系乎时序"①。文学作品囊括了丰富多彩的政治、经济、文化、历史、地理、习俗和心理等多种元素，不同民族、不同国家、不同区域和不同时代的作家作品更是蔚为大观。但这种多样性并不能在当下的"世界文学"中得到完整呈现。因此，重建世界文学新秩序和新版图，充分体现世界文学多样性，是当务之急。

很长时间里，在我国和不少其他国家，世界文学的批评模式主体上还是根据西方人的思维方式和学理建构的，缺少自主意识。因此，我们必须立足中国文学文化立场，打破西方话语模式、批评窠臼和认识阈限，建构中国学者自己的文学观和文化观，绘制世界文化新版图，建立世界文学新体系，实现真正意义上的文明互鉴。与此同时，创造中国自己的批评话语和理论体系，为真正的世界文化多样性的实现和文学文化共同体的构建做出贡献。

在中国开展非洲文学研究具有英美文学研究无法取代的价值和意义，更有利于我们均衡吸纳国外优秀文化。非洲文学本就是世界文化的重要组成部分，现已

---

① 《文心雕龙》，王志彬译注，北京：中华书局，2012年，第511页。

引起各国文化界和文学界的广泛关注，我国也应尽快加强对非洲文学的研究。非洲文学虽深受英美文学影响，但在主题探究、行文风格、叙事方式和美学观念等方面却展示出鲜明的异质性和差异性，呈现出与英美文学交相辉映的景象，因此具有世界文学意义。非洲文学是透视非洲国家历史文化原貌和进程，反射其当下及未来的一面镜子，研究非洲文学对深入了解非洲国家的政治、历史和文化等具有深远意义。另外，站在中国学者的立场上，以中国学人的视角探讨非洲文学的肇始、发展、流变及谱系，探讨其总体文化表征与美学内涵，对反观我国当代文学文化和促进我国文学文化的发展繁荣具有特殊意义。

三、厘清三种文学关系

汲取其他国家和地区文学文化的养分，对繁荣我国文学文化，对"一带一路"倡议下人类命运共同体的建设也具有重要意义。我们进行非洲文学研究时，应厘清主流文学与非主流文学的关系、单一文学与多元文学的关系及第一世界文学与第三世界文学的关系。

第一，厘清主流文学与非主流文学的关系。近年来，我国的外国文学研究重心已经从以英美文学为主、德法日俄等国文学为辅的"主流"文学，在一定程度上转向了澳大利亚、加拿大、新西兰等国文学，特别是非洲文学等"非主流"文学。这种转向绝非偶然，而是历史的必然，是新时代大形势使然。它标志着非主流文学文化及其相关研究的崛起，预示着在不远的将来，"非主流"文学文化或将成为主流。非洲作家流派众多，作品丰富多彩，不能忽略这样大体量的文学存在，或只是聚焦西方人认可的少数几个作家。同中国文学一样，非洲文学在一段时间里也被看作"非主流"文学，这显然是受到了其他因素的左右。

第二，厘清单一文学与多元文学的关系。世界文学文化丰富多彩，但长期以来的欧洲中心和美国标准使我们的眼前呈现出单一的文学文化景象，使我们的研究重心、价值判断和研究方法都趋于单向和单一。我们受制于他者的眼光，成了传声筒，患上了失语症。我们有时有意或无意地忽略了文学存在的多元化和多样性这个事实。非洲文学研究同中国文学走向世界的意义一样，都是为了打破国际上单一和固化的刻板状态，重新绘制世界文学版图，呈现世界文学多元化和多样性的真实样貌。

对于非洲作家古尔纳获得诺贝尔文学奖，许多人认为这是英国移民文学的繁盛，认为古尔纳同约瑟夫·康拉德、维迪亚达·苏莱普拉萨德·奈保尔、萨尔曼·拉什迪以及石黑一雄这几位英国移民作家①一样，都"曾经生活在'帝国'的边缘，爱上英国文学并成为当代英语文学多样性的杰出代表"②，因而不能算是非洲作家。这话最多是部分正确。我们一定要看到，非洲现代文学的诞生与发展跟西方殖民历史密不可分，非洲文化也因殖民活动而散播世界各地。移民散居早已因奴隶贸易、留学报国和政治避难等历史因素成为非洲文学的重要题材。我们认为，评判是否为非洲文学的核心标准应该是其作品是否具有"非洲性"，是否具有对非洲人民的深沉热爱、对殖民问题的深刻揭示、对非洲文化的深刻认同、对非洲人民的深切同情以及对未来生活的美好憧憬。所以，古尔纳仍属于非洲作家。

的确，非洲文学较早进入西方学者视野，在英美等国家有着较为丰硕的研究成果。我国的非洲文学研究虽然起步较晚，然而势头比较强劲。有一个重要的问题应该引起重视，那就是我们的非洲文学研究不能像其他外国文学的研究，尤其是英美德法等所谓主流国家文学的研究一样，从文本选材到理论依据和研究方法，甚至到价值判断和审美情趣，都以西方学者为依据。这种做法严重缺少研究者的主体意识，因此无法在较高层面与国际学界对话，也就在很大程度上失去了外国文学研究的意义和作用。

第三，厘清第一世界文学与第三世界文学的关系。如果说英美文学是第一世界文学，欧洲其他国家的文学和亚洲的日本文学是第二世界文学的话，那么包括中国文学和非洲文学乃至其他地区文学在内的文学则可被视为第三世界文学。这一划

---

① 康拉德 1857 年出生于波兰，1886 年加入英国国籍，20 多岁才能流利地讲英语，而立之年后才开始用英语写作；奈保尔 1932 年出生于特立尼达和多巴哥的一个印度家庭，1955 年定居英国并开始英语文学创作，2001 年获诺贝尔文学奖；拉什迪 1947 年出生于印度孟买，14 岁赴英国求学，后定居英国并开始英语文学创作，获 1981 年布克奖；石黑一雄 1954 年出生于日本，5 岁时随父母移居英国，1982 年取得英国国籍，获 1989 年布克奖和 2017 年诺贝尔文学奖。

② 陆建德：《殖民·难民·移民：关于古尔纳的关键词》，《中国社会科学报》，2021 年 11 月 11 日，第 6 版。

分对我们正确认识文学现象、文学理论和文学思潮及其背后的深层思想文化因素，制定研究目标和相应研究策略，保持清醒判断和理性思考，都具有十分重要的意义。

第四，我们应该认清非洲文学研究的现状，认识到我们中国非洲文学研究者的使命。实际上，现在呈现给我们的非洲文学，首先是西方特别是英美世界眼中的非洲文学，其次是部分非洲学者和作家呈现的非洲文学。而中国学者所呈现出来的非洲文学，则是在接受和研究了西方学者和非洲学者成果之后建构出来的非洲文学，这与真正的非洲文学相去甚远，我们在对非洲文学的认知和认同上还存在很多问题。比如，我们的非洲文学研究不应是剑桥或牛津、哈佛或哥伦比亚等某个大学的相关研究的翻版，不应是转述殖民话语，不应是总结归纳西方现有成果，也不应致力于为西方学者的研究做注释、做注解。

我们认为，中国的非洲文学研究者应展开田野调查，爬梳一手资料，深入非洲本土，接触非洲本土学者和作家，深入非洲文化腠理，植根于非洲文学文本，从而重新确立研究目标和审美标准，建构非洲文学的坐标系，揭示其世界文学文化价值，进而体现中国学者独到的眼光和发现；我国的非洲文学研究应以中国文学文化为出发点，以世界文学文化为参照，进行跨文化、跨学科、跨空间和跨视阈的学理思考，积极开展国际学术对话和交流。世上的事物千差万别，这是客观情形，也是自然规律。世界文学也是如此。要维护世界文明多样性，要正确进行文明学习借鉴。故而，我们要以开放的精神、包容的心态、平视的眼光和命运共同体格局重新审视和观照非洲文学及其文化价值。而这些，正是我们所追求的目标，所奉行的研究策略。

四、尊重世界文学多样性

中国文学和世界上的"非主流"文学，特别是非洲文学一样，在相当长的时间里被非主流化，处在世界文学文化的边缘地带。中国长期以来是世界上人口最多的国家，没有中国文学的世界文学无论如何都不能算是真正的世界文学。中国文学文化走进并融入世界文学文化，将使世界文学成为名副其实的世界文学。非洲文学亦然。

中国文化自古推崇多元一体，主张尊重和接纳不同文明，并因其海纳百川而生生不息。"君子和而不同"①，"物之不齐，物之情也"②，"万物并育而不相害，道并行而不相悖"③。"和"是多样性的统一；"同"是同一、同质，是相同事物的叠加。和而不同，尊重不同文明的多样性，是中国文化一以贯之的传统。在新的国际形势下，我国提出以"和"的文化理念对待世界文明的四条基本原则，即维护世界文明多样性，尊重各国各民族文明，正确进行文明学习借鉴，科学对待传统文化。毕竟，"文明因交流而多彩，文明因互鉴而丰富"④。共栖共生，互相借鉴，共同发展，和而不同，相向而行，是现在世界文学文化发展的正确理念。2022年4月9日，大会主场设在北京的首届中非文明对话大会以线上线下相结合的方式举行，共同探讨"文明交流互鉴推动构建新时代中非命运共同体"，体现了新的历史时期世界文明交流互鉴、和谐共生的迫切需求。

英语文学在很长一段时间里被窄化为英美文学，非洲基本被视为文学的"不毛之地"。这显然是一种严重的误解。非洲文学有其独特的文化意蕴和美学表征，具有重要的研究价值，对其他国家和地区的文学也具有重要借鉴意义。在非洲这块拥有3000多万平方公里、人口约14亿的土地上产生的文学作品无论如何都不应被忽视。坦桑尼亚作家阿卜杜勒拉扎克·古尔纳获得诺贝尔文学奖，绝不是说诺贝尔文学奖又一次爆冷，倒可以说是诺贝尔文学奖评委向世界文学的多样性又迈近了一步，向真正的文明互鉴又迈近了一大步。

五、"非洲文学研究丛书"简介

"非洲文学研究丛书"首先推出非洲文学研究著作十部。丛书以英语文学为主，兼顾法语、葡萄牙语和阿拉伯语等其他语种文学。基于地理的划分，并从被殖民历

---

① 《论语·大学·中庸》，陈晓芬、徐儒宗译注，北京：中华书局，2018年，第160页。
② 《孟子》，方勇译注，北京：中华书局，2018年，第97页。
③ 《论语·大学·中庸》，陈晓芬、徐儒宗译注，北京：中华书局，2018年，第352页。
④ 习近平：《在联合国教科文组织总部的演讲》，《人民日报》，2014年3月28日，第3版。

史、文化渊源、语言及文学发生发展的情况等方面综合考虑，我们将非洲文学划分为4个区域，即南部非洲文学、西部非洲文学、中部非洲文学及东部和北部非洲文学。"非洲文学研究丛书"包括《南部非洲精选文学作品研究》《南非经典文学作品研究》《西部非洲精选文学作品研究》《西部非洲经典文学作品研究》《东部和北部非洲精选文学作品研究》《东部非洲经典文学作品研究》《中部非洲精选文学作品研究》《博茨瓦纳英语文学进程研究》《古尔纳小说流散书写研究》和《非洲文学名家创作研究》共十部，总字数约380万字。

该套丛书由"经典"和"精选"两大板块组成。"非洲文学研究丛书"中所包含的作家作品，远远不止西方学者所认定的那些，其体量和质量其实远远超出了西方学界的固有判断。其中，"经典"文学板块，包含了学界已经认可的非洲文学作品（包括获得诺贝尔文学奖、布克奖、龚古尔奖等文学奖项的作品）。而"精选"文学板块，则是由我国首个非洲文学研究国家社科基金重大项目"非洲英语文学史"团队经过田野调查，翻译了大量文本，开展了系统的学术研究之后遴选出来的，体现出中国学者自己的判断和诠释。本丛书的"经典"与"精选"两大板块试图去恢复非洲文学的本来面目，体现出中西非洲文学研究者的研究成果，将有助于中国读者乃至世界读者更全面地了解进而研究非洲文学。

第一部是《南部非洲精选文学作品研究》。南部非洲文学是非洲文学中表现最为突出的区域文学，其中的南非文学历史悠久，体裁、题材最为多样，成就也最高，出现了纳丁·戈迪默、J.M.库切、达蒙·加格特、安德烈·布林克、扎克斯·穆达和阿索尔·富加德等获诺贝尔文学奖、布克奖、英联邦作家奖等国际奖项的著名作家。本书力图展现南部非洲文学的多元化文学写作，涉及南非、莱索托和博茨瓦纳文学中的小说、诗歌、戏剧、文论和纪实文学等多种文学体裁。本书所介绍和研究的作家作品有"南非英语诗歌之父"托马斯·普林格尔的诗歌、南非戏剧大师阿索尔·富加德的戏剧、多栖作家扎克斯·穆达的戏剧和文论、马什·马蓬亚的戏剧、刘易斯·恩科西的文论、安缇耶·科洛戈的纪实文学和伊万·弗拉迪斯拉维克的后现代主义写作等。

第二部是《南非经典文学作品研究》，主要对12位南非经典小说家的作品进行介绍与研究，力图集中展示南非小说深厚的文学传统和丰富的艺术内涵。这

12 位小说家虽然所处社会背景不同、人生境遇各异，但都在对南非社会变革和种族主义问题的主题创作中促进了南非文学独特书写传统的形成和发展。南非小说较为突出的是因种族隔离制度所引发的种族叙事传统。艾斯基亚·姆赫雷雷的《八点晚餐》、安德烈·布林克的《瘟疫之墙》、纳丁·戈迪默的《新生》和达蒙·加格特的《冒名者》等都是此类种族叙事的典范。南非小说还有围绕南非土地归属问题的"农场小说"写作传统，主要体现在南非白人作家身上。奥利芙·施赖纳的《一个非洲农场的故事》和保琳·史密斯的《教区执事》正是这一写作传统支脉的源头，而纳丁·戈迪默、J. M. 库切和达蒙·加格特这 3 位布克奖得主的获奖小说也都承继了南非农场小说的创作传统，关注不同历史时期的南非土地问题。此外，南非小说还形成了革命文学传统。安德烈·布林克的《菲莉达》、彼得·亚伯拉罕的《献给乌多莫的花环》、阿兰·佩顿的《哭泣吧，亲爱的祖国》和所罗门·T. 普拉杰的《姆胡迪》等都在描绘南非种族隔离制度的社会悲剧中表达了强烈的革命斗争意识。

　　第三部是《西部非洲精选文学作品研究》。西部非洲通常是指处于非洲大陆西部的国家和地区，涵盖大西洋以东、乍得湖以西、撒哈拉沙漠以南、几内亚湾以北非洲地区的 16 个国家和 1 个地区。这一区域大部分处于热带雨林地区，自然环境与气候条件十分相似。19 世纪中叶以降，欧洲殖民者开始渐次在西非建立殖民统治，西非也由此开启了现代化进程，现代意义上的非洲文学也随之萌生。迄今为止，这个地区已诞生了上百位知名作家。受西方殖民统治影响，西非国家的官方语言主要为英语、法语和葡萄牙语，因而受关注最多的文学作品多数以这三种语言写成。本书评介了西部非洲 20 世纪 70 年代至近年出版的重要作品，主要为尼日利亚的英语文学作品，兼及安哥拉的葡萄牙语作品，体裁主要是小说与戏剧。收录的作品包括尼日利亚女性作家的作品，如恩瓦帕的小说《艾弗茹》和《永不再来》，埃梅切塔的小说《在沟里》《新娘彩礼》和《为母之乐》，阿迪契的小说《紫木槿》《半轮黄日》《美国佬》和《绕颈之物》，阿德巴约的小说《留下》，奥耶耶美的小说《遗失翅膀的天使》；还包括非洲第二代优秀戏剧家奥索菲桑的《喧哗与歌声》和《从前有四个强盗》，布克奖得主本·奥克瑞的小说《饥饿的路》，奥比奥玛的小说《钓鱼的男孩》和《卑微者之歌》

以及安哥拉作家阿瓜卢萨的小说《贩卖过去的人》等。本书可为 20 世纪 70 年代后西非文学与西非女性文学研究提供借鉴。

第四部是《西部非洲经典文学作品研究》。本书主要收录 20 世纪初至 20 世纪 70 年代西非（加纳、尼日利亚）作家的经典作品（因作者创作的连续性，部分作品出版于 70 年代），语种主要为英语，体裁有小说、戏剧与散文等。主要包括加纳作家海福德的小说《解放了的埃塞俄比亚》，塞吉的戏剧《糊涂虫》，艾杜的戏剧《幽灵的困境》与阿尔马的小说《美好的尚未诞生》；尼日利亚作家图图奥拉的小说《棕榈酒酒徒》和《我在鬼林中的生活》，现代非洲文学之父阿契贝的小说《瓦解》《再也不得安宁》《神箭》《人民公仆》《荒原蚁丘》以及散文集《非洲的污名》、短篇小说集《战地姑娘》，诺贝尔文学奖获得者索因卡的戏剧《森林之舞》《路》《疯子与专家》《死亡与国王的侍从》以及长篇小说《诠释者》。

第五部是《东部和北部非洲精选文学作品研究》，主要对东部非洲的代表性文学作品进行介绍与研究，涉及梅佳·姆旺吉、伊冯·阿蒂安波·欧沃尔、弗朗西斯·戴维斯·伊姆布格等 16 位作家的 18 部作品。这些作品文体各异，其中有 10 部长篇小说，3 部短篇小说，2 部戏剧，1 部自传，1 部纪实文学，1 部回忆录。北部非洲的文学创作除了人们熟知的阿拉伯语文学外也有英语文学的创作，如苏丹的莱拉·阿布勒拉、贾迈勒·马哈古卜，埃及的艾赫达夫·苏维夫等，他们都用英语创作，而且出版了不少作品，获得过一些国际奖项，在评论界也有较好的口碑。东部非洲国家通常包括肯尼亚、坦桑尼亚、乌干达、卢旺达、南苏丹、索马里、埃塞俄比亚、厄立特里亚、吉布提、塞舌尔和布隆迪。总体来说，肯尼亚是英语文学大国；坦桑尼亚因古尔纳获得诺贝尔文学奖而异军突起；而乌干达、卢旺达、索马里、南苏丹因内战、种族屠杀等原因，出现很多相关主题的英语文学作品，引起国际社会的关注；乌干达、卢旺达、索马里、南苏丹这些国家的文学作品呈现出两大特点，即鲜明的创伤主题和回忆录式写作；而其他 5 个东部非洲国家英语文学作品则极少。

第六部是《东部非洲经典文学作品研究》。19 世纪，西方列强疯狂瓜分非洲，东非大部分沦为英、德、意、法等国的殖民地或保护地。第二次世界大战前，只有埃塞俄比亚一个独立国家；战后，其余国家相继独立。东部非洲有悠久的本土语言书写传统，有丰富优秀的阿拉伯语文学、斯瓦希里语文学、阿姆哈拉语文学和索马里语文学等，不过随着英语成为独立后多国的官方语言，以及基于英语成为世界通用语言这一事实，在文学创作方面，东部非洲的英语文学表现突出。东部非洲的英语作家和作品较多，在国际上认可度很高，产生了一批国际知名作家，比如恩古吉·瓦·提安哥、纽拉丁·法拉赫和2021年诺贝尔文学奖得主阿卜杜勒拉扎克·古尔纳等。此外，还有大批文学新秀在国际文坛崭露头角，获得凯恩非洲文学奖（Caine Prize for African Writing）等重要奖项。本书涉及的作家有：乔莫·肯雅塔、格雷斯·奥戈特、恩古吉·瓦·提安哥、查尔斯·曼谷亚、大卫·麦鲁、伊冯·阿蒂安波·欧沃尔、奥克特·普比泰克、摩西·伊塞加瓦、萨勒·塞拉西、奈加·梅兹莱基亚、马萨·蒙吉斯特、约翰·鲁辛比、斯科拉斯蒂克·姆卡松加、纽拉丁·法拉赫、宾亚凡加·瓦奈纳。这些作家创作的时间跨度从20世纪一直到21世纪，具有鲜明的历时性特征。本书所选的作品都是他们的代表性著作，能够反映出彼时彼地的时代风貌和时代心理。

第七部是《中部非洲精选文学作品研究》。中部非洲通常指殖民时期英属南部非洲殖民地的中部，包括津巴布韦、马拉维和赞比亚三个国家。这三个紧邻的国家不仅被殖民经历有诸多相似之处，而且地理环境也相似，自古以来各方面的交流也较为频繁，在文学题材、作品主题和创作手法等方面具有较大共性。本书对津巴布韦、马拉维和赞比亚的15部文学作品进行介绍和研究，既有像多丽丝·莱辛、齐齐·丹格仁布格、查尔斯·蒙戈希、萨缪尔·恩塔拉、莱格森·卡伊拉、斯蒂夫·奇蒙博等这样知名作家的经典作品，也有布莱昂尼·希姆、纳姆瓦利·瑟佩尔等新锐作家独具个性的作品，还有约翰·埃佩尔这样难以得到主流文化认可的白人作家的作品。从本书精选的作家作品及其研究中，可以概览中部非洲文学的整体成就、艺术水准、美学特征和伦理价值。

第八部是《博茨瓦纳英语文学进程研究》。本书主要聚焦1885年殖民统治后博茨瓦纳文学的发展演变，立足文学本位，展现其文学自身的特性。从中国学者的视角对文本加以批评诠释，考察了其文学史价值，在分析每一作家个体的同时又融入史学思维，聚合作家整体的文学实践与历史变动，按时间线索梳理博茨瓦纳文学史的内在发展脉络。本书以"现代化"作为博茨瓦纳文学发展的主线，根据现代化的不同程度，划分出博茨瓦纳英语文学发展的五个板块，即"殖民地文学的图景""本土文学的萌芽""文学现代性的发展""传统与现代的冲突"以及"大众文学与历史题材"，并考察各个板块被赋予的历史意义。同时，遴选了贝西·黑德、尤妮蒂·道、巴罗隆·塞卜尼、尼古拉斯·蒙萨拉特、贾旺娃·德玛、亚历山大·麦考尔·史密斯等十余位在博茨瓦纳英语文学史上产生重要影响的作家，将那些深刻反映了博茨瓦纳人的生存境况，对社会发展和人们的思想观念产生了深远影响的文学作品纳入其中，以点带面地梳理了博茨瓦纳文学的现代化进程，勾勒出了博茨瓦纳百年英语文学发展的大致轮廓，帮助读者拓展对博茨瓦纳英语文学及其国家整体概况的认知。博茨瓦纳在历史、文化及文学发展方面可以说是非洲各国的一个缩影，其在文学的现代化进程中表现得尤为突出。这是我们考虑为这个国家的文学单独"作传"的主要原因，也是我们为非洲文学"作史"的一次有益尝试。

第九部是《古尔纳小说流散书写研究》。2021 年，坦桑尼亚作家古尔纳获得诺贝尔文学奖，轰动一时，在全球迅速成为一个文化热点，与其他多位获得大奖的非洲作家一起，使 2021 年成为"非洲文学年"。古尔纳也立刻成为国内研究的焦点，并带动了国内的非洲文学研究。因此，对古尔纳的 10 部长篇小说进行细读细析和系统多维的学术研究就显得非常必要。本书主要聚焦古尔纳的流散作家身份，以"流散主题""流散叙事""流散愿景""流散共同体"4 个专题形式集中探讨了古尔纳的 10 部长篇小说，即《离别的记忆》《朝圣者之路》《多蒂》《天堂》《绝妙的静默》《海边》《遗弃》《最后的礼物》《砾石之心》和《今世来生》，提供了古尔纳作品解读研究的多重路径。本书从难民叙事到殖民书写，从艺术手法到主题思想，从题材来源到跨界影响，从比较视野到深层关怀再到世界文学新格局，对古尔纳的流散书写及其取得巨大成功的深层原因进行了细致揭示。

第十部是《非洲文学名家创作研究》。本书对 31 位非洲著名作家的生平、创作及影响进行追本溯源和考证述评，包含南部非洲、西部非洲、中部非洲、东部和北部非洲的作家及其以英语、法语、阿拉伯语和葡萄牙语等主要语种的文学创作。收入本书的作家包括 7 位获得诺贝尔文学奖的作家，也包括获得布克奖等其他世界著名文学奖项的作家，还包括我们研究后认定的历史上重要的非洲作家和当代的新锐作家。

　　这套"非洲文学研究丛书"的作者队伍由从事非洲文学研究多年的教授和年富力强的中青年学者组成，都是我国首个非洲文学研究国家社会科学基金重大项目"非洲英语文学史"（项目编号：19ZDA296）的骨干成员和重要成员。国内关于外国文学的研究类丛书不少，但基本上都是以欧洲文学特别是英美文学为主，亚洲文学中的日本文学和印度文学也还较多，其他都相对较少，而非洲文学得到译介和研究的则是少之又少。为了均衡吸纳国外文学文化的精华和精髓，弥补非洲文学译介和评论的严重不足，"非洲英语文学史"的项目组成员惭凫企鹤，不揣浅陋，群策群力，凝神聚力，字斟句酌，锱铢必较，宵衣旰食，孜孜矻矻，黾勉从事，不敢告劳，放弃了多少节假日以及其他休息时间，终于完成了这套"非洲文学研究丛书"。丛书涉及的作品在国内大多没有译本，书中所节选原著的中译文多出自文章作者之手，相关研究资料也都是一手，不少还是第一次挖掘。书稿虽然几经讨论，多次增删，反复勘正，仍恐鲁鱼帝虎，别风淮雨，舛误难免，贻笑方家。诚望各位前辈、各位专家、非洲文学的研究者以及广大读者朋友们，不吝指疵和教诲。

2024 年 2 月

于上海心远斋

序

    中部非洲的多语种文学中，英语文学成就最大。非洲英语文学版图中的中部非洲并非现今地理意义上的位于非洲大陆的中部，而是位于被英国殖民过的南部非洲的中部，包括津巴布韦（Zimbabwe）、马拉维（Malawi）和赞比亚（Zambia）三个国家。在非洲历史、政治和文化等著作中，这三个国家通常被划入南部非洲，马拉维有时还被归入东部非洲。在非洲文学研究的相关文献中，它们也常被划入南部非洲或东部非洲。但进入20世纪后，随着津巴布韦英语文学的兴起和繁盛，开始出现"中部非洲英语文学"的概念，学界把原本属于非洲南部的津巴布韦、属于非洲东南部的马拉维、非洲中南部的赞比亚划分出来单独作为一个文学区域来看待。事实上，巨大的赞比西（Zambesi）河为津巴布韦、马拉维和赞比亚"提供了一条重要的航道"[①]，将它们紧密相连。这三个国家由于自古以来相近的地理位置和相似的被殖民经历，人员交流频繁，文化交互影响，进入近代以来的被殖民命运更是休戚相关，独立后的发展道路探索和国家共同体构建也存在诸多共通之处。因此，把它们当作一个整体，无论在地理学、历史学还是政治学上都有充分依据。中部非洲三国的文学创作特别是英语文学在创作题材、作品主题、叙事手法等方面也不乏相似之处，也可以视作一个整体进行研究。相关专著有普林斯顿大学教授、肯尼亚学者西蒙·吉坎迪主编的《剑桥非洲及加勒比文学史》和学者阿德里安·罗斯科所著的《哥伦比亚中部非洲英语文学（1945— ）导读》。事实上，该划分标准在申报国家社科基金重大项目"非洲英语文学史"时也被中国学界认可。

    被英国殖民后，津巴布韦、马拉维和赞比亚的命运更被捆绑在了一起。早在

---

① P. E. N. 廷德尔：《中非史》，陆彤之译，上海：上海人民出版社，1976 年，"导言"第 1 页。

19世纪后半期，传教士、探险家和殖民官员们等就把这三个国家当作一个整体区域。19世纪50年代，英国著名传教士大卫·利维斯通（David Livingstone, 1813—1873）的《传教士在南非的旅行和调研》（*Missionary Travels and Researches in South Africa*, 1857）和《赞比西河及其支流的探险故事》（*Narratives of an Expedition to the Zambesi and Its Tributaries*, 1865）即是如此。这三个国家在19世纪末开始遭受英国的殖民入侵，是英国在南非的"殖民势力向北扩张的结果"①。

"英属南非公司"的首脑人物塞西尔·罗得斯（Cecil Rhodes, 1853—1902）梦想让大英帝国纵贯"从开普敦到开罗"的非洲大陆，促使英国殖民势力不断北扩，津巴布韦、马拉维和赞比亚因此先后被划进英国的势力范围。津巴布韦1923年脱离英属南非公司，殖民者新成立的责任政府通过立法控制了该国的各项事务。对于马拉维，英国实施的是间接统治，赞比亚则由英属矿业公司管理。1953年，英国殖民者不顾三国民众反对，将津巴布韦、马拉维和赞比亚合并，成立了"中部非洲联邦"（Central African Federation），以便更加便利地掠夺整个中部非洲区域的资源，并为南非和南罗得西亚（Southern Rhodesia, 津巴布韦的旧称）的殖民农场提供充足、廉价的劳动力。马拉维和赞比亚的黑人民族主义者认为，联邦的成立暴露了英国将殖民霸权延伸到整个中部非洲的企图。联邦成立之初，两国的民族主义者就开始强烈抗议。持续不断的抗争终于导致中部非洲联邦在1963年宣告解体。联邦存续的十年"刺激了非洲人中间民族主义的成长"②，加速了殖民统治的终结。1964年，马拉维和赞比亚先后宣布独立。津巴布韦的殖民政府却无视"被统治的黑人民众日益增长的独立渴求"③和国际舆论的压力，不仅没有将权力转交给占人口绝大多数的黑人，而且还于1965年单方面宣布独立。由此引发的内战持续了15年之久，直至1979年停火。津巴布韦因此晚近到1980年才实现独立。独立之后殖民遗留问题、黑人政府管理不力等诸多原因导致的理想幻灭、发展受挫等，也是中部非洲三个国家的共同遭遇。

从19世纪后半期至今，中部非洲的英语文学历经一个多世纪的发展，已取得不俗成就。相比于以南非为代表的南部非洲英语文学、以尼日利亚为代表的西部非洲英语文学、以肯尼亚为代表的东部非洲英语文学，中部非洲的英语文学当

---

① 朱振武：《非洲英语文学的源与流》，上海：上海人民出版社、学林出版社，2019年，第124页。

② P. E. N. 廷德尔：《中非史》，陆彤之译，上海：上海人民出版社，1976年，第595页。

③ Adrian Roscoe, *The Columbia Guide to Central African Literature in English Since 1945*, New York: Columbia University Press, 2007, p. ix.

属后起之秀，尤其是黑人英语文学，但进入勃兴期后已成为非洲英语文学的重要组成部分。中部非洲的英语文学具有"黑""白"交相辉映的特点。津巴布韦和赞比亚因为气候宜人、农业和矿产资源丰富吸引了不少白人移民定居，孕育了不少白人英语作家。白人英语文学的萌芽可以追溯到19世纪后半期，在殖民时期有了长足发展。即使独立后，也还有不少留在非洲或者流散欧美的白人英语作家继续书写中部非洲的故事。他们的创作主要关注白人在非洲的见闻和经历，和黑人英语作家的创作存在较大差异。中部非洲的黑人英语文学萌芽于20世纪三四十年代，到了20世纪七八十年代才发展迅速，从此进入勃兴期。津巴布韦的英语文学更是因为摆脱了殖民政府文学审查制度的钳制，在1980年独立前后迎来了井喷式发展，成为非洲英语文学的一大重镇。这一时期的津巴布韦英语作家主要书写反战、反殖民和理想幻灭主题。马拉维英语文学在班达（Hasting Banda, 1902—1997）统治时期，尤其是在20世纪70至90年代发展迅速，主要围绕反殖民和反专政两大主题展开。马拉维英语作家为应对严格的审查制度而练就了日益娴熟的艺术技巧，彰显了非凡的创造力和想象力。赞比亚独立后的首任总统卡翁达（Kenneth Kaunda, 1924—2021）十分重视英语文学的发展，文学刊物的兴起也对英语文学的繁荣起到了推动作用。赞比亚英语作家主要叙写反殖民和对工业化、城市化的质疑和反思。进入21世纪后，这三个国家的英语作家进一步开阔了创作视野，以更丰富的创作主题和更精湛的叙事技巧进一步扩大了非洲文学在世界文坛的影响力。

　　本卷收录了津巴布韦、马拉维和赞比亚的小说、诗歌和传记研究类文章共15篇，其中小说研究12篇，诗歌研究2篇，传记研究1篇。本书基于中国学者的视角和独立判断，精选了15位作家的代表作品进行解读，论及的既有像多丽丝·莱辛、查尔斯·蒙戈希、齐齐·丹格仁布格、萨缪尔·恩塔拉、莱格森·卡伊拉、斯蒂夫·奇蒙博、詹姆斯·恩戈贝、肯尼思·卡翁达、多米尼克·穆莱索等知名作家的创作，也有布莱昂尼·希姆、纳姆瓦利·瑟佩尔等新锐作家独具个性的作品，更关注了约翰·埃佩尔这样难以得到主流文化认可的白人作家及其笔下的非洲主人翁意识和融入者情愫。从中可以管窥中部非洲英语文学的整体成就、艺术水准、美学特征和伦理价值。

目录 | CONTENTS

津巴布韦文学

津巴布韦共和国（The Republic of Zimbabwe），简称"津巴布韦"，旧称"南罗得西亚"（Southern Rhodesia, 1953—1965）、"罗得西亚"（Rhodesia, 1965—1979）等，是非洲南部的内陆国家，自然资源丰富，工农业基础较好，制造业、农业、矿业为三大经济支柱。晚近到 1980 年 4 月 18 日独立建国。在非洲被英国殖民的国家中白人移民较多，土地等殖民遗留问题也较为严重。由此造成的独特的殖民和后殖民经历形塑了津巴布韦文学的与众不同。这个国家的黑人和白人文学经过一百多年的发展都取得了不俗成就。二者之间通常界限分明，但也有水乳交融的地带。2000 年该国启动的"快车道"土地改革计划从白人农场主手中夺回了绝大部分土地，基本解决了土地资源占有严重不公的问题，但也是导致津巴布韦进入新世纪以来经济急遽下滑、社会动荡不安的要因。这次土改将津巴布韦带入历史转型期，为津巴布韦文学的繁荣提供了丰富的创作素材，也激发了作家们蓬勃的创作热情。

津巴布韦的书面语文学是英国殖民的产物，包括本土语的绍纳语（Shona）文学和恩德贝莱语（Ndebele）文学，以及英语文学。成就最大的当属英语文学。津巴布韦的英语文学可以追溯到 19 世纪后半期，1980 年津巴布韦独立前后迎来井喷式发展，成为非洲英语文学的一支劲旅，进入 21 世纪后发展尤为迅速。知名作家作品包括多丽丝·莱辛的《野草在歌唱》、查尔斯·蒙戈希的《待雨》、丹布达佐·马瑞彻拉的《饥饿之屋》、齐齐·丹格仁布格的《惴惴不安》、依温妮·维拉的《石女》、约翰·埃佩尔的《缺席了，英语教师》、佩蒂娜·加帕的《东区挽歌》、布莱昂妮·希姆的《这个九月的太阳》、诺维奥莉特·布拉瓦约的《我们需要新名字》等。

第一篇

依温妮·维拉
小说《石女》中的树木意象与爱情寓言

依温妮·维拉

Yvonne Vera，1964—2005

作家简介

依温妮·维拉（Yvonne Vera, 1964—2005）出生于津巴布韦西南部的布拉瓦约市（Bulawayo）。她的父亲开明且重视教育，不仅支持她上学，还时常购买书籍供她阅读。维拉自幼喜欢阅读、写作和讲故事，童年时就展现出了文学才华。中学毕业后曾前往欧洲游历，之后在加拿大的约克大学（York University）留学，获学士、硕士和博士学位。维拉是津巴布韦本土第一位获得博士学位的女性，嫁给加拿大的丈夫后曾在多伦多生活八年。出于对故土的眷顾，她于1995年重回津巴布韦，并于1997年至2003年间担任津巴布韦国家美术馆馆长，为津巴布韦的文化事业做出了贡献。2003年，维拉被诊断患有艾滋病，两年后不幸病逝于多伦多。维拉被称为"作家中的作家"，是津巴布韦最有影响力、最具特色的作家之一，也是非洲文坛重要的后殖民女性主义作家。她的主要作品有短篇故事集《你为什么不刻其他动物》（*Why Don't You Carve Other Animals*, 1992）和五部长篇小说——《尼涵达》（*Nehanda*, 1993）、《无名》（*Without a Name*, 1994）、《无言》（*Under the Tongue*, 1996）、《燃烧的蝴蝶》（*Butterfly Burning*, 1998）和《石女》（*The Stone Virgins*, 2002）。她的作品有的在津巴布韦国内外获多项文学奖，有的早在2005年前后就已有近十种文字的译本，还有的作品选文进入了津巴布韦和欧美学校的教材。《燃烧的蝴蝶》入选"20世纪非洲百佳图书"，并于2019年出版中译本，这是中国首次译介的维拉的作品。维拉以关注女性悲苦命运和独特的诗化语言见长，她的小说诗意浓厚、引经据典，而且有强烈的历史意识和政治关怀。

作品节选

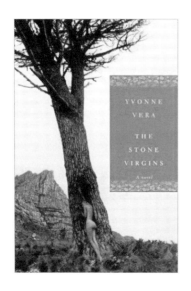

《石女》
（*The Stone Virgins*, 2002）

She rises out of his embrace only to sip some water held in a tin cup on the side of the bed and to ask him on what soil the Mazhanje grows, how long before each new plant bears fruit, how fertile its branches, how broad its leaf. She rises to ask what kind of tree the seed comes from, the shape of its leaves, the size of its trunk, the shape of its branches, the color of its bloom, the measure of its veins. Does it indeed bloom? Which animal feeds on its fruit, on its leaves, and can its branches bear the weight of a child, more than that, more than a child? Could it grow on the edge of a cliff, on a hanging incline? Near a river? Inside a river? [1]

　　她从他的怀里坐起来，拿起床头锡制的杯子喝了一口水。然后开始问他马赞杰树长在什么土质中，要长多久才会结果，枝条上能结多少果实，叶子有多宽。她起身问他，这是什么树的种子，树叶是什么形状，树干有多粗，树枝是什么形状，花是什么颜色，叶脉有多大。它真的会开花吗？什么动物吃它的果子、叶子？它的树枝能够承受一个孩子的重量吗？更重呢？比一个孩子还重呢？它能够长在悬崖边吗？在斜坡上呢？在河边呢？在河水里呢？

（蓝云春 / 译）

---

[1] Yvonne Vera, *The Stone Virgins*, Harare: Weaver Press, 2002, p. 42.

作品评析

小说《石女》中的树木意象与爱情寓言

引 言

生长在特定地区、国家、民族中的某些植物会因其特性和文化影响而被赋予独特的内涵。中国的四君子"梅兰竹菊"象征人格的清高，岁寒三友"松竹梅"象征傲骨迎风、挺霜而立的精神；佛教中的菩提树寓意的是智慧和顿悟；凯尔特文化中的橡树则隐喻强大的生命力和忍耐力。与其他各种意象一样，树木意象也是"历史的建构……由不同的阶级、不同的利益以及关于民族身份、政体和国家整体的不同的思想所塑造"①，与现实中的种种斗争不无关联。莫桑比克（Mozambique）著名葡萄牙语作家米亚·科托（Mia Couto, 1955—）就坦言，"树对我来说是一个很重要的东西，它有很多象征意味"②。《石女》中的树木意象同样如此。这部小说中反复出现各种树木，其中的马鲁拉树（Marula）、马赞杰树（Mazhanje）尤其与女主人公滕基维（Thenjiwe）、男主人公瑟法斯（Cephas）的民族身份密切相关。瑟法斯和滕基维分别来自津巴布韦的两大民族——绍纳族（Shona）和恩德贝莱族（Ndebele），他们的民族身份在小说中得到了多方印证，其中最富深意的就是与之相关的马鲁拉树和马赞杰树。他们的爱

---

① 卢敏（主编）：《西方文论思辨教程》，武汉：武汉大学出版社，2018 年，第 282 页。此句出自其中爱德华·W.萨义德的《虚构、记忆与地方》选文。

② 宫照华：《米亚·科托：对非洲的最大误解，是把它视为一个整体》，《新京报》，2018 年 8 月 18 日，第 B6 版。

情寓意的则是津巴布韦历史上两大民族的合作关系。在分析滕基维与瑟法斯的爱情之前，我们有必要明确滕基维的恩德贝莱族身份及瑟法斯的绍纳族身份。在维拉精巧的艺术构思中，他们的民族身份折射出了津巴布韦的历史、政治、地理、风景特点，特别与其各自族群聚集地独特的树木意象密切相关。

一、马鲁拉树：滕基维与恩德贝莱族的象征

《石女》中的滕基维生活在恩德贝莱地区，是那里自然的化身；她还在与民族矛盾导致的古库拉洪迪（Gukurahundi）相关的暴力事件中丧生，是恩德贝莱族受害者的代表。她和族人的民族身份和民族精神更在意蕴丰富的马鲁拉树意象中被精心构建。

《石女》由恩德贝莱族作家所著，讲述了发生在恩德贝莱族聚居地的故事，描绘了恩德贝莱族的风土人情、城乡风貌和生活气息，小说的主人公滕基维是恩德贝莱人的代表。小说的第一章描写的就是津巴布韦独立前的情形，交代了故事发生地，充分体现了维拉写景状物时充满诗情画意、传情达意时神形兼备的创作特色。首先，维拉以充满诗意的笔触描写了殖民时期津巴布韦第二大城市布拉瓦约夏季十一月的繁华喧嚣、花树繁茂，满怀悲悯地描述了种族隔离中黑人的穷苦、迷茫、愤怒和坚忍。布拉瓦约最壮观的塞尔邦恩大街（Selborne Avenue）是一条"没有弯度的"①繁华大道。沿着这条绿树掩映、长达数英里的宽阔街道，维拉不仅将布拉瓦约多幢富有历史、文化气息的建筑呈现在了读者面前，还将沿街的绿树繁花描绘得有声有色。那些紫色的花是"开得非常热烈的蓝花楹"，红色的则是凤凰木花，"比任何蓝花楹都能把天空照耀得更响亮"。那条街道还能"把你直接带出市区，像脐带一样一路奔向"南非的约翰内斯堡（Johannesburg）。到那里开采金矿的津巴布韦人"是黑人；是局外人"②。不幸

---

① Yvonne Vera, *The Stone Virgins*, Harare: Weaver Press, 2002, p. 2.

② Yvonne Vera, *The Stone Virgins*, Harare: Weaver Press, 2002, p. 5.

的是，他们回到家乡布拉瓦约同样也会被当作陌生人。他们渴望在自己的城市里自由出入，却被种族隔离制度禁足在了一幢幢高楼外。

勾勒完布拉瓦约的夏季风貌之后，维拉引领读者从塞尔邦恩大街转向了格雷街（Grey Street），这条街通往古老的马托坡群山（Matopos Hills）和故事的重要发生地——滕基维的家乡科子（Kezi）。在这个过程中，第三人称叙事就像是坐上了从布拉瓦约开往科子的汽车，举着摄像机拍摄下了沿途的独特风景，记录下了人物的思想言行。这位摄像师的镜头时而是全景式的鸟瞰，时而又有近景式的特写。一路的风景描写就像电影镜头下的乡村世界，充满了活力、生机和烟火气息，充分体现了维拉对作品视觉效果的追求。这沿途记录的人物思想、行为，还折射出了他们内心的压抑、沉重、隐忍和愤怒。当时，旨在寻求民族独立的第二次解放战争正在进行，空气中"充满了战争的气息"[1]，科子的丛林中也弥漫着恐惧。汽车终于抵达了科子，停靠在了坦萨班图（Thansabantu）商店前面。这家商店是当地民众聊家常、打探游击战信息的场所，也是小说中多起重要事件的发生地。远道而来的瑟法斯正是在这里和土生土长的恩德贝莱族女孩滕基维瞬间萌发了炙热的爱情。

除了故事的发生地表明了滕基维的民族身份，《石女》还30多次写到了马鲁拉树，正是在这种独特的树木意象中，滕基维及恩德贝莱族的民族身份、民族精神都得到了彰显。马鲁拉树在整个津巴布韦都有分布，但在靠近南非的恩德贝莱人聚居地更为普遍。这种树在炎热地带生长迅速，枝叶繁茂、树干高大，非常美观。马鲁拉全身都是宝，树皮可以入药，果实、果核都具有很高的营养价值，而且产量还非常惊人，因而被有些非洲部落称为"食物之王"（Food of Kings）[2]。马鲁拉树的珍贵和独特之处由此足见一斑。在紧邻津巴布韦的莫桑比克，马鲁拉树也享有崇高的地位，具有"灵魂上的价值"[3]。正因为马鲁拉树无论在物质还

---

[1] Yvonne Vera, *The Stone Virgins*, Harare: Weaver Press, 2002, p. 30.

[2] National Research Council, *Lost Crops of Africa, Volume III: Fruits*, Washington D. C.: The National Academies Press, 2008, pp. 117-120.

[3] 宫照华：《米亚·科托：对非洲的最大误解，是把它视为一个整体》，《新京报》，2018年8月18日，第B6版。

是精神方面都价值巨大，才在非洲大地的众多树木中脱颖而出，成为维拉构建民族身份、形塑民族认同的重要载体。

《石女》中多处描写马鲁拉树，写它高过商店的屋顶，写它弥漫在空气中的果香等，小说后半部分还特意交代了马鲁拉树就长在滕基维和琅丝芭（Nonceba）姐妹俩的家门口，就像《金枝》（*The Golden Bough*, 1834）中的树神那样护佑着她们。树神在古人们的信仰中占有重要地位。在世界各地的古人看来，森林里某些奇异的、高大的、古老的、浓荫遮蔽的树，甚至已经被砍下来作为建筑材料的木料都是神灵的居所。古人尊崇树神或树木精灵是因为相信它们都有造福人类的本领，能使风调雨顺、助庄稼丰收、护六畜兴旺、佑人丁兴旺。[①]延续了滕基维精神的琅丝芭似乎就得到了树神的庇护。她是在马鲁拉果实自然掉落、果香香飘数里的午后，梦幻般地见到了前来向她伸出援手的瑟法斯，因此迎来了人生的转折点。这里的马鲁拉果实就像是琅丝芭及其族人的庇护，为身处厄运的他们带来人生的转机。更为明显的是，滕基维还直接将马鲁拉的树根与她的土地、她的家乡科子以及恩德贝莱人的根源联系在了一起。在她看来，只要她把这种树的树根展示给瑟法斯看，"他对于她的土地，对于科子，对于深藏在他们脚下的水源就会有更深入的了解"，就有可能"真正地，像他声称的那样留在这里"[②]。换而言之，瑟法斯只有了解了马鲁拉树，特别是它的根，作为异乡客的他才能够真正了解恩德贝莱人及其所属的一切。马鲁拉树作为恩德贝莱人民族身份、民族精神的象征，其重要地位在《石女》中十分明显。

在萨义德看来，包括树木在内的地理场景不仅能够塑造集体记忆，还能激励梦想、幻想，激发人们创作诗歌、绘画、小说以及音乐的灵感等。[③]维拉选择一种恩德贝莱族聚集地常见的、兼具实用价值和文化意蕴的树木来作为其族人及其身份的象征，是一种并不鲜见的文学行为。尤其因为马鲁拉作为非洲的外来树

[①] 詹姆斯·乔治·弗雷泽：《金枝》，徐育新、汪培基、张泽石译，北京：大众文艺出版社，1998年，第179—183页。

[②] Yvonne Vera, *The Stone Virgins*, Harare: Weaver Press, 2002, p. 46.

[③] 卢敏（主编）：《西方文论思辨教程》，武汉：武汉大学出版社，2018年，第279页。此句话出自其中爱德华·W. 萨义德的《虚构、记忆与地方》选文。

种，与恩德贝莱族作为津巴布韦的外来民族身份也有暗合之处。马鲁拉是可以人工种植的树种。它在非洲的种植历史只有几百年，分布区域基本上也"和人们的迁徙路径一致"[1]。恰好，恩德贝莱族也是外来民族，迁徙到津巴布韦的历史也只有200多年。这个外来民族与作为外来树种的马鲁拉树，二者的相通之处是显而易见的。维拉通过大量描写马鲁拉树赋予它独特的意蕴，充分体现了维拉构建民族身份、塑造民族认同的自觉意识。像许多作家一样，维拉也意图通过"操控"地理、地貌、风景等来进行民族叙事，[2]以帮助恩德贝莱族获得身份认同。为此，维拉选择将马鲁拉树这种珍贵的树种与恩德贝莱族的民族身份关联，让它成为其民族身份的象征、民族精神的代表，表达了恩德贝莱人能够像马鲁拉树一样彰显自己的鲜明个性和珍贵价值，并得到认可和珍视的希冀。

二、马赞杰树：瑟法斯与绍纳族的象征

滕基维祖祖辈辈生活在科子，是与古库拉洪迪相关的暴行的直接受害者，她的民族身份较为清晰。与之相比，《石女》中男主人公瑟法斯的绍纳族身份则是以较为隐含的方式展现的。现有研究主要探讨他是维拉作品中独一无二的正面的男性形象，以及他在理想的两性关系中所起的关键作用。[3]尚未有学者分析他的绍纳族身份及其背后的深意。然而，只要细加推敲，就不难发现小说其实有多处细节表明了瑟法斯的绍纳族身份，他的这一身份特征在小说中是非常重要的线索。隐喻他民族身份的树木意象则是在绍纳族人聚居地享有崇高地位的马赞杰。

---

[1] National Research Council, *Lost Crops of Africa, Volume III: Fruits*, Washington D. C.: The National Academies Press, 2008, p. 119.

[2] Edward W. Said, "Invention, Memory, and Place", *Critical Inquiry*, 2000, 26 (2), p. 181.

[3] See: Ranka Primorac, "Zimbabwean Literature: The Importance of Yvonne Vera", *Journal of Southern African Studies*, 2003, 29 (4), p. 996; Nathan Moyo, Jairos Gonye, "Representations of 'Difficult Knowledge' in a Post-colonial Curriculum: Re-imaging Yvonne Vera's *The Stone Virgins* as a 'Pedagogy of Expiation' in the Zimbabwean Secondary School", *Pedagogy, Culture & Society*, 2015, 23 (3), pp. 467-468. 第一篇文献分析了瑟法斯这一全新的男性人物使得维拉作品中的两性关系有了希望。第二篇文献探究了瑟法斯的内疚感和赎罪行为。二者都只是在两性关系的层面讨论了相关问题。

被科子和滕基维深深吸引的瑟法斯来自津巴布韦东部高原的奇马尼马尼（Chimanimani）[1]，这就表明了他的绍纳人身份，因为津巴布韦的东部高原地区正是绍纳族的六个主要分支分布地之一。小说特意强调瑟法斯来自东部高原地区，无疑是在提醒读者注意他的绍纳族身份。他"一路从奇马尼马尼走来"[2]，在布拉瓦约工作，想要对布拉瓦约之外的恩德贝莱人居住地有更多了解。听说过科子后，瑟法斯就特意过来瞧一瞧。他原本计划看一眼这个地方后，当天就踏上来时乘坐的汽车返回布拉瓦约，他甚至已经买好了回程的车票。然而，他在科子的商店小坐时却被美丽的滕基维吸引，因此决定留下。瑟法斯显然是一个恩德贝莱族聚集地的外来者，一个怀着对那块土地的新奇感而来的观光客和体验者。作者交代他对这块土地的陌生和好奇，正是要强调他不同于恩德贝莱族的绍纳族身份。

瑟法斯的绍纳族身份更在马赞杰树的意象中被艺术构建。小说特意提到，瑟法斯从位于津巴布韦东部的家乡带来了一颗马赞杰果核。这似乎就是他的根，是与他的民族相关的一切的象征。这颗果核让滕基维十分好奇，她对它的着迷甚至到了无以复加的地步。即使是在她与瑟法斯关系最密切的时候，两人之间的炙热爱恋也阻挡不了她急切地想要知道与它有关的一切。她会从他怀里坐起来，连续问出20个与这种树木有关的问题，包括它长在什么地方，什么时候结果，是否会开花，树叶的形状，叶脉的大小，等等。[3]后来，她还没完没了地问起了马赞杰的树根。这些貌似无厘头的问题，实则说明滕基维非常急切地想要了解与马赞杰树有关的一切。她这么做的原因在于，马赞杰树是绍纳族及其文化的象征，而她非常渴望了解绍纳族及其相关的所有，并与之建立起密切关联。

维拉之所以选择这一树种来隐喻绍纳族的民族身份，与它的生长环境、重要地位、独特价值等都不无联系。马赞杰是一种野生的果树，在非洲不同国家叫法不同，"马赞杰"是它的绍纳名称。这是东部非洲和南部非洲交界处最为普遍的野生果树，广泛分布在津巴布韦的东部地区，也就是绍纳族的聚集地。马赞杰树一般生长在开阔的林地，在海拔700至2000米的高地也能繁茂生长。据此，我们

---

[1] Yvonne Vera, *The Stone Virgins*, Harare: Weaver Press, 2002, p. 41.

[2] Yvonne Vera, *The Stone Virgins*, Harare: Weaver Press, 2002, p. 41.

[3] Yvonne Vera, *The Stone Virgins*, Harare: Weaver Press, 2002, p. 42.

可以想象它们屹立在津巴布韦东部高原的情形，会是多么高大、醒目。和马鲁拉树一样，马赞杰树也有很大的实用价值。它的果实维生素含量高，具有令人赞不绝口的类似于梨的味道。作为绍纳族地区盛产的水果，它还是津巴布韦少数几种地位独特的野果。每到果实成熟的季节，都会有专门机构安排车辆将马赞杰果运往津巴布韦的首都哈拉雷（Harare）售卖。这种果子因而成了那里的大街小巷随处可见的野果，广受民众欢迎。[1]同马鲁拉树一样，马赞杰树也因其与众不同的外观、巨大的实用价值、丰富的情感意义而在绍纳族文化中享有独特的地位。它和马鲁拉的相似之处还体现在，它们都如《金枝》中的树神般崇高、神圣、价值巨大，不仅给人们带来精神的愉悦，还给予他们心灵的慰藉，值得珍视和崇敬，因此在维拉笔下成了其各自所属民族的重要象征。

借助树木意象，维拉不仅形塑了《石女》中滕基维和瑟法斯的民族身份，还唤起了人类集体无意识中的树神原型。弗雷泽（J. G. Fraser, 1854—1941）考察了世界各地古人的树神崇拜现象，证明了这一现象在欧洲、美洲、亚洲和非洲都较为普遍。在有的地方，人们认为只有某种树是神树，如东非的椰子树，古罗马帝国时期巴拉丁山坡上的茱萸、科斯道上药神圣地的柏树，密苏里河流域的"最大的树木"白杨等。瑞典古老的宗教首府则"有一座神圣树林，那里的每一株树都被看作是神灵"[2]。古日耳曼人对树木的崇敬更是到了无以复加的地步。他们会严厉惩罚伤害树木的人，比如取下剥树皮的人的皮肉"来补偿剥去的树皮"，实质就是"以人命来抵偿树命"。弗雷泽还分析了树神崇拜的原因，认为古人这么做是因为他们把树木及其他植物都当成了有灵魂、会感觉、分雌雄的生命或精灵，因而会"像对人一样地对待它们"。[3]《石女》中反复被提及的马赞杰、马鲁拉似乎也都具有这样的魔力和魅力。树神崇拜作为古老神话中的普遍信仰，千万年来早已深深地潜藏在了人类的集体无意识中。《石女》中的树木意象也正

---

[1] National Research Council, *Lost Crops of Africa: Volume III: Fruits*, Washington D. C.: The National Academies Press, 2008, pp. 327-328.

[2] 詹姆斯·乔治·弗雷泽：《金枝》，徐育新、汪培基、张泽石译，北京：大众文艺出版社，1998年，第169，171页。

[3] 詹姆斯·乔治·弗雷泽：《金枝》，徐育新、汪培基、张泽石译，北京：大众文艺出版社，1998年，第169—170页。

是人类集体无意识的呈现，因而就有了典型的原型意义、丰富的象征内涵。这一从无意识深渊中发掘出来的原型经过转化，也就被赋予了新的社会内容和时代气息，道出的是超越个人的声音，"比我们自己的声音强烈得多的声音"，"一千个人的声音，可以使人心醉神迷，为之倾倒"①。读者因此被小说中的树木意象及其丰富的象征意蕴吸引也就不足为奇了。

三、滕基维与瑟法斯的相互吸引：民族携手的"借喻"

在明确了瑟法斯与滕基维的民族身份后，接下来要分析的是滕基维与瑟法斯的爱情，及其所"借喻"的津巴布韦历史上的民族团结与合作。此处的"借喻"指的是陈望道定义的只写本体、不写喻体的譬喻，也即"全然不写正文，便把譬喻来作正文的代表了"②。瑟法斯和滕基维之间的热恋这一本体的寓意在小说中就是隐匿的，却又并非无迹可寻。爱情心理学认为，对于新发生的爱情，"仅新奇本身"就会"增加激动和能量"，与此同时，"有着相似背景、个性、外表吸引力和态度的人们"③更有可能彼此吸引。《石女》中的瑟法斯和滕基维一见钟情，就正好印证了这样的观点。让瑟法斯与滕基维瞬间坠入爱河的既有相异的特质，又有相似的遭遇。

维拉擅长以诗化的语言和细腻的笔触描写男女之间神奇、微妙的情思。《石女》中瑟法斯与滕基维的相遇就富有诗意和浪漫色彩，甚至玄妙气息。他们的初次见面发生在科子的中心——坦萨班图商店。当时，那里聚集了许多当地民众。望着商店里拥挤的人群，前来购物的滕基维在店外耐心排队，独自坐在店外的瑟法斯则悠闲地四处张望。来自东北高原的瑟法斯对恩德贝莱人聚集的西南部情有独钟，他来到科子，是想要看看莫帕尼灌木丛、马托坡群山和那里的大型蚁山

---

① 容格：《论分析心理学与诗的关系》，载叶舒宪（选编）：《神话－原型批评》，朱国屏、叶舒宪译，西安：陕西师范大学出版社，1987 年，第 101 页。
② 陈望道：《修辞学发凡》，上海：上海教育出版社，1997 年，第 78 页。
③ 莎伦·布雷姆等：《爱情心理学》，郭辉等译，北京：人民邮电出版社，2010 年，第 148，39 页。

等。他和汽车上的司机交上了朋友，口袋里还装着半价返程票。然而，在刚好的时候，"比雨水还美丽"①的滕基维出现了。他在她出现时垂下了眼帘，当她的"影子轻擦过他的膝盖"时却立刻睁大了眼睛。此时的他心神荡漾、心潮澎湃，又倍觉局促不安。直到滕基维回过头，"看着他的眼睛，而不是膝盖时"，他才假装吃惊地扬起了眉头，献起了殷勤。买好东西后，滕基维小心翼翼地不想回头，却还是遵从内心的情感在他身旁停了下来，并且"开怀地笑了"。他则朝她吹起了口哨，让她沉沦，让她决心"不再逃离"。在滕基维看来，这个男人对于她是"完全新奇的……他是如此的不同"。因此，她允许他着了魔似的跟随她到了家中。②如此浪漫、神秘、玄妙的一见钟情，在世界文学长廊中堪称卓越。

有悖常理的是，小说并没有交代瑟法斯在滕基维眼里到底有何新奇之处。这一点与大多数文学作品描写爱情发生那一刻时的情形都较为不同。许多爱情故事都会描写男女主人公初见时吸引彼此的特质。《石女》写了滕基维吸引瑟法斯的是她的美丽容颜，这对于常被喻为视觉动物的男性而言是寻常之事。然而，对于瑟法斯为何吸引滕基维，小说却只告诉读者是因为他的"新奇"和"如此不同"。他为何让滕基维感觉与众不同？小说自始至终没有对此做过说明。这是一种文本的外部偏离，旨在引起读者的好奇，并积极参与文本的意义构建。瑟法斯的独特之处正在于他的绍纳族身份，这是让身为恩德贝莱族的滕基维深感新奇的地方。

瑟法斯和滕基维之间的爱情瞬间爆发，这样的一见钟情充分体现了爱神的魔力。他们就像柏拉图所言，似乎本来就是一个整体，一旦遇到自己的另一半就会"马上互相爱慕，互相亲昵"，"片刻都不肯分离"③，而且渴望融为一体。亚里士多德的观点也有助于我们理解他们之间的情愫："爱者的快乐在于注视被爱者，被爱者的快乐则在于爱者对他的注视。"④瑟法斯和滕基维之间情难自禁的深情对望，即是恋人之间的眼神确认。而瑟法斯对恩德贝莱族的强烈兴趣，则集

① Yvonne Vera, *The Stone Virgins*, Harare: Weaver Press, 2002, p. 35.

② Yvonne Vera, *The Stone Virgins*, Harare: Weaver Press, 2002, pp. 31-34.

③ 柏拉图：《会饮篇》，王太庆译，北京：商务印书馆，2013 年，第 33 页。

④ 亚里士多德：《尼各马可伦理学》，廖申白译注，北京：商务印书馆，2003 年，第 235 页。

中体现在他对滕基维的迷恋中。滕基维就是瑟法斯想要探索的那新奇的、陌生的世界的一部分，而且是其中非常美好的部分。美丽、善良的滕基维已经32岁了，理应阅人不少却依然独身，说明她寻觅恋人的眼光是独到的、挑剔的。一向成熟、稳重、坚强的她，却在瑟法斯展现出的独特魅力面前放任自己沉沦，不禁让人惊叹于爱神的威力。可见，与日久生情的感情不同，这两个人之间的一见倾心似乎更多的是建立在异质相吸的基础之上，是他们对彼此的好奇和兴趣瞬间点燃了爱情的火焰。然而，在爱情心理学看来，"人际关系最基本的原则是相似性，相似的人更容易彼此喜欢和相互吸引"[1]，大多人的恋人或朋友往往也是"相互同情、旨趣一致，或者悲欢与共的人"[2]。

正因为如此，瑟法斯和滕基维虽然因新奇感而相互吸引，但让他们真正走近对方的原因，更在于相似的遭遇带来的熟悉和亲切感。就像贾宝玉初见林黛玉时所言，"这个妹妹我曾见过的"[3]。瑟法斯见到滕基维时的内心活动是：他"记得这个女人，似乎以前在哪里见过，在某个遥远的地方"[4]。在爱情发生的动人时刻，瑟法斯在滕基维身上看到的是她作为黑人苦难化身所经历过的歧视、压迫，这让他感到无比熟悉。瑟法斯看着琅丝芭走近之际，有关黑人遭遇的记忆瞬间就"占据了他脑海中的角落"，那里"有某种思想被困住了，一些无用的记忆，关于'禁止进入'和'不招人'等指示牌的记忆"。他还在她身后看到了"高高扬起的鞭子将天空打成了结。那鞭子敲打着她身后空中的丝带"[5]。他示爱的口哨声也不只是一种爱的表白，而是蕴含着劳动的声音。甚至在最亲密的时刻，他所抚摸到的她的肋骨也是"记忆的笼子"[6]。

是什么样的过往如此深入瑟法斯的记忆深处？正是绍纳族和恩德贝莱族共同经历过的被殖民统治的历史。"禁止进入"镌刻的是津巴布韦种族隔离历

---

① Sharon S. Brehm, et al., *Intimate Relationships*, New York: McGraw-Hill Pub, 2002, p. 38.

② 亚里士多德：《尼各马可伦理学》，廖申白译注，北京：商务印书馆，2003 年，第 267 页。

③ 曹雪芹：《红楼梦》，北京：团结出版社，2015 年，第 17 页。

④ Yvonne Vera, *The Stone Virgins*, Harare: Weaver Press, 2002, pp. 32-33.

⑤ Yvonne Vera, *The Stone Virgins*, Harare: Weaver Press, 2002, p. 32.

⑥ Yvonne Vera, *The Stone Virgins*, Harare: Weaver Press, 2002, p. 37.

史上黑人受歧视的痛苦记忆。他们在自己的土地上被禁止涉足各种专供白人享用的场所，包括火车上"挂着窗帘的车厢"①，白人商业农场和郊区住所前"禁止进入"的路牌等。城市里到处张贴的"不招人"的牌子，更是被驱逐到贫瘠的土地上的黑人的噩梦。他们离开故土后难以维持生计，被迫沦为城市的劳动力大军，等待他们的却是工作难找、四处碰壁。那高高扬起的鞭子则是烈日下为白人农场主辛勤劳作的黑人日常的梦魇。和奴隶制时期美国南方的许多奴隶一样，维拉另一部小说《燃烧的蝴蝶》中的男主人公身上也有许多鞭痕。它们"延伸到了腋下、胸部，一直到身体的另一侧，形成了一个完整的、炙热的圆"。他的双腿的后面还有警犬咬后留下的"深深的牙印"，手腕处还留有戴上手铐后"因不断挣扎而导致的耻辱的印记"。②此类有关黑人在殖民统治下被歧视、监视、压迫、毒打的例子，在津巴布韦殖民历史和文学作品中比比皆是。瑟法斯在滕基维身上、身后看到的正是黑人种族经历过的殖民之痛的群体记忆。这说明黑人种族被殖民、奴役的记忆早已深刻地烙刻在了黑人的集体无意识中，不管他们是恩德贝莱人还是绍纳人。维拉以如此精湛的艺术重现记忆，就像莫里森（Toni Morrison, 1931—2019）的《宠儿》（*Beloved*, 2006）中的记忆复现方式一样，"比历史学家更能从更深层探索其中历史及心灵的真实，更能引发强烈的反响和更深层的思索"③。黑人被殖民的记忆，也和《宠儿》中赛丝（Sethe）脑海中"永远不会消失的"④为奴经历一样，已经成为与现实交织的集体记忆，是无论她如何努力想要把它关在记忆的闸门内，也总是会迫近的潮水。沉淀在瑟法斯、滕基维内心深处的也正是类似的种族记忆。人们对朋友、恋人的感情"都是从对自身的感情中衍生的"⑤，因而容易"更加喜欢彼此性格相近的人"⑥。将瑟法斯、滕基维更紧密地连接在一起的，正是他们

---

① Yvonne Vera, *Butterfly Burning*, Harare: Baobab Books, 1998, p. 34.

② Yvonne Vera, *Butterfly Burning*, Harare: Baobab Books, 1998, p. 34.

③ 杨仁敬等：《新历史主义与美国少数族裔小说》，上海：上海外语教育出版社，2013年，第118页。

④ Toni Morrison, *Beloved*, New York: Alfred A., Knopf, Inc., 1987, p. 36.

⑤ 亚里士多德：《尼各马可伦理学》，廖申白译注，北京：商务印书馆，2003年，第274—275页。

⑥ 莎伦·布雷姆等：《爱情心理学》，郭辉等译，北京：人民邮电出版社，2010年，第44页。

作为绍纳族和恩德贝莱族共同经历过的被奴役、被殖民的遭遇。

由上可见，瑟法斯和滕基维既因为对彼此的好奇而相互吸引，还因为黑人种族共同经历的殖民压迫而互生怜惜。可谓"索物以托情，谓之比，情附物也"①，在作者所"索"之"物"中，自然寄托着其真挚的情感、深邃的思想。如果说有的借喻中的喻体的内涵是比较隐晦的，《石女》中绍纳族人瑟法斯和恩德贝莱人滕基维之间炙热爱情的象征意义虽然并不十分明显，却也并不难识别。它象征的是两大民族有着相异的文化背景、历史传统，以及相同的殖民遭遇，二者的团结和融合有着重要基石。

结　语

《石女》以马赞杰树喻指绍纳人瑟法斯，以马鲁拉树喻指恩德贝莱人滕基维，他们一见钟情、情深意切，象征的是历史上两大民族间互相影响和学习，并携手合作抵抗殖民的经历。在《石女》发表的2002年，津巴布韦的民族关系因当局对古库拉洪迪事件的一再缄默而更加紧张，民族矛盾因经济衰退、社会动荡等原因而愈加尖锐。维拉站在津巴布韦的国家立场上，借瑟法斯与滕基维的爱情象征两大民族曾经的融合和携手，旨在提醒人们津巴布韦的民族团结有着良好的基础，寄托的是她对民族融合的憧憬。

（文/杭州师范大学　蓝云春）

---

① 杨慎：《升庵诗话笺证》，王仲镛（笺证），上海：上海古籍出版社，1987年，第109页。

第二篇

约翰·埃佩尔
小说《缺席了，英语教师》中殖民者替罪羊的为仆之路

约翰·埃佩尔

John Eppel，1947—

作家简介

约翰·埃佩尔（John Eppel, 1947—）祖居立陶宛，1947年出生在南非，四岁时随同父母迁居到了当时的罗得西亚（Rhodesia，"津巴布韦"的旧称），并在那儿长大。成年后曾前往英国生活过几年，做过教师、采摘工、包装工、家具搬运工、守夜人等。他的父母在津巴布韦1980年独立前后离开了这个国家，他的两个儿子成年后也分别定居南非和英国，但他至今仍和女儿生活在津巴布韦的第二大城市布拉瓦约。他是一名英语教师，有50多年教龄，现仍在大学任教。他的作家梦始于12岁，自20世纪70年代真正开始创作，现已发表作品14部，包括小说、诗歌集、短篇故事集，还有多个短篇被津巴布韦本土出版的、作家集体创作的短篇故事集收录。他的作品主要在津巴布韦本土或南非出版，目标读者主要是非洲人，这一点和津巴布韦文学史上的绝大多数白人作家都不同。他对津巴布韦怀有真挚的情感，常以主人翁的姿态和局内人的视角对殖民统治、政治腐败、人性弱点等进行辛辣讽刺和大力挞伐。他的第一部小说《D. G. G. 贝里的大北路》（*D.G.G.Berry's the Great North Road*, 1992）获南非媒体网络文学奖（M-Net Literary Award），入选《每周邮报》和《卫报》评选的"1948—1994南非英语著作二十佳"。第二部小说《孵化》（*Hatchings*, 2006）不仅入选了南非媒体网络文学奖终选名单，还入选了"《泰晤士报》文学副刊"评选的"非洲最重要书籍系列"。其他小说主要有《长颈鹿人》（*The Giraffe Man*, 1994）、《熟番茄的诅咒》（*The Curse of the Ripe Tomato*, 2001）、《圣洁无辜的人》（*The Holy Innocents*, 2002）、《缺席了，英语教师》（*Absent: The English Teacher*, 2009）、《曾经热爱露营的男孩》（*The Boy Who Loved Camping*, 2019）。诗集《战利品》（*Spoils of War*, 1989）获南非英格丽·琼蔻奖（Ingrid Jonker Prize）。其他诗集有《马塔贝勒兰地区协奏曲》（*Sonata for Matabeleland*, 1995）、《诗选：1965—1995》（*Selected Poems: 1965-1995*, 2001）和《我的祖国教会我的歌谣》（*Songs My Country Taught Me*, 2005）。短篇故事和诗歌集有《爬行的白人》（*White Man Crawling*, 2007）、《携手》（*Together*, 2011）。后者与黑人作家朱利叶斯·钦戈诺（Julius Chingono, 1946—2011）合著，广受好评。

作品节选

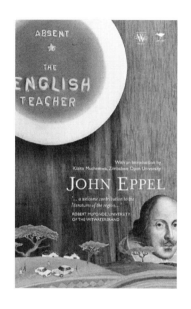

《缺席了，英语教师》

(*Absent: The English Teacher*, 2009)

After washing the breakfast things and leaving them to dry on the rack and on the sink, George turned to the extremely arduous task of doing the laundry. There was no washing-machine so it all had to be done manually using bars of smelly blue or yellow soap. George's hands, now hard as the spines of leathern Bibles, had suffered terribly in the first weeks of washing, rinsing, and ironing the family's clothes and linen. He would soak a load in the Zinc bath, then item by item (the madam's scarlet and black thongs shocked him) he would apply soap and then scrub them on a ribbed wooden board until all dirt and nearly all stains had been removed. Then he would rinse the soap out of them, and hang them on the clothes-line to dry.[1]

洗完早餐餐具，把它们放在水槽的架子上晾干，乔治开始了极其艰巨的洗衣任务。因为没有洗衣机，所有的衣物都必须用发臭的蓝色或黄色肥皂手洗。头几个星期，他搓洗、漂洗、熨烫主人一家的衣物，双手遭受了极大的痛苦，现在已经像真皮《圣经》的书脊般粗糙了。他先把一堆衣物浸泡在锌盆里，再一件一件地往上面擦肥皂（女主人的猩红色和黑色的丁字裤着实让他吓了一跳），接下来便在有棱纹的木板上反复搓洗，直到所有的脏东西和几乎所有污渍都清洗干净。然后再把肥皂冲洗干净，并把衣物挂在晾衣绳上晾干。

（蓝云春 / 译）

---

[1] John Eppel, *Absent: The English Teacher*, Harare: Weaver Press, 2009, p. 42.

作品评析

小说《缺席了，英语教师》中殖民者替罪羊的为仆之路

引 言

约翰·埃佩尔是殖民时期至今，津巴布韦英语文坛"最多产的作家"[①]之一。他坦承自己的"怀旧心理和自我怜悯"[②]与其他许多白人作家相似，作为殖民者后代的他也当属"殖民流散"作家范畴，但他并非典型的殖民流散作家，因为他没有站在文明的"'最高端'俯视非洲原住民及非洲文明"[③]。而且，他对津巴布韦不离不弃，始终从真正的津巴布韦人内部书写他的祖国。他还总是在人类良知的指引下对种族歧视、殖民戕害、独裁和暴力统治等"人对人的残酷行为"[④]进行口诛笔伐，对处于社会边缘的贫穷和不幸的民众深表同情，因而能够对津巴布韦历史和现实中的社会不公、恃强凌弱做出自觉、理性的思考。他在很大程度上因循了多丽丝·莱辛（Doris Lessing, 1919—2013）反殖民、反压迫的人道主义文学传统，因此成功地将自己和许多坚守殖民者的价值观和黑格尔式的白人至上主义的白人作家区分开来。这也就奠定了他作为颇为另类的殖民流散作家

---

① Sean Christie, "Eppel's Acid Satire Finds New Purchase in Zim", *Mail and Guardian*, Apr. 5, 2013, https://mg.co.za/article/2013-04-05-00-eppels-acid-satire-finds-new-purchase-in-zim-1. (Accessed on Oct. 10, 2019).

② Drew Shaw, "Narrating the Zimbabwean Nation: A Conversation with John Eppel", *Scrutiny* 2, 2012, 17 (1), p. 102.

③ 朱振武、袁俊卿：《流散文学的时代表征及其世界意义——以非洲英语文学为例》，《中国社会科学》，2019 年第 7 期，第 148 页。

④ Drew Shaw, "Narrating the Zimbabwean Nation: A Conversation with John Eppel", *Scrutiny 2*, 2012, 17 (1), p. 108.

在津巴布韦乃至非洲文学史上的独特地位。埃佩尔的小说代表作《缺席了，英语教师》就十分鲜明地展现出他的价值取向与创作特点。

《缺席了，英语教师》是埃佩尔迄今为止最好的作品之一。小说的背景是2008年，也就是由历史问题和现实困境等多种原因引发的"津巴布韦危机"（Zimbabwe Crises）最为严重的一年。主人公乔治（George）因为一场交通事故沦为儿童福利部部长的情人贝蒂希尔斯（Beauticious）家的仆人。黑人和白人的种族身份置换后，乔治亲历了白人在种族矛盾尖锐情形下的举步维艰，并展露了为殖民之过虔诚赎罪的决心和毅力。他是人类集体无意识中的替罪羊原型在21世纪的津巴布韦的再现。这一形象的典型性在小说细致描写的乔治为仆的艰辛生活中就足见一斑。

一、替罪羊原型的再现

乔治是《金枝》中描写的替罪羊原型的复现，他身处新世纪津巴布韦种族对立的中心，背负白人留下的沉重历史罪孽艰难赎罪。在荣格（Carl Jung, 1875—1961）看来，原型是"集体无意识的载体"，它们不断"显现于创造性幻想得到自由展现的地方"。原型本质上还是一种神话形象，"主要是以神话的方式显现出来"[1]，有时也会表现在现代或原始的"艺术和宗教中"[2]，为祖先"无数种类的经验提供了形式"。也就是说，"它们是同一类型的无数经验的心理残迹"[3]。荣格有时将"原型"（archetype）和"原始意象"（primordial image）作为可以互换的概念使用，但更多时候对两者做出了区分。大体而言，"原型是形式，是人类心灵中存在的一些先天倾向性……原始意象是内容"[4]，也即"原

---

[1] 朱振武、邓芬:《什么是心理分析理论与批评》，上海：上海外语教育出版社，2012 年，第 40 页。

[2] C. S. 霍尔、V. J. 诺德贝:《荣格心理学入门》，冯川译，北京：生活·读书·新知三联书店，1987 年，第 168 页。

[3] 荣格:《心理学与文学》，冯川、苏克译，北京：生活·读书·新知三联书店，1987 年，第 120 页。

[4] 朱振武、邓芬:《什么是心理分析理论与批评》，上海：上海外语教育出版社，2012 年，第 40 页。

型是体，原始意象是用；二者的关系既是实体与功能的关系，又是潜在与外显的关系"①。就《缺席了，英语教师》中乔治的形象而言，年老的乔治体现了替罪羊原型的原始形象，是替罪羊这一"中心类型"（central type）在21世纪津巴布韦的变体。

《金枝》中的替罪羊原型主要有以下特征。其一，他在灾祸发生时或主动或被动地成了替罪者。其二，替罪者在驱魔活动中通常会被粗暴对待，甚至可能被残酷地剥夺生命，即使在表演性质的仪式中也是如此。其三，替罪羊的遭遇换来的是群体的安宁。他身上担负了群体的灾祸，他的离开或死去即意味着将所有灾祸都带走，人们因而可以重回清白无辜、幸福安宁的正常生活。《缺席了，英语教师》中的乔治与《金枝》中论及的世界各地的替罪羊原始意象有着诸多契合之处。

首先，他生活在21世纪初的津巴布韦，处在种族冲突的风口浪尖。新世纪初爆发了土地改革运动，使得独立之初暂时搁置的种族问题来势凶猛地卷土重来。虽然津巴布韦走向衰弱的原因颇为复杂，但毋庸置疑的是，种族冲突是要因。独立十几年后，津巴布韦一度成为非洲经济最发达、教育水平最高的国家之一，而社会的急剧倒退给津巴布韦民众带来了深重灾难。乔治"全职服务了40年"，所得退休金却"只能买到两个果酱甜甜圈和一个熟西红柿"②；民众食不果腹，社会精英却尸位素餐，漠视民众疾苦。而且，因为种族矛盾重新变得尖锐，作为白人的乔治无论说什么、做什么，都有可能被当作种族主义者而被批评、责骂，即使是指出津巴布韦黑人容易"用错介词"③，也会被斥责有种族歧视嫌疑。这一切就像古代各族人民面临的瘟疫、战争等灾祸一样可怕。这就迫使作家们通过洞察时代来思考灾难的成因，就像古人恐惧并追问灾祸背后有什么"妖孽"在兴风作浪一样。对此，埃佩尔受人类集体无意识的影响，基于深植于他内心的人类良知和历史正义感，直面白人种族在非洲犯下的累累罪行，并以象征、隐喻的形式让乔治作为种族的替罪人受过。

---

① 荣格：《心理学与文学》，冯川、苏克译，北京：生活·读书·新知三联书店，1987年，第5页。此处引文出自冯川为该书写的"译者前言"。

② John Eppel, *Absent: The English Teacher*, Harare: Weaver Press, 2009, p. 28.

③ John Eppel, *Absent: The English Teacher*, Harare: Weaver Press, 2009, p. 65.

其次，乔治是白人种族的"提喻"（synecdoche）①，在后殖民时期试图以一己之躯扛起殖民祖先在非洲大地所犯下的各种罪过。在赎罪的过程中，乔治对自己的遭遇几乎没有发声、辩解的权利，这正好呼应了古代神话故事、宗教仪式中替罪者的遭遇。那些替罪者身上堆积的是整个部落、民族或城邦的不幸和罪过。要实现替众人赎罪的目的，他们必须接受众人的责骂、唾弃、排斥，甚至暴打。不管是否情愿，他们都必须无条件地接受一切惩罚。换而言之，无论遭受什么不幸，替罪者都只能默默忍受。乔治正是这样的替罪者。他因为学生精心设计的事件被开除了，因为贝蒂希尔斯开车"永远四十迈"②等原因被卷入交通事故，并因此失去了所有家产、沦为仆人，因为是白人而在现实中时时处处被质疑、斥责、问罪等。面对这一切，他在绝大多数情况下都恭顺地沉默以对。

最后，乔治作为替罪羊，他的赎罪象征着罪恶的清洗、灾祸的祛除，寄托了作者对种族罪恶消除、世界重回太平的美好希冀。历史总是有惊人的相似之处，第二次世界大战后，殖民政府为了安置战后白人移民，将至少十万黑人"从世代居住和耕种的土地上赶走"；进入21世纪后，那些津巴布韦本土人的后代"又反过来以种族主义为利刃"，将殖民者后代驱离了土地。③冤冤相报何时了？真正的种族和解又该如何实现？有学者认为，和解的四大核心要素是：真相、宽恕、正义和和平。④替罪羊乔治的虔诚赎罪就是以和平的方式追求真相、实现正义，并渴望借此得到黑人的宽恕，以助非洲大地重回和平与安宁。

乔治作为替罪羊原型重现在21世纪的津巴布韦，充分印证了人类共享的、普遍的经验可以无穷尽地复现，也即"这些经验刻进了我们的精神构造中……当符合某种特定原型的情景出现时，那个原型就复活过来"⑤。在暴力、冲突不断，赎罪意识却较为缺乏的非洲文学中，21世纪津巴布韦英语文学中的赎罪意识在乔治这一原型意象中得以凸显。他的赎罪意识在他甘为人仆的经历中得到了集中体现。

---

① John Eppel, *Absent: The English Teacher*, Harare: Weaver Press, 2009, p. 80.

② John Eppel, *Absent: The English Teacher*, Harare: Weaver Press, 2009, p. 47.

③ 沈晓雷：《津巴布韦土地改革与政治发展》，北京：社会科学文献出版社，2020年，第172页。

④ John Paul Lederach, *Building Peace: Sustainable Reconciliation in Divided Society*, Washington D. C.: United States Institute of Peace Press, 1997, p. 29.

⑤ 荣格：《心理学与文学》，冯川、苏克译，北京：生活·读书·新知三联书店，1987年，第101页。

二、人生逼仄，替罪为仆

《缺席了，英语教师》是一部"将可信度拓展到了极限"[1]的小说。在这样一部最大限度地打破了真实与虚构间界限的作品中，白人成为黑人的家仆这样的桥段应该离现实很远。通过虚构乔治由教师沦为仆人的遭遇，小说要凸显的是乔治对殖民时期黑人被白人压迫、剥削的痛苦感同身受，并认识到任何形式的种族压迫都会导致压迫者的人性堕落、被压迫者的身心重创。

乔治的为仆生活极为艰辛。为了照顾好贝蒂希尔斯和她的三个孩子，还有她偶尔出现的丈夫的生活起居，除了周日外，他每天都必须从早上六点忙到晚上八点。做饭、洗碗、洗衣、熨衣服、遛狗、打扫卫生、接送三个孩子上学等，日复一日，这些繁重的体力活让乔治疲惫到要崩溃。小说第八章"艰难时日之夜"就以巴尔扎克式的现实主义手法细致入微地描写了乔治做饭、洗碗和洗衣服的情景，其中着墨最多的是他手洗衣服的过程。经过一段时间的历练，乔治的手已经磨得"像真皮《圣经》的书脊般粗糙了"[2]，终于不再每每碰到水等物体就会钻心般疼痛。

与殖民时期黑人替白人洗衣服有关的情节，在非洲人文主义者、南非著名黑人作家艾捷凯尔·姆赫雷雷（Ezekiel Mphahlele, 1919—2008）的知名回忆录《沿着第二大街》（*Down Second Avenue*, 1959）中也有记录。姆赫雷雷从小生活的黑人小镇里的大多数人为了维持生计都需要起早摸黑地替白人洗衣服，因此"从来没有时间打扫房子"[3]。不仅大人替白人洗衣服是头等大事，上小学的叙事者也

---

[1] Kizito Z. Muchemwa, "John Eppel and the Place of Literature in the Postcolonial World", in John Eppel, *Absent: The English Teacher*, Harare: Weaver Press, 2009, p. x.

[2] John Eppel, *Absent: The English Teacher*, Harare: Weaver Press, 2009, p. 47.

[3] 艾捷凯尔·姆赫雷雷：《沿着第二大街》，印晓红译，杭州：浙江工商大学出版社，2019年，第54页。艾捷凯尔后来更名为艾斯基亚（Es'kia）。

要不厌其烦地替住在郊外的、粗暴的白人运送换洗衣物。这样赚来的几先令对于全家的生计同样至关重要。所以，他为了给白人取衣服甚至缺席了合唱练习。即使那场合唱是为迎接当时英国的乔治王子（Prince George）访问南非而准备的。"我"因缺席排练还被校长体罚。因此，"我"那泼辣的多拉（Dora）阿姨厉声质疑校长："所以王子来了就不用去拿送洗的衣服了吗？他会给我们饭吃？"①由此可见，殖民时期黑人替白人干的哪怕是非常琐碎的活计，对于穷苦的黑人家庭而言都是事关生计的大事。

作为现代非洲文学奠基人之一的姆赫雷雷并没有详细描写黑人给白人干活的细节和微妙心理，埃佩尔却通过讲述乔治手洗衣服的经历做到了。他详细描写了乔治洗衣服、晾衣服的全过程。首先是浸泡衣服，然后往一件件衣服上擦臭臭的蓝色或黄色肥皂，接着要在凹凸不平的搓衣板上费劲地搓洗，再一遍遍地冲洗，最后一步是把衣服一件件地晾在晒衣绳上，并用夹子夹好。

在众多的家务活中，小说为何要如此详尽地描写乔治洗衣服的全过程？首先，这是"极其艰巨的任务"②，因而最能体现仆人的艰辛，也更能体现替罪羊乔治自我惩罚的诚心。洗衣服作为"繁重的劳动"，在19、20世纪爱尔兰的抹大拉收容所（Magdalen Asylum）里，就是"悔罪"的妓女们赎罪的重要方式。那些收容所经营洗衣店，"既为女修道院提供了财政支持，也为忏悔者提供了岗位培训的机会"③。其次，洗衣服的行为甚至与"净化灵魂"④相关，因此尤为适合赎罪者。正因为如此，作者对乔治洗衣服的动作，还有他在这个过程中的思想、情感等都做了细致描绘，体现了他作为替罪羊埋头苦干的性格特征等，基本符合金圣叹认为的"好的动作细节描写"⑤的标准。最后，从小说修辞看，乔治洗衣服的细节描写明显具有相当的"强度"，让读者强烈地感受到了他的艰辛。作

① 艾捷凯尔·姆赫雷雷：《沿着第二大街》，印晓红译，杭州：浙江工商大学出版社，2019年，第89页。

② John Eppel, *Absent: The English Teacher*, Harare: Weaver Press, 2009, p. 47.

③ Linda Radzik, *Making Amends: Atonement in Morality, Law, and Politics*, Oxford: Oxford University Press, 2009, p. 15.

④ Joanne Monk, "Cleansing Their Souls: Laundries in Institutions for Fallen Women," *Lilith: A Feminist History Journal*, 1996 (9), p. 21.

⑤ 刘欣中：《金圣叹的小说理论》，石家庄：河北人民出版社，1986年，第81页。

为对比，乔治在洗衣服之前的洗碗应该是相对轻松的，所以作者用的是概述——"洗完早餐餐具，把它们放在水槽的架子上晾干"①。这正好印证了韦恩·布斯（Wayne Booth, 1921—2005）的观点，即作者对不同"强度"的控制都有其文本意图。②小说以丰富的细节描写乔治洗衣服的场景，充分说明相关内容的重要性，并引发读者思考字里行间的深意。

学识渊博的乔治原本应该在课堂上教书育人、传道解惑，可而今，他有限的生命却不得不耗费在琐碎的洗衣琐务中。这是他自我惩罚以诚心赎罪的重要方式。因为，殖民时期大量黑人的人生也都被迫耗在了这些琐碎的家务活中。他们原本是生龙活虎的猎人和战士，可以在非洲大地上自由奔跑。殖民者的到来却让他们的人生道路变得极为逼仄。短篇故事《未尽的业务》（"Unfinished Business", 2005）中的一位恩德贝莱族老人讲述的人生经历就足以说明这一点。面对叙事者的采访，他无奈地说起年轻时的自己除了当兵别无选择。他以貌似平静的语气说道："我们能做什么其他的工作呢？我们是黑人。而我又太聪明，做不了仆人，只想做重要的事情。"③只是，作为黑人的他在白人的统治下又能有什么重要的事情可做？因此只能去上战场厮杀。这位老人毕竟逃脱了成为廉价劳动力的命运。对于绝大多数黑人而言，他们在殖民统治下不仅失去了土地、牲畜，还要给殖民者交棚屋税，因而被迫以非常低廉的价格出卖自己的劳动力，以满足殖民者"产出最大化和成本最小化"④的需求。其后果是"纯粹的体力上的疲劳就足够让他们神志不清"，但他们即使饿着肚子、拖着病体，也会被用鞭子赶着替殖民者卖命。要是还有精力、勇气反抗，"士兵们就会开火"，他们就死定了。他们如果走相反的道路，选择屈服，则意味着堕落，而且"羞耻和恐惧"会让他们"内心分裂"。⑤这样的遭遇在乔治的为仆经历中得到了相当程度的映

---

① John Eppel, *Absent: The English Teacher*, Harare: Weaver Press, 2009, p. 47.

② 韦恩·布斯：《小说修辞学》，华明、胡晓苏、周宪译，北京：北京联合出版公司，2017 年，第 52 页。

③ Rory Kilalea, "Unfinished Business", in Irene Staunton (ed.), *Writing Now*, Harare: Weaver Press, 2005, p. 154.

④ 布莱思·拉夫托帕洛斯、A. S. 姆拉姆博：《津巴布韦史》，张瑾译，上海：东方出版中心，2013 年，第 75 页。

⑤ Frantz Fanon, *The Wretched of the Earth*, Trans., Constance Farrington, New York: Grove Press, 1963, p. 15. 本处引用出自该书由萨特（Jean-Paul Sartre, 1905—1980）撰写的序言（"Preface"）。

射。埃佩尔让乔治体验为仆的艰苦，正是为了强调数代千千万万沦为白人廉价劳动力的黑人的艰辛和无奈，所以替罪者乔治几乎从不抱怨，因为这是他为了赎罪而自觉选择的自我惩罚方式。

三、境遇凄苦，尊严尽失

乔治做仆人的生活十分辛苦，得到的待遇又如何？埃佩尔详细了解了殖民时期仆人的衣、食、住后，以他们的境遇为镜像，向读者展现了乔治为仆的待遇。相关描写与社会学著作《女仆与女主人》（*Maids and Madams*, 1980）一书的记录基本一致。乔治在主人的压迫和盘剥下过着猪狗不如的生活，再现的是黑人曾经的遭遇。乔治以此惩罚自己，也是要白人乃至世人充分认识到殖民罪恶之深重，并引以为戒。

乔治的居住环境和穿着都是殖民时期黑人仆人的翻版。他住的是专为仆人准备的房间。和咫尺之遥的主人家塞满了家具的房间相比，仆人间家徒四壁。他的衣着也和殖民时期的黑仆相似。他工作日不能穿自己想穿的衣服，只能穿贝蒂希尔斯为他准备的非常不合身的卡其衬衫和短裤，而"前者太小，后者又太大"[1]。他还要头戴流苏红毡帽，脚穿白色运动鞋。乔治的衣着自由被剥夺。这正是殖民时期标准的黑人仆人的遭遇。

最能体现乔治的凄苦境遇的是他的饮食。乔治的饮食用食不果腹来形容一点儿也不为过，和主人家的山珍海味对比鲜明。女主人全家生活奢华。但乔治按月领取的粮食只是"五公斤的玉米粗面"；每日领到的菜量仅有"五片菠菜或者油菜（视季节而定）"[2]；喝的茶是主人特为仆人准备的，"实际全是茶叶梗"[3]。除此之外，为了勉强果腹，乔治就只能吃主人家的残羹冷炙。小说第九章详细描写了乔治和花工约瑟夫（Joseph）准备晚餐和共进晚餐的情形，尤其凸显了他们

---

[1] John Eppel, *Absent: The English Teacher*, Harare: Weaver Press, 2009, p. 45.

[2] John Eppel, *Absent: The English Teacher*, Harare: Weaver Press, 2009, p. 29.

[3] John Eppel, *Absent: The English Teacher*, Harare: Weaver Press, 2009, p. 49.

饮食之差。比乔治早下班的约瑟夫先煮好了一小锅萨杂（Sadza，津巴布韦的主食，用玉米粉熬成的浓稠的粥）。乔治伺候好主人一家用完晚餐后才回来做自己的晚餐。回到仆人房后，他从口袋里掏出一个小包。那是用卷心菜叶子包裹的剩菜，里面有主人家没有拿去喂狗的鸡骨头、半个西红柿、两片红萝卜、几颗青豆。往半锅煮开的水里加上这些残羹冷炙和那片卷心菜叶，撒上一点儿盐和胡椒粉，再加上一个野生的辣椒。用煮好的一锅大杂烩来蘸萨杂，就是他们还算丰盛的晚餐，毕竟还有鸡骨头让约瑟夫啃得津津有味。对此，乔治不禁问道："好吃（Tasty）？"约瑟夫毫不犹豫地回答："非常（Very）。"[1]话音未落又专心致志地继续啃手中的鸡骨头。在这场对话中，简洁了当的两个词，却很好地做到了"一样人还他一样说话"，即什么性格的人说什么话。如此个性化的语言正是"天生"的仆人的语言，既反映出了"人物形象的内在逻辑"，也"丰富了人物形象"[2]。劳累了一天的两个仆人，他们显然都累垮了、饿慌了，因此没有多少时间和精力浪费在说话上。从这仅有的两个单词中，读者还感觉到了乔治正一边咽着口水，一边羡慕地看着约瑟夫享受美味。乔治何尝不想也啃上一两根难得的鸡骨头？但当他看到约瑟夫两眼放光地盯着锅底那几根"诱人的骨头"[3]时，下意识地就把它们都慷慨地让给了他。在这个过程中，乔治和约瑟夫还为找茶壶盖进行了琐碎的对话。他们有一搭没一搭地说着茶壶盖，都说要找一下，但因为已经筋疲力尽，又都没有动身。对话中乔治的话语与他绝大多数情况下的话语模式差异显著。作为文学老师的乔治无论是在不同场合讲解文学作品，还是在他的意识里，所持的话语都学术气息浓厚，而且哲思鲜明。话语模式的自觉切换也从另一方面体现了乔治甘心为奴，因为这是他赎罪的重要方式。这些对话同时也都说明，作者能够"设身处地"[4]地走进人物内心，对人物性格也有深刻的把握，对当时的环境也做过细致揣摩。

---

① John Eppel, *Absent: The English Teacher*, Harare: Weaver Press, 2009, p. 59.

② 刘欣中：《金圣叹的小说理论》，石家庄：河北人民出版社，1986 年，第 87—88 页。

③ John Eppel, *Absent: The English Teacher*, Harare: Weaver Press, 2009, p. 59.

④ 刘欣中：《金圣叹的小说理论》，石家庄：河北人民出版社，1986 年，第 92 页。

乔治为仆的地位低下、生活艰辛还在以下多处细节中得到了体现。除了累到瘫痪、长期忍饥挨饿，乔治还要时刻提心吊胆地担心被主人训斥。连在主人房间里转个身都要战战兢兢，生怕碰坏了什么。他还时常被主人疑为小偷。糖在物资紧缺的津巴布韦是稀缺品，一度"只供给特权阶级"①，显然成了阶层身份的"指意符号"，具有"穿透社会政治的叙事阐释力"②。主人一杯茶可以奢侈到加六份糖，正是她特权地位的体现；仆人乔治却不仅没有糖吃，还要时常被主人无端指控偷了她家的糖，这种处境则是他社会地位低下的能指。

乔治遭受的这一切都不是什么新鲜事，而是种族对立被复制到21世纪的津巴布韦后，黑人和白人的种族身份被置换的自然结果。贝蒂希尔斯的父母曾经都是白人家的佣人；她的母亲是女仆，父亲是厨师，她从小就在仆人区长大，对乔治现在住的地方并不陌生。事实上，她就是照搬白人对待她父母的方式，依葫芦画瓢地对待乔治。这是被殖民者将"羡妒的目光"投向殖民者，而且每天都会"梦想处在殖民者的位置上"③的结果，也是黑人通过模仿殖民者以"消解"被强加在他们身上的"自卑感"④的重要途径。莱辛笔下的黑人土著就正是乔治遭遇的映射。莱辛对黑人遭遇不乏怜悯之心，擅长描写白人眼中如影子和畜生般的黑人，客观反映了黑人在白人眼中的形象。他们视黑人为邪恶、丑陋的畜生，不仅鄙视他们无知无能，还认为他们缺乏情感，因此黑人群体通常都是以被训斥、鄙夷的下等人或潜在的邪恶力量出现在白人作家笔下。"下流""恶劣"的他们还是白人女孩常被提醒要时刻提防的对象。在许多白人看来，那些黑人就"像一群蝌蚪"⑤般乌泱泱；他们活着的目的就是为白人干活。作为廉价劳动力的他们频繁出没于白人的世界，同时却又与他们恍若隔世，因为殖民世界就是个"分门别类

---

① Erasmus R. Chinyani, "A Land of Starving Millionaires", in Irene Staunton (ed.), *Laughing Now: New Stories from Zimbabwe*, Harare: Weaver Press, 2007, p. 38.

② 张健然：《〈磐石上的阴影〉中的食物书写》，载李维屏主编《英美文学研究论丛：33》，上海：上海外语教育出版社，2020年，第245页。

③ 弗朗兹·法农：《全世界受苦的人》，万冰译，南京：译林出版社，2005年，第6页。

④ 任一鸣：《后殖民：批评理论与文学》，北京：外语教学与研究出版社，2008年，第145页。

⑤ 多丽丝·莱辛：《这原是老酋长的国度》，陈星译，南京：南京大学出版社，2008年，第2页。

的世界""一分为二的世界"①。这是白人世界和黑人世界疏离的体现，同时也是自觉高人一等的殖民者对黑人无比蔑视，以及黑人社会地位低下的文学再现。这些文学作品中的黑人的境遇正是乔治遭遇的镜像。替罪羊乔治的自我惩罚之所以从成为地位低下的仆人和廉价劳动力开始，正因为这是殖民时期成千上万的黑人的普遍遭遇，在殖民统治将黑人非人化的诸多罪状中具有代表性。

结　语

乔治重走了殖民时期许多黑人走过的为仆之路，是他在深刻了解殖民时期黑人遭遇的基础上，精心选择的赎罪之途。乔治作为殖民者的替罪羊展现出了强烈的赎罪意识。基于历史事实和有良知的作家固有的悲天悯人的情怀，埃佩尔以形象的描绘忠实再现了乔治当仆人的艰辛生活。作者让他亲身体验了种族歧视下被压迫方的痛苦经历，旨在说明白人应该知晓并牢记自己曾经对黑人的压迫之深重，人们应意识到任何形式的罪过都将让过错方付出代价，甚至殃及其后代。为了摆脱良心的谴责并迈向光明的未来，白人有必要在深入反思自身罪行的基础上改过自新。正因为如此，仆人乔治虽然过的是筋疲力尽、衣不蔽体、食不果腹、尊严尽失的非人生活，但他基本上都是无怨无悔，因为这正是他赎罪的好机会。这就是埃佩尔控诉殖民统治、呼吁种族和解的独特方式，旨在启迪殖民者及其后代对殖民罪行做出深刻反思，以避免历史覆辙的重蹈。这不仅适用于曾经的殖民者，也适用于其他一切通过压迫、剥削他人以谋取自身利益的人。人们倘若能像乔治一样自觉反省类似行为的不公和残酷，继而洗心革面、升华内在，无疑有助于构建正义、公平、安宁的人类命运共同体。

（文/杭州师范大学 蓝云春）

---

① 弗朗兹·法农：《全世界受苦的人》，万冰译，南京：译林出版社，2005 年，第 5 页。

第三篇

布莱昂尼·希姆
小说《这个九月的太阳》中的自省意识与宽恕主题

布莱昂尼·希姆

Bryony Rheam，1974—

作家简介

布莱昂尼·希姆（Bryony Rheam, 1974—）是 21 世纪津巴布韦新生代作家中的重要代表，是继多丽丝·莱辛、亚瑟·希利·克里普斯（Arthur Shearly Cripps, 1869—1952）后，在黑人主政的津巴布韦被主流意识形态认可的极少数白人作家之一。她的首作《这个九月的太阳》（*This September Sun*）出版于 2009 年，获"津巴布韦图书出版商协会最佳首作奖"（The Best First Book Prize at the Zimbabwe Book Publishers' Association Awards），现已成为津巴布韦"高中文学考试的指定书目"，并有阿拉伯语译本问世。第二部小说《尘归尘》（*All Come to Dust*）已于 2020 年出版，获 2021 年度"布拉瓦约艺术奖"（Bulawayo Arts Awards）。此外，她还有多个短篇故事发表。布莱昂尼·希姆 1974 年出生于津巴布韦中部的卡多马（Kadoma），父亲从事矿业，携家人于 1982 年在布拉瓦约附近的一处矿山安定下来。希姆自幼酷爱阅读，儿时的梦想就是成为作家。早在 11 岁时，希姆便用父亲送给她的一台二手打印机尝试创作童话故事，两年后便在布拉瓦约著名报纸《纪事报》（*The Chronicle*）上发表作品。1994 年开始，希姆在英国接受高等教育，本科和硕士所学专业均为英语文学。其间记下的见闻和感想后来成了《这个九月的太阳》中女主人公伦敦经历的重要部分。攻读硕士学位期间，希姆主修了后殖民写作课程，阅读了大量后殖民经典之作，但这些作品并没有让她产生共鸣，因为她从中无法找到自己。希姆因此决心自己书写后殖民语境下真实可感的白人故事，同时也能让世界各地读者产生共鸣的故事。希姆还曾于 2000 年前往新加坡。在那里，她担任英语教师，也参加写作俱乐部。《这个九月的太阳》中的第一章就是当时完成的。她于 2001 年回到津巴布韦，2008 年举家搬迁到了邻国赞比亚，2015 年又重回津巴布韦，迄今为止一直与丈夫和两个孩子居住在布拉瓦约。

作品节选

《这个九月的太阳》

(*The September Sun*, 2009)

"Good evening, Madam," he replied, but I don't think he looked up.

"Lovely evening," I continued. What a very British thing to say. How many evenings like this has Samson experienced in his life, I wonder? I didn't take his absence of an answer as insolence. I don't think he sees me as someone he is entitled to converse with. Perhaps he finds it odd that any white woman would talk to him at all. I realised that Samson must've taken the coffee into the sitting room already or he would not be here polishing shoes.

…

I couldn't think of anything else to say to him, but he suddenly seemed the only person I wanted to speak to.[①]

"晚上好，夫人，"他回应道，但我记得他没有抬头。

"多美好的夜晚，"我继续。多么英式的寒暄！我心想：萨姆森的生命中历经过多少个这样的夜晚？我没有把他的不回应当作无礼。我想他没有把我看作他有权与之交流的人。任何白人女性但凡要和他说话，他也许都会觉得很奇怪。我意识到萨姆森一定已经把咖啡送到客厅了，否则他不会在这儿刷鞋子。

……

我想不到还能和他说什么，但突然就觉得他是我唯一想要交流的人。

（蓝云春/译）

---

① Bryony Rheam, *This September Sun*, Bulawayo: 'amaBooks, 2009, pp. 288-289.

作品评析

小说《这个九月的太阳》中的自省意识与宽恕主题

引　言

　　《这个九月的太阳》是希姆 2009 年在津巴布韦本土出版的第一部长篇小说。这部优秀首作受津巴布韦文化基金（The Culture Fund of Zimbabwe）资助，在津巴布韦国内外都广受好评，奠定了希姆在津巴布韦乃至非洲英语文坛的重要地位。这部小说长达近 500 页，2009 年首版后还得以再版。这在民众穷困、图书昂贵、文学作品销量很小的津巴布韦可谓非比寻常。毕竟，津巴布韦是一个失业率曾"超过 85%"，至今仍居高不下的国家，那里的许多人每天的开销"都在三美元以下"①，只有极少数买得起书。当然，《这个九月的太阳》的主要读者并非都是津巴布韦的本土民众，它的电子书就曾在亚马逊网站上成为编辑推荐书目，并且销量曾飙升至第一，甚至一度超过了"畅销书"《达·芬奇密码》(The Da Vinci Code, 2003)。这就说明，这部小说不仅在津巴布韦人，以及那些曾在津巴布韦居住过的人中备受青睐，很多"没去过津巴布韦的人也喜欢"②。同普通读者群一样，评论界对此书也大加赞赏。有评论认为，《这个九月的太阳》刮起了"一股清新之风"，为人们了解 20 世纪中期至 21 世纪初津巴布韦的白人心理"提供了新视角"，也为"津巴布韦和世界文学添了一部经典之

---

① Irene Staunton, "Publishing for Pleasure in Zimbabwe", *Wasafiri*, 2016, 31 (4), p. 50.

② Tendai Machingaidze, "All Come to Dust: An Interview with Bryony Rheam", Nov. 8, 2020, https://www.mosioatunyareview.com/post/all-come-to-dust-an-interview-with-bryony-rheam. (Accessed on Jan. 12, 2021).

作"①。约翰·埃佩尔也对这部小说给予了较高评价。在他看来，这部小说"十分出色地唤醒了人们对独立前白人社区的慵懒生活的记忆，那时，人们的日子在一杯杯茶和夕暮酒以及一场场婚外情中度过"，在非洲后殖民作品目录中"应有一席之地"②。

《这个九月的太阳》中的人物栩栩如生，情节跌宕起伏，人物细腻、深沉的情感还被织入了厚重、复杂的殖民、后殖民历史中。故事主要讲述的是生于1974年的主人公爱莉（Ellie）和她生于1947年的外婆伊芙琳（Evelyn）的人生经历。两条线索在作者精湛的叙事技巧下巧妙地交织在一起。其间有相敬如宾的爱情，包括缠绵悱恻的婚外情，还有悬念重重的谎言和谋杀等，流露出透骨酸心的悲痛、悲天悯人的情怀，同时也不乏痛定思痛的理性和豁达，因而不仅引人入胜、启人深思，还不乏真情和道义的力量。这些自然都是它吸引读者的关键因素。更为重要的是，它的话语模式、情感基调与《缺席了，英语教师》相似，与许多其他白人作家的种族歧视话语则差异显著。这在小说的自省意识和宽恕主题中展现得尤为鲜明。基于对人类普遍缺乏自省意识的揭示，以及对殖民之过的自觉反思，小说理解并宽恕了黑人残害白人的暴行，彰显了作者及其笔下人物以非洲主人翁的姿态努力追求种族和解的诚意。

一、对自省意识的呼唤

在东西方文化中，普遍存在着对"过错"的共性认识，如"人谁无过？过而能改，善莫大焉"③；"犯错者为人，谅错者为神"④。人都会犯错，但贵在知错就改。

---

① Francis Mungana, "Book Review from *The Standard*, 1 May 2010", https://www.africanbookscollective. com/books/this-september-sun/francis-mungana-the-standard/at-download/attachment. (Accessed on Jan. 12, 2021).

② Geosi Reads, "Bryony Rheam, Author of *This September Sun* Interview!", https://geosireads.wordpress. com/2011/06/27/bryony-rheam-author-of-this-september-sun-interviewed/. (Accessed on Oct. 15, 2020).

③ 左丘明（撰）：《左传》，刘利、纪凌云译注，北京：中华书局，2007年，第139页。

④ John Churton Collins (ed.), *Pope's Essay on Criticism*, New York: The Macmillan Company, 1896, p. xxxviii.

犯错却不知错，或者知错也难改，甚至明知故犯、知错再犯等，都是人性弱点的体现。换言之，世界上尽管不乏屡屡犯错之人，真正善于自省、勇于承担过失的人却较为缺乏。这是人类历史上诸多纷争和冲突周而复始地出现的要因，也是津巴布韦 21 世纪初种族冲突卷土重来的要因。《这个九月的太阳》中叙事者的外婆伊芙琳所持的正是这样的观点。伊芙琳的言谈总是富有哲理且充满洞见，在相当程度上是智者的化身。她的日记记录了许多启人深思的生活感受和人生体悟，其中就包括人类自省意识和愧疚心理的匮乏——"我们人类都憎恨自我省察"，因此很少有人会"感到内疚"①。为了证明这一人性共有的弱点，她剖析了自己插足他人婚姻的经历和心理，在直面人性弱点的同时号召人们增强自省意识。

伊芙琳与威利（Wally）的婚外情在小说中占据重要篇幅，也是推动情节发展的关键要素。在第二次世界大战结束后，伊芙琳随着白人移民潮满怀憧憬来到津巴布韦这块新大陆。初来乍到的所见所闻让她很快就意识到，这里并不像英国政府鼓吹的那般美好。在令人窒息的现实面前，她偶遇了威利，并在他的帮助下前往津巴布韦第二大城市布拉瓦约工作，从此便成了他的情人。这不仅伤害了威利的妻子，也让她自己的丈夫一辈子生活在阴影里。她那依恋父亲的女儿更是"从不"②给伊芙琳爱她的机会。她的婚外情还导致全家三代人都长期生活在谎言和欺骗中。

伊芙琳虽然清醒地知道，在世俗观念看来，自己破坏他人家庭，把自己的快乐建立在他人的痛苦之上是不道德的，但她并没有为自己插足威利的婚姻而感到多么内疚。她怀上威利的孩子后不久就嫁给了里奥纳德（Leonard），婚后也一直和威利保持联系，但整部小说很少看到她对容忍、深爱她的丈夫有多少愧疚之心。她在日记里写道，每次和丈夫争吵时，他从来都不会吵到"让自己赢"，因为他害怕失去她，担心她会丢下一句"我不再爱你了"就离家出走。面对丈夫的忍让和包容，伊芙琳坦言自己并没有"居高临下"的感觉，也没有"挫败感"，只是有时会因自己具有的"伤人的能力和潜能"③而难受。如果说其中有可能夹杂着潜隐

① Bryony Rheam, *This September Sun*, Bulawayo: 'amaBooks, 2009, p. 381.

② Bryony Rheam, *This September Sun*, Bulawayo: 'amaBooks, 2009, p. 260.

③ Bryony Rheam, *This September Sun*, Bulawayo: 'amaBooks, 2009, p. 258.

的愧疚心理，至少在伊芙琳的意识里，她是抗拒为自己的婚外情向任何人致歉的，包括受伤害程度可能最深的威利的妻子。婚后不久，威利的妻子瑞埃特（Riette）前来找伊芙琳，看着她隆起的肚子坦诚道，如果孩子是威利的，她不介意他来看孩子。她甚至恳请伊芙琳让他来，因为他"一直都想要孩子"①，而她自己多年未孕。这显然是一位在无奈的现实面前忍辱负重的妻子，让人心生怜悯。但伊芙琳不仅没有出于基本的礼貌让她进屋，更没有对她的请求做出任何回应，而是在她面前重重地将门关上，直至她默默离开。即使到了晚年，伊芙琳回忆起这段往事时，除了那句"她当时看起来很苍白，我至今记得"②似乎对瑞埃特流露出了一丝怜悯之心，日记的其他内容基本没有让读者感觉到伊芙琳有多愧疚。她坦言自己从来没想过要介入他人的婚姻，成为破坏别人家庭的元凶。小说还有多处细节描写了威利和妻子感情不和、难以沟通；而威利和伊芙琳则情投意合、心意相通，似乎是为这段婚外情的合理性辩解。更为直接的是，她还坦言，无论牧师如何警告"罪孽的人们"不要私通，不要介入他人婚姻，她始终告诉自己的是"我没什么好内疚的，除了压根不觉得自己有错这一点之外"③。推己及人，她欣然接受我们很少人会自责。也许正因为如此，世俗道德理论中就"鲜少"有关于赎罪问题的讨论。④伊芙琳如此坦诚地面对人性的弱点，是这部小说让众多读者产生共鸣的要因。就像有的评论所言，《这个九月的太阳》让我们意识到了"我们毕竟都只是人，都会有缺点。我们欢笑、哭泣，我们犯错误、做傻事，还可能让人生厌"⑤。

既然世间少有自省、自责之人，也就没有必要苛求"他"去内省和愧疚。这里的"他"指的是津巴布韦独立后的第一任最高领导人穆加贝（Robert Mugabe, 1924—2019）。津巴布韦 2000 年启动的"快车道"土地改革运动（Fast-track Land Reform Programme）正是在穆加贝的领导下进行的。这场改革旨在从白人

---

① Bryony Rheam, *This September Sun*, Bulawayo: 'amaBooks, 2009, p. 382.

② Bryony Rheam, *This September Sun*, Bulawayo: 'amaBooks, 2009, p. 382.

③ Bryony Rheam, *This September Sun*, Bulawayo: 'amaBooks, 2009, p. 381.

④ Linda Radzik, *Making Amends: Atonement in Morality, Law, and Politics*, Oxford: Oxford University Press, 2009, p. 9.

⑤ Bookshy, "Book Review: Bryony Rheam's 'This September Sun'", http://www.bookshybooks. com/2013/02/book-review-bryony-rheams-this.html. (Accessed on Jan. 4, 2022).

农场主手中夺回大量土地，以纠正殖民统治遗留的土地资源占有严重不公等问题。许多白人农场主因此被驱赶，有的还在暴力夺地中丧生。由此引发的西方制裁等，让津巴布韦的经济遭受重创，政治和社会也陷入动荡。因此，21世纪有不少白人作家和西方媒体一样，极度仇恨穆加贝其人，也极力批判他的所作所为。《这个九月的太阳》采用的却是另一套话语。面对人们的疑问——穆加贝"就不愧疚吗？"伊芙琳反问的是："我们多少人又会呢？"①毕竟，即使是聪慧、友善、贤能的伊芙琳自身，也鲜少自责和愧疚，因而不应苛求他人，包括穆加贝。

更能说明这一点的是，伊瑟琳还对穆加贝的人生悲剧感同身受。穆加贝和伊芙琳一样，也曾经历过刻骨铭心的丧子之痛。因此，至少"她内心的一部分"②是理解并同情他的。白人执政时，穆加贝和第一任妻子育有一子，但他在三岁时不幸因病夭折。这个取名为"国家的苦难"的孩子病重时，穆加贝正被殖民政府关在监狱里。无论他如何请求都未能获准去见他的儿子最后一眼，甚至"不被允许出狱去参加他的葬礼"③，这让"从不轻易流泪"的穆加贝"当众潸然泪下"，而且"以后连续多日都沉浸在悲哀之中"④。小说重提这段在津巴布韦几乎人尽皆知的历史，一方面是要凸显殖民当局的残酷；另一方面是在提醒读者，尤其是因"快车道"土地改革而被驱逐的白人，他们的遭遇是有历史成因的。但类似的历史很少出现在白人作家的文学作品中。由此可见，希姆和埃佩尔一样，能够超越狭隘的种族立场，较全面、辩证地看待津巴布韦的社会问题。

作为作家代言人，伊芙琳直面人性的弱点，从自身经历出发揭示了人类缺乏自省意识、难以正视自身过错的事实。但她毕竟还是因为自己的"不自责"而"自责"了。她的坦诚和反思，可以理解为是在充满矛盾、纷争、冲突的世界里，呼唤人类增强自省意识，增强直面自身过错并为此歉疚的能力和勇气。在小

① Bryony Rheam, *This September Sun*, Bulawayo: 'amaBooks, 2009, p. 381.

② Bryony Rheam, *This September Sun*, Bulawayo: 'amaBooks, 2009, p. 380.

③ Louisa Young, "'People Think the Book Is a Love-letter to Africa, but Really It Is a Love-letter to My Mother': Alexandra Fuller Talks to Louisa Young About Her Acclaimed Memoir of Her African Childhood", *The Guardian*, Mar. 14, 2002, https://www.theguardian.com/world/2002/mar/14/gender.uk. (Accessed on Jan. 4, 2020).

④ 戴维·史密斯、科林·辛普森、伊恩·戴维斯：《杰出的津巴布韦人——穆加贝》，周锡生、吕瑞金译，北京：世界知识出版社，1985年，第54页。

说结尾处，爱莉在重生之际梳理了过往的一切，终于明白伊芙琳之所以要让她读到她的信件和日记，是因为要借此向自己至亲的人吐露心声，以便卸下"心灵的负重"[1]，并寻求最终的安息。伊芙琳最终还是以自己独特的方式表达了愧疚之情。就像《无动于衷》（Unfeeling, 2005）的作者主张的那样，只有每个人都勇于自省，并承担起自己的那份责任，"人类的危机才能终止"[2]。具体到 21 世纪的津巴布韦语境下，则意味着被排斥和驱逐的白人应该反思自身境遇的历史成因，并以开放、包容的心态宽恕当下、面向未来。为此，小说不仅呼唤人类增强自省意识，还从白人的视角反思了殖民之过。

二、对殖民罪过的自省

在法农看来，黑人土著在殖民意识形态里是"道德标准的敌人"，是"腐蚀分子，破坏一切接近他的东西"，还是"歪曲分子，使一切与美学或道德有关的东西变了样"[3]。因此，他们在津巴布韦的许多白人英语文学作品中被反复地极端丑化、非人化。《这个九月的太阳》中的萨姆森（Samson）则是相对幸运的。他是伊芙琳家的黑人厨师。小说对殖民之过的自省正与他的经历有关。伊芙琳对他的境遇深感同情，并由此流露出对殖民统治的反思，以及对自己作为白人所享受的优渥生活的惴惴不安。

萨姆森是一位真正的恩德贝莱族勇士，而且聪明善学。他比门框高，还很敦实、温和，曾代表英国参加过第二次世界大战，是与英国士兵携手反抗纳粹的众多非洲黑人士兵中的一员。在战场上，他们与其他人种"在生死线上相遇"，发现那些"所谓的文明、和平、有序的白人残忍地相互屠杀"，与他们"所谓的野蛮的

---

① Bryony Rheam, *This September Sun*, Bulawayo: 'amaBooks, 2009, p. 488.

② Michael Titlestad, "Violence and Complicity in Ian Holding's *Unfeeling*", *English Studies in Africa*, 2007, 50 (2), p. 174.

③ 弗朗兹·法农：《全世界受苦的人》，万冰译，南京：译林出版社，2005 年，第 8 页。

祖先"在部落战争中的行为并没有多大区别，因而看透了"白人的伪装"①。萨姆森还很快学会了做英式食物，是黑人聪明、能学会本领的"活生生的例子"②。

　　但这些见识、本领并未给萨姆森的生活带来多大改观。他在伊芙琳家当了多年厨师，一直过的都是孤独、凄凉的生活。殖民时期，不同于在白人经营的商业农场里卖苦力的黑人工人，像萨姆森这样的在白人家做厨师、仆人的黑人是不能接来妻儿同住的，因为只有他们自己的劳动力对白人有用。短篇故事《那座蚁山》（"The Anthill"，2005）中叙事者儿时的记忆也可以说明这一点。"我"的姨父早逝后，他的家人都必须马上离开农场，因为，"我"的姨妈无法提供农场主需要的强壮劳动力，他们一家对于农场主"没有任何用途"③。《骨头》（Bones，1988）中的女主人公总是拼尽全力干活，比许多男人都产出多。她之所以这么做，是为了向白人农场主证明她的劳动力价值，以免她体弱多病的丈夫过世后，农场主会立马将她赶走，让她无家可归。白人政府制定了种种法规，以确保白人利益最大化地获得黑人廉价、优质的劳动力。那些白人也就心安理得地想，"累垮吧，但让我发财"④，丝毫不觉得需要顾及黑人的生存境遇。萨姆森的境遇就是殖民时期万千黑人命运的缩影。

　　此外，像殖民时期的许多黑人廉价劳动力一样，萨姆森还需要在白人的屋檐下默默承受各种侮辱黑人的言论。伊芙琳家的客人总是一边享用萨姆森亲手做的美味佳肴，一边彻底无视他的存在，还肆无忌惮地在他面前发表各种贬斥黑人的言论。每当这样的时刻出现时，萨姆森从不说一个字，眼睛也不看任何人。这些内容出现在伊芙琳的日记里。她的日记还记录了当晚接下来的情形。伊芙琳外出透气时，正好看见萨姆森坐在门口的小板凳上，默默地给那些正在餐厅侮辱他的种族的白人擦鞋。这一瞬间，她内心某块柔软之地被击中，怜悯之情油然而生。她揣摩道："萨姆森一生有过多少次这样的夜晚？"⑤这是什么样的夜晚？这样的夜

---

① Ndabaningi Sithole, *African Nationalism*, Cape Town: Oxford University Press, 1959, p. 19.

② Bryony Rheam, *This September Sun*, Bulawayo: 'amaBooks, 2009, p. 280.

③ Gertrude Nyakutse, "The Anthill", in Jane Morris (ed.), *Short Writings from Bulawayo II*, Bulawayo: 'amaBooks, 2005, p. 105.

④ 弗朗兹·法农：《全世界受苦的人》，万冰译，南京：译林出版社，2005 年，第 128 页。

⑤ Bryony Rheam, *This September Sun*, Bulawayo: 'amaBooks, 2009, p. 289.

晚虽然美丽宜人，萨姆森却远离所有的家人寄人篱下。他必须悉心为白人的吃喝玩乐做好各项服务，还要默默地、毫无尊严地吞下他们歧视、侮辱黑人的种种言论。这是因为，白人"象征资本"，黑人则是"劳动力"的象征①，白人要的只是黑人的劳动力，只要他们是干粗活的人，自然不用费神去关心他们的尊严和情感。

这样的遭遇在殖民时期的黑人仆人中非常普遍，在诸多黑人作家笔下也得到了细致描摹，但在白人作家笔下并不常见。伊芙琳对萨姆森的同情跃然纸上，其中多少传递了作为白人的伊芙琳对种族歧视的自责和内疚。但这样的情感和情绪还只是在浅层意识中短暂停留，并没有发展为深入的认知，更没有转化为赎罪的行动。事实上，伊芙琳并没有勇气，或者力量去反驳那些在她家里对黑人种族大放厥词的白人。她甚至都没有想过要进行阻止，而是任由他们丝毫不顾萨姆森的感受发表各种自以为是的种族歧视言论。她可能深知这样的歧视在白人社区已然根深蒂固，自己即使想要为黑人辩护，也是人微言轻，难以对抗强大的白人社区的集体舆论和主流意识形态。

毕竟，像莱辛这样的具有独立思想和反叛精神的伟大作家，她或她笔下的人物也无法以一己之力说服身边的人摒弃或淡化种族歧视思想。在她的回忆录、传记中，莱辛都记录了自己无力与之对抗的无奈和无助。她还因为拒绝种族歧视而被视为家里的异类，所以常被父母和弟弟嘲讽。她的短篇故事《高地牛儿的家》（"A Home for the Highland Cattle", 1953）中，新近来到津巴布韦的马丽娜（Marina）第一次见到仆人查理（Charlie）时，只是出于礼貌和他寒暄了几句，却让对方怀疑她的动机，因为其他白人都对黑人仆人呼来喝去，甚至拳打脚踢。在种族歧视蔚然成风的情形下，即使偶然有白人把黑人当成同等的人类，对黑人表现出哪怕一点儿起码的关心和尊重，也不仅难以让对方欣然接受或心怀感激，反而会让他们极为意外和困惑。善待黑人的行为甚至还会招致其他白人的抗议。故事中的斯金纳太太（Mrs. Skinner）是坚定的种族歧视者。她提醒马丽娜千万不能信任黑人，还得狠狠地揍不懂规矩的黑人。这是典型的殖民者家长式作风的体现，是"将非洲人非人化并物化的体系"作用的自然结果。在这样的体系中，白

---

① 弗朗兹·法农：《黑皮肤，白面具》，万冰译，南京：译林出版社，2005 年，第 103 页。

人"有权实施残酷的压迫和剥削"[1]，黑人则绝不奢望"人家承认他在殖民范围中的正当权利"[2]。这一切都让马丽娜大跌眼镜，但她依然按照自己的准则行事。她因为仆人的工资"低得荒唐"而给查理加了几便士的月薪，却立马招致白人社区的代言人庞德太太（Mrs. Pound）前来表示强烈反对。她于是改为每周给查理加一点儿肉和蔬菜，却还是招致庞德太太义正词严的痛斥——"他们的胃和我们的不一样。他们不需要蔬菜。你在教唆他们"[3]。殖民者就是这样以种种偏见将黑人非人化的。萨姆森自然也难逃被非人化的命运。

面对如此强大的殖民偏见，《这个九月的太阳》中的伊芙琳又该如何与之对抗？虽然她心地善良、敢爱敢恨，且不乏主见，但也无法以一己之力去对抗白人社区无处不在的种族歧视。她即便对萨姆森充满怜悯、同情，想要为他说几句公道话，也只能把它当作内心的隐私深藏在日记里。

也许正因为如此，小说将她对黑人的同情和其他不便公布于众的隐私一起，都通过日记和信件的形式展现。这是小说创作的一大艺术特色。作者这么做，是因为日记是"一种可以充分展露心灵世界的文体，一种可以任由思绪重新构建时间和空间的文体"[4]。而且，日记体和书信记叙一样，都具有"伪纪实性和现实感"[5]，容易让读者信以为真，因而更具感染力。对于这部小说的许多读者而言，他们都惊叹于小说情节很"逼真"，人物"太真实"[6]。希姆在访谈中也提到，她听到的"最好的评论"就是，即便她一再强调小说的故事纯属虚构，有的读者依然坚持对自己而言就是"真实的"[7]。小说之所以能够让许多读者心有戚戚焉，与作者使用了大量日记和书信密切相关。在当时的情形下，伊芙琳对殖民罪过做出的自省和批判似乎只能在日记和书信中表露，但已属难能可贵。

---

① 阿米娜·玛玛：《面具之外：种族、性别与主体性》，徐佩馨、许成龙译，杭州：浙江工商大学出版社，2018 年，第 141 页。

② 弗朗兹·法农：《全世界受苦的人》，万冰译，南京：译林出版社，2005 年，第 41 页。

③ 多丽丝·莱辛：《这原是老酋长的国度》，陈星译，南京：南京大学出版社，2008 年，第 316 页。

④ 任一鸣：《后殖民：批评理论与文学》，北京：外语教学与研究出版社，2008 年，第 76—77 页。

⑤ 戴维·洛奇：《小说的艺术》，王峻岩等译，北京：作家出版社，1998 年，第 25 页。

⑥ Bookshy, "Book Review: Bryony Rheam's 'This September Sun'", http://www.bookshybooks.com/2013/02/book- review-bryony-rheams-this.html. (Accessed on Jan. 4, 2022).

⑦ Bookshy. "Meet Bryony Rheam", http://www.bookshybooks.com/2013/04/meet-bryony-rheam.html. (Accessed on Dec. 15, 2020).

三、对宽容精神的彰显

通过伊芙琳的日记，《这个九月的太阳》一方面揭示了人类自省意识的匮乏，另一方面又巧妙地展现了主人公对殖民之过的自觉反思，这两大主题都为小说中占据重要地位的宽恕主题做好了铺垫。爱莉拥有文学博士学位，颇能引经据典，她曾引用过莎士比亚的话来表达与宽容精神有关的观点，即"人要不就是债权人，要不就是债务人"①。这一引言说明，人生在世总是相互亏欠，甚至彼此伤害，因此需要互相包容。于不同层面得以体现的宽恕主题，对于21世纪种族冲突卷土重来的津巴布韦追求种族和解具有重要意义。

首先，爱莉最终选择了宽恕杀害伊芙琳的凶手。爱莉起初对伊芙琳的被害深感困惑不解，并因失去了至亲的外婆而长时间深陷沁入骨髓的悲凉中。她对残害外婆的凶手怀有刻骨的仇恨，因而想要彻底回避他的存在。她不想知道他的名字，不想了解关于他的任何信息，因为"不想为他感到难过"，也不愿去揣摩"他是怎么想的，是否会后悔，是否会担心自己离开后谁替他养家糊口"。当时，让她痛彻心扉、大惑不解的是，他为什么非得用枪托"砸我外婆15下"②。事实表明，凶手是因为失业后生活难以为继才入室行窃。他原本只是想偷点儿黄油、糖和梅子酱之类的食品。但这样的初衷是如何演变成一场疯狂、残暴的凶杀案的？

我们可以从小说中爱莉和伊芙琳讨论阿加莎·克里斯蒂（Agatha Christie，1890—1976）的侦探小说时所持的观点中找到部分答案。在伊芙琳看来，阿加莎的故事的深刻之处在于，任何普通人，"老妇、牧师、家庭主妇"等，都可能犯下"这个地球上最严重的罪行"——"你"和"我"同样如此。驱使人们行凶的则是"羡慕、仇恨、嫉妒和爱"。而要破解谜案，关键不是看"事件本身"，而是细

---

① Bryony Rheam, *This September Sun*, Bulawayo: 'amaBooks, 2009, p. 315.

② Bryony Rheam, *This September Sun*, Bulawayo: 'amaBooks, 2009, p. 262.

查是什么导致了它——那些原本以为不相关的、日常的、普通的一切，"那些不能成为头条的东西"①。侦探小说如此，伊芙琳的命运亦然。她的遇害就像库切（John Maxwell Coetzee, 1940— ）的《耻》（*Disrace*, 1999）中的露西（Lucia）被强暴一样，不应被当作一次孤立事件来看，而是有着深刻的历史渊源。白人和黑人互相欠下道德债务，白人在21世纪遭遇不公，这在一定程度上是因为他们要为祖先在非洲犯下的殖民罪恶、留下的殖民遗产接受惩罚。作者和露西一样，期望通过宽恕暴行来换取种族和解，并让社会重回安宁，而不是像在西方引起较大反响的小说《无动于衷》里的主人公那样，试图通过以暴制暴的方式平息内心的仇恨。正如萨特所言，被殖民者最终针对殖民者的暴力，其实并"不是'他们'的暴力，而是我们的"②，因为他们是在以其人之道，还治其人之身。一位无辜的白人老太太为了种族的罪过付出了生命的代价，作者在历史的观照、良知的指引下最终选择了坦然接受这样的现实。这样的姿态和许多依然抱残守缺、坚守种族歧视言论的白人作家相比，已然高下立判。

更难得的是，小说还将伊芙琳的遇害归咎于西方媒体对土改中针对白人的暴力的大肆渲染。凶手之所以入室抢劫，是因为他已失业好几个月。他原本在市政厅外的市场里卖纪念品，游客不来后就失业了。而游客之所以不来，是因为他们"在英国、美国、欧洲等的电视节目里"看到了津巴布韦的暴力事件。西方的媒体只关注白人的命运，因此选择性地呈现津巴布韦政府"针对白人农场主的暴力"。虽然事实是"许多黑人也死了，但他们死亡的消息并不总是能够被国际新闻关注"③。在爱莉看来，也许正是因为这些报道让观众认为"只有白人才是袭击目标"④，他们才不敢再来。爱莉对西方媒体片面渲染暴力显然颇有微词。她身上有不少希姆的影子，而希姆对底层人民的遭遇总是深为同情。在访谈中，她就曾不无遗憾地说道，"我们不够善待彼此。我们剥削穷人，而且首先想到的都是过好自

---

① Bryony Rheam, *This September Sun*, Bulawayo: 'amaBooks, 2009, p. 487.

② 弗朗兹·法农：《全世界受苦的人》，万冰译，南京：译林出版社，2005年，附文第21页。此处引文出自萨特为该书所写的"1961年版序言"。

③ Bryony Rheam, *This September Sun*, Bulawayo: 'amaBooks, 2009, p. 262.

④ Bryony Rheam, *This September Sun*, Bulawayo: 'amaBooks, 2009, p. 262.

己的日子"①。爱莉对作为社会底层人的凶手流露出的同情，自然会淡化自己对他的仇恨。此外，西方那些铺天盖地的报道还可能让凶手觉得杀害一个白人并不是什么大不了的事情。这就像帝国主义歧视、压迫黑人的现象"普遍存在"，似乎就意味着它们是"正常的""自然的"和"神赐的"②。这些原因都促使爱莉宽恕凶手、放下过往。

其次，爱莉经过一番思考后决心重回津巴布韦寻找心灵归属，这一行为是凸显宽容精神、追求种族和解的最佳注脚。伊芙琳不仅富有同情心，还有洞悉人生、人性的智慧，记录她心声的日记让爱莉经历了内心的成长和自我的转化。读了这些日记后，爱莉学会了理性、客观、全面地看待津巴布韦历史和现实中与白人命运息息相关的一切，从而深化了对事实真相、生活本质的认知。她因此逐步接受了千疮百孔的现实，宽容了长期困扰于心的那些谎言、家丑和暴行，从而恢复了内心平衡和心理健康。在小说的结尾，她重新回味了同为非洲白人的托尼（Tony）对她说过的话，决心听从他的建议，接受原原本本的津巴布韦。即使这个国家满目疮痍，她也可以从这个自己更愿意称为"家"的地方"发现美好和幸福"③。做出这个决定后，她重拾了活下去的勇气和人生的意义，并相信自己能够在非洲大地的"九月"里重获生机。小说题名中的"九月"正是"治愈、舒缓和安抚的季节"④。作家对非洲怀有的真挚情感于此也得到了凸显。希姆虽然深知津巴布韦有各种不尽如人意的地方，但多次离开后还是和家人毅然回到了那里，而且表示"不后悔"⑤。她相信这个国家会好起来，因而真诚地劝说那些因"看不到未来"而逃离津巴布韦的年轻人，"以后最好还是回来吧，这是个

---

① Tendai Machingaidze, "All Come to Dust: An Interview with Bryony Rheam", Nov. 8, 2020, https://www.mosioatunyareview.com/post/all-come-to-dust-an-interview-with-bryony-rheam. (Accessed on Jan. 12, 2021).

② 阿米娜·玛玛：《面具之外：种族、性别与主体性》，徐佩馨、许成龙译，杭州：浙江工商大学出版社，2018 年，第 61 页。

③ Bryony Rheam, *This September Sun*, Bulawayo: 'amaBooks, 2009, p. 487.

④ Bryony Rheam, *This September Sun*, Bulawayo: 'amaBooks, 2009, p. 167.

⑤ Tendai Machingaidze, "All Come to Dust: An Interview with Bryony Rheam", Nov. 8, 2020, https://www.mosioatunyareview.com/post/all-come-to-dust-an-interview-with-bryony-rheam. (Accessed on Jan. 12, 2021).

很安全的地方，生活节奏比起发达国家也要慢很多"①。希姆和爱莉以主人翁姿态展现了对非洲的热爱，以及被非洲接纳的信心，彰显了宽容与和解的力量。这样的力量源自"对愤怒的消解"②、对过往的释然、对未来的希冀，有助于津巴布韦迈向种族和解的明天。

结　语

布莱昂尼·希姆是津巴布韦文坛正冉冉升起的一颗新星。她具有卓越的才华、敏锐的观察力、细腻的感受力、中肯的立场和深厚的人文主义情怀，这在她主题意蕴深刻的多个短篇故事中都得到了体现，在她的《这个九月的太阳》中的自省意识和宽恕主题中则更为明显。希姆仅凭一部小说就得到了津巴布韦主流文坛和主流文化的接纳和认可，是因为她将自己的创作与绝大多数津巴布韦白人作家区隔了开来。殖民时期的津巴布韦英语文坛盛行的"罗得西亚话语"（Rhosesian Discourse）对黑人种族充满歧视和偏见。它的核心是将非洲人极端他者化和野蛮化，认为他们幼稚、懒惰、懦弱，而且兽性明显；与之形成鲜明对比的是认为欧洲人天生能干、勇敢、高贵、有领导力等。③这是长期存在于殖民意识形态中的种族歧视观念的重要体现。这套话语反映了白人深重的文化自卫心理，也是殖民意识形态深入文化观念后在文学世界的映射。1980 年津巴布韦独立后，随着种族和解的逐步推进，津巴布韦本土已基本摆脱"罗得西亚话语"，但少数白人流散作家仍受到这套话语的束缚。随着 21 世纪津巴布韦种族冲突的卷土重来，根植于白人思想文化深处的这套歧视话语又被部分白人英语作家重新激活，并以稍加修正的方式复现。知名津巴布韦文学评论家普里莫拉

---

① Geosi Reads, "Bryony Rheam, Author of *This September Sun* Interviewed!", https://geosireads.wordpress.com/2011/06/27/bryony-rheam-author-of-this-september-sun-interviewed/. (Accessed on Oct. 15, 2020).

② Bryony Rheam, *This September Sun*, Bulawayo: 'amaBooks, 2009, p. 381.

③ Ranka Primorac, "Rhodesians Never Die? The Zimbabwean Crisis and the Revival of Rhodesian Discourse", in JoAnn McGregor, Ranka Primorac, *Zimbabwe's New Diaspora: Displacement and the Cultural Politics of Survival*, New York and Oxford: Berghahn Books, 2010, p. 203.

奇（Ranka Primorac, 1968—）将其称为"新罗得西亚话语"①。在她看来，这套话语被 21 世纪的不少流散欧美的白人英语作家重拾后，着重批判的是津巴布韦政府的独裁与暴政。与这些作家相比，希姆的文学思想、关注重心、情感体验都截然不同。作为富有良知和正义感的大写的人，她以津巴布韦局内人的身份真诚地讲述故事、流露情感、表达观点，因而能够以独有的感知方式忠实呈现白人群体在不同历史境遇中的真情实感、人生经历，设身处地地关心、关注黑人群体在不同历史时期的不幸命运，以及他们在困境中的情感和遭遇。正因为如此，她的作品不仅容易让津巴布韦本土的白人和黑人都产生共鸣，对于世界其他地方的读者也都具有强烈的吸引力。希姆曾多次申请非洲大陆最重要的作家奖学金之一——"迈尔斯·莫兰德基金作家奖学金"（Miles Morland Foundation Writing Scholarship）②，并于 2017 年第三次申请时成功获批，成为当年获得资助的五位作家之一。她因此有了更多的时间写作。她的第二部小说《尘归尘》（*All Come to Dust*, 2020）是一部犯罪小说，通过非常个人化的故事，探讨了津巴布韦在历史进程中自我身份的丧失这一宏大主题。作为津巴布韦的文坛新秀，希姆将会带给读者更多佳作。

（文／杭州师范大学 蓝云春）

---

① Ranka Primorac, "Rhodesians Never Die? The Zimbabwean Crisis and the Revival of Rhodesian Discourse", in JoAnn McGregor, Ranka Primorac, *Zimbabwe's New Diaspora: Displacement and the Cultural Politics of Survival*, New York and Oxford: Berghahn Books, 2010, p. 203.

② 这个奖学金成立于 2013 年，每年奖励给四至六位用英语写作的非洲作家，包括写虚构类和非虚构类作品的作家。前者的金额是一万八千英镑，后者是两万七千英镑，分 12 至 18 个月分发给被选中的作家。作为回报，基金会要求受奖者每个月上交一万字的文稿；如果他／她所著的书稿最终出版，需要将 20% 的盈利捐赠给基金会。

第四篇

查尔斯·蒙戈希
小说《待雨》中的文化纽带重塑

查尔斯·蒙戈希

Charles Mungoshi，1947—2019

作家简介

作为一名以多产闻名的津巴布韦作家，查尔斯·蒙戈希（Charles Mungoshi，1947—2019）的创作在主题与形式上为津巴布韦文学的发展做出了巨大贡献。蒙戈希出生于南罗得西亚（"津巴布韦"的旧称）的曼尼部落托管地（Manyene Tribal Trust Lands），在教会学校完成基础教育后，未能接受高等教育。虽然受教育程度较低，但深入接触社会现实使蒙戈西拥有了丰富的创作素材，也为其作品注入别样的艺术魅力。蒙戈希创作诗歌，并出版诗集《送奶工不只送牛奶》（*The Milkman Doesn't Only Deliver Milk*，1998）；但他更着力于小说创作，代表作包括长篇小说《待雨》（*Waiting for the Rain*，1975）、《黑暗中的支流》（*Branching Streams Flow in the Dark*，2013）；短篇小说集《旱季来临》（*Coming of the Dry Season*，1972）、《残阳与尘世》（*The Setting Sun and Rolling World*，1987）、《步履不停》（*Walking Still*，1997）等。其中，《旱季来临》成为津巴布韦中学英语的必读书目，这是本土作家的作品首次被吸纳为学校教材，一改乔叟、莎士比亚和英国浪漫主义垄断津巴布韦英语文学教育的局面。除文学创作外，蒙戈希还致力于文学翻译，开创津巴布韦国际书展（Zimbabwean International Book Fair，ZIBF），引进、译介各语种的非洲文学作品，为弥合非洲语言裂痕、推动本土文学文化繁荣做出了卓越贡献。

津巴布韦深受殖民统治影响，哪怕在获得独立后，这种影响也无法完全消弭。殖民宗主国使社会诸多方面产生变化，而这些变化传导于社会最基本的组成细胞——家庭，并通过家庭显现出来。蒙戈希的艺术创作正根植于津巴布韦的家庭生活。他以细腻的笔触描写变动不居的社会环境下家庭成员的微妙心理，借此折射出外部世界的光怪陆离，并于其中寄寓重塑民族文化的美好愿望。

作品节选

《待雨》

(*Waiting for the Rain*, 1975)

"Did you get our letters?"

"Yes, I did."

One, Two, ten steps: "And why didn't you reply?"

Lucifer doesn't answer. His flesh crawls, getting ready for the first slap. None comes. That the slap doesn't come comes as a surprise to Lucifer. Never again will his father raise his hand to beat him. He has become a man on his own, independent. The realization is saddening for some strange reason to Lucifer, and the fact of his independence is almost frightening. He feels humble, weighed down with a responsibility he cannot understand. Somehow, the slap of his father's open palm now seems to him infinitely easier to bear than this responsibility of his independence.[①]

"你收到我们的信了吗？"

"收到了。"

一步，两步，十步。"那为什么不回信？"

鲁希孚不作声，他心惊肉跳，准备好要挨第一记耳光。但无事发生，这倒让鲁希孚颇为惊讶。他的父亲再不会扬起手来打他，因为他已经是一个独立的、能自己拿主意的成年人了。出于某些奇怪的原因，认识到这一点的鲁希孚被悲伤攫住，且"独立"这一事实让他恐惧。鲁希孚感到卑微，心情因某种无法理解的责任而变得沉重。不知为何，对鲁希孚来说，现在忍受父亲张开手掌打过来的巴掌比忍受"独立"所带来的责任要容易得多。

(李子涵 / 译)

---

① Charles Mungoshi, *Waiting for the Rain*, Harare: Zimbabwe Publishing House, 1981, pp. 43-44.

作品评析

小说《待雨》中的文化纽带重塑

引 言

　　1931年，茅盾着手创作一部以旧上海为背景，描绘中国社会各种矛盾斗争的小说。他最初将这部小说定名为《夕阳》。这一题目取自李商隐的诗句"夕阳无限好，只是近黄昏"，暗指以蒋介石为首的国民党反动派政权虽表面上春风得意，却败絮其中，已然日薄西山。然而"夕阳"过后，黑夜降临，只剩一片暗无天日的惨淡光景，仿佛中国社会被列强吞并已成定局；而"子夜"所指的夜间十一时至次日一时虽是一天中最黑暗的时刻，却预示着黎明终将冲破黑暗，中国社会也将迎来更为光明的发展前景。因此，在正式出版时，茅盾将小说更名为《子夜》。同《子夜》一样，《待雨》作为津巴布韦作家查尔斯·蒙戈希的首部长篇小说，其题目也具有深厚意蕴。在非洲由旱季向雨季的转换中，一场雨就能让自然风貌发生翻天覆地的变化。《待雨》所等待的，就是随"雨水"而来的大变革、大更新。但这变动不是发生在自然领域，而是发生于整个津巴布韦政治、社会等诸多方面。殖民者独裁统治下的罗得西亚就像旱季龟裂的非洲土地一样了无生气，但雨水定会落下，因为隐隐雷声已可闻，津巴布韦人民已经同殖民者展开激烈斗争。正是在该书出版五年后，罗得西亚实现独立，一个名为"津巴布韦"的新生国家屹立于非洲。

　　《待雨》的故事情节并不复杂。蒙戈希将故事发生的环境设定于津巴布韦乡村，描述了佟古纳（Tongoona）一家人面对继承人选择和留学与否这两件事时的不同态度。蒙戈希在创作这部完成于民族独立前夕的作品时，将深切的殖民创伤书写和鲜明的文化态度隐藏在平淡叙述之下。通过描写乡村家庭生活，蒙戈希展现了经济、文化殖民给津巴布韦带来的深重苦难，同时对如何协调西方文明与本土文化关系这一问题进行了思考，并表达了自身的观点和立场。在蒙戈希看来，抛弃本民族文化传统和排斥一切外来文明这两种做法都过于极端，无益于津巴布韦社会的健康发展。只有在坚守本民族文化身份的基础上吸纳外来文化，重塑文化纽带，津巴布韦才能摆脱殖民统治带来的消极影响，真正实现健康家庭、社会、国家状态的复归。

一、经济殖民淡化情感联系

19世纪下半叶，欧洲列国依靠自身强大的经济实力，为实现经济利益最大化加快了瓜分非洲大陆的步伐。由于对商品市场、原料产地及工作机会等方面有着更为迫切的需求，英国击败众多对手后强占津巴布韦。为了更好地实现经济掠夺，英国在1930年颁布《土地分配法》（*Land Apportionment Act*, 1930），从地理上将南罗得西亚划分为土著用地和白人用地。法令实施后，约占总人口5%的白人占有南罗得西亚一半以上的肥沃土地，而黑人得到的仅是少量不适宜耕作的土地。在《待雨》中，蒙戈希描写的困顿乡村生活正是对当时社会现实的如实再现。对黑人群体来说，失去土地不仅使他们陷入极端贫困的境地，更在无形间淡化了人与人之间的情感联系。

佟古纳一家面临的严峻经济形势，实际上正是失去土地后黑人群体困顿生活的缩影。在津巴布韦，牛是财富的象征。佟古纳的父亲赛库鲁（Sekuru）就饱含感情地追忆自己曾拥有的100头牛，而当他从记忆回到现实后，眼前的牛群中仅剩下10头牛。牛群数量的变化，反映出在殖民政府统治下黑人财富的快速衰减。同时，贫瘠的土地使得农业生产只能勉强维持生活需要，依靠辛勤劳作积累财富不再具有可行性。为了生存，部分人选择前往城市出卖劳动力。最初的劳动移民身份较为单纯，"只是暂时移民，他们的根源仍在农村地区，'部落主义'仍然具有很大影响力"①。但随着时间推移，他们发现城市带来的经济收益远大于务农所得，"前往城市"也就成为一种主动选择，而不再是现实困境中做出的妥协。佟古纳的兄长库鲁固（Kuruku）就主动选择离开乡村，同家人定居在城镇附近。作为离开土地的回报，库鲁固一家在返乡时能将收音机、糖、茶叶等"奢侈品"作为馈赠亲友的礼物，以此彰显自身更为优渥的生活水平。与此同时，顶着烈日耕作的佟古纳正祈求早日进入雨季，好让一家人不至于忍饥挨饿。两者生活境况的对比，直观地反映出经济殖民下黑人乡村的凋敝。

在津巴布韦社会，土地不只是进行农业生产的物质条件，更承载着非凡的文化意义。失去土地，不只意味着传统自给自足的农耕经济模式难以为继，也暗示着家庭成员间的情感纽带面临断裂的可能。蒙戈希在《残阳与尘世》（*The Setting Sun and the Rolling World*, 1987）中写道："没什么比土地、房屋、家庭更能让人们团结在一起了。"②一个家族世代居住的土地承载着家族的历史，凝聚着当前家庭成员间的情感。当城市对人的吸引力越发大于土地时，经济在家庭中也就更为重要。佟古纳在继承人选择一事上做出的决定就展现出家庭内部情感联系的衰弱。非洲家庭的继承方式类似于中国古代的嫡长子继承制，通常由长子担任一家之主。戛拉巴（Garabha）既是长子，又同家庭、部落成员保持良好关系，但佟古纳剥夺了他的继承权，最终选择将要出国留学的鲁希孚（Lucifer）作为下一任家族领导者。在做出这一决定时，佟古纳考虑更多的是家庭的经济前景，而并非亲情、凝聚力等在传统非洲家庭中更为重要的抽象因素。佟古纳做出的决定或许可以改善家庭的经济状况，但其他家庭成员的反对态度表明：在鲁希孚的领导下，家庭的分崩离析会比生活改善来得更早。

亲缘关系疏离带来的危险不只隐现于未来，更存在于当下。在部落家长制下，整个家族的领导者肩负着保护子女、提供食物、延续族群等责任，具有说一不二的权力。但佟古纳却无力掌控家庭生活，他的软弱尤其表现于同兄长库鲁固

---

① 李鹏涛：《殖民主义与非洲社会变迁：以英属非洲殖民地为中心（1890—1960 年）》，北京：社会科学文献出版社，2019 年，第 85 页。

② Charles Mungoshi, *The Setting Sun and the Rolling World*, London: William Heinemann Ltd., 1987, p. 90.

的交涉过程中。作为被废止继承权的长子，库鲁固在佟古纳家中应当毫无地位可言，但他的表现却俨然一副长者气度。除了受到酒精影响，库鲁固的自信与底气更多来源于他的经济地位。居住在城镇附近的他除了进行农业生产，还可在城镇中出卖劳动力，多元化的谋生手段使得他在黑人群体中享有更高的经济地位。在临别互赠礼物这一场景中，传统礼节下展示出的是双方经济实力不对等：库鲁固给佟古纳家带去的贺礼是白米饭和鸡肉——米饭是城市生活所能享受的珍馐，肉类更是农村家庭的稀缺资源，但佟古纳的回礼只是花生——非洲随处可见的粮食作物。由此可见，在殖民者的经济侵略下，传统意义上的家长在新的社会现实中只能将家庭维持在一个较低的生活水平，投身城市的务工者则处于较高的经济地位，这一转变在削弱传统家长权威的同时也疏离了亲缘关系。

当经济殖民渗透进家庭生活时，维系家庭的纽带也就由亲缘关系逐渐转换为经济利益。"家长身份既被用于个人生活，也被用于国家"[1]，殖民者破坏宗族内部的权力关系网络，即是将非洲纳入"帝国—非洲"的新权力关系网络。在其中，帝国因其经济实力成为处于支配地位的"家长"，而非洲则扮演"孩子"一角。因此，经济上强势的个体也就在一定程度上获得了"家长代理人"的身份，进而在家庭生活中享有更多话语权。恩格斯在《家庭、私有制和国家的起源》中指出，劳动越不发展，劳动产品的数量少，社会的财富就越受限制，"社会制度就越在较大程度上受血族关系的支配"[2]。新的生产关系确实出现于非洲大陆，但并非自发形成，而是被殖民帝国强加，所以更多服务于帝国的经济利益，没能真正起到推动非洲生产力发展的效果。非洲自身的生产力仍处于较低水平，血亲关系也就仍可在一定程度上发挥支配作用。佟古纳同库鲁固就"家庭发展"一事多次爆发争吵，但最终仍是由佟古纳做出决定，库鲁固只得保持沉默。诸多场景表明家长权力虽遭削弱，但仍在与金钱的对抗中取得微弱的胜利。此外，对佟古纳来说，他并非无法前往城市务工，而是不愿做出这一选择。在宗族责任与经济

---

[1] Kizito Muchemwa, Robert Muponde (eds.), *Manning the Nation: Father Figures in Zimbabwean Lliterature and Society*, Harare: Weaver Press, 2007, p. 1.

[2] 恩格斯：《家庭、私有制和国家的起源》，中共中央马克思恩格斯列宁斯大林著作编译局编译，北京：人民出版社，2018年，第4页。

利益之间，佟古纳选择了前者。这一选择天然带有一种道义上的力量，使他能够蔑视金钱的作用，进而弥补自身经济上的劣势。因此，一家之主仍对家庭具有支配权力，家庭结构并未被真正破坏。但在经济现实的制约下，家庭成员无暇顾及同他人的情感联系，经济关系逐渐取代血缘关系成为维系家庭的力量。家庭也不再是传统意义上的"避风港"，而是时刻充斥着矛盾、混乱和冲突。

鲁希孚乘坐公共汽车返乡时，留意到窗外景色的变化。最初，窗外绵延起伏的农场中尽是高高的牧草，而进入黑人聚居区后，不再有良田沃土，所见是"空无一物的土地因炽烈的阳光而显得苍白，衣衫褴褛的稻草人在其中随风摇摆"[1]。景观的对比让人意识到白人农场主所谓的"勤劳致富"实际上是依靠掠夺黑人土地而实现。失去土地的黑人，在陷入经济困境的同时，不可避免地丧失了由土地维系的情感联系。物质、精神的双重贫乏萦绕于黑人社群，长此以往，整个非洲社会面临土崩瓦解的可能。

二、殖民教育疏离文化传统

在蒙戈希的文学创作中，"教育"往往具有双层含义。在未受教育者看来，教育是通向成功的一条捷径，佟古纳就将鲁希孚视作能带领家庭走出困境、实现繁荣的救星。但对受教育者自身而言，接受教育的过程，或许就是抛弃本民族文化传统、皈依强势文明的过程。鲁希孚正是如此。在《待雨》中，蒙戈希借助姓名暗喻鲁希孚背弃本民族文化，并通过着重描写鲁希孚的言行进一步展示他对民族文化传统的厌弃，以此引起黑人群体对民族文化认同丧失的警觉。

首先，蒙戈希为鲁希孚选择的姓名就暗示他的"文化变节者"身份。在文学作品中，人物的名字往往是作家匠心独运的产物，姓名还时常暗含臧否人物的功能。如莎士比亚剧作《亨利四世》中的福斯塔夫（Fulstuff），他的名字在英语中"可以分别转义为Fool's-stuff（蠢货）、Full-stuff（肥佬）、Foul-stuff

---

① Charles Mungoshi, *Waiting for the Rain*, Harare: Zimbabwe Publishing House,1981, p. 39.

（肮脏讨厌鬼）或False-stuff（江湖骗子、假贵族）"①。这一名字既体现出角色的性格特征，又突出了作家的情感态度。这种技巧并非仅为西方作家所有，非洲作家也能灵活运用。蒙戈希在《待雨》中就运用了同样的手法。小说佟古纳将要出国留学的小儿子——鲁希孚（Lucifer）——名字的英文拼写同《圣经》中的路西法（Lucifer）完全相同，而且两者的经历也具有高度相似性。路西法最初出现在《以赛亚书》中，意为"光明之星"。在经历漫长的历史发展过程后，成了基督教中的堕落天使形象。作为上帝最先创造的、享有特权的大天使，他拒绝参拜水和黏土造就的亚当，并说："上帝将不会对我发火，但是我将在他的宝座对面建起我的王位，而且像他一样。"②最终，他的行为触怒了上帝，并被逐出天堂。在小说中，鲁希孚作为家中唯一有机会前往西方世界的人，也被视作给家庭带来幸福的"光明之星"，并在家庭中享有种种特权。但不同于路西法被逐出天堂，鲁希孚并不想自己掌控权力，而是顺从地臣服于权力掌控者。他的行为与其说是"背叛"，不如说是"变节"——急不可耐地离开了养育他的非洲土壤，委身于他所认同的"天堂"，即英国。蒙戈希在鲁希孚与路西法间建构起一种平行对照结构，两者相似的人生经历已经给鲁希孚蒙上一层"背叛者"的色彩。但不同于路西法傲慢的反叛，鲁希孚"承认他那已变为本能举止的文化是低级的，承认他的民族不现实"③的行为不但使他的"背叛"行为转变为"变节"，更表明了作者对其行为持否定态度。在小说最后，鲁希孚坐上了前往首都索尔兹伯里（Salisbury）的车，并"往后一靠，竭力以一种纯然游客的眼光审视他的家乡"④。自非洲大陆被帝国发现以来，这片土地上的一切就成为被帝国凝视的对象，成为帝国用以确证自身优势地位的"他者"。鲁希孚以纯然游客的眼光审视家乡的过程，实际上就是将家乡、将非洲他者化的过程。"他者化"意味着人为地将先前的认同对象转变为凝视对象，并保持一定的心理距离，以此实现差异性

---

① 张冲（主编）：《同时代的莎士比亚：语境、互文、多种视域》，上海：复旦大学出版社，2005年，第4页。

② 彼得－安德雷·阿尔特：《恶的美学历程：一种浪漫主义解读》，宁瑛、王德峰、钟长盛译，北京：中央编译出版社，2014年，第22—23页。

③ 弗朗兹·法农：《全世界受苦的人》，万冰译，南京：译林出版社，2005年，第165页。

④ Charles Mungoshi, *Waiting for the Rain*, Harare: Zimbabwe Publishing House, 1981, p. 180.

的创造。鲁希孚将自身对先前所处的生活、社会和文化环境的态度进行由同到异的转变，最终目的是确认自我的新身份——一个"黑皮肤，白面具"的皈依帝国者。

其次，鲁希孚对本土信仰的冷漠态度印证了他对本民族文化传统的疏离。在殖民时期，传教士多年来掌控着黑人教育，并将宗教知识作为教学内容的一部分，甚至最基础的读写教学也是以《圣经》为教材。自幼接受这种教育的鲁希孚，将非洲传统宗教信仰视作一系列诡异、怪诞的行为。在鲁希孚离家前，佟古纳将通灵师玛塔达哥玛（Matandangoma）带到家中，请她借助药粉的力量招来先祖的灵魂，以期借助先人的智慧为整个家庭谋求更好的未来。在整个降灵仪式中，鲁希孚游离在严肃的气氛之外，从未对祖先给出的建议做出任何反应。只有当谈话内容涉及自己时，鲁希孚才会用短促、尖锐的声音表明自己的反对态度——他不想让虚无缥缈的祖先决定自己的命运。当晚仪式结束后，一张张自称是祖先的人脸出现于鲁希孚的梦境中，让他为家庭做出贡献，否则将付出代价。因此，鲁希孚整夜处于精神紧张中，直到第二天黎明到来。降灵仪式是《待雨》中宗教氛围最为浓重的部分，蒙戈希借此表现非洲宗教的特点，即"强调生者与死者之间的密切联系"[①]，逝去的祖先乐意为整个家庭提供庇护。但从鲁希孚的反应中不难看出，本土宗教信仰已然成为伤害、压迫他的异己力量。正因如此，鲁希孚在第二天道出"我的出生违背了我的意志。我应当生在别处，以他人为父母。我从不喜欢这里，也绝不喜欢这里"[②]，并决定离开这个家，而且越早越好。

鲁希孚抛弃了本民族文化传统，逐渐在生活方式、价值观等方面与英国人趋同，这导致他在家庭生活中始终格格不入。萨义德（Edward Said, 1935—2003）认为"知识意味着超越一时一地、超越自身的局限向遥远的、陌生的领地的推进"[③]。鲁希孚能够接受"真正的教育"，也就触及殖民统治更为深刻的内涵——文化。当有机会海外留学时，他便同"遥远、陌生的"帝国实现了空间上的重

---

① Mbongeni Z. Malaba, "Traditional Religion or Christianity? Spiritual Tension in the African Stories of Charles Mungoshi", *Word & World*, 1997, 17 (3), p. 302.

② Charles Mungoshi, *Waiting for the Rain*, Harare: Zimbabwe Publishing House, 1981, p. 162.

③ 爱德华·W. 萨义德：《东方学》，王宇根译，北京：生活·读书·新知三联书店，2019 年，第 41 页。

叠。此时，在家庭生活中，鲁希孚不是因经济优势而获得"家长代理人"身份，而是凭借文化力量幻化成为"家长的化身"，从而在家庭生活中拥有更大的权力。获得留学机会的鲁希孚成为真正的家庭权力中心，但他拒绝随权力一并到来的家庭责任，因此他无力，也拒绝同家人修复难以为继的家庭传统，反而渴望从内部将其破坏。第十五章展现了父子阔别许久首次见面的场景，但这场景着实令人尴尬。作为父亲的佟古纳想要同儿子交流，但"每当他想要说话时，总会莫名产生一种跳进冰窟的感觉……就好像他要得到允许才能同自己的儿子说话一样"①。鲁希孚则为父亲的窘迫而感到悲哀。在第二十八章中，面对前来看望他的戛拉巴，鲁希孚脸上混杂着"傲慢的打量和漠不关心的微笑"②，形成一种微妙的表情，并对兄长释放出的善意无动于衷。在传统家庭结构中，"父亲"和"哥哥"这两种身份本应成为"儿子"和"弟弟"的监管者与保护人，但鲁希孚却摆脱了这一权力关系。作为儿子和弟弟的他压制了父亲和兄长，打破了传统的家庭结构。皈依殖民宗主国文化的鲁希孚无法在津巴布韦社会中找到属于自己的位置，也不愿再回到本民族文化传统当中。

不同于经济殖民粗暴地掠夺可见财富，殖民教育对非洲人的影响更加隐蔽，也更为有力。殖民者以"先进""文明"为外衣的文化规训非洲黑人群体，使得他们用于构建身份认同的本土文化被扭曲为怪诞、粗鲁的异质文化。受到此种教育氛围的长期影响，鲁希孚渴望摆脱自己的非洲人身份。通过塑造鲁希孚这一人物形象，蒙戈希打破了殖民者宣称的欧洲人在非洲发展自身的同时，帮助"非洲本地各民族发展到一个较高的水平"③这一谎言。殖民教育在疏离受教育者文化传统的同时，以殖民宗主国价值体系同化他们，最终威胁着非洲民族和国家的存续。

---

① Charles Mungoshi, *Waiting for the Rain*, Harare: Zimbabwe Publishing House, 1981, p. 44.

② Charles Mungoshi, *Waiting for the Rain*, Harare: Zimbabwe Publishing House, 1981, p. 107.

③ F. D. Lugard, *The Dual Mandate in British Tropical Africa*, Edinburgh and London: William Blackwood and Sons, 1922, p. 617.

三、重拾传统，重塑纽带

殖民掠夺针对非洲社会整体，因此佟古纳一家的动荡状态实际上反映出殖民统治下整个津巴布韦经济贫乏、精神紧张的社会氛围。在这种现实情境中，蒙戈希创作《待雨》并非一味批判，而是积极发挥文学促进社会发展的重要功能。他希望通过融汇民族传统与外来文化形成新的文化纽带，以此实现健康家庭状态的复归，并在此基础上进一步实现社会、国家层面的发展。

通过塑造戛拉巴这一非洲文化坚守者形象，蒙戈希阐明了自身的文化态度：对异质文化的学习、借鉴要以坚守本民族文化身份为前提。不同于想要割裂同非洲大陆联系的鲁希乎，戛拉巴用非洲鼓唤醒深植于黑人群体心中的民族文化、情感联系。鼓是非洲传统乐器，非洲黑人部族的乐曲大多都以鼓作为基础。猛烈敲击形成的鼓声能够跨越地形的阻隔，给分散而孤寂的非洲人民带来审美上的享受。戛拉巴别无所长，唯打得一手好鼓。在为鲁希乎举办的送别会中，戛拉巴凭借鼓声让在场的非洲人陷入了如痴如醉的迷狂状态。对这一场景的刻画实际上证明了鼓在维系非洲人族群关系和促进情感交流方面有着重要作用。戛拉巴掌握了鼓声的奥妙，实际上就是掌握了非洲人民的情感、心灵，就是与非洲人民建立了一种稳固的情感联系。从鼓作为乐器的角度出发可以把握其在非洲社会生活中的审美特征，而要了解非洲鼓的文化特征，就要明晰鼓在非洲的独特地位。由于受到自然环境的限制，"大量的黑人艺术品也是用泥土、木料甚至鸟类的羽毛和草等易于腐烂变质的材料制作的，这种生产技术上的落后状况固然极大地阻碍了生产力和社会结构向更高阶段发展，但却道出了一种文化的象征性含义，代表着特殊的非洲艺术成就"[①]。非洲鼓即是如此。仅将木材挖空后蒙上鼓面便可成型的非洲鼓不仅是一种传统乐器，更是非洲独特木石文化的缩影，展示着非洲独特的

---

① 李昕：《黑人传统音乐中的鼓文化研究》，《音乐艺术》（上海音乐学院学报），1999年第4期，第48页。

自然风物及非洲人民的智慧。同时，作为打击乐器，在音高相同的情况下，鼓的噪音更高，因此鼓声更接近于语言发音，亦即更接近口头传意的表现形式①。因此，鼓声不仅是一种音乐，更是一种语言。鼓绳的松紧不同使得鼓声有别，因此能够传达不同的信息。鼓声传递的信息囊括了非洲人民生活的方方面面，既包括战争、死亡和疫病这样的家国大事，也涵盖邻里问候和家长里短。因此，"非洲黑人的说话鼓所能表达的内容是多方面的，从某种意义上看，击鼓传话的作用就如同我们现在到处能遇到的媒体广播一样，其差别只是用各种不同类型的鼓声来传递信息"②。由此可见，鼓在非洲并非仅是乐器，而是凝聚着非洲历史、文化和现实的独特存在。戛拉巴掌握了鼓的语言，实则掌握了唤醒非洲的一把钥匙。鼓声不但激发起非洲人民的情感，更唤醒被他们日渐遗忘的本民族历史与文化。在《待雨》的最后，擅长击鼓的戛拉巴消失在密林中，暗喻了本土文化始终存在，等待着人们去发现与唤醒。

重视本民族文化传统并不代表抱残守缺、故步自封。戛拉巴的祖父赛库鲁排斥一切外来文明，热切地渴望回到"殖民状态前的津巴布韦伊甸园"③，但蒙戈希认为这种极端态度无益于津巴布韦社会发展。同戛拉巴一样，赛库鲁也将非洲鼓视作个人身份的象征与非洲古老观念、文化的隐喻。他时常亲手制鼓以"赞颂自身的灵魂"④，并乐意看到非洲传统在戛拉巴身上复苏。但赛库鲁厌恶一切外来文明，将其视为侵蚀非洲灵魂的奇技淫巧。在他身上，"鼓"显现出自身的缺点。赛库鲁厌恶非洲大陆上出现的一切异质元素，但他无力将其清除。面对变化的世界，他只能一遍遍地击鼓，渴望通过鼓的魔力使非洲重回安宁。在夜间的狂欢中，鼓能够抚慰人的心灵，让人们追思美好的旧日时光；当宴饮结束、白昼到来时，人们不可避免地回到残酷的现实生活中，仍旧面临殖民带来的压迫与剥削。对鼓的执着让赛库鲁能够保持自己的民族身份，但当执着与故步自封相结合时，鼓声便沦为逃避现实的乌有乡，难以发挥正面作用。

---

① 宁骚（主编）：《非洲黑人文化》，杭州：浙江人民出版社，1993 年，第 361 页。
② 娄玉慧：《非洲鼓的"说话"功能及价值体现》，《北方音乐》，2013 年第 10 期，第 41 页。
③ Florence Stratton, "Charles Mungoshi's *Waiting for the Rain*", *Zambezia*, 1986, 13 (1), p. 21.
④ Musaemura Zimunya, *Those Years of Drought and Hunger*, Gweru: Mambo Press, 1982, p. 70.

借鉴、吸收外来文化并非意味着将被殖民国家转变为殖民宗主国的附庸，而是要利用各种有利因素促进自身国家、社会和民族的发展。正如大量基督教元素存在于《待雨》中，但它们始终服务于蒙戈希的艺术构思。"文化……对作家、思想家的内在控制……而是在弱势方也产生了生成性"[1]，这是萨义德对文化重要作用的表述。作用于精神世界的文化虽无法实现自上而下的禁止，但在作家作品中却时刻体现着它们的存在。在强势文化影响下的作品更是如此，即使作家是以否定的态度来描述文化殖民，殖民者文化在作品中仍处于"在场"的位置。透过蒙戈希平静客观的叙述，我们可以了解到他对背弃本民族文化传统的鲁希孚持否定态度。但是，他在塑造这一"变节者"形象时并未在非洲传统神话宗教中寻找对应物，而是转向由帝国传播的基督教，并将其中的人物用作象征。这一事实表明，西方文化确已在非洲大陆生根发芽，其影响之大连作家本人都难以避免。作家艺术构思中所体现出的文化交融并非仅服务于小说创作，更是对现实生活的真实写照。将书中主人公同圣经角色进行平行对照这一艺术构思，实现了对变节者的批判；塑造戛拉巴和赛库鲁两个不同的击鼓者形象，直观地反映了蒙戈希对待民族传统的态度。透过人物塑造，不难看出蒙戈希自身的文化态度：他不是一个激进的民族主义者，不反对学习、借鉴外来文化；但同时主张，一味接受、吸纳和模仿只会产生更多的"变节者"，这完全无益于民族国家的发展。

被殖民民族在对殖民者的模仿过程中可以借助其中有益和有用的成分来实现对本民族的调整、规范和变革。但进行模仿的过程，实则也是将本民族历史、传统和文化进行稀释的过程。一味模仿所导致的结果只能是像鲁希孚这样的"变节者"群体越发庞大，最终导致一个民族的消失。"什么都全盘接受，什么也得不到"[2]，这是一个民族所能预见的最可悲的未来。而不进行模仿学习，被殖民民族便无法以较快速度实现自身的健全发展。这种两难境地，是包括罗得西亚在内的许多非洲国家面临的严酷现实。作为一名作家，蒙戈希自然敏锐地察觉到这种社会现实，并在作品中将其展现出来；而作为一名有机知识分子，他所做的努力不

---

① 爱德华·W.萨义德：《东方学》，王宇根译，北京：生活·读书·新知三联书店，2019年，第20页。
② V. S.奈保尔：《河湾》，方柏林译，南京：译林出版社，2013年，第143页。

只是在作品中对社会现实进行反映，更提出了自己所构想的问题解决方案。当鼓跳脱出"乐器"这一定位，成为一个象征符号时，"敲响自己的鼓"就有了更为深邃的意义，并成为作者自身文化态度的直观体现。强调民族身份、民族历史文化并非抱残守缺，而是吸纳、借鉴的前提。当模仿成为发展必不可少的环节时，对民族身份的建构与认同就尤为重要。而身份建构与认同的第一步，就是把握本民族的历史文化传统。当一个民族铭记自身文化历史之时，也就是形成民族身份认同之际。在这层意义上，"敲响你自己的鼓"成为罗得西亚摆脱殖民影响，实现国家发展的一句强而有力的口号。对国外——从物质层面到精神层面——的学习不应当废止或排斥，但这种学习应当建立在对本民族优良文化和传统的坚守之上。唯其如此，才能形成一条联结彼此、凝聚力量的文化纽带，以抵御殖民同化带来的恶劣影响，同时在保有民族身份、民族个性的基础上实现国家发展。

结　语

作为蒙戈希的第一部长篇小说，《待雨》体现出鲜明的现实主义特色，真实展现了独立前夕罗得西亚社会中黑人群体面对的苦涩现实。一方面，土地丧失导致黑人生活极度贫困，并造成人与人之间的情感隔膜；另一方面，在殖民教育的影响下，受教育者非但不能促进非洲社会发展进步，反而成为殖民者帮凶，加速稀释本民族文化传统。对殖民创伤的如实记录使《待雨》具有一定的史料价值，但作为一部文学作品，《待雨》还承载着蒙戈希对社会现实的深度思考。面对困顿的社会现实，蒙戈希并未悲观消极，而是为国家发展提出了自己的建议。借鉴、吸纳异质文化是民族发展中不可或缺的环节，而要在这一过程中不沦为他国的附庸，就应当时刻铭记本民族的文化传统、文化身份。蒙戈希希望经由立足民族传统、吸纳优秀文化能够形成联结彼此、打破隔阂的文化纽带，并以此凝聚力量，最终实现国家的健全发展。

（文/山东师范大学 李子涵）

第五篇

多丽丝·莱辛
小说《野草在歌唱》中摩西主体性的三重建构

多丽丝·莱辛

Doris Lessing，1919—2013

作家简介

作为一名诺贝尔文学奖得主，多丽丝·莱辛常被认为是英国作家，她作品中丰富的非洲色彩时常被忽视。对于 30 岁才移居英国的莱辛而言，津巴布韦对她的文学创作产生了重要影响。1919 年，莱辛在伊朗科曼沙（Kermanshah）出生，五岁时随父母前往南罗得西亚（"津巴布韦"的旧称）定居，并在非洲大陆上度过了她的童年与青年。25 年的非洲生活赋予莱辛迥异于欧洲作家的体验，也为她的创作染上了浓重的非洲色彩。在莱辛笔下，非洲记忆或是直接成为作品主体，如《野草在歌唱》（*The Grass Is Singing*, 1950）、《这原是老酋长的国度》（*This Was the Old Chief's Country*, 1951）、《玛莎·奎斯特》（*Martha Quest*, 1952）、《良缘》（*A Proper Marriage*, 1954）和《非洲的笑声：四访津巴布韦》（*African Laughter: Four Visits to Zimbabwe*, 1992）；或是成为作品中至关重要的一部分，如《风暴的余波》（*A Ripple from the Storm*, 1958）、《金色笔记》（*The Golden Notebook*, 1962）和《壅域之中》（*Landlocked*, 1965）。莱辛后期创作的科幻小说虽并未直接提及非洲，但作品中反复出现的殖民、隔绝和分裂等主题也让人回想起津巴布韦尚未独立时的光景，如《希卡斯塔》（*Shikasta*, 1979）和《第三、四、五区域间的联姻》（*The Marriages Between Zones Three, Four and Five*, 1980）等。

在 2007 年的诺贝尔文学奖获奖致辞中，莱辛提到"津巴布韦西北部沙尘中的那所学校萦绕于心头"，关于津巴布韦这个国家的记忆始终体现于她的创作。长久以来，白人殖民者普遍被认为处于奴役、压迫本土居民的地位，而莱辛的作品给我们提供了不同的视角。在她笔下，底层白人成为非洲故事的一部分。发现、审视、分析莱辛作品中的非洲因素，不但有助于形成对其作品的新认识，更有助于全面系统地理解津巴布韦文学。

作品节选

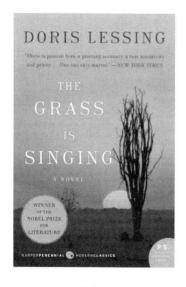

《野草在歌唱》

(*The Grass Is Singing*, 1950)

They had been prepared to treat them as human beings. But they could not stand out against the society they were joining. It did not take them long to change. It was hard, of course, becoming as bad oneself. But it was not very long that they thought of it as "bad". And anyway, what had one's ideas amounted to?[1]

他们已经准备好用对待"人"的方式来对待土著了，但无法与自己想要融入其中的那个社会对抗。过不了多久，他们就会变。当然，变成一个坏人是令人不快的。但用不了多长时间，他们就不认为那是"坏"了。再者说，一个人的信念又算得上什么呢？

（李子涵 / 译）

---

[1] Doris Lessing, *The Grass Is Singing*, London: Panther Books, 1980, p. 18.

作品评析

小说《野草在歌唱》中摩西主体性的三重建构

引 言

在2007年诺贝尔文学奖受奖辞中，多丽丝·莱辛并未谈及英国文学传统对她创作产生的影响，而是始终谈论着那个对英国来说看似遥远而陌生的国家——津巴布韦。"看似遥远"并非指现代交通缩短了英国同津巴布韦间的距离，而是在历史中，英国曾强占津巴布韦，将其作为自己的殖民地。这段现实并非仅记录于历史书籍中，也存续于莱辛的创作中。1924年，莱辛五岁时随家人定居非洲，继而在津巴布韦度过了她的童年和青年。莱辛在非洲感受独特的自然风貌的同时，也有机会接触黑人的生活环境，这一时期的生活体验为她日后的文学创作提供了丰富素材。1949年，莱辛前往英国，次年便出版了她的第一部小说——《野草在歌唱》，该小说展现了处于殖民重压下南罗得西亚的社会生活，并标志着莱辛作家生涯的开始。

萨义德在《东方学》中提出"自我身份或'他者'身份绝非静止的东西，而在很大程度上是一种人为建构的历史、社会、学术和政治过程"[①]。在殖民地社会，殖民者凭借自身更为强大的经济实力剥夺被殖民者的主体性，并将其奴役，这也是《野草在歌唱》中黑人群体普遍面临的困境。但"绝非静止"表明个体身份始终处于变动不居的状态，被压抑的个体也可通过积极行动来获取自身的主体性，打破

---

① 爱德华·W.萨义德：《东方学》，王宇根译，北京：生活·读书·新知三联书店，2019年，第444页。

"他者化"带来的枷锁。在《野草在歌唱》中，莱辛在展现种族歧视恶果的同时，从身体、语言和精神三个方面塑造了摩西（Moses）这一极具自我意识的黑人形象。摩西的出现，打破了传统殖民文本中面目模糊而可憎的黑人群体刻板印象，在彰显黑人群体蕴含强大力量的同时也预示着殖民统治终将衰亡，非洲将重新回到非洲人手中。

一、黑人身体：冲击肤色污名

身体作为文学表达的重要场域，不单具有生理学上的意义，更"是一种作为价值承载者的资本，凝聚着社会权利和社会不平等的差异性"[①]。在被殖民国家，这种情况尤甚。殖民者为了更好地奴役、压迫黑人群体，将因自然环境、基因等不同而存在差异的肤色同智力、道德等因素挂钩，形成一种带有种族歧视色彩的肤色判断：白皮肤天然象征着"进步""温和""良善"，而黑皮肤自然与"落后""野蛮""暴力"等负面词汇相关联。在肤色污名大行其道的社会环境下，黑人群体想要摆脱殖民统治，应当解放受制于肤色枷锁的身体。莱辛在《野草在歌唱》中细致地描述了黑人摩西的身体，一方面如实展现出黑人身体中蕴含的活力、智慧与理性，另一方面也驳斥了殖民者为打压、奴役黑人群体而捏造的肤色污名。

在文本中，有多处对摩西身体的描写，莱辛以此凸显摩西身体的健壮程度。在凶杀案现场，同摩西相比，黑人警察的体格便相形见绌。借助玛丽（Mary）的眼睛，摩西健壮的身体得到更为直观的展现。玛丽第一次到农场时，看到他"很高，比其他人都要高，而且身材壮硕；身上未穿衣服，只有一个旧麻袋围在腰间"[②]后，便开始惧怕这副身体内蕴含的强大力量，并时刻担心自己受到伤害。摩西成为玛丽家的男仆后，莱辛对他身体的描写更加细腻、具体。玛丽窥视摩西洗澡一幕最具代

---

① 张晶（主编）：《论审美文化》，北京：北京广播学院出版社，2003 年，第 251 页。
② Doris Lessing, *The Grass Is Singing*, London: Panther Books, 1980, p. 126.

表性。白色肥皂泡与黑色肉体相映衬的画面极富冲击力，使玛丽走出了一直以来的麻木状态，再次真切地感受到周围的事物。回到住所后，玛丽仍不能忘记摩西健美的身体，并模糊地意识到"先前发生的一切，使得黑人与白人、主人与仆人间的惯常模式被一种私人关系所打破"①。玛丽的预感是正确的。不同于笼罩农场的压抑、萧条氛围，摩西蕴含着生命活力的身体吸引着玛丽。随着时间的推移，摩西同玛丽的关系越发亲密，最终取代了她的丈夫迪克（Dick）在玛丽生活中的角色。通过描写摩西，莱辛既文学性地再现了非洲大陆上黑人群体的强健体魄，又暗含着她对生命活力与激情的赞扬。在莱辛笔下，摩西是非洲黑人群体的缩影。

摩西在同迪克的对比中也彰显了自身的男性气质，这证明白人并非天然同成功挂钩，并进一步瓦解了施加于黑人群体的肤色污名。在西方社会，人们"要求男人在有进取心、聪慧、精力旺盛的同时保持高效"②，白人男性也相信自己能够在非洲大陆上获得更好的生活，但结果往往事与愿违，迪克便以失败者的身份出现于文本中。迪克的身体并不瘦弱，但在玛丽看来，他的身体虽充满肌肉但时刻显得疲乏，并不断受到外部世界的摧残，以至于最终形销骨立。两次疟疾更是对迪克的生命力造成了极大的破坏，使他的身体变得近乎是一具空壳。在第二次罹患疟疾时，迪克与摩西的形象发生了颠覆性的转变：身为白人的迪克卧病在床，躺在床上的姿势正像白人口中黑鬼的睡姿。此时，作为被压迫者的摩西并未借机报复，而是站在一旁尽心服侍，毫无怨怼之情。空间上的错位使得迪克更像白人认知中肮脏、懒惰的"黑鬼"，殖民者为塑造自身优越性而刻意为之的污名最终作用于自身。但这一场景的意蕴并不止于此，疾病作用于白人殖民者这一事实本身就呈现出一种隐喻性的转变。在产生于欧洲殖民时期的经典文本中，疾病、身体残缺往往生发于被殖民者，用以说明其生活方式的原始和人种的低劣，而殖民者常常健康且具有掌控能力。因此，殖民者同美国社会中占主导地位的白人群体相同，其主体性"依赖于女性和黑人身体的服从"③。当两者的处境发生逆转，主体性就不再由殖民者获得，

---

① Doris Lessing, *The Grass Is Singing*, London: Panther Books, 1980, p. 153.

② Kate Millett, *Sexual Politics*, Champaign: University of Illinois Press, 2000, p. 26.

③ Sabine Sielke, *Reading Rape: The Rhetoric of Sexual Violence in American Literature and Culture, 1970-1990*, Princeton: Princeton University Press, 2002, p. 16.

而是由被殖民者重新建构。摩西主动要求看护迪克这一行为说明黑人并非懒惰，他彻夜照料而非借机报复也打破了黑人内心冷漠且暴力的刻板印象。他的行为无一不是对肤色污名的有力驳斥。在这一场景中的摩西不再是被剥离人性的"物"，而成了具有思想、情感的人，并且能够控制自身所蕴含的力量。患病的迪克则无力继续保持白人神话中的伟岸形象，而是在祛魅后沦为普通人。这一转变不但解构了殖民文学中的传统殖民者形象，而且隐喻性地反映出帝国自身宿弊难清，莱辛以此实现了对帝国权威的嘲弄与颠覆。

在殖民者视角下，黑人身体就像没有理性的动物，其中蕴藏的力量是同无序、暴力联系在一起的。正如法农在《全世界受苦的人》中所说，"殖民者在想很好地描绘（被殖民者）并找到恰当的字眼时，经常参考动物寓言集"[1]。在文学文本中倘若一味强调黑人的身体力量只会不断强化种族歧视带来的刻板印象。莱辛通过描写白人殖民者对黑人群体的身体暴力，展示了隐藏于黑人健硕身体下的理性，从而将"黑""白"两种肤色所蕴含的意义反转，打破了肤色歧视为黑人带来的枷锁。在《野草在歌唱》中，农场主查理（Charlie）是一个典型的成功白人男性形象。来到非洲后，查理在农场大面积种植经济作物，以严苛的手段对待黑人佣工，进而成功地摆脱了贫困状态。犀牛皮皮鞭是他管理黑人佣工最为得力的帮手，也是他教给迪克一家如何经营管理好农场的秘诀。在迪克生病时，玛丽下意识地带着皮鞭前往农场，并将它用于惩戒佣工、树立威信。皮鞭是非洲白人农场主用于压迫、震慑黑人劳工最为常用的工具，也是凝聚着白人自信、骄傲及优越感的象征。也正是皮鞭，让白人建构起的肤色神话在文本中首次出现裂痕。玛丽在接管农场期间，被黑人劳工摩西的言行触怒，便使用鞭子抽打他。鞭打过后，玛丽担心自己的粗暴行为会激起黑人的反抗，但身为白人所带来的优越感又不允许她向受害者致歉，她只得用更为歇斯底里的吼叫来掩盖自己内心的恐惧。对此，摩西并未仰仗自身的身体优势进行暴力反抗，而是"举起那只微微颤抖的大手，抹去了脸上的血"[2]，随后"他慢慢转过身去……他们都又开始静默

---

① 弗朗兹·法农：《全世界受苦的人》，万冰译，南京：译林出版社，2005 年，第 9 页。
② Doris Lessing, *The Grass Is Singing*, London: Panther Books,1980, p. 126.

无声地工作了"①。在这一场景中，摩西的行为沉着、冷静，并未表现出暴力倾向；反观玛丽，则诉诸言语、身体暴力，以此强迫奴工劳动。白人身体中蕴含的并非理性、进步，而是混乱无序的宣泄性暴力，反倒是受压迫的黑人身体呈现出克制、谦和等特质。摩西用自己的行动模糊了人为建构起的"黑""白"分明的界限，揭示了肤色污名的虚假，同时也让人意识到殖民宗主国囤积的财富是由被殖民者的苦难汇聚而成。

南罗得西亚的历史，本质上就是英国对殖民地的征服史，更是对黑人群体的一部身体暴力史。借由肤色，殖民者建构出服务于自身经济利益的"白人神话"，将黑人"非人化""物化"，以进行奴役和控制。在权力的重压下，黑人被迫成为"底层人"。"身体并非超然于历史，而是通过历史产生并蕴含于其中"②，当历史中缺席、被压抑的身体能够重现时，身体的主人也就有可能重获缺失的主体性。在《野草在歌唱》中，莱辛对摩西的身体的描写不只是展现黑人蓬勃旺盛的生命力，更打破了白种人创造的肤色污名，进而在一定程度上实现了黑人群体主体性的复归。同时，"男性气质的有无、优劣最终将决定殖民地竞争的胜负"③。莱辛通过迪克与摩西的对比，暗示了殖民统治的现实矛盾，并预言了殖民统治终将瓦解，黑人会建立由自己领导的民主国家。

二、黑人语言：诉说自我意识

斯皮瓦克（Gayatric C. Spivak, 1942—）认为，能发出自己的声音表明个体具有自觉的自我意识和历史意识，而"无言状态或失语状态说明言说者的缺席或被另一种力量强行置之于'盲点'之中"④。殖民过程，实际上就是殖民者凭依

---

① Doris Lessing, *The Grass Is Singing*, London: Panther Books, 1980, p. 127.

② Elizabeth Grosz, *Volatile Body: Toward a Corporeal Feminism*, Bloomington: Indiana University Press, 1994, p. 148.

③ 蒋天平：《〈阿罗史密斯〉中的殖民医学与帝国意识》，《外国文学评论》，2014 年第 1 期，第 45 页。

④ 王岳川：《后殖民主义与新历史主义文论》，济南：山东教育出版社，1999 年，第 59 页。

自身经济、政治和文化力量强迫非洲本土居民声音"缺席"，从而逐步掌握话语权的过程。想要摆脱被言说、被定义的客体身份，主动发声、积极表达是唯一切实可行的方法。摩西打破笼罩于黑人群体的失语状态，通过语言实现了自身主体性的复归，同时证明黑人在智力、情感和心理层面都同白人并无二致，甚至更胜一等。

在《野草在歌唱》中，莱辛真实地再现了无法自我言说的非洲黑人丧失主体性，进而成为被殖民宗主国操纵的客体的历史现实，同时让读者真切地感受到白人统治下黑人生活的压抑、痛苦与无奈。摩西成为玛丽家的男仆前，先后有三名黑人在她家工作，但他们都未曾清晰明确地表达自我意愿。黑人男仆萨姆森（Samson）曾开口说话，但他的言语或是满足迪克谈论农场事务的需要，或是满足玛丽的日常生活要求。对于萨姆森来说，语言的作用是应答他人，并非表现自我。当玛丽怀疑萨姆森偷窃时，他并没有辩解，而是任由玛丽和迪克商议后决定他最后的命运。第二名仆人更是自始至终都没有获得说话的机会，甚至连名字都未能留下。第三名仆人在玛丽的重压下，表达过想要吃饭、辞职等意愿。但在文本中，这些诉求并非直接引语，而是以间接引语的方式呈现给读者。在转述黑人语言的过程中，白人既对内容进行了筛选、过滤，又在表述中掺杂了自身的偏见。这一系列加工使得话语沦为一种简单的信息传递，并且丧失了情感交流的可能。在《作为修辞的叙事：技巧、读者、伦理、意识形态》（*Narrative as Rhetoric: Technique, Audiences, Ethics, Ideology*，1996）中，詹姆斯·费伦（James Phelan，1951—）认为，声音是"说话者的风格、语气和价值的综合"①。当个体的诉说被简化为信息传递时，随着话语个人色彩的丧失，人的主体性也就一并被抹除，人被降格为"物"。通过压制其发声而达到的非人化生存状态，正是白人殖民者期望黑人群体能够保持的理想状态，即用于劳作的黑色肉体。玛丽家三名男仆的命运始终由雇主决定，他们的遭遇是被殖民时期非洲大陆上黑人群体生存境遇的缩影。经济、文化上的弱势地位使他们处于"失语"状态并成为被殖民者言说、书写和定义的群氓。

---

① 詹姆斯·费伦：《作为修辞的叙事：技巧、读者、伦理、意识形态》，陈永国译，北京：北京大学出版社，2002年，第174页。

　　黑人群体的"失语"状态笼罩着文本的前半部分，直到摩西出场才得以结束。不同于丧失所有价值和主体性的黑人群体，摩西登场后便打破沉默，积极表达自身诉求。在首次同玛丽接触时，摩西明确地表达自己需要喝水，并且能够使用英语。水是生物延续自身生命的必要条件。摩西借助语言表现生理需求，证明了自身并非劳动机器，在打破文本中黑人群体失语局面的基础上摆脱了殖民者强加于自身的"物"属性。同时，摩西对语言的运用并不仅限于对生理需求的表达，还展现出同白人并无二致的思维能力，这一点突出表现在摩西对自身劳动的态度上。早在1887年，塞西尔·罗德斯就将非洲人看作"臣民"，并要求由白人承担"主人"的义务，以管理仍处于野蛮状态的非洲人。[①]这种观念不断延续，成为后继殖民者头脑中根深蒂固的思想，并驱使他们依照自身的喜好评判、定义黑人的劳动价值。正因如此，强迫劳动、克扣工资等不公正行为时有发生，作为底层人的黑人群体大多默默接受这一切。但当摩西面对玛丽提出的不合理要求时，他在予以拒绝的同时询问女主人"我干活干得很好，不是吗？"[②]，这一反问表现出摩西对自身劳动能力的肯定与珍视。同时，反问即是一种质疑，摩西质疑了白人殖民者定义与解释劳动价值的合理性，并试图实现对劳动价值的自我定义。这种尝试逾越了殖民者为黑人群体划定的活动范围，因而具有颠覆白人权威的可能。除了谈论农场中的事务，摩西的语言还触及农场之外更为广阔的世界。每当摩西主动谈起战争、政治等话题时，玛丽总是茫然无知，她的思维被禁锢于这个日渐破败的房子中。这种对比展现出摩西的认知能力，也证明了"黑人智力低下"的论断是彻底的谎言。摩西对语言的充分运用与文本中先前黑人群体失语沉默的处境形成鲜明对比，使摩西在摆脱"物"性的基础上进一步摆脱了"动物性"，真正展现出人的形象。

　　莱辛并未满足于将摩西塑造为一个能够自我言说的黑人形象，而是在此基础上赋予他丰沛的情感，并让他用语言将其表达。摩西最初成为男仆时，与玛丽的交流仅局限于日常事务。随着时间的推移，当摩西意识到玛丽内心的孤寂，他

---

① 布莱恩·拉夫托帕洛斯、A. S. 姆拉姆博：《津巴布韦史》，张瑾译，上海：东方出版中心，2013年，第71页。

② Doris Lessing, *The Grass Is Singing*, London: Panther Books, 1980, p. 162.

们的交流也就不再是简单的"命令"与"被命令"，而是越来越脉脉含情。摩西以父亲般的坚定和温柔对待玛丽，严苛的语气下掩藏的是丰富而细腻的情感。文本中的白人男性则与之相反。迪克热衷于谈论农场事务，虽然他也曾建议玛丽添置几件新衣服，但这并非考虑到玛丽的现实需求，而是为了维护整个家庭的"体面"。其他白人的交流总是围绕利益展开，忽略了人与人间的情感联系。摩西话语中蕴含的情感色彩则不只表现于语言内容中，也体现在句式选择上。摩西在要求玛丽休息、用餐时会使用祈使句和表示命令的情态动词，这些话语短促而生硬，但传递的却是玛丽无法在白人群体中获得的关切。对生理需求的表达使摩西摆脱"物"性，对自身劳动价值的肯定使摩西由"动物"升格为"人"，话语中蕴藏的丰富情感更使作为"人"的摩西生动而鲜活。

摩西的话语从内容和形式两方面上都逾越了白人为黑人群体塑造的刻板印象。正如贝尔·胡克斯（Bell Hooks，1952—2021）所说，"一个人若是缺乏逾越的意愿，那么他就无法前进"①，摩西通过言说打破了失语状态，逾越了白人殖民者为黑人群体塑造的刻板印象，在宣示了自身的主体性的基础上实现了由"物"到情感健全的"人"的飞跃。也正是通过话语，摩西与玛丽建立起微妙的情感联系。在这一过程中，双方的主体性呈现出一种平衡的此消彼长：玛丽由最初颐指气使的女主人渐渐成为摩西的附庸，摩西则越来越多地主导玛丽的生活。同时，摩西积极主动的自我言说也显现出早期黑人历史与相关文学作品中被掩盖的事实，表明并非所有黑人都是委曲求全的奴工，也有敢于反抗殖民者压迫与剥削的斗士。

三、黑人精神：积极寻求平等身份

摩西作为具有主体性的黑人形象，表现出对平等身份的渴求。在小说中，莱辛将迪克的农场这一特殊空间作为实现种族平等的现实基础，摩西在其中通过与玛丽建立情感联系，从而获得平等身份。当新近来到津巴布韦的托尼（Tony）和查理的

---

① Bell Hooks, "Transgress", *Paragraph*, 1994, 17 (3), p. 270.

介入使摩西与玛丽平等的身份得而复失时，他并未隐忍，而是积极反抗。摩西的反抗印证了自身高涨的主体性意识，同时也暗示当前被奴役的黑人群体终有一日会同摩西一样，为实现解放自身、追求平等而奋起反抗殖民统治。

首先，迪克对农场的经营、管理方式使白人同黑人平等相处成为可能。1930年的《土地分配法》将南罗得西亚土地分为部落保留地和欧洲人领地，该法令的颁布旨在掠夺肥沃土地交由殖民者耕种。法令实施后，约占总人口5%的白人享有南罗得西亚一半以上的肥沃土地，而数量庞大的黑人获得的耕地狭小且贫瘠，大量黑人为维持生计而受雇于白人农场主。在大多数殖民者看来，放弃白人的生活方式，转而模仿黑人的行为是可耻的，但迪克并不这样认为。为了确保农业生产的顺利进行，迪克与其说在控制、指挥黑人劳工，不如说时刻准备调整自身姿态，以期获得黑人的帮助。为了更好地同黑人群体进行交流，迪克学习黑人土语，模仿他们的肢体动作，家中的陈设也有明显的黑人家庭风格。在黑人是否算"人"这一问题上，迪克更倾向于将黑人视作与他相同的人，而不是将其视为供己驱使的赚钱工具。同时，迪克的农场经营模式具有明显的生态保护主义特征。他将农场视作自己的精神家园，采取一系列措施尽可能地维护农场生态，这使得农场这一空间最大限度地还原了非洲旷野的自然景观。空间是"社会、文化和地域的多维存在"[1]，莱辛模糊迪克农场环境与非洲自然风貌间的界限，实则暗示殖民前非洲大陆上人与人之间平等相处的良好状态有可能重现于这一空间。迪克的宽松管理以及贴近非洲风貌的空间景观造就了农场相对平等的氛围，这使得摩西有可能逾越殖民者划定的行为准则而不受到过于严苛的惩罚。一次次的"出格"行为逐步促进了摩西种族平等意识的觉醒，并促使他积极追求现实生活中的平等。

其次，黑人与白人的平等关系，更为直观地体现于摩西同玛丽的情感联系。最初，摩西只是将玛丽视作又一个挑剔、高傲的白人，玛丽也将摩西视作一个无足轻重的"黑鬼"。面对玛丽的百般刁难，摩西忍无可忍，因此请求离开。出乎摩西意料的是，他的辞职换来的并非冷冰冰的准许或是辱骂，而是玛丽歇斯底

---

[1] Kate Darian-Smith, Liz Gunner, Sarah Nuttall (eds.). *Text, Theory, Space: Land, Literature and History in South African and Australia*, London: Routledge, 1996, p. 2.

里的嚎啕大哭。在这一刻，摩西意识到自己是被白人需要的，女主人平时的苛责只是心口不一，因此他选择留下来。在之后与玛丽的相处过程中，摩西逐渐意识到玛丽内心的痛苦，并开始温情脉脉地照料玛丽的日常生活。两人最终形成的类似情侣的暧昧关系，并非殖民地社会常见于白人与黑人间的"支配—被支配"关系，而是基于身份、地位平等之上建构起的良性情感联系，这与农场中白人间情感匮乏的状态形成鲜明对比。查理利欲熏心，无法与玛丽共情，认为她的困境是咎由自取的结果；迪克理解玛丽的不满，但他无能为力，只是希望随时间流逝玛丽能够安分下来。上述白人男性不愿，或是不能满足玛丽的情感需求，只有摩西体察到玛丽的痛苦，并渐渐成为她的精神支柱。在同玛丽的交往中，摩西逐渐意识到"平等"并非白人特权，而是人应当普遍拥有的权利。

　　同玛丽平等相处并非摩西的一厢情愿，玛丽的行动也表明她在以平等的态度对待摩西，这主要体现于两个方面。其一，玛丽的梦反映出摩西在她心中的重要地位。在迪克生病期间，摩西自己看护迪克，而要求玛丽休息。在睡梦中，玛丽清醒地意识到迪克去世了，但自己并不悲痛，反而在摩西的保护下内心迸发出一阵狂喜。但这种喜悦并未持续多久，醒来后，玛丽便因梦的内容而羞愧难当。"梦是莱辛笔下关于人物过去和现在的批判性记录"[1]，莱辛以梦的形式隐晦地向读者传达这一信息：玛丽内心深处已经将摩西视作自己的情感支柱，只不过这一事实被根深蒂固的种族歧视思想所压制。其二，是玛丽服饰发生的变化。"莱辛在将身体刻画为思想的外衣时使用了服饰语言"[2]，玛丽的衣着不仅是反映她精神状态的晴雨表，更直观地反映出她对摩西的态度。玛丽初到农场时，打扮入时、衣着整洁，此时的她渴望摆脱城市对女性的偏见，在农场开启一段新生活。随着时间的推移，她的饰品褪色、面容蒙尘，她甚至拿不出一件像样的衣服。玛丽对衣着的漠视与麻木，折射出她内心情感的枯竭与濒临崩溃的精神状态。与摩西建立情感联系后，玛丽的衣着再次发生了变化。查理最后一次去迪克家中时，他敏锐地注意到玛丽在用黑人女性的饰品装饰自己。女为悦己者容，玛丽的行为

---

[1] 朱振武：《非洲英语文学的源与流》，上海：上海人民出版社、学林出版社，2019 年，第 194 页。

[2] Ruth Olsen Saxton, Garments of the Mind: Clothing and Appearance in the Fictions of Doris Lessing, Ph. D. Diss., University of California, 1986, p. 1.

显然不是为了取悦白人男性，而是为了迎合摩西的黑人审美。种族差异并非天然存在，而是经由后天人为建构而形成。玛丽的行动证明了这一点，并展现出跨种族平等存在实现的可能。

摩西珍视在迪克的农场中获得的平等身份，但当托尼与查理介入迪克一家的生活时，摩西察觉到平等得而复失的风险，并决定奋起反抗。托尼住进迪克家后，无意间发现了玛丽和摩西不同寻常的关系。在托尼的刺激下，玛丽虽摇摆不定，但最终还是屈服于根深蒂固的种族歧视观念和白人社群准则，决定将摩西赶走。当摩西得知玛丽做出的决定时，立马表现出怨恨愤懑的神情，由此可见此事对他造成的伤害之大。与此同时，面对迪克一家的现实境遇，查理决定收购迪克的农场。这对他来说是一件两全其美的好事。一方面，他可以扩大烟草种植面积，获取更大收益；另一方面，他使迪克一家避免沦为"穷苦白人"。这一行为在提升他社会地位的同时再一次印证了"即使最底层的白人也优于最高尚的黑人"[①]，进一步强化了白人的优越地位。在查理以市场为导向的农场经营理念下，迪克农场中的非洲自然景观必定荡然无存，跨种族平等的现实基础则与之一同消失。托尼介入后玛丽态度的转变让摩西意识到白人心中根深蒂固的种族歧视思想，查理改变农场经营方式则进一步断绝了种族平等的可能性。两者结合，使得摩西彻底失去自己的平等身份，再度沦为黑人奴工。摩西杀害玛丽的行为是他为反抗殖民统治和种族歧视做出的最激烈的抗争，也是他为维护自己平等身份而进行的最后挣扎。

摩西的行为——从最初的陪伴玛丽到最后将她杀害——都是为了追求、捍卫生而为人理当拥有的平等身份，但在殖民统治下，摩西是"道德标准的敌人"[②]，他的行为被视为破坏良好安定秩序的暴力犯罪，他的动机被"谋财害命"所掩盖，他所受的惩戒被用来震慑他的同伴。在殖民统治的高压下，一个人做出的努力难以解放被压迫者。但被奴役的黑人群体终将团结起来，在同殖民者的斗争中争取自身权益，最终建立由自己领导的民主国家。

---

① 李保平：《南非种族隔离制的理论体系》，《西亚非洲》，1994 年第 3 期，第 21 页。
② 弗朗兹·法农：《全世界受苦的人》，万冰译，南京：译林出版社，2005 年，第 8 页。

结　语

作为莱辛的首部作品，《野草在歌唱》具有强烈的非洲色彩，将英属殖民地社会现实展现在读者面前。不同于对英帝国海外扩张的赞颂，莱辛撕破殖民神话的虚假繁荣，真实展现殖民主义对人——黑人和白人——造成的苦难。《野草在歌唱》取名于艾略特（T. S. Eliot, 1888—1965）的《荒原》（*The Waste Land*, 1922）。诗人将现代生活描述为一片荒芜，而这恰好也是南罗得西亚的光景。在莱辛笔下，"荒芜"不仅指迪克连年歉收的农场，更象征着殖民地社会种族与种族间、人与人间的疏离与隔膜。在这种畸变的社会氛围中，殖民宗主国英国经济发展的代价便是非洲大陆越发沉寂，最终成为一片"荒原"。

在《回家》（*Going Home*, 1968）中，莱辛写道："或许有朝一日大家对非洲的爱足够强大，将能够联结起现如今彼此憎恨的人们。"[1]莱辛在这段话中勾勒了一幅各种族和睦相处的新非洲蓝图，但她也清醒地认识到"非洲属于非洲人，他们越早将其收回越好"[2]。只有当非洲人摆脱被奴役、压迫的处境时，这幅蓝图才有实现的可能。正因如此，莱辛以南罗得西亚为背景的作品始终聚焦于种族问题，记录、传播了发生于英属殖民地的诸多种族暴力。在《野草在歌唱》中，莱辛从身体、语言和精神三个方面着手，塑造了具有强烈自我意识的黑人形象摩西，在打破白人殖民者强加于黑人群体肤色污名的同时，也暗示了非洲人有能力从殖民统治中拯救自身，进而重新成为非洲的主人。

（文/山东师范大学 李子涵）

---

① Doris Lessing, *Going Home*, New York: Harper Perennial, 1996, p. 5.

② Doris Lessing, *Going Home*, New York: Harper Perennial, 1996, p. 5.

第六篇

齐齐·丹格仁布格
小说《惴惴不安》中的身体、空间和性别

齐齐·丹格仁布格

Tsitsi Dangarembga，1959—

作家简介

齐齐·丹格仁布格（Tsitsi Dangarembga，1959—）是津巴布韦首位用英语进行文学创作的女作家。她出生于津巴布韦（当时称"罗得西亚"）的穆塔雷（Multare，当时称"乌穆塔利"，Umtali），年幼时随父母去英国，归国后就读于乌穆塔利的一所教会学校，并在该地区的一所美国修道院学校完成中学学业。1977 年，丹格仁布格赴剑桥大学学习医学。因不堪忍受那儿的种族歧视，她便在祖国独立前回国，并在津巴布韦大学（The University of Zimbabwe）学习心理学。在这期间，她参加了该大学的戏剧社并开始了文学创作。

1988 年，其长篇处女作《惴惴不安》（*Nervous Conditions*，1988）由伦敦的女性出版社（The Women's Press）出版，并于次年在美国出版发行。该小说受到那些钟情于后殖民小说的欧美读者的热情追捧。考虑到绝大多数津巴布韦人没有机会接触文学作品，丹格仁布格在完成《惴惴不安》后便暂停了文学创作。她到德国电影电视学院学习并开始其电影制片人的职业生涯。她执导的有关津巴布韦艾滋病的银幕处女作《众人之子》（*Everyone's Child*, 1996）是该国历史上首部由女性所执导的影片，并在全球热播。她还为反映该国司法不公问题的电影《内里亚》（*Neria*, 1993）撰写了剧本，该片成了津巴布韦历史上最为卖座的影片。2000 年，丹格仁布格回国继续从事电影制作和文学创作。2002 年，她制作了纪录片《坚实的大地：津巴布韦的土地权》（*Hard Earth：Land Rights in Zimbabwe*, 2002），探讨了津巴布韦的土地问题。 2006 年和 2018 年，丹格仁布格分别出版了《否定之书》（*The Book of Not*, 2006）和《哀悼之躯》（*This Mournable Body*, 2018）。由于《惴惴不安》的时间设置在津巴布韦独立前，《否定之书》的时间设置在争取独立的解放战争时期，而《哀悼之躯》则是独立后，并且这三部小说的主人公都是坦布斋（Tambuzai，昵称为 Tambu，塔布），所以这三部小说被统称为"塔布三部曲"。丹格仁布格也因此成了以英语为官方语言的非洲国家中第一个完成文学三部曲的女作家。有鉴于丹格仁布格在文学和电影这两个艺术领域的杰出贡献，2006 年，英国《独立报》提名她为"影响非洲大陆的五十位最伟大艺术家"之一。

作品节选

《惴惴不安》
(*Nervous Conditions*, 1988)

Nyasha had a way of looking at things that made it difficult for her to be impressed by Babamukuru. Her way was based on history. It all sounded rather wild to me then, and it was difficult for me to make the long leaps that Nyasha's mind made between Babamukuru and Lucia and events past, present and future. All the same, I tried hard to understand, because Nyasha was very persuasive and also because I liked to think. I liked to exercise my mind. The things Nyasha said always gave me a lot to think about. This is how I began, very tentatively, to consider the consequences of our past, but I could not go as far as Nyasha. I simply was not ready to accept that Babamukuru was a historical artefact; or that advantages and disadvantages are predetermined, so that Lucia could not really hope to achieve much as result of Babamukuru's generosity; and that the benefit would only really be a long-term one if people like Babamukuru, kept on fulfilling their social obligation; and people like Lucia would pull themselves together.[1]

　　恩雅莎有自己看待事情的方式，这使她很难被巴巴姆库鲁打动。她看事情的方式是基于历史的。那时，这一切对我来说都是无法想象的，我的脑子很难像恩雅莎一样在巴巴姆库鲁和露西亚之间以及发生在过去、现在和未来的事情之间做巨大的跳跃。我照例绞尽脑汁地想要弄明白，因为恩雅莎很有说服力，也因为我

---

[1] Tsitsi Dangarembga, *Nervous Conditions*, Seattle: Seal Press, 1989, pp. 159-160.

喜欢想事情。我喜欢锻炼我的思维。恩雅莎所讲的事情总有很多东西让我思考。这就是我怎样尝试着开始思考我们的过去所造成的后果，但我没法像恩雅莎那样想得这么远。我只是还没准备好接受巴巴姆库鲁是历史的产物这一想法；或者利与弊是预先设定的，所以露西亚不能真正地指望因巴巴姆库鲁的慷慨做成多大的事；只有巴巴姆库鲁之辈不断地履行他们的社会责任而露西亚之辈紧紧抱成一团，这样才能真正长久地从中获益。

（张燕/译）

作品评析

小说《惴惴不安》中的身体、空间和性别

引 言

　　齐齐·丹格仁布格是津巴布韦首位用英语进行小说创作的女作家，可谓该国的英语小说之母。她出生于津巴布韦的穆塔雷，少时随父母在英国生活了四年。1977年，丹格仁布格考取剑桥大学，专攻心理学和医学。因不堪忍受英国的种族歧视，她便在其祖国1980年独立前回国，后在津巴布韦大学学习心理学。大学期间，丹格仁布格就开始尝试文学创作。到目前为止，她已有三部长篇小说和数部戏剧问世。《惴惴不安》是其长篇处女作，故事背景设置在20世纪60年代殖民时期乌穆塔利的一个村庄，主要围绕着女主人公坦布斋（Tambuzai）的成长以及她与其堂妹恩雅莎（Nyasha）之间的友情而展开。由于后者在英国长大，不能说自己的母语绍纳语（Shona），她在自己的国家像个局外人。目睹了在两种文化夹缝中苦苦挣扎的恩雅莎患上了暴食和厌食症之后，坦布斋也渐渐意识到她本人所受的教育根本无法帮助她摆脱种族歧视和性别歧视带来的伤害。

　　该小说出版后在欧美学界好评如潮。美国著名非裔女作家艾丽斯·沃克（Alice Walker, 1944—）和多丽丝·莱辛高度评价了这部作品。沃克称该小说"展示了一种新声……仿佛古老的非洲姐妹、母亲和堂表姊妹终于在最危险的时刻开始替自己发声。这是一种不能被忽视的求解放的表达"①。从事非洲英语

---

① Rosemary Marangoly George, Helen Scott, "An Interview with Tsitsi Dangaremgba", *Novel*, 1993, 26 (3), p. 309.

文学研究的著名评论家安德里安·罗斯科（Adrian Roscoe, N. D.）认为，《惴惴不安》可比肩非洲最负盛名的英语小说家阿契贝（C. Achebe, 1930—2013）的代表作《瓦解》（*Things Fall Apart*, 1958）。[①]1989年，该小说荣膺英联邦作家奖（The Commonwealth Writers Prize），并于2002年入选"20世纪非洲百佳图书"（Africa's 100 Best Books of the 20th Century）。[②]《非洲时报》称赞该小说是"自信的新国别文学的另一个榜样……它并未模仿欧洲的形式和内容"[③]。

　　虽然丹格仁布格是津巴布韦第一代女作家，但她与非洲其他国家的第一代女作家不同。非洲其他国家的第一代女作家大多在她们的处女作中试图从女性视角建构前殖民时期非洲的历史画卷，弗洛拉·恩瓦帕（Flora Nwapa, 1931—1993）的《伊芙茹》（*Efuru*, 1966）便是很好的例子。丹格仁布格在《惴惴不安》中则更多地聚焦津巴布韦的父权制和殖民主义政治。该小说对津巴布韦的父权制和殖民主义政治进行了双重批判。这种双重批判主要通过女性身体和空间中的女性这两个维度展开。

一、殖民主义与父权文化规训下的女性身体

　　在《黑暗之心》中，康拉德（J. Conrad, 1857—1924）笔下的非洲黑人要么是一群"疾病和饥饿"的"半死的形体"[④]，要么是一群犹如"疯人院"[⑤]里正在暴乱的疯子。康拉德笔下病态和疯癫的非洲黑人身体在后来的西方作家、学者的殖民病理书写中渐渐脱离其被建构出来的社会语境，"病态"和"疯癫的"由此

① Adrian Roscoe, *The Columbia Guide to Central African Literature in English Since 1945*, New York: Columbia University Press, 2007, p.108.

② "20世纪非洲百佳图书"由阿里·马兹瑞（Ali Mazrui, 1933—2014）教授发起，并由津巴布韦国家书展协会组织非洲各国的书评人参与评选，最终榜单于2002年2月发布。详见鲍秀文、汪琳（主编）：《20世纪非洲名家名著导论》，杭州：浙江人民出版社，2016年，第134页。

③ Rosemary Marangoly George, Helen Scott, "An Interview with Tsitsi Dangaremgba", *Novel*, 1993, 26 (3), p. 310.

④ 约瑟夫·康拉德：《黑暗之心》，黄雨石译，北京：人民文学出版社，2002年，第45页。

⑤ 约瑟夫·康拉德：《黑暗之心》，黄雨石译，北京：人民文学出版社，2002年，第105页。

成了非洲黑人身体的代名词。法农在《全世界受苦的人》（*The Wretched of the Earth*, 1961）一书中强烈谴责了西方殖民病理话语中的殖民主义内涵，因为在他看来，导致被殖民者的惴惴不安，制造病态、疯癫的非洲身体的正是殖民主义政治。①法农还进一步指出，殖民主义政治对非洲黑人自上而下的纵向暴力压迫势必会导致同受殖民压迫的黑人同胞互相实施横向暴力。

丹格仁布格处女作的标题"惴惴不安"正是取自萨特为《全世界受苦的人》所写的前言，由此推断，她应该不会反对法农的观点。在《惴惴不安》中，丹格仁布格记录了多位人物的惴惴不安。坦布斋的哥哥恩哈莫（Nhamo）入读巴巴姆库鲁（Babamukuru）任校长的教会学校后能"用流利的英语"和其父杰瑞米（Jeremy）进行"长时间的聊天"②，但却"忘记了如何说绍纳语"③，也就是他的母语。他很少和自己的母亲说绍纳语，偶尔和她说绍纳语时，"在一些用词上犹豫不决，语法上有问题，重音也读得怪怪的"④。出过洋、留过学的巴巴姆库鲁虽然还能说一口流利的绍纳语，但作为殖民主义的本土代理人，他也表现出了神经衰弱和食欲低下的惴惴不安。而杰瑞米从不敢忤逆其身为殖民主义本土代理人的兄长的意志，他在自己的兄长面前时常下跪的姿态无疑暗示了其象征性阉割的焦虑状态。

在《全世界受苦的人》中，法农主要关心的是殖民政治对被殖民男性造成的心理创伤，及由此导致的病态和失常的身体。《惴惴不安》论及的仅有的两个本土女性病患的精神状况都是由情感受挫或生理原因所致，与殖民主义政治关系不大。丹格仁布格在剑桥大学和津巴布韦大学求学时均专攻心理学，身为非洲女性的她自然非常关注非洲女性被殖民者的心理状况。因此，在其处女作中，她描述更多和更为详细的是女性的惴惴不安和失常的身体。坦布斋的母亲玛辛加伊（Ma'Shingayi）因无法阻止自己的女儿去教会学校和美国修道院专为白人开设

---

① 在为《全世界受苦的人》所写的前言中，萨特说道，"凭着这种疯狂的怒气、痛苦和愤怒、他们［被殖民者］始终想要杀死我们［殖民者］的欲望、永远紧绷的害怕放松下来的强有力的肌肉，他们才成为人"。参见 Frantz Fanon, *The Wretched of the Earth*, Trans., Constance Farrington, New York: Grove Press, 1963, p. 17。

② Tsitsi Dangarembga, *Nervous Conditions*, Seattle: Seal Press, 1989, p. 52.

③ Tsitsi Dangarembga, *Nervous Conditions*, Seattle: Seal Press, 1989, p. 52.

④ Tsitsi Dangarembga, *Nervous Conditions*, Seattle: Seal Press, 1989, p. 52.

的津巴布韦"最负盛名的女子高中"①"圣心"（Sacred Heart）高中而两度爆发厌食症。入读教会学校后，寄居在巴巴姆库鲁家的坦布斋常常处于不知道该说什么、该用哪种语言讲话、该做什么的惴惴不安之中。这种惴惴不安在巴巴姆库鲁为她父母安排的基督教婚礼的当日达到了极限：她的身体裂变成了两个互不相关的个体。儿时随父母去英国并在那儿接受了小学教育的恩雅莎不仅和恩哈莫一样忘记如何说绍纳语，而且因父亲的高压控制而患上了暴食症和厌食症，并陷入惴惴不安之中。她先是拼命地往嘴里塞下其父强迫她吃的食物，而后又想办法把吃下去的食物呕出来。

　　按照萨特的观点，遭受殖民压迫的非洲男性往往会将自己所遭受的纵向暴力转嫁到其男性同胞身上。然而，《惴惴不安》中并未出现非洲黑人男性之间互施暴力、互相转嫁惴惴不安的状况。相反，男性被殖民者无一例外都将自己的惴惴不安传导给了女性同胞。虽然杰瑞米在自己的兄长面前唯命是从，但他通过打击妻子来证明自己的男子汉气概。他甚至大胆到"想要露西亚（Lucia，坦布斋的阿姨）那样的妻子"，因为对他而言，这无异于"拥有雷霆，让它按他的意志爆裂、打雷、闪电"②。杰瑞米执意让坦布斋接受殖民教育，这使得玛辛加伊因担心自己的女儿接受殖民教育后将遭受"英语性"③毒害而两度出现厌食症状。"神经紧张"的巴巴姆库鲁能接受其儿子交白人女友，却认定恩雅莎与白人男孩单独聊天是放荡的行为，并因此用暴力惩罚她。作为殖民主义的本土代理人，他试图用英国维多利亚时期的家庭观来规训自己的女儿，却最终导致她暴食和厌食的不安状态。同样，巴巴姆库鲁也要求坦布斋拥有他自己心目中的"女性礼仪典范"，扮演一位顺从、娴静的"理想女儿"④的角色。因此，当他为坦布斋的父母操办荒唐可笑的基督教婚礼并强迫她参加时，对此极为排斥的坦布斋的意识分裂为"两个长时间进行可怕争论的断裂的个体"⑤。

---

① Tsitsi Dangarembga, *Nervous Conditions*, Seattle: Seal Press, 1989, p. 199.

② Tsitsi Dangarembga, *Nervous Conditions*, Seattle: Seal Press, 1989, p. 127.

③ Tsitsi Dangarembga, *Nervous Conditions*, Seattle: Seal Press, 1989, p. 203.

④ Tsitsi Dangarembga, *Nervous Conditions*, Seattle: Seal Press, 1989, p. 197.

⑤ Tsitsi Dangarembga, *Nervous Conditions*, Seattle: Seal Press, 1989, p. 167.

在《全世界受苦的人》中，法农没有论及那些对自身的"惴惴不安"有着清醒意识的被殖民主体。值得称道的是，在《惴惴不安》中，几乎所有的女性都或多或少地清楚自己身体失常的状态及其根源。玛辛加伊明白诱惑她的孩子以及让她丈夫在巴巴姆库鲁面前软弱无力的是"英语性"，而她之所以极度焦虑"英语性"对其子女的毒害是因为她清楚"祖先消化不了那么多的英语性"①。相对于玛辛加伊，恩雅莎对于被殖民者身体的失常有着更为清醒的认识。她不仅清楚她本人的惴惴不安源于自己"既不是他们（殖民者）中的一员，也不是你们（被殖民者）中的一员"②的"受困"③状态，而且也清楚包括其父母和坦布斋在内的被殖民者的身体失常都是因为他们被剥夺了主体性而导致。

小说中，这些对自身的失常有着清醒意识的女性绝不是纵向暴力和横向暴力的被动容器，她们都在主动地反抗殖民权威和男性权威。有学者指出："殖民主义试图规训'本土'，并且这种变革的技术被运用到各种各样的地方。然而，最强韧的植入点及最深的穿透点是身体。"④在《惴惴不安》中，玛辛加伊和恩雅莎十分清楚这一点。玛辛加伊指出"英语性""拿走了[她儿子]的舌头，使他无法和她[用绍纳语]说话"，还对他的身体"施了法"⑤，并最终致其死亡，而恩雅莎用牙齿把历史书撕成碎片，一边嘴里喊着"他们的历史。去他妈的撒谎精。他们血淋淋的谎言"⑥。不仅如此，恩雅莎也明白，在殖民主义和男权主义交叉规训下的女性身体更是殖民主义和男权主义植入的最强韧、最模糊不清而又最重要的场域。这种模糊性在她提到殖民者规训"本土"身体时所用的诸如"they""their""them"等模糊的标注词中得以显见。正是基于这种认识，包括玛辛加伊和恩雅莎在内的几乎所有女性人物始终将被刻板化、被中伤、被殖

---

① Tsitsi Dangarembga, *Nervous Conditions*, Seattle: Seal Press, 1989, p. 203.

② Tsitsi Dangarembga, *Nervous Conditions*, Seattle: Seal Press, 1989, p. 201.

③ Tsitsi Dangarembga, *Nervous Conditions*, Seattle: Seal Press, 1989, p. 117.

④ Biman Basu, "Trapped and Troping: Allegories of the Transitional Intellectual in Tsitsi Dangarembga's *Nervous Conditions*", *Ariel*, 1997, 28 (3), p. 15.

⑤ Tsitsi Dangarembga, *Nervous Conditions*, Seattle: Seal Press, 1989, p. 54.

⑥ Tsitsi Dangarembga, *Nervous Conditions*, Seattle: Seal Press, 1989, p. 201.

民、被滥用的非洲女性身体视作反抗殖民主义和男权主义的重要场域。露西亚分别和特克肖尔（Takesure）、杰瑞米保持性关系，并怀上了特克肖尔的孩子，但她拒不结婚。这两个无法抵挡她身体的诱惑却又无法控制她的男人因此而污蔑她是"在夜间行走"①的巫婆。露西亚不顾阻拦闯入了男权家长们召开的关于如何处置她的会议，并且从身体上制服了特克肖尔。她还将自己腹中的孩子说成是杰瑞米的，迫使巴巴姆库鲁这位大家庭的家长接纳她成为其大家庭的一员，并为她在自己的教会学校中谋了一份差事。凭着这份收入，她上夜校接受教育，过上了独立的生活。露西亚看似依赖男性，但实则并未被男性所束缚。可以说，十分清楚男权主义游戏规则的露西亚用自己的身体控制了故事中的所有男性。换言之，她用身体操控了试图操控她身体的人。正因如此，虽然她的行为举止有缺陷，但坦布斋并不认为她有罪，反而认为她是认真生活的人。她说，那些男人"从未意识到露西亚是个认真生活的人"②。

玛辛加伊自觉承受"女性负担"，看似是女性人物中最受压迫的一位，但实际上，她同样用身体对男权思想发起了挑战。当她听说儿子死后丈夫仍坚持把女儿送去教会学校上学时，她拒绝进食，也拒绝到田里干活，尽管她明白那块田地养活着一家人。她也意识到她的孩子正通过巴巴姆库鲁接受殖民主义者的教育。她抗拒殖民教育、试图留住孩子的努力与其婆婆的行为形成鲜明对比——后者恳求白人让自己的大儿子接受殖民教育。不久，巴巴姆库鲁变成了"一个好孩子，一个能让耕耘者丰收的可教的孺子"③。当巴巴姆库鲁决定让坦布斋去上"圣心"高中时，玛辛加伊又一次用身体进行反抗。一听到巴巴姆库鲁的决定，她就在背后诅咒他："如果我是一个巫婆，我要让他脑子犯糊涂。"④与此同时，她开始厌食，拒绝履行妻子和母亲的职责，其健康状况也随之急剧变糟。虽然最后她的身体恢复了，她既未阻止女儿入读"圣心"高中，也未改变自己所处的环

---

① Tsitsi Dangarembga, *Nervous Conditions*, Seattle: Seal Press, 1989, p. 143.

② Tsitsi Dangarembga, *Nervous Conditions*, Seattle: Seal Press, 1989, p. 153.

③ Tsitsi Dangarembga, *Nervous Conditions*, Seattle: Seal Press, 1989, p. 19.

④ Tsitsi Dangarembga, *Nervous Conditions*, Seattle: Seal Press, 1989, p. 184.

境，但她借由身体的反抗的确改变了坦布斋对看似光鲜亮丽的殖民主义政治的认知——她"明白她母亲知道很多东西，[并]尊重她的知识"①。

相比露西亚和玛辛加伊，恩雅莎的身体反抗最为激烈，也最值得关注。其父巴巴姆库鲁虽是被殖民者，但他已被殖民教育同化，成了将殖民性作为非洲黑人存在的条件、将资本主义作为社会经济良机来接受的本土知识分子。与此同时，殖民教育教会了他身为压迫者所必需的品质，他自觉地将种族主义运用到黑人女性身体之上。因此，恩雅莎以穿性感的服饰、交白人男性朋友和抽烟的方式反抗他作为男权家长的权威。当巴巴姆库鲁为此动手揍她时，她也毫不示弱，而是出手还击。与此同时，她也通过厌食/暴食及通宵发狂学习来反抗他作为殖民者本土代理人的权威。由此可见，《惴惴不安》中被殖民者对新殖民教育文化价值观的吸收通过他们对食物的消耗得以体现，而对它们的拒绝则是通过无法或拒绝进食得以凸显。②当巴巴姆库鲁从国外回来时，杰瑞米曾夸赞他以无比巨大的胃口"消化"了英语单词。玛辛加伊的厌食症隐喻了那些极具殖民主义价值观的食物是无法下咽的。恩雅莎虽然将那些食物狼吞虎咽吃了下去，但她又想办法把它们呕吐出来，这也表明她被迫接受的那些殖民主义价值观是无法消化的。

我们知道，欧洲女性的厌食大多是为了实现"由时尚狂热和媒体推动的极端苗条的形象"③而采用的一种令人虚弱的方法。这种以变美为目的的破坏性方式与诸如尼日利亚南部的易提科（Etik）、伊比比欧（Ibibio）和伊博（Igbo）等非洲社区中传统的"育肥室"的文化习俗背后的概念形成了鲜明的反差。在《惴惴不安》中，坦布斋的奶奶在讲述其家族史时，曾骄傲地提到自己年轻时"有着很大、很结实的屁股"④。非洲的这种传统文化习俗再加上其常年遭受饥荒的境况使得非洲鲜有厌食病例出现，非洲作家也因而很少涉猎厌食主题。丹格仁布格或许是在小说中探讨厌食主题的第一位非洲（女）作家。在西方殖民病理学中，被

---

① Tsitsi Dangarembga, *Nervous Conditions*, Seattle: Seal Press, 1989, p. 203.

② 转引自 Gabriele Lazzari, "Peripheral Realism and the Bildungsroman in Tsitsi Dangarembga's *Nervous Conditions*", *Research in African Literatures*, 2018, 49 (2), p. 115。

③ Pauline Ada Uwakweh, "Debunking Patriarchy: The Liberational Quality of Voicing in Tsitsi Dangarembga's *Nervous Conditions*", *Research in African Literatures*, 1995, 26 (1), p. 83.

④ Tsitsi Dangarembga, *Nervous Conditions*, Seattle: Seal Press, 1989, p. 18.

视为对食物非自然的厌恶的厌食症在非洲是不存在的。在《惴惴不安》中，当患有厌食症的恩雅莎最终被带去看一位白人精神病科大夫时，那位医生说："恩雅莎不可能病了。非洲人不会以我们所描述的方式遭受痛苦。她在装病。"①在西方殖民精神病理学中，黑人女性被认为是身上有脂肪和大屁股的女性。因此，恩雅莎皮包骨头的身体让那位白人精神病科大夫无法相信她遭受了心理创伤，反而给她开了用来治疗情绪不健康的药物。

恩雅莎足够富裕的家庭使她能够有条件充分享用食物。从这个意义上来讲，在严重营养不良的大环境下，她患上了通常与白人中产阶级相关联的厌食症不足为奇。表面看，恩雅莎在英国接受过启蒙教育，其厌食症也可能是她与欧洲女性一样试图控制自己在少女期日益变大的臀部的后果。更何况，在坦布斋第一次试穿教会学校的校服时，恩雅莎的确调侃过她臀部过肥。②然而，我们不能将恩雅莎的厌食仅仅理解为其试图迎合女性应该苗条的男性价值观，因为她每一次的暴食和呕吐都发生在她与为了表明对她的身体拥有控制权而逼迫她进食的父亲争吵之后。患上厌食症的恩雅莎不吃不喝，瘦得皮包骨头，极有可能因此暴毙。不少评论者由此认定恩雅莎的厌食是一种自毁的选择。然而，丹格仁布格本人并不认同这种解读。在一次访谈中，丹格仁布格对视恩雅莎的厌食为自毁行为的限制性解读表达了不满。③毫无疑问，作为首位涉猎厌食书写的非洲作家，丹格仁布格为非洲女性失常的身体注入了新的内涵。

在其被殖民女性的病理书写中，丹格仁布格并未如法农一样将被殖民者的不安状态和心理焦虑简单归因于殖民主义，而是揭示被殖民女性的紧张和焦虑是父权、殖民和资本主义权力结构共谋所导致的症状。巴巴姆库鲁家的餐桌和就餐模式无疑对此做出了绝好的诠释。该餐桌是巴巴姆库鲁逼迫恩雅莎吃他让她吃的食物的"战场"，呈现出父权、殖民政治和资本主义共谋的特征。该饭桌上提供的食物几乎都是西式的，就餐方式也是西式的：所有的家庭成员都坐在他们各自的餐椅上，接过由母亲或父亲分发的食物；食物是用刀叉吃的。然而，在该餐桌

---

① Tsitsi Dangarembga, *Nervous Conditions*, Seattle: Seal Press, 1989, p. 201.

② Tsitsi Dangarembga, *Nervous Conditions*, Seattle: Seal Press, 1989, p. 91.

③ Rosemary Marangoly George, Helen Scott, "An Interview with Tsitsi Dangaremgba", *Novel*, 1993, 26 (3), p. 314.

上，巴巴姆库鲁同时又恪守传统的聚餐礼仪，比如禁止饭桌上的交谈，并要求孩子们，尤其是女孩表现出敬畏、沉默和尊敬。因此，我们可以说，恩雅莎用厌食症"损毁"自己身体的目的是以此来阻止和反抗殖民主义和男权主义在自己身体上的植入。一方面，通过饥饿、暴食和清肠等方式，恩雅莎拒绝了以其母亲梅伊古鲁（Maiguru）为代表的非洲女性"房中天使"般顺从、被动、刻板的身体形象，挑战了非洲"良家妇女"的地位，使殖民主义和男权主义"凝视"和控制女性身体的方式出现了裂隙。因为厌食往往会导致女性闭经，进而损伤她们的生育能力。可以说，恩雅莎通过厌食的手段把自己从婚姻市场中除名。另一方面，通过拒绝让自己的身体食用西式食物，她也拒绝了殖民主义价值观的控制。换言之，恩雅莎和玛辛加伊对食物的反应是她们在一个被剥夺了所有控制权的环境中控制自己身体的一种方式。当她们的声音被压制时，她们就用自己的身体"言说"。恩雅莎的这种"言说"让坦布斋意识到女性受压迫是普遍存在的事实，它只与女性的性别有关，无关她们所受教育的多少、贫穷与否，也无关传统。

二、殖民主义和父权文化宰制下的空间

在《惴惴不安》中，丹格仁布格主要塑造了老宅、教会学校和"圣心"高中这三个物理空间。丹格仁布格对这三个空间的描写无一不体现她对父权制和殖民主义的双重批判。老宅是一个充满腐烂、饥饿和污秽的空间。肮脏似乎是坦布斋在老宅中生存的一个常态变量："我知道，我一生都知道，生活是肮脏的。"[1]她的生活可谓是对肮脏之物的悲剧性肯定：大便、气味和红土是这个农村地区无处不在的肮脏的集中体现。老宅房子的屋顶掉下来了，泥墙破了；蹲坑被粪便和尿液弄脏了，厕所的墙变黄了，上面爬满了从粪便里爬出来的蛆。除了肮脏，老宅也缺乏基本的生活必需品，家里为数不多的改善伙食的机会是圣诞节和复活节。那时巴巴姆库鲁会开车载着很多食物回老宅。老宅无法为家庭成员提供舒适

---

[1] Tsitsi Dangarembga, *Nervous Conditions*, Seattle: Seal Press, 1989, p. 70.

和安全，它已然成了匮乏的空间。对坦布斋而言，贫穷的家意味着她的生活毫无尊严，她的父亲被象征性阉割。这一点我们可以从他们一家对富裕的巴巴姆库鲁的依赖和卑屈看出来。

值得注意的是，老宅这一充满腐烂、饥饿和污秽的空间有着强烈的男权色彩。在这个空间里，女性受苦最深。家里的女孩营养不良、衣不遮体。坦布斋的两个妹妹"与其说穿着破连衣裙，还不如说是裸着的"[①]。她们的腿和手，甚至脸颊和头发都灰扑扑的。坦布斋在各种天气条件下整日与泥巴打交道，宽趾脚上的脚皮越来越厚，角蛋白增厚、变硬开裂，以至于尘土嵌入裂口很难被清洗干净；膝盖上长满了黑色带纹老茧；因为没钱抹油，皮肤呈鳞片状；一头干枯的短发也营养不良。[②]在老宅的空间分配上，"床和床垫属于[杰瑞米]"，坦布斋的母亲只能睡在"铺在地上的芦苇席上"[③]，坦布斋和妹妹们则挤在厨房睡觉。厨房里过旺或着不起的柴火导致一氧化碳一直弥漫其中，她们因而患上了支气管炎。即便是整个大家族共度圣诞节时，包括恩雅莎在内的所有未婚女眷也只能在厨房中过夜。不仅如此，家中的男人可以不干活，比如杰瑞米可以游手好闲，恩哈莫可以以学习为借口逃避田间劳作，但女人们却必须承担家中所有的家务活和大部分农活。坦布斋的祖母直到生命的最后一刻都还在田间劳作。玛辛加伊和坦布斋白天在菜园里辛苦劳作，回家后还得放牛羊、忙家务。圣诞节大家族聚会期间，女人们必须一日三餐烧煮，以填饱24个人的肚子；她们每天背着压弯脊梁的大水罐走很远的路去恩阳马瑞拉河（Nyamarira）取回24个人的洗澡水，还得分多次到河中洗所有家人的衣衫。[④]甚至家中的屋顶坏了也是女性动手修缮的。对于女性的辛劳，男性们似乎视为理所当然。从教会学校回家的恩哈莫总是故意把为数不多的行李留在车站让年幼的妹妹去取；坦布斋种植玉米，希望借此来筹集家中无法为她支付的学费，但恩哈莫却偷偷地将玉米摘下来和朋友们分而食之，无情地破坏了坦布斋的求学梦。

---

① Tsitsi Dangarembga, *Nervous Conditions*, Seattle: Seal Press, 1989, p. 124.

② Tsitsi Dangarembga, *Nervous Conditions*, Seattle: Seal Press, 1989, p. 58.

③ Tsitsi Dangarembga, *Nervous Conditions*, Seattle: Seal Press, 1989, p. 62.

④ Tsitsi Dangarembga, *Nervous Conditions*, Seattle: Seal Press, 1989, p. 133.

不可否认，在老宅这一物理空间中，存在着一些能让女性放松且能赋予她们力量的"古老深邃的"[1]自然空间。坦布斋喜欢穿行在这样的自然空间中：

田野中的道路因生长着灌木和树木而阴凉……如果你有时间，可以从大路上跑到树木更多的地方去找玛坦巴果和玛吞肚鲁果——又酸又甜，好吃。从路旁树木多的地方慢慢走到浅浅的河谷，那是一个沿着其河床精心布置了光滑的平顶巨石的河谷，这为我们童年的各种游戏提供了令人兴奋的设施。[2]

同样，坦布斋也喜欢到恩阳马瑞拉河中游泳。在非洲文化中，河流属于精灵们的地盘，因而被认为是神圣的。在河流中，女性往往可以有效抵制以父权制和种族主义为主导的社会。有论者认为坦布斋在河里浸泡和洗澡的习惯象征着其自我的一种再生——"向着源头的回归以及从那片巨大的潜能水库中重新汲取新能量"[3]。这不仅体现在坦布斋身上，同时也体现在其女性亲戚身上：

我们轮流去恩阳马瑞拉河，或是恩雅莎、安娜和我自己，或是另外两个女孩。这并不是什么重活，因为带着空水桶往外走是一段令人开心的旅程。一路上有几家老宅，每家都长着这种或那种果树，我们和老宅里的住户关系都比较近。所以虽然我们家有杜果——甜又多汁的那种——和可爱的弯橘，但是我们喜欢通往河边的路上那几家人送我们的桃子、番石榴和桑葚。虽然洗衣服、取水和顶水那些活本身挺累人，但我们并不觉得活太重，因为我们可以到河里洗澡，然后躺在岩石上晒太阳等着衣服晾干。[4]

---

① Tsitsi Dangarembga, *Nervous Conditions*, Seattle: Seal Press, 1989, p. 4.

② Tsitsi Dangarembga, *Nervous Conditions*, Seattle: Seal Press, 1989, p. 3.

③ 转引自 Lily G. N. Mabura, "Black Women Walking Zimbabwe: Refuge and Prospect in the Landscapes of Yvonne Vera's *The Stone Virgins* and Tsitsi Dangarembga's *Nervous Conditions* and Its Sequel, *The Book of Not*", *Research in African Literatures*, 2010, 41 (3), pp. 100-101。

④ Tsitsi Dangarembga, *Nervous Conditions*, Seattle: Seal Press, 1989, p. 134.

此外，当玛辛加伊因为坦布斋即将上"圣心"高中而爆发厌食症并停止给儿子喂奶时，露西亚将母子二人带到河中去洗澡，并让他们在太阳底下晒干身体和衣物的"休克疗法"也避免了灾难性的后果。[1]

然而，通过坦布斋的视角，我们还看到那些自然空间遭受了攻击与损害——殖民管理者决定将它的区议会大厦建在村里的恩阳马瑞拉河边女人洗衣服的区域附近。殖民者的开发不仅破坏了当地的景观，它在村民中所催生的企业、商业和娱乐活动也导致洗衣区变成人们前往集市的通道。这迫使女人们不得不到更远的地方洗澡和洗衣服。[2]显然，这种对女性能够拥有、控制和享受的空间的占用充满了男权和殖民色彩。那些在原先属于女性的空间里进行的商业活动和娱乐活动也暗示了西方殖民文化和生活方式的入侵。值得注意的是，这种所谓的经济发展和进步的受益者往往是男性。可以说，这种空间侵权体现了一种鲜明的帝国主义话语，我们能从中看到这置女性利益于不顾的殖民项目中进步的虚幻性。换言之，在老宅这一空间里，女性在遭受男权压迫的同时也遭受了殖民主义和资本主义的侵袭。

教会学校这一空间意象则主要通过巴巴姆库鲁的房子展现出来。该房子外部被粉刷成白色，而且偌大的场地里，只有巴巴姆库鲁的房子坐落其中，其外围建筑是棚子、车库和佣人房。[3]房子的内部装修极尽奢华。坦布斋注意到，巴巴姆库鲁试图通过室内装修表明自己有"充足的权力、充足的钱、良好的教育、充足的一切"[4]。无怪乎恩哈莫说，"就算白人也买不起"[5]这样的房子。梅伊古鲁竭力使房子保持物理意义上的无菌防腐状态——家中"很难一眼感知尘土的存在"[6]，同时，巴巴姆库鲁还竭力使它保持道德上的无尘状态——他"在强风中离五码远的地方就可以从你呼出来的气中嗅出酒精的味道"[7]。可以说，巴巴姆库鲁家房子的优雅、干净和宽敞，与老宅污垢、腐烂和拥挤的空间意象形成了鲜明

① Tsitsi Dangarembga, *Nervous Conditions*, Seattle: Seal Press, 1989, p. 185.

② Tsitsi Dangarembga, *Nervous Conditions*, Seattle: Seal Press, 1989, p. 4.

③ Tsitsi Dangarembga, *Nervous Conditions*, Seattle: Seal Press, 1989, p. 61.

④ Tsitsi Dangarembga, *Nervous Conditions*, Seattle: Seal Press, 1989, p. 50.

⑤ Tsitsi Dangarembga, *Nervous Conditions*, Seattle: Seal Press, 1989, p. 61.

⑥ Tsitsi Dangarembga, *Nervous Conditions*, Seattle: Seal Press, 1989, p. 71.

⑦ Tsitsi Dangarembga, *Nervous Conditions*, Seattle: Seal Press, 1989, p. 41.

的对照。正因如此,坦布斋将他家的房子描述为"天堂",而他则是"上帝"①或"离上帝最近的人类"②。

在巴巴姆库鲁对创造者排他性的假设中,他相信自己独自一人创造了家中的一切。他对单边权力和控制的典型迷恋在他给坦布斋的警告中表露无遗:"我是这个家的一家之主。在这个房子里任何忤逆我权威的人都是邪恶的货色,意在摧毁我所创造的一切。"③显然,他把家视为男性在身体和意识形态上拥有上帝般不可冒犯、不容协商的权力的领地。如同其外观清一色的白颜色排除了其他的色彩,他的房子也压制了家中所有的异议。作为"唯一一个住在白色房子里的非洲人"④,巴巴姆库鲁也内化了殖民者试图强加在绍纳人身上的白人标准。他不仅从白人那里获得了房子,同时也复制了他们的生活。正如白色土豆的味道"使[梅伊古鲁所煮的菜里]其他东西吃起来味道很滑稽"⑤一样,巴巴姆库鲁家也到处弥漫着摧毁了"被殖民者思想宇宙"⑥的"文化炸弹":不仅他家的食物、座位安排和用餐方式是西式的,他家的厨房用品也全是西化的。梅伊古鲁的"滤茶器"就是一个很好的例子。尽管在老宅,人们喝茶从不用滤茶器,但梅伊古鲁却认为,没有滤茶器,"茶根本就没法喝,杯子里全是茶叶"⑦。这是英式的喝茶方式。借此,梅伊古鲁要过滤掉的是非洲传统。无独有偶,梅伊古鲁在清洁厨房的水槽和陶制用品时,也没有像老宅的女人那样用火灰拌水擦洗,而是坚持使用受英国家庭主妇青睐的氯清洗剂,尽管氯清洗剂不仅费钱、费手,而且还会腐蚀那些厨房用品的表面。更重要的是,它没法如本土的清洗材料那样让那些厨房用品光亮如新,而是发出灰蒙蒙的光泽,显得脏兮兮的。可以说,梅伊古鲁的"滤茶器"和氯清洗剂暗示她家复制了英国人的生活方式。

---

① Tsitsi Dangarembga, *Nervous Conditions*, Seattle: Seal Press, 1989, p. 70.

② Tsitsi Dangarembga, *Nervous Conditions*, Seattle: Seal Press, 1989, p. 199.

③ Tsitsi Dangarembga, *Nervous Conditions*, Seattle: Seal Press, 1989, p. 167.

④ Tsitsi Dangarembga, *Nervous Conditions*, Seattle: Seal Press, 1989, p. 63.

⑤ Tsitsi Dangarembga, *Nervous Conditions*, Seattle: Seal Press, 1989, p. 82.

⑥ Ngugi wa Thiong'o, *Decolonising the Mind: The Politics of Language in African Literature*, Portsmouth: Heinemann, 1986, p. 16.

⑦ Tsitsi Dangarembga, *Nervous Conditions*, Seattle: Seal Press, 1989, p. 72.

尽管巴巴姆库鲁家乃至整个大家族的花销离不开梅伊古鲁的收入——"如果她不工作的话，[巴巴姆库鲁]连一半的事都做不了"[1]，但他不承认她在他家的财富以及所谓的创造中所扮演的角色。他显然是把家视为与他的男性气质互补的舒适的意识形态空间。所以当他和恩雅莎争吵时他宣称，"在这个家里不可能有两个男人"[2]。这也同样解释了为何家里的佣人安娜（Anna）出现时总是跪着的，而且总是不知不觉地消失，"正如她不知不觉地来"[3]。巴巴姆库鲁在家中以"上帝"自居，但具有讽刺意味的是，看似无所不能的他竟没能"知晓"和"看到"他女儿恩雅莎急剧恶化的健康，相反，他将此误判为"情况不是很严重"[4]。由此可见，他在情感和精神上没有感受到家中女性内心的困境。

巴巴姆库鲁"白色王国"内部的两性不平等还通过他家的厨房空间得到了明显的体现。厨房通常被认为是女性建立权威和利用食物在婚姻政治中发挥杠杆作用的地方。[5]在老宅，在一次由男性所主导的事关怀孕后的露西亚何去何从的家庭审判中，女人们正是在厨房建立了强烈的姐妹情谊。梅伊古鲁的厨房和老宅的厨房在设施和条件上判若云泥，但从象征意义上来讲，前者和后者一样处于破败的状况，因为厨房窗户的窗格少了一根。这个缺失的窗格暗示了巴巴姆库鲁家审美的、结构的，乃至意识形态上的瑕疵。正如虽然梅伊古鲁的收入能让她买得起汽车，但她每次出去买菜都依赖巴巴姆库鲁开车一样，虽然"那个破窗户，穿堂风及其后遗症让[她]尤为恼火"[6]，但她从未想过自己动手修理窗户，也未要求巴巴姆库鲁将它修好。这或许暗示了她对巴巴姆库鲁由文化支持的男性领导权和统治权的默许，也表明她是她自己从属地位的共谋。有学者指出，梅伊古鲁的"顺从和主体性的缺失"助长了巴巴姆库鲁"神性"的膨胀。[7]可以说，梅伊古鲁这

---

① Tsitsi Dangarembga, *Nervous Conditions*, Seattle: Seal Press, 1989, p. 101.

② Tsitsi Dangarembga, *Nervous Conditions*, Seattle: Seal Press, 1989, p. 115.

③ Tsitsi Dangarembga, *Nervous Conditions*, Seattle: Seal Press, 1989, p. 79.

④ Tsitsi Dangarembga, *Nervous Conditions*, Seattle: Seal Press, 1989, p. 199.

⑤ 转引自 Christopher Okonkwo, "Space Matters: Form and Narrative in Tsitsi Dangarembga's *Nervous Conditions*", *Research in African Literatures*, 2003, 34 (2), p. 59。

⑥ Tsitsi Dangarembga, *Nervous Conditions*, Seattle: Seal Press, 1989, p. 67.

⑦ 转引自 Christopher Okonkwo, "Space Matters: Form and Narrative in Tsitsi Dangarembga's *Nervous Conditions*", *Research in African Literatures*, 2003, 34 (2), p. 58。

样一位受过教育、经济上稳定、文化上有经验的女性在家中却"苦得要命"[1]的事实表明了该物理空间中两性的不平等。

凭着在老家的经验,坦布斋十分清楚,一个无尘的空间是无法借助权力、排斥、控制和秩序等手段得以实现的,因为"生活[是]肮脏的"[2]。定时经过教会学校的公共汽车扬起的灰尘会钻入巴巴姆库鲁家的各个角落,因此它不可能是"天堂"。同样,巴巴姆库鲁作为"上帝"的地位也受到了女儿的挑战。恩雅莎穿他不允许穿的衣服,交他不允许交的朋友,读他不允许读的书。在故事结尾处,梅伊古鲁也开始反抗他的霸权,称自己"厌倦了在家里啥也不是"[3]的状况。然而,相对于老宅,巴巴姆库鲁家的两性不平等似乎更加严重。坦布斋在老宅借助大自然中那些"古老而深邃"的空间汲取养分,培养了较为独立的女性意识:为了争取自己的权利,她敢于忤逆父亲,并和哥哥打架。但在巴巴姆库鲁家中,她的主体意识几近枯萎。当巴巴姆库鲁因她未能遵循他的意志参加她父母的基督教婚礼而严厉惩罚她时,她不仅甘愿接受惩罚,而且如恩雅莎所言,到了即便巴巴姆库鲁不惩罚她,她也会自我惩罚的地步。[4]同样,梅伊古鲁虽然离家出走以示对丈夫霸权的反抗,但她只是在自己的哥哥家待了五天就回来了。恩雅莎对其父的压迫进行了强烈的反抗,但她的反抗以自己患上厌食症而告终。这暗示了在殖民主义和男权主义双重压迫下女性的生存困境更为艰难。

相比老宅和教会学校,丹格仁布格对"圣心"高中这一空间的着笔相对较少。不过,通过这一空间的描绘,丹格仁布格得以延伸空间的母题,并继续谴责女性在父权主义和殖民主义的控制下被贬黜到极为有限的空间里这一事实。占地上百英亩、"宏伟宽敞"[5]的"圣心"高中完全是一个白人化的空间。那里不仅有网球场、无挡板篮球场等英式体育设施,还有不少希腊风格的建筑。英式的草坪上,在白玫瑰等英式植物掩映下的池塘里甚至还游弋着白天鹅和金鱼等"外来

---

① Tsitsi Dangarembga, *Nervous Conditions*, Seattle: Seal Press, 1989, p. 172.

② Tsitsi Dangarembga, *Nervous Conditions*, Seattle: Seal Press, 1989, p. 70.

③ Tsitsi Dangarembga, *Nervous Conditions*, Seattle: Seal Press, 1989, p. 172.

④ Tsitsi Dangarembga, *Nervous Conditions*, Seattle: Seal Press, 1989, p. 169.

⑤ Tsitsi Dangarembga, *Nervous Conditions*, Seattle: Seal Press, 1989, p. 192.

物种"①。在那里，除了扛行李的脚夫，坦布斋看不到一张黑人面孔，因为该校费用昂贵——单校服费一项就相当于她之前在教会学校一年的住宿费和学费——已经将绝大多数黑人拒之门外。正如巴巴姆库鲁宽敞的"天堂"里挤满了各种巨大的家具，其强烈的控制欲限制了女性的空间，更加宽敞的"圣心"高中也限制了非洲女学生的生存空间。在坦布斋的寝室里，只够四个人住的空间之内被塞入了六张床，以至于宿舍内"几乎没有可以走动的地方"②。对于巴巴姆库鲁就此提出的质疑，那个白人修女骄傲地回答，"今年我们这儿有比往年更多的非洲学生，所以我们不得不让她们都住在这儿"③。显然，这一殖民空间管理背后的潜台词是殖民 — 被殖民的权力关系；这种权力关系以牺牲被殖民者的利益来支持殖民者——凸显了殖民者想要限定、定义和排斥被殖民者的傲慢和权力。

另外，在这一教育空间里，那些黑皮肤的姑娘被要求学习拉丁语、法语和葡萄牙语等外来语种，这些外来语种以她们所不熟悉的句子结构讲述着听命于白人独裁政府的"英勇军团"④的故事，以此将反抗殖民统治的"解放战争"和"自由战士"污名化，从而将殖民主义意识植入她们的大脑之中。而学校中那座"宽敞、明亮，一面是玻璃墙，有着一个个可以坐在里面写作业的小隔间"的图书馆，似乎在以丰富的藏书量和"有着光彩夺目的封皮，似乎从来不会弄脏或撕坏"的诱人书本衬托绍纳文化的"落后"和"无知"。在这一极具文化霸权的空间里，坦布斋"为自己的无知而羞愧"⑤，在通往所谓文明开化的西方世界的"进步"的阶梯上努力攀爬。

---

① Tsitsi Dangarembga, *Nervous Conditions*, Seattle: Seal Press, 1989, p. 193.

② Tsitsi Dangarembga, *Nervous Conditions*, Seattle: Seal Press, 1989, p. 194.

③ Tsitsi Dangarembga, *Nervous Conditions*, Seattle: Seal Press, 1989, p. 194.

④ Tsitsi Dangarembga, *Nervous Conditions*, Seattle: Seal Press, 1989, p. 195.

⑤ Tsitsi Dangarembga, *Nervous Conditions*, Seattle: Seal Press, 1989, p. 195.

结　语

　　在《惴惴不安》中，丹格仁布格关注了法农的被殖民病理书写中缺席的非洲女性身体，指出它是殖民主义政治和父权制的植入点，但绝不是被动容器。因为非洲被殖民女性主体恰恰是通过自己的身体对殖民主义政治和父权制进行了反抗。与此同时，该小说也塑造了老宅、巴巴姆库鲁家和"圣心"高中这三个不同的空间。通过这三个空间，丹格仁布格揭示了非洲女性深受殖民主义和父权制的双重压迫。可以说，通过该小说，丹格仁布格从身体和空间这两个维度对殖民主义和男权思想做了较为彻底的批判。在丹格仁布格的影响下，非洲第三代女作家，尼日利亚青年女作家阿迪契（Chimamanda Adichie, 1977— ）在其处女作《紫木槿》（*Purple Hibiscus*, 2003）中也对殖民主义和父权制展开了交叉的批判。凭借着对殖民主义和父权制的双重批判，《惴惴不安》的黑人女性主义书写在女性主义国际话语中占据的位置不可动摇。①

（文/华侨大学 张燕）

---

① Abiola Irele, Simon Gikandi (eds.), *The Cambridge History of African and Caribbean Literature (Vol. 1)*, Cambridge: Cambridge University Press, 2004, p. 465.

马拉维文学

马拉维地处非洲东南部内陆地区，北接坦桑尼亚，西邻赞比亚，东临莫桑比克。马拉维恰处非洲的"心脏"部位，而马拉维人民又展现出热情、善良、乐观的性格特征，这个国家因而被美誉为"非洲热情之心"。和其他众多的非洲国家一样，马拉维曾是英国殖民地，故其通用语言为英语和奇契瓦语（Chichewa）。马拉维英语文学作为非洲英语文学的重要组成部分，有其相应的研究价值和意义。马拉维英语文学从 20 世纪初发轫至今，已经走过了百年历程。在这一发展过程中，马拉维涌现了一大批优秀作家，如小说家莱格森·卡伊拉（Legson Kayira, 1942—2012）、诗人杰克·马潘杰（Jack Mapanje，1944—）、学者型作家斯蒂夫·奇蒙博（Steve Chimombo, 1945—2015）等。但相比南非、尼日利亚、肯尼亚等非洲英语文学大国，马拉维作家在文学创作中的辛勤耕耘和绮丽想象却迟迟未得到中国读者的关注，甚至连"马拉维"这一国家名字也鲜为普通民众所知晓。我国目前对马拉维英语文学文化的认识和研究尚处一片混沌之中，有待研究者开垦和发掘。

第七篇

斯蒂夫·奇蒙博
诗歌《断珠弦》中劳役非洲女性的美丽珠锁

斯蒂夫 · 奇蒙博

Steve Chimombo，1945—2015

作家简介

斯蒂夫·奇蒙博（Steve Chimombo，1945—2015）是马拉维英语文学史上的重要作家之一。其与杰克·马潘杰（Jack Mapanje，1944— ）、弗兰克·奇帕苏拉（Frank Chipasula，1949— ）和菲利克斯·穆恩塔里（Felix Mnthali，1933— ）等作家一同构成了马拉维当代英语文学的主力军。斯蒂夫·奇蒙博 1945 年出生于马拉维旧首都松巴（Zomba），在当地度过了他的小学、中学和大学时光。从马拉维大学（University of Malawi）本科毕业后，他先后赴美、英两国深造学习，并在英国取得了博士学位。学成归国后，他回到马拉维大学任教。

斯蒂夫·奇蒙博是一位学者型作家。他擅长结合马拉维民俗文化进行诗歌创作，如《拿魄罗之诗》（*Napolo Poems*，1987）、《蟒蛇！蟒蛇！一首史诗》（*Python! Python! An Epic Poem*，1992）等；还擅长写剧本，他创作的《造雨者》（*The Rainmaker*，1975）是马拉维第一部全长剧（full-length play，也称"晚间剧"，因其内容足够丰富，表演时间较长而得名）；在小说方面，他不仅创作了中部非洲最长的小说之一《愤怒的拿魄罗》（*The Wrath of Napolo*，2000）和《篮子女孩》（*The Basket Girl*，1990），还创作了短篇小说集《身披黑暗的鬣狗》（*The Hyena Wears Darkness*，2006）以及儿童文学作品《小鸟男孩的歌唱》（*The Bird Boy's Song*，2002）；在学术方面，他也著述颇丰，已出版《民主文化：马拉维语言、文学、艺术与政治》（*The Culture of Democracy: Language, Literature, the Arts and Politics in Malawi*，1996）以及《马拉维口头艺术：本土艺术美学》（*Malawi Oral Literature: The Aesthetics of Indigenous Arts*，2020）等，并在《人文杂志》（*Journal of Humanies*）、《非洲文学研究》（*Research in African Literatures*）等重要学术期刊上发表了多篇论文，为马拉维英语文学文化的发展和传播做出了重要贡献。

作品节选

《断珠弦》

(*Breaking the Beadstrings,* 1995)

All this labour of love for the one

who crushes my ego and self,

who imprisons my mind and body,

who demeans and devalues me,

who denies my woman's rights,

who splits me from myself.

Not knowing, yet assenting all the same,

that what I am doing is stringing

my own subservience and servility,

guilt, shame and paralysis,

incapacity and powerlessness.

Do you know how heavy beadstrings

are for the one who wears them every day? [1]

所有爱的劳役全是为了那个人。

是他粉碎了我的自尊和自我,

是他囚禁了我的身体和心灵,

是他贬抑我,使我感到卑微,

是他否认我作为女性的权利,

是他将我分裂,使我不再是我。

我并不知自己在做什么,

但却仍默默将

---

[1] Steve Chimombo, *Breaking the Beadstrings*, Zomba: Wasi Publications, 1995, p. 9.

自己的卑躬屈膝、

内疚、羞耻和麻木，

无能为力统统当成珠子串起。

你可知这些珠子有多沉？

而我们却要日夜佩戴在身。

（朱伟芳 / 译）

作品评析

诗歌《断珠弦》中劳役非洲女性的美丽珠锁

引 言

　　受经济条件限制，马拉维女性接受高等教育的权利常常被剥夺。根据全球经济网公布的数据，尽管马拉维女性的受教育率逐年上升，但相对而言仍旧很低。接受高等教育的女性与男性比在1989年时是0.25%，到2011年已上升到0.62%，但这一数据仍低于2011年全球131个国家的平均值1.17%。[①]在这样的教育背景下，马拉维女性成为科学家、政治家、医学研究者和作家等高级知识分子的可能性较小。在马拉维英语文学史上，女作家屈指可数，她们为本国女性权利发出的声音也微乎其微。由此，对非洲女性权利的关怀便进入了那些有学识、追求自由平等并富有正义感的男性作家的写作视野，斯蒂夫·奇蒙博正是其中之一。

　　斯蒂夫·奇蒙博是马拉维现当代重要作家，他不仅在小说、剧本创作方面颇有造诣，在诗歌创作中也流露出才华横溢的一面。本文主要通过分析他的长诗《断珠弦》中的文化意象、民族语言和音乐性，并比较其与T. S.艾略特长诗《四个四重奏》（*Four Quartets*，1943）的相似之处，来解析斯蒂夫·奇蒙博对于非洲女性地位和权益的思考。

[①] 参见：Global Economy, "Malawi: Female to Male Ratio, Students at Tertiary Level Education", https://www.theglobaleconomy.com/Malawi/Female_to_male_ratio_students_tertiary_level_educa/. (Accessed on Jan. 22, 2023)。

一、文化意象印刻女性屈辱

诗歌中的文化意象彰显着诗人本人的审美情趣，也浓缩着诗人所在民族的文化底蕴和内涵。文化意象是一种特殊形态的意象，它"指的是那些蕴含着独特文化意义，在一定文化环境下生成且含义相对固定的文化符号或艺术形象"①。不同的民族由于各自不同的生存环境和文化传统，往往会形成独特的文化意象。诗歌中的文化意象不仅浓缩了诗人所在民族的文化底蕴和内涵，也彰显着诗人个体的审美情趣。在中国诗歌意象中，女性常被比作花卉草本、河流、鸟类、玉器等代表美好、包容、温柔、富有韧性的事物。如形容年轻美丽的女性为"出水芙蓉"，女子德才与美貌兼备者为"美人如玉"，而女子青春耗尽时则曰"华落色衰"，比喻女子如花如叶，在容颜衰老时从树上凋零。再如《诗》有云"黄鸟于飞……其鸣喈喈"，是用黄鸟比喻出嫁思念父母的女子等。现代诗中常将黄河、长江喻为"母亲河"，也无不透露着中华民族对女性的赞颂。现代人还常将自己的宝贝女儿称为"掌上明珠"。这原是出自晋代傅玄的《短歌行》："昔君视我，如掌中明珠。何意一朝，弃我沟渠。"诗人以女性的口吻哀怨地道出了女子被情人抛弃后的悲伤。而马拉维诗人斯蒂夫·奇蒙博的《断珠弦》也用"珠"比喻女性。不同于非洲的"珠子"，"珠"在中国文化意象中通常指"珍珠"。尽管此"珠"非彼"珠"，但傅玄笔下的"夜明珠"与斯蒂夫·奇蒙博笔下的"珠子"表达的内涵却是相似的。它们象征的都是女性在男权社会中的地位——女性沦为了男性的掌中玩物。被爱时男性执其于掌心玩弄，而不被爱时男性则可将其随意丢弃。在长诗《断珠弦》中，作者虽然是男性，但他却使用女性的口吻进行叙事，用诗歌道出了女性被男性压迫的心声。

---

① 张政、王赟：《翻译学导论》，北京：清华大学出版社，2018年，第87页。

《断珠弦》主要围绕"珠子"和"文身"两种独具特色的文化意象展开。作者在序中提到，"珠子和文身是构成马拉维女性神秘感的两个物件。目前，妇女解放运动席卷全球。我认为书写这两件东西也是妇女解放运动的一部分。珠子和文身不仅代表女性形象，也是女性接受社会角色的标志。从后者意义来看，珠子和文身既是女性受到奴役的标志，也是她们长久以来用沉默应对男性压迫的象征"[1]。长诗的名字"断珠弦"浓缩了整首诗的主题思想。作者在诗歌的第一部分《诞生》（"Beginnings"）中便向读者阐明了使用"珠子"这一意象的缘由。"从那时起，他像拥有珠子一样拥有我，/玩弄、操纵、戏弄，/用他的手指尽情玩弄，/我只能像温顺的动物，/接受支配，/在我的脖子和腰上戴起珠子。"[2]在这几行诗中，作者将女性比作珠子，因为小小的珠子可以任由男性肆意把玩和逗弄。并且，珠子是圆润的，不具有攻击性，这一特性和那些温顺、没有反抗力的女性也不乏相似之处。借此，奇蒙博在珠子和女性之间建立了一种恰如其分的联系，而诗名"断珠弦"则意味着要将束缚女性的锁链断开并使她们得以真正解放。

在非洲，女性会将五颜六色的珠子穿在一起挂在脖子、腰、大腿、手腕或脚踝上。这些珠子通常由玻璃、木头或金属制成。佩戴珠子的传统由来已久，原因却各不相同。在过去，人们认为女性戴着那些迷人的珠子可以驱散身边的负能量。如果女性怀孕，佩戴珠子则可以起到保护胎儿和母亲的作用。珠子也被视为一种能够提高女性繁殖能力的东西。久而久之，那些迷信的男人便认为珠子上附有灵性，一旦被吸引，便难逃蛊惑的魔爪。例如，尼日利亚的约鲁巴族（Yoruba）女性就会使用当地的棕榈果来制作串珠，她们将珠子抹上油膏，挂在腰间，以此来吸引男性。还有部族认为珠子中能够注入某种迷惑男性的符咒。所以有些非洲地区会给戴着这种珠串的女性贴上放荡、不道德的标签。[3]可见，在非洲文化中，不管珠子会使人们产生正面还是负面的联想，只要看到它们，非洲人民必能将此与女性相联系。在这样的语境之下，"珠子"便成了非洲女性的文化符号，而"串起来的珠子"则代表被父权文化囚住的非洲女性。

① Steve Chimombo, *Breaking the Beadstrings*, Zomba: Wasi Publications, 1995, p. ix.

② Steve Chimombo, *Breaking the Beadstrings*, Zomba: Wasi Publications, 1995, p. 2.

③ Face of Malawi, "Reasons of Women Wear Waist Beads", https://www.faceofmalawi.com/2015/08/06/reasons-women-wear-waist-beads-chikopamwamuna/. (Accessed on Aug. 6, 2021).

除了珠子，"文身"也是该诗重要的文化意象。在现代社会中，文身被视为一种表达个性的标签。在不同国家或地区的习俗文化中，人们对此看法褒贬不一。据考，非洲人的文身文化最早起源于埃及。有些埃及妇女文身是为了祈祷生育，有些是出于部族崇拜，还有些则是想表明自己的地位。在非洲某些地区，女性在面部刻上疤痕就等同于"化妆"，这是一种男性造就的审美取向，也是部落归属的标志。非洲的部族间普遍盛传着一种"苦痛文化"，他们有时会将疤痕故意刻得很深来使女性在生理上产生巨大的痛苦，而这样的仪式就会被看作女性成年的标志。[①]这种成年礼与非洲割礼的性质类似。被誉为"非洲女权斗士"的索马里女作家兼模特华丽斯·迪里（Waris Dirie, 1965—）曾在其自传《沙漠之花》（*Desert Flower*, 1998）中控诉道："自我诞生之际，上帝便赋予我一具完美的女性躯体，然而男性不仅要无情霸占我的身体，还要剥夺我的女性权利，这让我的身心残缺不堪。"[②]女性割礼和女性文身一样，都是为了迎合男性喜好的苦痛文化产物。信仰苦痛文化的非洲人认为，只有让女性在仪式中留下刻骨铭心的痛苦，才能使她们对男性忠心耿耿。这是父权文化思维下男性对女性身心的肆意残害，而非洲女性长期的低首忍受只会使这种伤害变本加厉。

《断珠弦》中有许多描写女性文身目的和心理的诗句，作者通过这些诗句刻画了隐忍的非洲女性形象，表达了对非洲女性的同情与对传统旧俗的批判。比如，"我甚至为他做了更多的事，/我蚀刻了我的前额、脸颊和脖子，/文身、伤口和疤痕，/我在胸部、背部/肚脐、臀部、大腿和小腿上刺刻"[③]。女性在自己身体的各个部位留下刻印和疤痕，让自己承受巨大的痛苦，只是为了取悦男性。尽管身体上的伤疤有一天会痊愈，可是印刻在女性心灵上的伤害将永不散去。显然，斯蒂夫·奇蒙博在诗歌中要表达的是对这种苦痛文化的批判。作者认为最悲哀的莫过于那些默默承受的妇女从未想过要反抗。深受男性权威文化熏陶的非洲女性的神经早已麻木，早已臣服于那些给她们带来苦痛的男性。又或许，她们反

---

① Kane Dan, "The History of Black Culture Tattoos", http://inkdsoul.com/history-of-african-tattooing-culture/. (Accessed on Jan. 12, 2020).

② Waris Dirie, *Desert Flower*, London: Virago Press, 2001, p. 238.

③ Steve Chimombo, *Breaking the Beadstrings*, Zomba: Wasi Publications, 1995, p. 3.

抗的声音不曾被听见，她们的声音如此微弱，以至于男性对此置若罔闻。在诗歌中，斯蒂夫·奇蒙博使用了女性口吻，勇敢地控诉针对女性的不公。他希望能够以女性可以感同身受的文字，唤醒那些在隐忍中保持沉默的女性。

奇蒙博认为，只有让女性认识到珠子和文身在男性和女性之间扮演何种角色，她们才能更好地从生理和心理上解放自我。尽管治愈社会弊病不是艺术的主要功能，但是艺术可以引导社会做出正确的决策。[①]木心曾说，"艺术的功能，远远大于镜子"[②]。因为从镜子中，我们只能看到人或事物的表面，而艺术则能映照灵魂，直击事物的本质。不论是艺术的创作者还是接受者，都能从艺术中寻找自己心灵需要的某种东西，以填补心灵空缺，使自己的灵魂不断地趋于完满。奇蒙博对"珠子"和"文身"这两种文化意象的书写，不仅能让男性读者生出反省和忏悔之心，也能使女性读者从中获得心灵上的震颤和共鸣，并获得莫大的安慰，继而生出追求自由、平等、解放的萌动之心。除了这两种特殊的意象，诗歌中穿插在英文诗行中的民族语言也蕴含着作者别具匠心的思考。

二、民族语言书写女性压抑

斯蒂夫·奇蒙博是一位怀有强烈民族情怀的作家。尽管他使用英文撰写小说、剧本和诗歌，但是一旦要表达非洲独特的文化意象和警句等，他就会坚持使用奇契瓦语（Chichewa，也称Chewa Language）。他通过利用奇契瓦语在词汇内容和发音上的特色，使其与押韵的英文诗行相得益彰，有力地展现了女性对待不公时的压抑情感。

奇契瓦语是非洲班图语（Bantu）的变种，主要流行于非洲南部、东南部和东部人民之中。[③]在马拉维和赞比亚，奇契瓦语属于官方语言。奇蒙博在长诗的

---

① 参见：Steve Chimombo, *Breaking the Beadstrings*, Zomba: Wasi Publications, 1995, p. ix.

② 木心：《1989—1994文学回忆录》（下册），桂林：广西师范大学出版社，2013年，第586页。

③ 参见：Mark Hanna Watkins, "A Grammar of Chichewa: A Bantu Language of British Central Africa", *Language Dissertation*, 1937, 24 (4), p. 5.

序中提到，"在诗歌中，我尽可能不提及任何马拉维民族，但必须提及那些珠子和文身的具体名称，也会提及古代的女先知和女祭司的名字"[1]。实际上，诗歌中不仅有珠子、文身、女先知和女祭司的奇契瓦语名称，还有大量其他反映马拉维民俗文化的词汇。据统计，共有85个奇契瓦语的特色名词穿插在这首英文诗歌之中。作者将奇契瓦语编排在英语之中，就像是一串珠子之间插入了奇域宝石，绽放出令人感到惊异美丽的诡谲之光。这些词主要可分为八类，如表1简要所示。

表1 诗中奇契瓦语词汇分类举隅

分类	举例
串珠名称（24个）	Chitunga, lipunga, majerejere…
文身名称（12个）	nchoma, chitopole, khumbo…
女性称呼（17个）	Akumphasa, Akumphika, Mbambande…
女先知、女祭司、神灵（12个）	Binbi, Chanta, Chisumpni…
仪式名称（5个）	Dzoma, tsimba, unyago…
动植物类（6个）	machete, nsangu, kalilombe…
饮食（1个）	nsima
象声词及其他（8个）	krrr krrr, lakata lakata…

从表1中，我们可以看到，作者向读者展示的串珠名称是最为丰富的。作者在向我们展现民族语丰富多样的同时，也借这些名称聚合在一起所产生的力量来表达女性受到的压迫。整首诗因此就像是一间收藏了琳琅满目、色彩丰富、样式不一的马拉维串珠展览馆。

作者借不同的珠串名称来暗示女性身上繁复沉重的枷锁。全诗一共提到了24种串珠的名称。这就像是24种大小不同或是松紧不同的锁链，环环扣在女性身体的各个部位，让人仿佛无法看到女性的美感，而是深感束缚和压抑之下的窒息感。首先，佩戴在女性不同部位的珠串有着不同的名字。比如，诗歌中提到的

---

[1] Steve Chimombo, *Breaking the Beadstrings*, Zomba: Wasi Publications, 1995, p. ix.

"Chitunga"是一种围在额头上的串珠名称（head shrinking cap），"nsikisa"则是一种佩戴在腰间、收紧腹部的串珠（waist constrictor），"chipote"则是佩戴在脚踝上的串珠等。其次，由不同数量的珠子串成的珠串也有着不同的奇契瓦语名称。比如"chikupa"由10颗珠子串成，而"mkokoliko"则由20颗珠子串成。最后，不同颜色的珠子又有着不同的名称。黄色的珠子称为"chikoola"，紫色的珠子为"nankamde"，粉色的珠子为"nsenga"，棕色的珠子为"nkapwe"，以及黑色的珠子为"chinuwinwi"等。

除了令人眼花缭乱的珠串，"文身"的奇契瓦语名称也随着诗歌的激荡而千变万化。作者利用这些不同的文身名称，让诗歌的叙事主人公的形象立马浮现在读者面前——一位身上缠满彩色珠串，但皮肤却千疮百孔的非洲女性。诗歌中提到的"nchoma"是一种凸起的文身样式，而"chitopole"是凹面曲线型的，"khumbo"是横线型的，"chitengamtima"则是一种波纹状的图案。这些形状不一、凹凸有致的文身图形穿插、交错、纠叠在一起，使得女性的肉体痛苦不堪。它们不仅摧残着女性的身体，同样也摧残着女性的心灵。她们因为烛刻后的丑陋模样，受到男性的偏见与歧视，于是深陷自我贬低和绝望之中。为了唤起女性的自信，作者在诗中写道，"我应该刻上另一种文身，/它们丰富、互相联结，/它们富有创造力、繁殖力和想象力。/我应该刻上女王的图案，/那些富有创造力，让人自爱、自尊且自豪的图案，/尤其是富有自决力量的图案"①。他通过女性的口吻传递出一种希望——女性身上刻下的文身不应该是男性对女性的伤害与侮辱，而应该作为女性自我的艺术创造，展现她们独立果敢的坚毅性格以及富有创造力、想象力和生命力的一面。

诗歌中共列举了17个奇契瓦语的女性称呼。作者通过这些称呼表现了非洲男性在日常生活中对女性无时无刻的贬低和侮辱。比如，"Akumphasa"指的是"垫子"，Akumphika是"壶"，"Mbambande"则是一块"布"等。男性并不会礼貌地以名字称呼女性，而是使用"垫子""壶""布"等物品的名称来代替。非洲女性沦为了被男人使唤和使用的器物，成了男人呼之即来、挥之即去的

---

① Steve Chimombo, *Breaking the Beadstrings*, Zomba: Wasi Publications, 1995, p. 14.

附庸品。诗中写道："我一直被人呼唤着他们给我起的名字。/我的父亲、母亲和亲属/他们却从来没有真正叫过我自己的名字/……/在这个所谓的由男人创造的男性世界里，/……甚至我的父母都不曾记得。"①在男性主导的世界中，连女孩的父母都已忘了女儿的姓名，好似她们是无关紧要的"物件"而已。而同为女性的母亲不仅没有对女儿关爱有加，而且同样站在女儿的对立面，让她们陷入孤立无援的境地，沦为男权社会的牺牲品。

此外，斯蒂夫·奇蒙博还利用奇契瓦语中给人造成低音沉闷效果的象声词来表现女性受到的压抑。比如，作者在诗歌的第二章《斗争》（"Battling"）的第二首诗歌《断链》（"Sheddings"）中使用了大量象声词，"但我想看到它们远去'姆哇哇'（mwaah）！随着四面而来的风，随它们一起，/我的神经官能症、复杂的心绪和压力，/我想听到它们一起坠落'拉卡塔拉卡塔'（lakata lakata）/到地上，全都到地上。/我的妄想症、精神分裂症和精神紧张，/我想碾碎它们'嘀克嘀嘀克嘀'（tikiti tikiti），/在我的大拇指和食指之间，/伴随着我的痛苦和恐惧。/我想用力碾碎它们'咳咳咳咳'（krrr krrr）/用我赤裸的脚后跟，/将我所有的负面情绪碾碎。/但它们又回弹到了我身边。"②该小节诗中集中出现了四个拟声词。"mwaah"表现的是珠子向四面八方滚去的声音，"lakata lakata"表现出珠子落在地上发出的清脆弹跳声，"tikiti tikiti"则表现出女主人公狠狠地用脚把珠子踩在地上来回碾压发出的声音，"krrr krrr"是珠子被踩碎时发出的断裂声。这几行诗主要表达的是女主人公不甘愿再当一串被人玩弄、侮辱，又向男人谄媚的珠子。她歇斯底里地将串珠弄断，释放那些被束缚的珠子，正如同释放自己被囚禁的心灵一般，她恨那些不能反抗的珠子，正如同怨恨懦弱的自己一般。她将那些珠子扔在地上，狠狠地碾压，将心底所有的压抑宣泄。唯有毁灭，才能重生。斯蒂夫·奇蒙博通过这一连串的象声词，将女性发泄的模样通过具象化的方式展现在我们面前。作者希望能够用艺术的真实将女性内心的压抑释放，使她们从长期自我禁闭的牢笼中苏醒，并蓄势反抗。

---

① Steve Chimombo, *Breaking the Beadstrings*, Zomba: Wasi Publications, 1995, pp. 3-4.

② Steve Chimombo, *Breaking the Beadstrings*, Zomba: Wasi Publications, 1995, pp. 11-12.

综上，作者通过选用不同的珠串名称、文身名称、男性对女性的称呼和象声词等奇契瓦语特色词汇，生动形象地展现了非洲女性受到传统陋习的身心伤害，以及在日常生活中遭到男性贬低的遭遇，同时也与押韵的英文诗句产生了相得益彰的效果，使得诗歌在内容上更加丰富，意义更加饱满，并赋予这首英文长诗独特的非洲韵味。

三、诗调铿锵呼吁女性觉醒

我国著名诗人闻一多曾发表《诗的格律》一文，提出了诗歌"三美论"主张。他说，"诗的实力不独包括音乐的美、绘画的美，并且还有建筑的美"[①]。《断珠弦》即是一首包含绘画美、建筑美和音乐美的非洲诗歌。

从诗的内容来看，《断珠弦》首先符合画面美。诗中提到了各式各样色彩丰富的珠串和文身，仿佛在我们面前呈现了一幅缠绕着各种珠串，身上满是文身的非洲女性动态图——她从压抑和卑微的梦中苏醒，奋起反抗，走向光明。她的眼神从晦暗变得明亮，她的肢体从蜷缩变得舒张，她的肌肉从软弱变得有力。她身上的珠串开始崩裂，珠子一颗颗落到地上，发出"拉卡塔拉卡塔"的声音。这些珠子像是正在死亡的身体细胞，在作者如显微镜一般的文字下，一点点儿四散开去。她旧时刻下的文身也开始模糊消失，暴雨将她洗礼，等到第一抹阳光照耀在她身上时，她获得了重生。这是一幅昭示女性将会发生改变的画，是作者脑海中非洲女性即将冲破性别牢笼、展翅高飞的美丽憧憬。

从诗歌的结构来看，《断珠弦》也符合建筑美。全诗的节和句较为匀称，句与句之间长短相掺，错落有致，就如那些美丽的珠串一样，有些是五颗一串，有些是十颗一串，中间还镶有奇异的宝石。

通过朗读，读者还能从听觉上领会《断珠弦》的音乐美。斯蒂夫·奇蒙博通过这种铿锵有力的音乐美，传递着他对女性的呼声——呼吁女性觉醒和反抗。斯

---

① 闻一多（著译）：《闻一多诗文集》，沈阳：万卷出版公司，2014 年，第 2 页。

蒂夫·奇蒙博在诗歌中充分运用英语诗歌中的押韵技巧，使得整首诗歌读来铿锵有力、掷地有声。在词汇方面，作者大量采用押韵的词汇，从而营造出铿锵有力的诗调。例如，在第一部分《开端》（"Beginnings"）的第一首《诞生》中，作者大量使用以"p"开头的词汇来押头韵。"p"是一个双唇爆破的轻辅音，但是非洲人民在读轻辅音时会因其独特的发音方式而读成浊辅音。因此，如果让非洲人来朗读这首诗，听众更能感受到声音的力量，也会感受到女性压迫已久的愤懑以及她们即将冲破牢笼的决心。

The woman you see now was **p**lunged
into **p**ain, **p**overty and **p**unishment,
op**pression**, re**pression** and sup**pression**,
pos**session**, exploita**tion** and explora**tion**,
right from the first breath she drew.[1]

那个你看到正在被迫堕落的女人，
她陷入痛苦、贫困和惩罚之中。
男人压迫、压抑和压制，
男人占有、剥削和玩弄，
始于她第一次呼吸的时候。

第二行中三个押头韵的词"pain""poverty""punishment"让人感受到非洲女性不仅要遭受物质上的贫困，更要遭受来自社会和男性强加在身心上的痛苦和惩罚，而且三个词一个比一个长，读起来步步加重语气，令听众感到紧张。倘若用中文对其进行翻译，恐怕完全无法达到原来的效果。第三行中的三个词"oppression""repression""suppression"不仅仍延续着上一行中"p"的爆破，还做到了/e/和/ʃn/两个音节的双韵。而第四行中"possession""exploitation"

---

[1] Steve Chimombo, *Breaking the Beadstrings*, Zomba: Wasi Publications, 1995, p. 2.

"exploration"写的是男性对女性的占有、剥削和奴役。这六个词连起来在末尾处押/ʃn/韵，读起来节奏感非常强，而且层层渐进，给人造成紧迫感和沉重的压迫感。作者希望通过押韵单词在读音上形成的压迫感来引起女性读者内心深处的共鸣，从而使她们生出觉醒和反抗的念头。

像以上在同一句中运用头韵或者元音音节押韵的词汇在奇蒙博的笔下数不胜数。如"在我母亲子宫的坟墓里"（in the tomb that was my mother's womb）[1]，"我不是因为战争而悲伤"（I have woes not because of wars）[2]，"子宫里的永久创伤"（permanent wounds in your womb）[3]，"女性的压力和紧张"（my woman's stresses and strains）[4]等。在非洲民间艺术中，鼓是一种不可或缺的乐器。在马拉维、莫桑比克、刚果等国家，有一种鼓叫"恩格玛"（Ngoma），用一种轻质木材和硬牛皮制成。敲鼓面的牛皮时声音浑重，敲鼓边的木头时声音清脆。试想一下，当非洲女性集体朗诵着这首诗，并以鼓声为伴奏，遇到押韵的词就敲击鼓面，不押韵的词就敲击鼓身，时而浑厚有力，时而细语嘣脆，像海浪一般时而拍打海岸，激起千层浪，时而平静，蓄势待发。作者在诗中精心安排的押韵方式不仅从音韵上造就了诗歌的力量美，也为读者带来了独具非洲特色的画面美。

除了在词汇上大量运用押韵之外，作者还在句子层面使用大量排比，有时一连使用五个排比句，用以加强女主人公倾诉苦痛的语气。如长诗第二部分《斗争》的第二首诗《珠子的斗争》（"Battle of the Beads"）中的第六小节：

All this labor of love for the one

who crushes my ego and self,

who imprisons my mind and body,

---

[1] Steve Chimombo, *Breaking the Beadstrings*, Zomba: Wasi Publications, 1995, p. 2.

[2] Steve Chimombo, *Breaking the Beadstrings*, Zomba: Wasi Publications, 1995, p. 6.

[3] Steve Chimombo, *Breaking the Beadstrings*, Zomba: Wasi Publications, 1995, p. 14.

[4] Steve Chimombo, *Breaking the Beadstrings*, Zomba: Wasi Publications, 1995, p. 9.

who demeans and devalues me,

who denies my woman's rights,

who splits me from myself. ①

所有爱的劳役全是为了那个人。

是他粉碎了我的自尊和自我，

是他囚禁了我的身体和心灵，

是他贬抑我，使我感到卑微，

是他否认我作为女性的权利，

是他将我分裂，使我不再是我。

在这一节中，作者一连使用了五个"who"引导的定语从句，表达了女性主人公对"the one"（那个人）的强烈愤慨。尽管作者在第一句中使用的是"那个人"，并没有指名道姓，但读者能通过语境迅速体会 "那个人"指的正是造成女性身心伤害的"他"。作者通过这样的写法恰到好处地表现了女性畏惧男性但又无处释放恨懑的复杂心理。她们害怕直面男性，甚至都不敢直呼其名或对着他们直接称呼"你"或"你们"，因此只能通过这种似是而非的方式：好似在与读者诉说，振振有词地发出呐喊，倾吐自己的苦水，又好似隔着一道屏障，对"那个人"发出连续叩问，希望他们能听到并正视自己的怨愤。这种人称回避式写法体现了作者对非洲女性弱势心理描摹的高超水平。

此外，作者在诗歌的节与节之间也多处使用排比。他通常是将一连三到五个"I""we""these""to""see""now"等词放在每一节诗的首句，形成强烈的回荡气势，直击读者的灵魂。比如，在第三章《净化》（"Cleansing"）中《女英雄》（"Heroines"）一诗中，作者在节与节之间连用了四个相同的句式。

---

① Steve Chimombo, *Breaking the Beadstrings*, Zomba: Wasi Publications, 1995, p. 9.

There is only one way

to cure psychic wounds.

There is only one way

to deal with traumas.

There is only one way

to handle malignant tumors.

There is only one way

to lance internal wounds. [1]

只有一种方法能

用来治愈心灵创伤。

只有一种方法能

用来应对创伤。

只有一种方法能

用来治疗恶性肿瘤。

只有一种方法能

用来割开内部的伤口。

  作者在诗歌中巧用押韵和爆破，以及诗句和诗节之间词汇与句式的重复，来营造紧张急迫的强烈语气，令人读之像是在听一场气势浩荡的非洲鼓演奏，那一阵阵强烈的鼓点如排山倒海一般一波接着一波向读者的心坎处冲击。

  朱光潜在《诗论》中写道："高而促的音易引起筋肉及相关器官的紧张激昂，低而缓的音易引起它们的弛懈安适。联想也有影响。有些声音是响亮清脆的，容易使人联想起快乐的情绪；有些声音是重浊阴暗的，容易使人联想起忧郁的情绪。"[2]斯蒂夫·奇蒙博通过时而高促、时而沉重的诗调，给女性读者以听觉上的强烈冲击，让她们深入诗歌叙事者的内心，形成心灵上的共鸣。哪里有压

---

① Steve Chimombo, *Breaking the Beadstrings*, Zomba: Wasi Publications, 1995, p. 21.

② 朱光潜：《朱光潜全集》（第三卷），合肥：安徽教育出版社，1987 年，第 129 页。

迫，哪里就有反抗。作者通过如此密集的意象和沉重的音调来表现女性所受的压迫，最终目的是呼吁女性觉醒。

四、生死循环希冀男女重生

斯蒂夫·奇蒙博曾在采访中笑着坦言："我爱T. S.艾略特。我办公室里唯一收藏的就是他的作品。……我非常欣赏他在诗中对神话和历史的运用，尤其推崇《荒原》。"[1]奇蒙博对艾略特情有独钟，艾略特的诗歌创作对奇蒙博的诗歌产生了某种潜移默化的影响。通过比较，我们发现，长诗《断珠弦》在主题和内容上与艾略特的《四个四重奏》存在某些共通之处。如果说艾略特在《四个四重奏》中思考的是对人类苦难的探索，那么《断珠弦》则是对女性苦难的探索。可以说，后者是前者主题的延续和思考。艾略特曾在《批评批评家》（*To Criticize the Critic*，1992）一文中提到影响与模仿的关系，他认为，"影响会促成丰饶多产，而模仿——尤其是无意识的模仿——只会导致贫瘠不毛"[2]。但我们相信，《断珠弦》并非奇蒙博对艾略特诗歌的有意模仿，而是受到艾略特诗歌影响后，基于非洲民族文化风俗的一种创造性产物。

从诗的结构来看，《断珠弦》与《四个四重奏》的结构相互对照。《断珠弦》全诗含14首小诗，分为《开端》（"Beginnings"）、《斗争》（"Battling"）、《净化》（"Cleansing"）、《串珠》（"Beading"）四个乐章。作者在第一章的《诞生》（"Beginnings"）、《洗礼》（"Christenings"）和《成长》（"Growing Up"）的三首小诗中书写了女性在屈辱中如何成长。第二章则通过《珠子的斗争》（"Battle of the Beads"）、《断链》（"Sheddings"）、《文身的斗争》（"Battle of the Tattoos"）和《流血》（"Bleedings"）四首小诗书写女性如何通过割断、自残的方式来毁

---

[1] Christopher J. Lee, "Malawian Literature After Banda and in the Age of AIDS: A Conversation with Steve Chimombo", *Research in African Literatures*, 2010, 41 (3), p. 45.

[2] 托·斯·艾略特：《批评批评家：艾略特文集·论文》，李赋宁、杨自伍等译，上海：上海译文出版社，2012年，第12页。

灭象征着女性屈辱的文化意象——珠链和文身，以挣脱男性对自身的束缚和奴役。在第三章的《女英雄》（"Heroines"）、《燃烧》（"Burning"）、《净化》（"Cleansing"）、《哺育》（"Feeding"）四首小诗中，作者试图用马拉维古代神话中的女性英雄人物重建女性对自我的信心。到最后一章《串珠》中的《新生女性》（"The New Woman"）、《跳舞》（"Dancing"）和《串珠》（"Beading"）三首，作者则通过描写女性接受雨神的洗礼这一仪式性活动，赋予了珠串以新的内涵，同时也对男女之间的和谐关系寄予了期望。作者从一开始的"断珠弦"，即女性要挣脱枷锁写起，再到诗尾的"串珠"（Beading），完成了一个自始至终的过程，而这一过程也会不断循环，并在循环中向前推进。这一点和艾略特的《四个四重奏》有相似之处。《四个四重奏》分为《烧毁了的诺顿》（"Burnt Norton"）、《东科克尔村》（"East Coker"）、《干燥的塞尔维吉斯》（"The Dry Salvages"）、《小吉丁》（"Little Gidding"）四个乐章，全诗由19首小诗构成。尽管从标题上看不出各个章节有何内在联系，这纯粹是四个地名，但是作者却是从诺顿的春天写起，经过东科克尔的夏，到干燥的塞尔维吉斯的秋，再到小吉丁的冬日，形成以春、夏、秋、冬为时间变化的周而复始，这暗含了生命伴随时间循环的万物规律。艾略特的诗歌表现的是生命的重生，奇蒙博的诗歌则指向的是男性与女性关系的重生，而二者之间形成了某种巧妙的对照。

从诗的内容来看，二者都探讨了三对辩证统一的关系，即过去与未来、毁灭与重生、男性与女性。

首先，《断珠弦》和《四个四重奏》中都包含着作者对于过去与未来的思考。艾略特在《烧毁了的诺顿》一诗的开头便开门见山地引用了古希腊哲学家赫拉克利特有关辩证哲学思想的一句名言："上升的路和下降的路是同一条。"[1]艾略特据此对时间进行了思考，他写道，"现在的时间与过去的时间/两者也许存在未来之中/而未来的时间却包含在过去里"[2]。在这一表达中，诗人以此描绘

---

[1] 托·斯·艾略特：《荒原：艾略特文集·诗歌》，汤永宽、裘小龙等译，上海：上海译文出版社，2012年，第233页。

[2] 托·斯·艾略特：《荒原：艾略特文集·诗歌》，汤永宽、裘小龙等译，上海：上海译文出版社，2012年，第233页。

了过去和未来的关系。二者并非置身于一条无限延长的时间轴上，而是被置放在了一条神奇的莫比乌斯环①里，形成一个无限的怪圈，永远相互追逐，互为始终，难辨你我。奇蒙博则在《女英雄》中写道，"特萨诺（Tsano）是年轻性感的女性，/它也意味着坟墓。/我们正在埋葬我们死去的自我，/在过去的墓碑下。/从墓地升起/未来的新女性"②。这与艾略特的诗歌《荒原》的第一首《死者的葬仪》（"The Burial of the Dead"）中那句令人不寒而栗的反问类似："去年你栽在花园里的那具尸体/开始发芽了吗？今年会开花吗？"③过去的东西终会随着时间的推移而凋亡，为成就将来而化作腐料，而将来的新生之物中必将包含过去的血肉与点滴。这也意味着奇蒙博坚信过去那些被践踏而精神业已腐烂的女性在决心埋葬自我后，必会在将来开出不一样的花朵，迎接雨后的新生。

其次，《断珠弦》和《四个四重奏》也同样探讨了毁灭与重生的关系。过去与将来构成的时间环带上都蕴含着死亡与新生的缠绕，它们相伴相生，周而复始，不断演绎。在《东科克尔村》的开头部分，艾略特刻意将苏格兰女王玛丽·司徒亚特（Mary Stuart, 1542—1587）临死前刻在椅子上的座右铭"我的开始之日便是我的结束之时"④颠倒成了"我的结束之时便是我的开始之日"⑤。直到该诗的最后，作者才将其复原。整首诗便是对起点与终点、生命与死亡、毁灭与重生的辩证思考。而在《断珠弦》中，奇蒙博则将这种放眼于全人类的思考集中于女性身上。女性要接受雨神的洗礼，首先必须经历死亡。这种死亡并非肉体的死亡，而是对过去被男性奴役、已然麻痹的女性的怯懦作一种精神上的死亡告别仪式。这种告别仪式通过外在物化象征物——珠串的断裂和旧式文身的抹除得以实现。因而全诗第二章《斗争》中的四首小诗便构成了整首长诗的高潮，女性心底被压抑的力量在这一章中被激发，她们疯狂地毁灭了那些代表着卑微奴役

① 1858 年，德国数学家莫比乌斯（August Ferdinand Mobius, 1790—1868）和约翰·李斯丁（John Listing, 1808—1882）提出的一种环带，将一根纸条扭转 180 度后，两头粘贴，这也是数学中无穷号"∞"的由来。

② Steve Chimombo, *Breaking the Beadstrings*, Zomba: Wasi Publications, 1995, p. 20.

③ 托·斯·艾略特：《荒原：艾略特文集·诗歌》，汤永宽、裘小龙等译，上海：上海译文出版社，2012 年，第 83 页。

④ 原文为"In my beginning is my end."。

⑤ 托·斯·艾略特：《荒原：艾略特文集·诗歌》，汤永宽、裘小龙等译，上海：上海译文出版社，2012 年，第 255 页。

的珠串和文身。作者写道："剩下的珠子是你的希望，/我犹豫着是否扔掉它。/因为它是我为人类保留的最后一颗珠子。/我该把这颗不情愿扔掉的珠子放在哪里？/当你紧紧抓住的绳子断了，/我终于摆脱了这种束缚。"①当女性割断身上的珠串，将珠子散落一地，用脚狠狠碾踩那剩余的最后一颗，展现的是女性想要极力摆脱过去的态度。而只有决绝地告别过去，才能迎来真正的重生与自由。

最后，通过辩证过去与未来、死亡与重生的关系，两位诗人都对男性与女性之间的关系进行了思考。女性在受到男性践踏、侮辱、玩弄和奴役后意识觉醒，自主毁灭了旧的一切，创造了新的自我。那么此时的女性和男性关系该当如何？斯蒂夫·奇蒙博在诗歌的最后没有明确给出答案，而是以一种十分含蓄的方式表达了希望男女关系能够和谐的想法。作者在最后一章的《串珠》中写道："我们正在重新串起一个新的循环，/一种新的转变，新的人类珠串，/环绕整个宇宙的人类珠串。"②作者在这段诗中用的是"human"，所以串珠不仅重新串起的是代表新生女性的珠子，而且是以一种包容的心态，将全人类的新珠子串联在一起。作者还写道："让我们友好地握手，/问候每一个新的我和你；/让我们彼此拥抱，/相互联结，/形成一条共同的纽带。"③全诗经过第二乐章后，女性已经得到心灵的宣泄，情绪渐渐平稳，她们以一种委婉的方式表达了对男女未来将和谐相处的思考。在此之前，作者在第三章的《女英雄》一诗中写道："这些都是我们过去的女英雄。/我们这些恳求者，/恳求他们停止/男女之间的两极分化。"④作者从历史和神话长河中挖掘出女上帝、女先知、女祭司等被视为女性力量的女英雄，希望借此来唤醒那些自卑女性的自信。他希望通过诗歌告诉读者，男与女本不应该是二元对立的。女性和男性一样具有强大的力量，有男性英雄，相应的也就有女性英雄，二者是平等的。这一点在艾略特的诗歌中也有所照应。艾略特在《东科克尔村》中写道："男与女的结合——/庄严而宽敞方便的圣礼/成双作对，必需的紧密相连，/相亲相爱，手挽手，臂连臂。"⑤这一段描绘了一幅男女

---

① Steve Chimombo, *Breaking the Beadstrings*, Zomba: Wasi Publications, 1995, p. 11.

② Steve Chimombo, *Breaking the Beadstrings*, Zomba: Wasi Publications, 1995, p. 29.

③ Steve Chimombo, *Breaking the Beadstrings*, Zomba: Wasi Publications, 1995, pp. 29-30.

④ Steve Chimombo, *Breaking the Beadstrings*, Zomba: Wasi Publications, 1995, p. 19.

⑤ 托·斯·艾略特：《荒原：艾略特文集·诗歌》，汤永宽、裘小龙等译，上海：上海译文出版社，2012年，第 246 页。

共同生活在原始田园中的和谐景象，让我们情不自禁地乘着想象的翅膀飞往上帝创造的伊甸园里，看一看亚当和夏娃过着那样和睦恩爱、自由平等、无忧无虑的令人向往的生活。

通过比较，我们能感受到斯蒂夫·奇蒙博在诗歌中寄予的希望。他希望女性勇敢地从男性的奴役和玩弄中出走，就像易卜生笔下的娜拉，"砰"的一声将过去的大门关上。女性应当加强对自我的确信，从自憎转为自爱，从自卑转为自敬，从依赖变为自立。同时，我们也看到了奇蒙博对男女和谐共处、携手共进这一美好未来的憧憬与期待。

结　语

西蒙娜·德·波伏娃（Simone de Beauvoir，1908—1986）曾在《第二性》（ *Le Deuxième Sexe*，1949）中指出："女人不是天生的，而是后天形成的。任何生理的、心理的、经济的命运都界定不了女人在社会内部具有的形象，是整个文明设计出这种介于男性和被去势者之间的、被称为女性的中介产物。"[1]从女性是"后天形成"的这个观点可以看出，女性是被定义的。通过斯蒂夫·奇蒙博的诗歌，他阐释了什么是"被定义"。女性首先是女性定义的自我，其次再是男性眼中的女性。斯蒂夫·奇蒙博在长诗名字"断珠弦"中寄寓的是他的希望和期待。他呼吁女性将由男性定义女性所串起的珠子斩断，并重新串起女性自己创造的珠串。通过特殊的文化意象、富有特色的民族语言以及有力的诗调，作者不仅传达了对囚禁在男权之下的"女性"的理解，也传递了对女性的呼吁以及对男女关系平等和谐的期望。

(文/上海外国语大学 朱伟芳)

---

[1] 西蒙娜·德·波伏瓦：《第二性》，郑克鲁译，上海：上海译文出版社，2014年，第359页。

第八篇

戴尼斯·姆帕索
小说《为了教会的利益谋杀》中的互文艺术与文化绎思

戴尼斯·姆帕索

Denis M'passou，1935—

作家简介

马拉维地处非洲东南部，其英语文学自 20 世纪初萌芽至今已经有了近百年历史，在其蔚为可观的文学大河中涌现了一大批优秀的本土作家。戴尼斯·姆帕索（Denis M'passou，1935—）是马拉维英语文学史上重要的小说家，也是为数不多以创作悬疑小说为主的马拉维作家。此外，他也是一名虔诚的圣公会教徒。自 1969 年起，他开始在教会工作，主要负责扩大基督教在本土的传播。姆帕索也曾担任过几家杂志社的编辑，在斯威士兰大学（University of Swaziland）担任神学教授。姆帕索在教会和杂志社工作之余笔耕不辍，出版了不少中短篇小说，比如《鬣狗的尾巴》（*The Hyena's Tail*，1973）、《猴子先生，洗洗手》（*Wash Your Hands, Mr. Monkey*，1973）、《死者的签名》（*Dead Man's Signature*，1994）等。在他的创作中，最为著名的是两本思考基督教文化与非洲传统信仰冲突的小说——《为了教会的利益谋杀》（*Murder in the Interest of the Church*，1985）和《棺材里的猪》（*A Pig in the Coffin*，1991）。姆帕索尤其擅长在人物的对立冲突中营造悬疑氛围。他的小说大多以情节离奇曲折取胜，同时兼具对文化的深刻思考，在马拉维众多小说家中独树一帜。除了小说家这一身份外，他还是一名勤于著书立说的学者，曾出版《基督教传播概论》（*An Introduction to Christian Communication*，1989）、《1892—1992 年南部非洲独立教会的历史》（*History of African Independent Churches in Southern Africa 1892-1992*，1994）和《神学在发展中的作用》（*The Role of Theology in Development*，1995）等十余部学术专著。

作品节选

《为了教会的利益谋杀》
(*Murder in the Interest of the Church*, 1985)

We are living in a world of rapid changes and progress. The church must keep up with these changes and progress in the world and, where necessary, adjust itself or even reorganize itself to fit into the modern world. If it does not do that, it is going to die. Reorganization must start from that top to the bottom — from the Bishop down to the Sunday school child. Everything must be modernized — sermons, literature, hymns, leadership, everything! Naturally there will be some casualties in the process.[①]

　　我们生活在一个飞速变化发展的世界里。教会必须跟上世界的变化，在必要时调整自己，甚至进行内部重组，以适应现代世界。如果教会不这样做，就会面临衰亡。重组必须从上到下——从主教到主日学校的孩子。一切都必须现代化——布道、文学、赞美诗、领导者，一切！当然，在这个过程中，伤亡是不可避免的。

（朱伟芳 / 译）

---

① Denis M'passou, *Murder in the Interest of the Church*, Accra: Asempa Publishers, 1985, pp. 8-9.

作品评析

小说《为了教会的利益谋杀》中的互文艺术与文化绎思

引 言

19世纪末20世纪初，非洲大多数国家开始陆续成立新型的基督教会。"这些新型的基督教会或改头换面地脱胎于欧洲基督教会，或自发产生，但却将非洲人的信仰和习俗糅合进基督教教义、神学、礼仪中，这些由非洲人自主经营的教会被称为独立教会。"①非洲独立教会运动的兴起离不开整个非洲大陆经济、心理、社会、文化等发展的驱动，其中政治是直接诱因。独立教会作为一种现实可行的组织方式，寄托了非洲人民强烈的反殖民政治诉求和愿望。非洲独立教会（African Independent Churches，简称AICs）自建立以后，在不同的发展阶段持不同的发展理念，这是非洲人民面对西方宗教文化强势侵袭而不断探索、调整、为我所用的结果。在这一过程中，激烈的文化冲突和社会矛盾事件频频发生，引起了作家的注意和思考。

在这样的时代背景下，戴尼斯·姆帕索开始进行文学创作，其作品大多反映了他对西方文化影响非洲社会的思考。《为了教会的利益谋杀》和《棺材里的猪》是姆帕索的两本悬疑小说代表作。虽然两本小说的叙事结构有所不同，但都有着类似的虚构情节。这不仅使得两本小说之间产生了一定的互文张力，形成了特殊的悬疑

---

① 郭佳：《从宗教关系史角度解读基督教在非洲的传播历程》，《浙江师范大学学报》（社会科学版），2020年第6期，第21页。

氛围，增强了读者的阅读兴趣，也引导着非洲读者思考如何应对非洲独立教会在发展中面临的现实矛盾。

一、历史镜像：非洲独立教会的兴起与发展

小说与历史互为镜像。泰瑞·伊格尔顿（Terry Eagleton，1943— ）曾在《审美意识形态》（*The Ideology of the Aesthetic*，1990）一书中指出："叙事的残酷方式在于，我们不能有效地消除历史的梦魇。"[1]伊格尔顿用"残酷"一词道出了文学叙事与历史事实的必然联系。戴尼斯·姆帕索的小说创作与其所处的非洲社会发展现实和历史过往不无联系，但"文学文本只是揭示了历史主体无意识的那一部分而无法僭越历史的权威"[2]。因此，要真正读懂文本，读者首先要回到历史的场域。

在当代非洲，"以非洲传统宗教、基督教、伊斯兰教三种宗教为主，其他宗教为辅，各种宗教相互竞争、演变，构成非洲宗教生态的特有图景"[3]。戴尼斯·姆帕索的小说书写的主要是基督教与非洲传统宗教之间的矛盾与冲突。小说中提到的非洲独立教会就是近代基督教在非洲本土化的产物。非洲独立教会是"西方基督教与非洲本土信仰糅合在一起形成的新教派，亦是当今非洲大陆上发展最为迅速、影响最为广泛的教会"[4]。

在历史上，非洲独立教会运动主要经历了三次浪潮[5]，而在每一发展阶段中，人们对非洲独立教会的称呼也在发生着变化。第一次浪潮为独立教会的萌芽期。19世纪末刚成立的独立教会虽然顺应了当时本土人民反殖民抗争时代的

---

[1] Terry Eagleton, *The Ideology of the Aesthetic*, Oxford: Blackwell, 1990, p. 230.

[2] 吴晓东：《文学性的命运》，广州：广东人民出版社，2014年，第11页。

[3] 李维建：《当代非洲宗教生态》，《世界宗教文化》，2017年第3期，第32页。

[4] 徐薇：《南非非洲独立教会及其对社会与政治的影响——以锡安基督教会为例》，《世界宗教文化》，2019年第2期，第40页。

[5] 非洲独立教会发展的三个浪潮，详见 Kenneth R. Ross, Wapulumuka O. Mulwafu (eds.), *Politics, Christianity and Society in Malawi*, Mzuzu: Mzuni Press, 2020, pp. 353-357.

需要，但仍保留了大量西方教会的制度与习俗，如西方的婴儿洗礼、牧师装束等教会仪式，这导致当时成立的新型教会饱受人们争议。如1900年，马拉维民族英雄约翰·奇兰布韦（John Chilembwe，1871—1915）从美国浸会神学院结束学习后回到了家乡，在国内创立了普罗维登斯工业教会（Providence Industrial Mission）。该教会由于照搬美国教会的各项制度和仪式，而饱受人们对其"独立性"的质疑。①人们并不承认其为非洲独立教会，而仅仅称其为美国教会的分支（separatist）。20世纪50年代为独立教会发展的第二个浪潮。随着非洲各国民族解放运动的高涨，独立教会迅速在非洲遍地开花。据统计，到1967年，独立教会"达6000余个"②。在这一浪潮中，有些学者将非洲独立教会又称为"非洲土著教会"（African Indigenous Church），因为这一时期的独立教会对先祖仪式和一夫多妻制等传统习俗更加宽容。最为明显的改变是服装的变化，教会人员将原本西式的牧师装束改为白色长袍。第三个浪潮为20世纪80年代。80年代初，独立教会"达8000余个，拥有2200多万信徒，遍及非洲400多个部族"③。这时的独立教会大多由那些富有个人魅力、受过良好教育和具有领导才能的年轻人建立。人们将这一浪潮中的非洲独立教会称为"非洲发起教会"（African Initiated Church）或"新魅力教会"（Neocharismatic Church）。新魅力教会对传统习俗的包容性比第二浪潮中出现的非洲土著教会要差一些，因为这些教会的领导者通常更年轻，而且普遍受过良好正规的西方教育，因此西方基督教文化和理念在他们治理本土教会的过程中发挥了主导作用。

从三次发展浪潮中非洲独立教会呈现出的不同发展形态和倾向可以看出，非洲独立教会在发展过程中对于西方宗教的制度、仪式等文化的态度并非一成不变。非洲人民在反殖民道路上对西方文明和本民族传统文化习俗之间关系的认识是一个不断探索和调整的过程。姆帕索创作《为了教会的利益谋杀》时，正担任马拉维基督教独立委员会主席。小说中虚构的乌利亚共和国（Republic of Vulia）

---

① M. C. Kitshoff (ed.), *African Independent Churches Today: Kaleidoscope of Afro-Christianity*, Lewiston: The Edwin Mellen Press, 1996, p. 25.

② 雷雨田：《论基督教的非洲化》，《西亚非洲》，1990年第2期，第53页。

③ 雷雨田：《论基督教的非洲化》，《西亚非洲》，1990年第2期，第53—54页。

正是以马拉维共和国为蓝本创造出来的国度。而在创作《棺材里的猪》时，他已在斯威士兰大学担任神学讲师。《棺材里的猪》中提到的乌利亚王国（The Kingdom of Vulia）映射的则是斯威士兰王国（The Kingdom of Eswatini，或Swaziland）①。马拉维和斯威士兰与大多数非洲国家有着相似的命运，都在19世纪末沦为了西方列强的殖民地。不论是在政治、经济还是宗教文化上，它们都受到了强烈冲击，发生了巨大的变化。马克思曾在《路易·波拿巴的雾月十八日》（The Eighteenth Brumaire of Louis Bonaparte，1907）中提到，"黑格尔说，'一切巨大的历史事变和人物会出现两次'，但他却忘了说，一次是作为悲剧，而另一次是作为闹剧"②。非洲独立教会在发展过程中，本土宗教的保守派和激进的改革派互相斗争，传统习俗与西方文化之间不断发生对撞，流血事件数不胜数。由是，戴尼斯·姆帕索用文学重述历史事件，将悲剧幻化为闹剧。他在《为了教会的利益谋杀》中创造了一起荒诞离奇的谋杀主教事件，而到了《棺材里的猪》中又将这场闹剧以另一种形式再次演绎。通过故事重述，姆帕索探讨了非洲独立教会在发展过程中面临的本质问题，即如何处理本土宗教与西方宗教的对峙与冲突。同时，作品也真实反映了非洲国家在形式上脱离西方殖民后，在政治、宗教和文化等问题上显示出的依赖性和软弱性。

二、故事重述：互文艺术与叙事超越

《棺材里的猪》可以看作戴尼斯·姆帕索在《为了教会的利益谋杀》基础上进行的故事重述。两本小说中的谋杀案件在前因后果上虽有所不同，但在人物、情节、语言等方面却极其相似，这使得二者产生了互文和联动的艺术效果，增强了读者在阅读过程中的悬疑体验和趣味。《为了教会的利益谋杀》共分九

---

① 斯威士兰独立于1968年，在被入侵前一直都是一个独立的王国，直到1907年英国殖民者入侵，开始沦为英国的保护地。国王有名无权，成为政治傀儡。

② Karl Marx, *The Eighteenth Brumaire of Louis Bonaparte*, Trans., Daniel De Leon, Chicago: Charles H. Kerr & Company, 1907, p. 5.

章。作者在小说中成功塑造了一个对教会民主改革有着满腔热血但却道德败坏的年轻牧师形象。主人公托马斯·楚玛（Thomas Chuma）在国外留学并取得了博士学位。归来后，他在独立教会担任牧师。但由于在独立教会管理理念上的不同，他与固守己见、安于现状的大主教产生了分歧。他高傲地认为，自己拥有博士学位，学识渊博，应当立刻取代陈旧腐朽的老主教。但在竞选主教期间，他夜会情妇的事情败露。他偏激地认为，现任主教成立道德委员会是故意为了让他失去竞选资格。于是，为了躲避道德委员会的严厉审查，也为了尽早登上权力的高位，他使用诡计将主教置于死地。在谋杀主教的过程中，他不惜接二连三地杀人灭口，并将所有罪责推到一个无辜的好人身上。最终，他犯下的罪孽被人调查揭露。他自知罪孽深重，向总统递交了忏悔信后自杀。在小说最后，总统为了不让这桩教会丑闻为大众所知晓，将错就错，把托马斯·楚玛诬陷的好人汤姆林森（Tomlinson）当作替罪羊，将他发配到遥远的国度以保住教会名声。

《棺材里的猪》在内容和情节上比《为了教会的利益谋杀》更为复杂。小说开篇以主教之死引起举国震惊写起，到最后案件水落石出，叙事方式呈现出一种倒置式结构。主教死后，有人怀疑主教是被人毒杀而非自然死亡，要求开棺验尸。开棺后，人们发现棺材中躺着的不是主教的尸体，而是一头猪。于是，各方开始调查，部落长老与教会双方互起争执并状告至法庭。媒体在这时大肆报道，使得事件变得越发扑朔迷离。最后通过层层辩论，法官在法庭上终于厘清事件发生的原因——原来是教会长老怀疑部落长老一方没有恪守承诺，质疑他们不愿将主教尸体放入教堂区之中而掉了包，因此才坚持谎称主教是被毒死的，以此来引起警察和全国人民的调查和重视。最后真相大白，毒杀一事纯属子虚乌有。

假如读者在阅读完《为了教会的利益谋杀》后再阅读《棺材里的猪》，会产生这样一种荒诞的体验——仿佛看着一场闹剧的主人公改名换姓跑进了另一场闹剧的演出里手舞足蹈，而后者的闹剧中由于众声喧哗，一片吵闹，以至于观看者在整个事件中迷失了自己。等到最后作者揭晓谜底，他们才恍然大悟。和《为了教会的利益谋杀》中作者着重塑造谋杀者形象不同的是，在《棺材里的猪》中，作者并没有刻意塑造某个具体的人物形象，而是以事件为导向，将扑朔迷离的主教尸体掉包事件置于小说开头，随着部落长老一方和教会一方矛盾冲突的展开，慢慢揭晓事件的来龙去脉。

　　茱莉亚·克里斯蒂娃（Julia Kristeva，1941— ）在《文字、对话与小说》（ "Word, Dialogue and Novel", 1960）一文中首次提出了"互文性"（Intertexuality）这一概念。她指出，"任何文本都是对另一个文本的吸收和转化"[1]。她认为，"文本是一个动态站点"，我们应当"关注文本之间的关系过程和实践，而不仅仅停留在文本中那些静态的结构和产物上"[2]。关注姆帕索两本小说之间的内在联系有助于我们更好地理解作者的创作动机和小说主题。《为了教会的利益谋杀》和《棺材里的猪》中存在的互文联系具体体现在三个方面：副文本中的互文、人物和情节再现以及语言再现。

　　首先，从两本小说的副文本中，读者便能一眼看到蛛丝马迹。比如《为了教会的利益谋杀》第七章标题为"安曼瑟斯主教是猪吗？（Was Bishop Anmanthus a Pig?）"，这与《棺材里的猪》中的第一章标题"主教是猪吗？（Was the Bishop a Pig?）"相似。再如，虽然《为了教会的利益谋杀》全文都没有提到国家的具体名字是"乌利亚（Vulia）"，但是编辑却在出版说明（Publisher's Note）中告知读者"乌利亚共和国（the Republic of Vulia）是基于作者生动的想象而创造出来的国度"[3]。而在小说《棺材里的猪》中，作者则将该国名字（Vulia）隐藏在第一章中，直到读者读到第九页才察觉。副文本中出现的互文能让读者在阅读完其中某一本小说，再拿起另一本小说时产生迅速联想，促使读者去挖掘二者之间更深入的联系，使读者产生强烈的好奇心，并驱动他们继续读下去。

　　此外，《为了教会的利益谋杀》中的人物和情节在《棺材里的猪》中有了奇妙再现。作者通过将一本小说中的主要人物或主要情节转换为另一本小说的次要人物或次要情节，进一步增强了两本小说间的互文性和联动性。这种联动效果使得《棺材里的猪》中的案件变得更加错综复杂，在一定程度上干扰了读者的推理判断，增强了阅读趣味。比如，牧师托马斯·楚玛到主教家下毒的第二天，让其情妇司迪玛太太（Mrs. Sitima）打电话到主教家中，询问主教是否已死。这一

---

[1] Toril Moi, *The Kristeva Reader*, New York: Columbia University Press, 1986, p. 39.

[2] María Jesús Martínez Alfaro, "Intertextuality: Origins and Development of the Concept", *Atlantis*, 1996, 18 (1/2), p. 268.

[3] Denis M'passou, *Murder in the Interest of the Church*, Accra: Asempa Publishers, 1985, p. 4.

情节在《为了教会的利益谋杀》的第三章中作为主要情节出现，而在《棺材里的猪》中的第五章中则成为次要情节。《棺材里的猪》中写到，警察在查案一筹莫展时，前往死去的主教家进行调查。主教的仆人向警察反映称，在主教去世的那天早上，有一个女士曾打电话来询问主教是否已死。《为了教会的利益谋杀》中出现的重要人物司迪玛太太在《棺材里的猪》中被隐去了姓名，原本在《为了教会的利益谋杀》中详细描述的情节在《棺材里的猪》中仅仅通过仆人轻描淡写的提及而告知读者。还如，在《为了教会的利益谋杀》第五章中，教会一方和部落长老一方在主教的葬礼上就仪式后该如何埋葬主教的尸体起了争执。作者将这一次要情节变成了《棺材里的猪》第二章中的主要情节，并将两方争执的内容变为小说的核心冲突进行重点描写。再如，在《为了教会的利益谋杀》第七章中，警察为了调查主教的死因，请验尸官开棺验尸，结果发现里面竟装了一头猪。这一荒诞的次要情节在小说《棺材里的猪》中变为第一章用以引人入胜的重头戏。

除了人物和情节，两本小说在语言上也有重复和类似的地方。如《为了教会的利益谋杀》第一章中牧师楚玛对情妇说的"我们生活在一个充满变化和进步的世界里"①，与《棺材里的猪》最后一章中法官说的"我们生活在一个瞬息万变的世界中，不能像鸵鸟一样把头埋进沙中"②如出一辙。再如《为了教会的利益谋杀》第三章中楚玛在主教家成功下毒后的第二天，让其情妇打电话至主教家。主教家的仆人接通电话后告知对方主教还在睡觉，但她急迫地问道："你确定主教只是在睡觉吗？"③在《棺材里的猪》的第五章中警察则通过仆人的回忆知晓了这句话。《为了教会的利益谋杀》第五章中，在主教的葬礼上，部落长老对教会一方人员说，"要是我们允许你们以那样的方式埋葬我们的酋长，那我们祖先的灵魂必将勃然大怒，我们也将面临多年的无雨和旱灾"④。在《棺材里的猪》第二章中，部落长老则对着基督教徒如此陈述道："你们基督徒应该理解并尊重东道主文化，尊重与你们一起共事的人民的文化，我们可不能冒险将詹纳·奇姆

---

① Denis M'passou, *Murder in the Interest of the Church*, Accra: Asempa Publishers, 1985, p. 8.

② Denis M'Passou, *A Pig in the Coffin*, Limbe: Popular Publications, 1991, p. 83.

③ Denis M'passou, *Murder in the Interest of the Church*, Accra: Asempa Publishers, 1985, p. 35.

④ Denis M'passou, *Murder in the Interest of the Church*, Accra: Asempa Publishers, 1985, p. 55.

腾格主教的尸体按照基督教的仪式安葬，要是这么做，我们的祖先一定会生气，我们将没有雨，还会迎来蝗灾。"[1]这种类似的语言再现有两种功能：一是伴随情节而生，为了引发读者的阅读兴趣，增强推理气氛；二是为了强调作者想要通过人物的话语表达的观点。

《棺材里的猪》对《为了教会的利益谋杀》的叙事超越主要体现在叙事结构和语言两个方面。从叙事结构来看，《为了教会的利益谋杀》采用的是单一顺叙和不间断的线性叙事结构，而《棺材里的猪》则采用了一种非线性叙事结构，其中涉及倒叙、插叙、复调式叙述、戏中戏等多种叙事技巧。同时，两本小说迥异的叙事结构也带来了不同的叙事视角。《为了教会的利益谋杀》将凶手前置，先开诚布公地告诉读者凶手的杀人动机，并逐步展现凶手是如何实施谋杀的，再到最后调查、公布真相。在这种叙事方式中，作者以中心人物为导向，以全知视角为主，以第三人称有限视角为辅。读者因此成了被动等待作者告知真相的对象，他们的视角聚焦在凶手身上，只能通过凶手的眼睛和头脑去观察和思考事物的发展和本质。而在《棺材里的猪》中，作者先将主教死后变成猪的这一结果前置，通过调查、推理、法庭辩论、媒体的发酵，再到最后真相大白，使得读者的聚焦视角分散，在阅读过程中被小说中出现的人物扰得眼花缭乱。如此一来，读者不得不对小说中出现的每一处细节，每一个人物加以观察、思考、判断，并寻找真相。其中出现的互文因素则在一定程度上增加了推理难度，并增强了读者在阅读过程中的主动性和积极性。此外，作者在此过程中以人物的第一人称叙述为主，以第三人称有限视角为辅，将部落长老与教会之间的矛盾冲突作为重点探讨的问题，引导读者思考如何在后殖民时代处理好教会文化与当地民俗之间的矛盾关系。

在叙事语言方面，二者体现出了单一和多样的区别。在《为了教会的利益谋杀》中，作者只采用了普通人物对话和信件的方式来推进情节发展，而《棺材里的猪》则不仅采用人物对话和信件，还有激烈的法庭辩论、广播报道、报纸报道、编辑评论、新闻发布会、法官陈述等。在不同的对话场景中运用不同的语

---

[1] Denis M'Passou, *A Pig in the Coffin*, Limbe: Popular Publications, 1991, p. 17.

言风格，极大地丰富了小说叙事语言和读者的阅读体验。作者通过不同的叙事语言，从部落长老到教会人员，从各方媒体到警察法官，从国王到普通百姓，从政治避难者到刚从西方留学归来的年轻学生，他们的语言和观点丰富了小说对宗教文化冲突这一问题的探讨。

尽管在小说艺术方面，《棺材里的猪》对《为了教会的利益谋杀》实现了超越，体现了作者在叙事能力上的提升，但《棺材里的猪》也正是略显刻意地采取了多种艺术手段，导致最后几章的叙事节奏稍显拖沓。除了艺术上的不断尝试和超越，作者对《为了教会的利益谋杀》中的故事进行重新演绎的最重要的目的是进一步探求文化冲突使其和解。

三、矛盾绎思：探求宗教文化互融

《为了教会的利益谋杀》创作于1985年。时隔六年后，戴尼斯·姆帕索经过进一步思考，写下了《棺材里的猪》。当时，姆帕索在斯威士兰工作，再一次面临宗教文化冲突。由是，作者希望通过创作易为老百姓所接受的通俗小说，来为陷于矛盾之中的人民和教会谋求出路。

从《为了教会的利益谋杀》到《棺材里的猪》，作者的立场发生了巨大转变。在《为了教会的利益谋杀》中，作者站在教会一方。他通过揭露主人公荒诞的杀人计划，批判那些用邪恶手段实现自己改革目的的年轻激进分子。这一立场和他在马拉维教会当牧师有关。他在教会工作中深刻感受到了20世纪80年代新领袖教会运动对于年轻牧师的负面影响。他们自视甚高，急功近利地想要改革传统的独立教会，然而自身修养却又往往难以让他们做出正确决断。到了小说《棺材里的猪》中，姆帕索变得更理性了，这与他在斯威士兰大学当神学教授有关。在思考教会在发展过程中出现的种种问题时，他的立场变得更加中立和客观。因此，在后一部小说中，他不再以批判某一类人为主，也不再将塑造人物形象作为写作目标，而是将独立教会面临的问题——传统宗教习俗和西方教会规定的矛盾冲突置于小说中心，并对此做了更进一步的探讨和思索。

"为了教会的利益"（in the interest of the church）这句话在小说《为了教会的利益谋杀》中出现了数十次。无论是主人公杀人时，还是最后总统找替罪羊，他们的所作所为全都美其名曰是"为了教会的利益"，这正是作者通过小说题目所要揭露和讽刺的内容。对于牧师托马斯·楚玛来说，他杀人是为了自己能当上新魅力教会的领袖，取代在他眼中思想腐朽，不再愿意对教会进行改革的现任主教。他在自己的杀人动机中这样坦述：

"我们生活在一个飞速变化发展的世界里。教会必须跟上世界的变化，在必要时调整自己，甚至进行内部重组，以适应现代世界。如果教会不这样做，就会面临衰亡。重组必须自上而下——从主教到主日学校的孩子。一切都必须现代化——布道、文学、赞美诗、领导者，一切！当然，在这个过程中，伤亡是不可避免的。"①

可见，楚玛牧师对于教会的改革态度十分强烈并且激进，为达到目的不惜违背最基本的道德、法律去杀人。他对于教会改革持有一种暴力革命的思想倾向。马克思说，"暴力是每一个孕育着新社会的旧社会的助产婆"②，但脱离群众的暴力革命是不可取的。楚玛牧师对大主教的谋杀完全是一种个人行为，是为了一己之私而脱离群众的行为。因此，这样的改革行动必然会以失败告终。更为讽刺的是，当警察抓走了无辜的好人，乌利亚共和国总统在知道真相后，居然希望能将错就错，主张不要将事实真相公布于众，并将被冤枉之人送到遥远的国度，以息事宁人。他认为：

"只有当教会不受传教士管辖，取得独立，我们才能在政治上也真正获得独立。传教士中有人说当地人不够文明，不能处理自己的事务。如果他们听到这样

---

① Denis M'passou, *Murder in the Interest of the Church*, Accra: Asempa Publishers, 1985, pp. 8-9.
② 卡尔·马克思：《资本论》（第一卷），中共中央马克思恩格斯列宁斯大林著作编译局译，北京：人民出版社，2004年，第861页。

的事件发生，他们将有机会说，我们告诉过你，他们还没有准备好独立。看看现在发生了什么。他们在互相残杀，他们的政府领导人也将同样互相残杀……"①

　　从以上这段话中，我们可以看到非洲独立教会发展的过程中，本土人民经历的两种矛盾。一种是内部矛盾，是人民与人民之间的矛盾。这一点通常表现为：受到西方文化影响的本土知识分子留学归来后迫切地想要改变现状，他们试图冲破腐朽的管理制度，更新体系内部血液，但最后往往因此而变成极端的激进分子。本质上说，这其实是本土流散者面临的现实困境和矛盾。他们"既无法从本土文化的土壤中连根拔除，也无法改变当地居民的传统认知，从而既与外来文化不相融合又与本土文化产生冲突，处在两种文化之间的夹缝中。这种源于现实的真实境地往往是造成主人公悲剧命运的主要原因"②。另外一种则是外部矛盾，是本土人民与西方殖民者势力的矛盾。从总统无奈的言辞中可以看出，戴尼斯·姆帕索虚构的这一乌利亚共和国尽管已经更名为"共和国"，但实质上仍没有真正获得政治独立。当地独立教会的领导者虽然为本土人士，成员大多也为当地民众，然而其本质上仍受到西方传教士的制约，并不能完全脱离西方基督教会的影响。小说中的人物心理和行为矛盾折射出的是非洲教会在独立发展过程中的真实困境。

　　在两本小说中，死去的主教既是教会的领导，又是部落的酋长。教会认为，主教死后应当按照基督教的方式进行礼葬，他的尸体应当存放在教堂区之中。而部落一方则认为，主教是酋长，应当按照部落的传统仪式，将主教的尸体放入山洞之中。为了佐证这一观点，他们搬出了《圣经·创世纪》中"雅克布死于埃及，但最终他的尸体被运回迦南，和其他祖先的尸体一样，放入马克佩拉（Machpelah）附近的山洞之中"③的事例。最后双方争执不下，直到部落一方有所让步。在《为了教会的利益》中，部落一方提出，主教尸体须由开图

---

① Denis M'passou, *Murder in the Interest of the Church*, Accra: Asempa Publishers, 1985, p. 83.

② 朱振武、袁俊卿：《流散文学的时代表征及其世界意义——以非洲英语文学为例》，《中国社会科学》，2019 年第 7 期，第 145 页。

③ Denis M'passou, *Murder in the Interest of the Church*, Accra: Asempa Publishers, 1985, p. 56.

里斯部落（Kituris Tribe）族人抬入棺材。按照该族习俗，非开图里斯人在举行仪式时不能旁观。举行完该仪式后，将棺材钉上再交由教会以基督徒仪式礼葬。在这一过程中，也给了部落人员机会和时间将棺材中的尸体调包成猪。在《棺材里的猪》中，作者将部落名字换成了乌拉纳部落（Vulana Tribe），并将它对教会提出的要求做了进一步具体阐述。《棺材里的猪》的第四章全文是部落长老写给教会的一封信，信中将传统的安葬仪式要求悉数列出。比如，主教尸体除了须由部落人员抬进棺中外，还须在棺材贴好封条后被抬着进主教母亲曾住过的房子，穿堂仪式须持续一分钟，确保死者的灵魂已经走过房子。这之后，教会人员方可将棺材带走，并按照基督教仪式举行葬礼，而部落人员则留在村落中举行面具大会，并前往祖先埋葬尸体的山洞，举行祭祖仪式。从以上情节可以看出，部落一方只是表面上做出了妥协，实质上仍然坚守着自己的文化习俗和宗教仪式。他们将尸体调包，不愿意接受西方教会对主教尸体的处理方式。

　　"在旧石器时代，去世的人被认为是获得了某种超自然的力量，能够给活着的人提供引导，因此要慎重为他们安葬。"①非洲大多数部落仍将旧石器时代的传统信仰延传至今。"自然崇拜、祖先崇拜、图腾崇拜、部落神崇拜等，是非洲传统宗教信仰的主要内容，其核心是万物有灵和祖先崇拜。"②这些传统信仰根深蒂固，深刻影响着非洲人民的思维方式和言行举止。尽管非洲各国的宗教有所差异，但却有着一些共通的特性，例如这些宗教都"信仰一个至高无上的上帝，信仰许多神和灵，对去世的祖先怀有极高的崇敬，对生活的方方面面都有着神圣感"③。然而，崇尚海洋文明的殖民者们却自视甚高，将非洲文明和人民打上"劣等"的刻板印象，并戴着有色眼镜去看待非洲的传统习俗，贬低非洲人民祖

① 马克·奥康奈尔、拉杰·艾瑞:《象征符号插图百科》，余世燕译，汕头:汕头大学出版社，2009 年，第 11 页。

② 隋立新:《传统宗教文化视阈下的非洲面具艺术》，《艺术科技》，2016 年第 5 期，第 202 页。

③ José Antunes da Silva, "African Independent Churches: Origin and Development", *Anthropos*, 1993, 88 (4-6), p. 394.

先所珍视的"神圣感"。他们认为"非洲文明的劣等性反映在他们的迷信上，包括他们的巫术信仰、割礼和葬礼"[1]。

  作为一名服务于教会的神职人员，戴尼斯·姆帕索对于这样的宗教文化冲突深有感触。他对此加以思索，诉诸理性的文字。他在《棺材里的猪》中借神父之言劝诫那些本土的基督教徒，"作为基督教徒，我们应当摈弃这些错误的、迷信的信仰"[2]。同时，作者也借明智的法官之口对部落一方进行了劝说，建议乌拉纳部落的人民能保持灵活性，接受文化上的变化，"如果他们继续抵制变化，那么变化就会改变他们，让他们接受变化。我们必须认识到，我们现在生活在一个瞬息万变的世界中，不能像鸵鸟一样把头埋进沙子里，假装自己还活在17世纪"[3]。对于教会中的西方牧师，作者则借酋长之口向他们义正词严地说道，"你们基督徒应该理解并尊重东道主文化，尊重与你们一起共事的人民的文化"[4]。作者通过小说中不同的人物发出的声音，表达了自己的观点。作者认为，对于非洲人民来说，他们应当与时俱进，顺应新时代发生的变化，并改变自己的思维。对于西方的教会人士来说，他们在为非洲带来新的文化、宗教时也应当对非洲本土人民的文化怀有一种包容的态度；他们首先应当尊重和接纳非洲人民所珍视的传统信仰。只有这样，双方才能避免冲突，达成宗教文化的互融与和谐。

结　语

  "宗教和谐是民族和谐、社会和谐的基础"，思考宗教和谐问题则需要"学会和谐地思考并和谐地行动"。[5]戴尼斯·姆帕索通过自己的笔，以通俗小说的

---

[1] Sibusiso Masondo, "The History of African Indigenous Churches in Scholarship", *Journal for the Study of Religion*, 2005, 18 (2), p. 91.

[2] Denis M'Passou, *A Pig in the Coffin*, Limbe: Popular Publications, 1991, p. 12.

[3] Denis M'Passou, *A Pig in the Coffin*, Limbe: Popular Publications, 1991, p. 83.

[4] Denis M'Passou, *A Pig in the Coffin*, Limbe: Popular Publications, 1991, p. 17.

[5] 张桥贵：《多元宗教和谐与冲突》，《世界宗教研究》，2014 年第 3 期，第 160 页。

方式，引导人们思考，并提出如何"和谐地行动"的建议。他在《"我们都看到了"：CIMS观察者报告》（*"We Saw It All": CIMS Observers' Reports*, 1990）中如此写道："如果一味掩盖裂缝或假装不存在重大差异，那么冲突永远不可能转为和谐。达成和解的第一步是要宽恕和谅解他人……"[①] 诚然，只有当两种不同文化互相宽容，彼此理解与接纳的时候，才能达到文化的融合。文化如此，宗教如此，人亦如此。姆帕索通过小说的叙事艺术与互文效果，将本土宗教与西方宗教之间存在的巨大差异以戏说的方式剖析在读者面前，在一定程度上缓和了非洲独立教会发展过程中两种极端势力对峙的激烈冲突，宣扬了宗教和谐观，对当时的社会具有一定的启示作用。

（文/上海外国语大学 朱伟芳）

[①] Denis M'Passou, *"We Saw It All": CIMS Observers' Reports*, Nambia: Churches Information and Monitoring Service, 1990, p. 380. CIMS 的全称为 Church Information and Monitoring Service，教会信息与监督服务。

第九篇

詹姆斯・恩戈贝
小说《咸味的甘蔗》中"甘蔗"的三重象征

詹姆斯·恩戈贝

James Ng'ombe, 1949—

作家简介

詹姆斯·恩戈贝（James Ng'ombe，1949—）是马拉维英语文学史上的重要小说家。他出生于马拉维，在马拉维大学修读完英语和历史专业学士学位后，前往加拿大攻读硕士学位，毕业后又在英国伦敦大学教育学院取得了博士学位。为了报效祖国，他最后回到了马拉维，在马拉维大学担任了九年传播学教师。1981年，他受聘为德祖卡出版公司（Dzukka Publishing Company）总经理，致力于推进马拉维当地中小学教材的出版。1997年，詹姆斯·恩戈贝担任马拉维新闻研究院（Malawi Institute of Journalism）执行主管。在任期间，他为本土从业人员组织专门培训和新闻调研工作，并通过举办写作训练活动提升新闻记者的写作水平，为促进马拉维当地新闻及传媒业发展做出了重要贡献。

作为马拉维最负盛名且高产的作家之一，詹姆斯·恩戈贝发表了多部有关政治主题的作品。他的主要作品有戏剧、小说以及儿童故事集。小说方面，他的处女作《咸味的甘蔗》（*Sugarcane with Salt*，1989）讲述了后班达时代海归的迷茫，曾作为马拉维高中生必读书目的《马达拉的孩子们》（*Madala's Children*，1996）及其续集《马达拉的孙辈们》（*Madala's Grandchildren*，2005）则对班达时代一党制统治之下的政治压迫和残酷现实进行了猛烈抨击。戏剧方面，《国王的枕头及其他戏剧》（*King's Pillow and Other Plays*，1986）收录了詹姆斯·恩戈贝创作的三部基于非洲民间故事的戏剧，包括《国王的枕头》（*King's Pillow*）、《香蕉树》（*The Banana Tree*）和《斯库辛加之歌》（*Sikusinja's Song*）。在儿童文学创作方面，他著有《猪是怎么长鼻子的》（*How Pig Got His Snout*，1998）等。

作品节选

《咸味的甘蔗》

（*Sugarcane with Salt*, 1989）

"England is not a big country. Mostly white. There are blacks like you who are from islands called the West Indies and some from Africa, mostly West Africa. There are also Asians from India, Pakistan, Bangladesh and other Asian countries. There are rich and poor people. You see, being white does not always mean being rich. Some own cars, some don't. Some have suits, others don't. Some work in offices, others work as drivers or garbage collectors."

He was interrupted by loud and noisy laughter.

"It's true. Otherwise who do you think collects garbage for them?"

"Machines!" [1]

"英国并不大。多数是白人，但也有像你们这样的黑人。他们有的来自西印度群岛，有的来自非洲，主要是西非，还有的来自印度、巴基斯坦、孟加拉国等亚洲国家。英国有富人，也有穷人。但你们要知道，白人并不全是富人。有些白人有车，有些没有。有些西装革履，有些衣衫褴褛。有在办公室工作的白领，也有当着司机，做着收垃圾工作的普通人。"

昆波的演讲被孩子们响亮又嘈杂的笑声打断。

"这是真的。不然，你们以为谁给他们收垃圾啊？"

"机器！"

（朱伟芳／译）

---

[1] James Ng'ombe, *Sugarcane with Salt*, London: Longman Publishing Group, 1989, p. 53.

作品评析

小说《咸味的甘蔗》中"甘蔗"的三重象征

引 言

1848年，英国人爱德华·摩尔沃德（Edward Morewood，N. D.）在南非种植了第一批甘蔗，并在当地建造了一个小型制糖厂，这一事件标志着非洲蔗糖生产史的开始。[①]甘蔗种植以及蔗糖生产在非洲的迅速发展离不开殖民扩张和奴隶贸易。在非洲各国纷纷独立以后，各国政府领导人继续将甘蔗种植和蔗糖生产作为国民经济收入的重要部分，并陆续出台相关土地政策以引导和扩大制糖产业的发展。甘蔗种植和蔗糖生产的发展历程也深刻影响着非洲百姓的生活。

马拉维小说家詹姆斯·恩戈贝创作的第一部小说即以"咸味的甘蔗"为名，记录了马拉维在20世纪下半叶的社会发展状况及人民生活。甘蔗本应是甜的，但作者却有意在标题中将甘蔗形容为"咸味的"。这是作者希望引起读者思考的地方。小说主要讲述了昆波（Khumbo）留学八年后回到故土发现物非人非的故事。恩戈贝以主人公昆波一路品尝甘蔗，却发现甘蔗不再甘甜为主要叙事线索。透过他的视角，小说向读者展现了一幅广阔、丰富的马拉维社会生活画卷。在小说中，作者不仅成功地塑造了非洲海归懦弱无能、无所作为的典型形象，还呈现了普通非洲民众陷入各种现实困境而无法自拔的悲剧命运。在恩戈贝笔下，"咸

---

① Andrew Duminy, Bill Guest, *Natal and Zululand from Earliest Times to 1910: A New History*, Pietermaritzburg: University of Natal Press, 1989, p. 133.

155

味的甘蔗"被赋予了复杂、深刻的象征意蕴。本文将从三个不同角度，阐释"甘蔗"可能暗含的三重象征。

一、迷失自我的非洲海归形象

非洲作家笔下的海归形象，无论是正面的还是负面的，通常都以悲剧主人公的形象现身。正面的海归形象通常表现为留学归国后胸怀大志，满怀一腔热血渴望报效祖国，改变家乡命运。但他们回到非洲后，却因面临各种残酷的社会现实而到处碰壁，最终成为悲剧人物。比如马拉维小说家保尔·泽勒扎（Paul Zeleza，1955—）的小说《焖烧的木炭》（*Smouldering Charcoal*，1992）中的记者丘拉（Chola）和律师丹波（Dambo）最终都因坚持真理、调查国内腐败的政治真相而惨死。负面的海归形象则表现为归国后因各种各样的自身或者外界原因而陷入腐败等精神和道德危机之中。如钦努阿·阿契贝（Chinua Achebe，1930—2013）的小说《再也不得安宁》（*No Longer at Ease*，1960）中的主人公奥比·奥贡喀沃（Obi Okonkwo）留学归来后就因禁不住金钱的诱惑而堕落。创作这些海归形象的作家往往自身具有留学经历，因而十分热衷于书写各种海归形象。在非洲各类文学作品中，海归大多因为传统和现代之间种种不可调和的矛盾而产生各种心理问题。非洲作家书写海归形象往往是为了记录、追忆、讽刺、批判，为了自我排解、自我反省和警醒他人。如詹姆斯·恩戈贝笔下的昆波即是如此。

詹姆斯·恩戈贝曾在英国留学，回国工作几年后，于1989年写下了处女作小说《咸味的甘蔗》。他在小说中塑造的正是一个典型的负面海归形象，这正是小说题目"咸味的甘蔗"的第一重象征。小说主人公昆波从小学习成绩优异，后来顺利拿到国家政府颁发的留学奖学金，前往英国学医。八年的求学并没有使他雄心勃勃地想着学成后改变家乡的命运，反而使他逐渐迷失了自我。时过境迁，在他回到故土后，他发现不论是家乡的风貌，还是家乡的人，一切都发生了翻天覆地的变化，就连渴望回归的家庭也已分崩离析。他的母亲因生下了白人男子的孩子而与父亲离婚，为白人经营着一家汽车旅馆。昔日的青梅竹马奇蒙文维

（Chimemwemwe）在昆波出国留学后嫁给了自己的弟弟，成了他的弟媳。而弟弟比利（Billy）则与经营旅馆的母亲合作，一起走上了制毒贩毒的违法犯罪道路，最终惨死于监狱。面对物非人非的家乡，本该成为政府卫生部职员的昆波却迟迟没有去入职，而是选择浑浑噩噩地到处游走。他一路走，一路品尝甘蔗，却发现甘蔗早已没有了童年尝到的甘甜滋味。

值得注意的是，小说中有多处对主人公的习惯性动作——掰手指关节（crack knuckles）做了详细描写。当他得知母亲和白人跑了，大声质问父亲母亲此刻在哪儿时，"他的十个手指紧紧扣住，发出噼啪响声，以抗议令人窒息的真相"[1]。当昆波为弟弟在监狱中的惨死感到难以置信和愤怒时，他又"将十指紧扣，来回掰响"[2]。每当昆波情绪失控，他便会通过这个动作来宣泄自己的情绪。读者能从中体会出主人公面对变化时内心的软弱和无力。在他身上，我们看到了非洲海归对于传统束缚、现实困境和外界诱惑表现出的懦弱性。

昆波身上的懦弱性首先表现为无力反抗不合理的传统束缚。出国前，昆波与奇蒙文维相恋，他们一起长大，感情深厚。但由于昆波一家信的是基督教，而奇蒙文维一家信的则是伊斯兰教，昆波的父亲以两家信仰不同会给家族带来灾难为由，强烈反对这段恋情。昆波最终屈服于父亲，出国后主动断绝了与青梅竹马的联系，最后导致这段初恋无疾而终。回国后，他发现自己之前的恋人竟然嫁给了弟弟比利，还怀上了弟弟的孩子，这让他十分嫉妒。他想到自己当年不敢忤逆父亲，而比利却做到了。因此，他自嘲"至少比利比他更像个男人"[3]。在弟弟比利因制毒贩毒落网后，奇蒙文维和孩子失去了依靠。此时，昆波再一次屈服于强势的母亲和传统习俗。虽然他对这样的传统有着诸多"不满和愤怒"[4]，但他只能接受奇蒙文维和肚中尚未出生的孩子，承担起照顾他们的责任。昆波对父母言听计从，对不合理的传统习俗缺乏反抗的勇气，缺乏独立人格和主见。

---

① James Ng'ombe, *Sugarcane with Salt*, London: Longman Publishing Group, 1989, p. 39.

② James Ng'ombe, *Sugarcane with Salt*, London: Longman Publishing Group, 1989, p. 98.

③ James Ng'ombe, *Sugarcane with Salt*, London: Longman Publishing Group, 1989, p. 85.

④ James Ng'ombe, *Sugarcane with Salt*, London: Longman Publishing Group, 1989, p. 86.

其次，昆波的懦弱性体现在他在现实困境面前无所作为。当校长潘弗（Pempho）邀请他来学校给孩子们做一场演讲，激励孩子们燃起学习的热情时，昆波竟直接拒绝了。最后，潘弗将小学老师格蕾丝（Grace）作为诱饵，让她去勾引昆波。在格蕾丝的性诱惑和软磨硬泡之下，昆波才勉强答应给孩子们做了一场讲座。在杜果树下，昆波面对那些孩子时流露出的却是无比消极的想法，他觉得"如今世界经济如此低迷，不知道该说什么才能激发这些孩子们的希望"[1]。他还认为自己对这些贫困的孩子说什么都是徒劳的。他并没有好好准备这场演讲，因此在讲话伊始，他竟开始谈论起自己的童年生活：

> "当我像你这么大的时候，我什么玩具也没有。为了踢足球，我们只能把香蕉叶卷成一个球。这样卷出来的球踢起来会刺到脚，但我们有的也只有这个了……我们中的有一些人梦想着能永远离开这里……但要知道，我们这儿不可能所有人都能成为博士……"[2]

昆波的这段话反映出他对社会变化的认知。昆波在童年时没有任何玩具，想要玩耍就要通过自己的劳动和创造，而昆波认为眼下的这些孩子至少拥有玩具，这一点说明昆波眼中的农村社会在发展，人们的生活条件正在逐步提高。但他在讲话结束时却突然话锋一转，消极地认为这些孩子绝大多数会因为贫困而无法继续接受教育，也不可能都有机会去留学接受高等教育，更不可能最终像他一样成为博士。作为当时社会少有的高学历人才和知识分子，他丝毫没有动力去思索如何改变这样的现状，而是任由悲观和消极的想法占据他的大脑，否定孩子们未来发展的可能性。

最后，昆波的懦弱性表现为他对外界诱惑的无力抵抗。昆波在情感上并不是一个忠诚的人。自他去英国留学后，他便无情抛弃了自己之前的恋人，交上了白人女友苏（Sue），并与之同居八年。在没有和苏分手的情况下，他回到马拉

---

① James Ng'ombe, *Sugarcane with Salt*, London: Longman Publishing Group, 1989, p. 52.

② James Ng'ombe, *Sugarcane with Salt*, London: Longman Publishing Group, 1989, p. 52.

维，又开始和小学教师格蕾丝发生了关系，并拒绝承认格蕾丝肚中的孩子。当苏不远千里来到马拉维找他，他谎言连篇，同时周旋于两个女人之间。可见，八年的学习并没有增强昆波的道德观念和责任感，他依然对性诱惑难以抵抗。此外，作者还暗示读者：昆波尽管还没有入职，但已经开始走向腐败之路。他在和格蕾丝约会时，路过了一片商业种植的甘蔗地。抱着对甘蔗特殊的执念，他竟然堂而皇之带着格蕾丝铤而走险，闯入别人的甘蔗地进行偷盗。被管理员发现后，他却恬不知耻地拿出金钱贿赂管理员，希望他不要向甘蔗地主人揭发他的行为。斯蒂夫·奇蒙博认为，作者通过这一情节旨在引导读者猜想，昆波今后可能会在政府卫生部身居要职时产生更严重的腐败行为，此刻的昆波"似乎意识不到他已经深受腐败思想的侵蚀"[①]。

　　非洲各国在20世纪60年代陆续取得独立后出现的留学热潮与中国20世纪初到40年代末的留学潮情景类似。老舍的《牺牲》《铁牛和病鸭》，郁达夫的《茫茫夜》《血泪》，冰心的《去国》，钱锺书的《围城》等小说都将这一时期的海归作为主角，刻画了一幅幅软弱无能的留学生画像。梁启超、钱穆、陈丹青这三个不同时代的学者曾对当时前往西方的留学生表达了相似的看法。他们认为当时的大部分海归并"没有对国家尽到应有的责任，没有表现出一个知识分子应有的责任感"[②]。同样地，詹姆斯·恩戈贝笔下的海归昆波也是如此。昆波在回国后并没有表现出一种报效祖国的强烈责任感，而是迷失于家乡发生的变化，迷失于自我。以昆波为代表的非洲海归虽然在出国留学后学习了前沿的专业知识，学习到了西方现代化的生活方式和追求自由平等的精神，但并没有能力改掉自身的懦弱，摆脱自己的精神困境。他们无法通过自己的所学对非洲社会保持清醒认知和独立判断，更无法从现实变化和内心冲突中跳脱出来，只是一味迷失、彷徨，陷入悲剧而无法自救。

　　造成海归精神困境的重要因素之一是文化身份和家庭结构的变化带来的心理冲击。《马拉维海归的社会心理》（"Psychosocial Effects in Malawian

---

① Steve Chimombo, "Cracking Knuckles: The Failure of Moral Vision in James Ng'ombe's *Sugarcane with Salt*", *Journal of Humanities*, 1993, 7 (1), p. 69.

② 李晓娟：《中国现代小说里的海归人物》，扬州大学硕士学位论文，2007 年，第 4 页。

Returnees"，1998）一文指出，在1960至1990年之间，约有25000名马拉维人或因国内的政治高压而被迫离开自己的祖国，或因求学或寻找更好的生活而出国。其中有一部分人永久地定居国外，还有一部分回到了自己的故乡。回国后的马拉维人往往因家庭环境的变化而面临安全感缺失、双重身份、失业和错误期望带来的抑郁等社会、心理问题。①加纳剧作家阿马·阿塔·艾杜（Ama Ata Aidoo，1942—2023）的戏剧《幽灵的困境》（*The Dilemma of a Ghost*，1965）中的主人公阿托（Ato），阿依·奎·阿尔马（Ayi Kwei Armah，1939— ）的小说《碎片》（*Fragments*，1970）中的巴科·奥尼巴（Baako Onipa），以及科菲·阿翁纳（Kofi Awoonor，1935—2013）的小说《大地，我的兄弟》（*This Earth, My Brother*，1971）中的阿姆玛（Amuma）也都是在留学归国后因面临身份认同、边缘化处境、家园寻找和文化归属等问题而陷入悲剧。作为海归，昆波回国后面对物非人非的家乡，面对发生巨变的家庭关系，面对依旧无法用自己的学识去改变的农村现状，产生了逃避心理，变得怠惰和无力，并选择通过不断回忆过去，寻找甜味甘蔗的方式来对自己进行心理补偿。

二、非洲大地上的悲剧众生相

除了着力塑造昆波这样的海归形象，詹姆斯·恩戈贝在小说中还大量铺陈环境描写，引导读者思考非洲本土环境变化对非洲百姓产生的影响。咸味的甘蔗可以用来象征生长于变异土壤环境中"变质"的人。詹姆斯·恩戈贝在小说中描绘了形形色色的人物形象，有固守农村传统观念但道德感缺失的男性形象，也有受到资本主义腐蚀的拜金女形象，等等。在刻画这些人物时，恩戈贝有意通过环境变化来烘托人物的性格和悲剧命运。詹姆斯·恩戈贝笔下的农村不禁让人想起了英国小说家托马斯·哈代（Thomas Hardy，1840—1928）笔下受到资本主义侵袭

---

① 参见：Karl Peltzer, "Psychosocial Effects in Malawian Returnees", *Psychopathologie Africaine*, 1998, 29 (1), p. 41.

的威塞克斯（Wessex）。资本主义不但让农民食不果腹，也"败坏了威塞克斯社会的纯朴风气，造就了人们思想的动荡和价值观念的改变，并最终导致这个有着优良传统的社会的悲剧"①。诚然，西方资本主义的强势侵袭对于传统闭塞的非洲大陆而言更具破坏性，在非洲人民身上体现的思想动荡也必将愈发剧烈。

小说从主人公昆波坐飞机抵达马拉维首都利隆圭（Lilongwe）写起。昆波坐上了弟弟比利的车，沿途看到了城市的变化。此时的马拉维的城市正处于从传统农业向工业过渡的转型期。

> 他们驱车穿过了工业区……他特别注意到右边的可口可乐工厂和玉米筒仓……有人告诉他，远处是利隆圭火车站。铁路线从萨利马延伸至利隆圭，一直延伸至马拉维–赞比亚边界的麦基，接着前方是十八区前的国家警察总部，这是一个人口密集的住宅区。②

可口可乐、火车站、人口密集的住宅区……这些本是西方工业社会的缩影，如今却来到了作为传统农业社会国家的马拉维。独立前西方殖民者对马拉维的土地管理与规划以及独立后政府领导者的决策使得马拉维的城市与农村形成了巨大分野。当昆波来到父亲的家乡时，他"十分惊讶于农村小镇对于变化的顽强抵制"③。小说通过主人公的眼睛真实记录了这一时期马拉维城市与农村截然不同的风貌，而不同的环境也造就了人们不同的生活方式和观念。农村中的人们生活简单，娱乐方式单一，"男人们在酒吧和俱乐部中消磨无聊的时光，而女人们唯一的娱乐方式是收听广播"④。在这样的社会背景下，生活在农村的男性往往观念传统，因为信息闭塞而无法使自己的观念得以更新。他们中的有些人在无所事事中消磨时光，甚至做起许多有违道德之事而不自知。生活在农村的女性则一直

---

① 聂珍钊、杜娟、唐红梅等：《英国文学的伦理学批评》，武汉：华中师范大学出版社，2007年，第 568—569 页。

② James Ng'ombe, *Sugarcane with Salt*, London: Longman Publishing Group, 1989, p. 4.

③ James Ng'ombe, *Sugarcane with Salt*, London: Longman Publishing Group, 1989, p. 24.

④ James Ng'ombe, *Sugarcane with Salt*, London: Longman Publishing Group, 1989, p. 40.

都是农村男性的附庸，她们地位低下，只能通过依靠男性，顺从男性来维持自己的生活。有的农村人来到城市后，极易受到金钱的蛊惑，这对他们的价值观造成了极大的冲击。他们往往不分良莠，最终做起违法犯罪之事。

在《咸味的甘蔗》中，昆波的父亲和小学校长潘弗是固守农村传统的男性代表。小说虽对昆波父亲的描写不多，但通过昆波和父亲之间的言辞不难看出他是一名有着大男子主义的马拉维男性。他无法容忍自己的妻子有学识、有工作，因此不允许昆波的母亲去医院当护士。他固守自己的传统价值观，对家庭成员有着绝对的控制欲。他因为迷信而不允许昆波与信伊斯兰教的奇蒙文维一家接触，怕惹来厄运。潘弗是昆波小时候的玩伴，从小在村庄里长大，也一辈子没有出过村庄。但他心怀理想，担任着村庄里唯一一所小学的校长，一心希望通过教育来改变农村孩子的命运。尽管潘弗有着高尚的理想，但他的行为却表现出道德感的缺失。由于理想和现实的差距实在太大，他深知农村的孩子未来渺茫，于是常常去酒吧借酒消愁。令人惊愕的是，这位小学校长竟一边大谈教育理想，一边做起了拉皮条的买卖。此外，潘弗还十分不尊重女性。在生活中，他对妻子极度强势，剥夺她在家中的话语权；在工作上，他又将女性员工视为获取教育资源的诱饵。

小说中出现的三位农村女性代表分别为昆波青梅竹马的恋人奇蒙文维、小学教师格蕾丝以及潘弗的妻子艾琳（Irene）。她们的共同特点都是依附于男性，并受到男性压制而无法挣脱传统的束缚，这些特征造就了农村女性的悲哀。奇蒙文维一开始与昆波恋爱，却因为双方家庭的宗教信仰不同而被各自的父亲劝阻。昆波出国留学后听从了父亲的意见，有意减少与奇蒙文维的联系，最后狠心抛弃了她。后来，奇蒙文维和昆波的弟弟相恋。这一次，她决心挑战父亲的权威，为了和比利在一起而遭到亲生家庭的摒弃。婚后，奇蒙文维自始至终不知道自己的丈夫做的是什么买卖。她和其他传统的马拉维妇女一样，依赖丈夫，顺从丈夫，毫无经济能力。比利后来惨死狱中，怀着身孕的她毫无能力去应对这突如其来的一切，只能寄希望于曾抛弃她的昆波身上。小学教师格蕾丝原本已经与未婚夫订婚。但当昆波来到她身边后，她被昆波身上的西方现代化气息深深吸引了。她仰慕他，欣赏他，最后却被昆波诱奸，怀上了他的孩子。在知道昆波不会同她长久在一起后，她伤心欲绝，坐上了回家的车，打算回到自己的未婚夫身边，用谎言瞒天过海。她深知自己将带着一辈子的谎言、悔恨和惴惴不安与自己的未婚夫度过往后的生活。潘弗的妻子艾琳也是非洲传统女性的典型。她隐忍、卑微，被男权压制而不敢反抗。当昆波来到潘弗家中，发现艾琳"坐在一张面对墙的椅子上，始终背对着他们"[1]，这是因为传统习俗不允许女性直视丈夫以外的男性。而且，不管潘弗如何在客人面前用言语羞辱艾琳，她都只能默默顺从。作者通过描写这些农村女性的生活，表达了对马拉维农村女性始终无法掌握自己命运的同情与哀叹。

除了生活在农村的男女形象，作者还通过描写昆波的母亲和弟弟的悲剧来揭示马拉维城市发展过程中受到现代化进程影响的人民形象。作者有意将昆波母亲描写成一个体格高大的人，使之与父亲矮小瘦弱的形象形成鲜明对比。母亲曾对昆波说自己的梦想是当一名护士，但这一梦想终究无法实现。婚后，由于昆波父亲的反对，她不得不放弃自己的梦想，在家中屈辱地学习如何成为一名逆来顺受的妻子。小说并没有交代昆波母亲是如何结识白人男性的，只提到了她怀上了白人的孩子，于是离了婚，为白人经营着一家酒店。关于母亲离婚后的信息，昆波也是从别人口中得知，"你母亲经营的是一家大型联合企业，她是一个非常有野心的女人，同时打点着酒店管理、种植业和运输业"[2]。父亲对于母亲的评价则是，"你母亲总是对财富和地位有着无穷的欲望，她从来就不是那种懂得满足的女人"[3]。她在城市里当上酒店老板娘后，经常"穿着一身昂贵的进口货"[4]，过着纸醉金迷的生活。昆波的母亲在年轻时就是传统男权社会的受害者，但在结识了白人男子，并且有机会来到城市生活后，她又受到了资本主义的蛊惑，沦为了城市犯罪和社会腐败的参与者。昆波的弟弟比利出生于农村，为了谋生而来到城市投奔母亲，并通过母亲的人脉成为一名公务员，负责为政府指定的学校运送食物。殊不知，这一工作为他的母亲贩卖、运输毒品，牟取暴利提供了极大便利。比利最后和他的母亲一起走上了违法犯罪的道路。詹姆斯·恩戈贝对昆波的母亲

---

① James Ng'ombe, *Sugarcane with Salt*, London: Longman Publishing Group, 1989, p. 41.

② James Ng'ombe, *Sugarcane with Salt*, London: Longman Publishing Group, 1989, p. 83.

③ James Ng'ombe, *Sugarcane with Salt*, London: Longman Publishing Group, 1989, p. 85.

④ James Ng'ombe, *Sugarcane with Salt*, London: Longman Publishing Group, 1989, p. 84.

后来所嫁的白人男子没有任何直接描述，甚至没有提及他的名字，但我们可以通过某些情节推测，这位白人男子在马拉维有权有势。他在马拉维首都利隆圭不仅有着诸多产业，并将部分产业交给昆波的母亲来打理，而且还能勾结政府高官，让比利运输毒品畅通无阻。事迹败露后，比利被抓进监狱，在审问的前一天被杀人灭口，并被伪造成自杀。作者似乎有意通过比利的离奇死亡，引导读者对幕后黑手产生遐想。恩戈贝通过比利的悲惨遭遇告诉读者，那些从农村来到城市渴望谋求幸福生活的人们最后也不过是上流社会牟取非正当利益的牺牲品罢了。

恩戈贝在小说中书写的人物有着不同的悲剧命运。农村的人们因为闭塞的信息和某些传统的旧观念不仅束缚了自己，也捆绑了他人。他们因无法自由追求理想的恋爱、工作和生活而陷入悲剧之中；从农村来到城市的人们则无力抵抗金钱的诱惑，沦为上流社会牟利的棋子，最终因此丧命。他们也都和昆波一样，追求甜味的甘蔗，想要幸福的生活，但到头来却尝尽人世苦涩。

三、真实咸涩的非洲生活

作者在小说题目中使用了矛盾修辞手法，让读者对题目产生好奇和思考——为何"甘"蔗是"咸"的？既然作者想要表达"咸味的甘蔗"，为何他不使用形容词修饰名词的方式（salty sugarcane）而要使用名词化结构（sugarcane with salt）？精通英语的读者对于"with salt"这个表达并不陌生。在拉丁语中，"sal-"这个词根既有盐（salt），也有智慧（wit）的意思。英语俗语常有"Take it with a grain of salt."或"Take it with a pinch of salt."的说法，意为告诫对方要有点儿智慧，要持有怀疑精神去看待人和事。作者有意使用这一题目，是为了赋予小说复杂、深刻的内涵：一方面，咸味的甘蔗象征了非洲人民的现实生活，在这片饱经磨难的土地上，生活本身就是苦涩的；另一方面，作者使用"带盐"（with salt）这一表达是在劝诫民众"请带点儿智慧，有点儿质疑精神"，以呼吁他们觉醒。

首先，作者通过题目表达他眼里的非洲生活如小说中昆波在回国后吃到的甘蔗一样，品尝起来是咸涩的。甜美的时光也许只停留在人们过去的回忆和幻想之中，现实生活却是咸涩的。在《咸味的甘蔗》中，昆波时常沉湎于童年回忆中难以自拔，而甜味的甘蔗则成了一切美好回忆的源泉。这种回忆是昆波的回忆，也是作者的回忆，更是许多非洲人民共有的回忆。作者在小说中写道：

> 咀嚼甜甜的甘蔗让昆波回忆起童年的滋味。童年时，吃甘蔗成为社会活动的核心——在不同年龄段之间的人群中玩耍，或是看望老人，大家都会聚在一起吃甘蔗。尤其是祖母一辈的老人，他们通过讲述民间传说，讲述过去阿拉伯奴隶贸易和白人传教士的故事来履行其社会职能。[①]

透过昆波的思考，我们可以看到作者的观点。作者认为，甘蔗具有重要的社会功效，是传统社会中人与人之间产生联系和巩固情感的纽带。这种纽带让他想起了祖母，也让他想起了过去祖母给孩子们讲述的那些纷繁奇异的故事。祖母在其中履行的社会职能是传承传统文化。在作者眼中，吃甘蔗和听故事都属于传统文化中重要的一部分，能够让小说中的主人公产生归属感。但令作者感慨的是，非洲社会的传统文化正在遭到西方文明的强势侵入而逐渐瓦解。

甘蔗是咸味的，象征着非洲人民的生活也是咸涩的，而其最直接的原因是土地所有权的变化。许多非洲国家在被殖民期间都遭受了西方列强严重的土地资源掠夺。英国殖民者于1936年在尼亚萨兰实施了《土著委托土地法》（Native Commissioned Land Law），变相地肯定了殖民统治当局对土地资源剥削的合法性。最终，"大部分农民变成依靠租地耕种的佃农，实际上他们是租种欧洲人业主的小块土地的农业工人"[②]。虽然大部分农民失去了自己的土地所有权，但仍有一部分尚未被开发的地区保持着自给自足的生活模式。马拉维独立后，为了方便管理土地，班达政府于1968年起开始实施"土地发展规划"，将全国土地资源进行了再分配。根据1986年的数据统计，在小说中主人公所在的马拉维首都

[①] James Ng'ombe, *Sugarcane with Salt*, London: Longman Publishing Group, 1989, p. 19.

[②] 苏联科学院非洲研究所（编）：《非洲史：1918—1967》（下册），上海：上海人民出版社，1974年，第849页。

利隆圭，有"50多万农民（相当于当时全国人口的十分之一）参加到发展规划中去"①。自此以后，班达政府陆续出台相关政策，"提倡官员、公职人员、商人，甚至外国人建立私人农场"②。虽然班达的举措促进了马拉维农业经济的发展，但也将土地所有权从普通百姓手中转移到了达官贵人手里。土地发展规划和土地所有权的变更使得马拉维农村的传统生活方式发生了巨变。詹姆斯·恩戈贝不仅目睹了马拉维独立前英国人对当地土地资源的掠夺，也亲身经历了班达政府上台后的一系列社会改革，因而他将当时社会发生的变化和亲历的感受写进了小说之中。

其次，题目强调的是非洲生活咸涩的真实性。作者希望通过小说告诫非洲民众不要被统治者营造的假象所蒙蔽，要有辨别能力和质疑精神。英国曾有一个流传甚广的民间故事就叫《一撮盐》（A Pinch of Salt），莎士比亚戏剧《李尔王》（Lear King，1606）便是基于该故事的改编。在《一撮盐》中，昏庸的老国王问自己的女儿们到底有多爱自己，大女儿们通过阿谀奉承获得了老国王的欢心，小女儿却说她对国王的爱就像一撮盐。国王闻之愤怒不已，遂将小女儿驱逐出宫。在小女儿离开前，她吩咐仆人以后不要在国王的一日三餐中放盐。小女儿走后，国王才意识到盐在生活中的重要性，也对小女儿的话恍然大悟。

同故事中的国王一样，马拉维第一任总统班达也喜欢沉浸在他人的阿谀奉承之中。他为了巩固政权，对身边那些提出建议和质疑声音的人进行了政治迫害。他通过马拉维大会党（Malawi Congress Party）来控制马拉维妇女联盟，限制女性社会活动家的政治决策权。他将在解放斗争中发挥作用的妇女政治歌舞用来作为自己的政治宣传工具，以赞美自己的功绩。他用歌舞升平给那些文化水平低下的普通民众洗脑，向社会营造一种虚假繁荣的景象。当时马拉维一有政治活动，班达政府就会组织当地妇女进行歌舞表演，赞颂领导者的英明，因此这一现象还被许多学者戏称为马拉维"最显著的国家象征之一"③。一旦有抗议者出现，

---

① 王东来：《马拉维发展农业的政策与措施》，《西亚非洲》，1988年第5期，第47页。

② 岳岭：《马拉维——非洲国家发展农业的样板》，《国际展望》，1987年第10期，第24—25页。

③ Lisa Gilman, *The Dance of Politics: Gender, Performance, and Democratization in Malawi*, Philadelphia: Temple University Press, 2009, p. 47.

班达也通过组织妇女活动家进行集体歌舞、戏剧表演等娱乐方式来平息和掩饰暴动，"拉拢社会上的抗议者"①。此外，班达还实施了非常严厉的出版审查制度，将一切不利于他形象传播的言论扼杀在摇篮之中。保尔·泽勒扎曾评论班达的行为是一种"精巧设计的集权主义"②。

正是在这样的社会背景和政治高压下，詹姆斯·恩戈贝创作了《咸味的甘蔗》。他见证了班达政府的虚伪，见证了当时社会中知识分子遭受的政治迫害。为了躲避严格的政治审查，他不得不避免书中出现许多可能会引起政府审查人员怀疑的内容。于是，他只能巧妙地借小说标题来委婉地表达自己对民众的呼声和对统治者的质疑与批判。

结　语

詹姆斯·恩戈贝的第一部小说《咸味的甘蔗》已展现出他非凡的叙事才华和对社会生活的敏锐洞察力。作者以昆波之眼，清晰地勾勒出20世纪80和90年代真实的马拉维社会状况和民众境遇。此外，作者赋予"咸味的甘蔗"以丰富深刻的象征意蕴，"甘蔗"的象征性主要有三：其一代表了懦弱的非洲海归。他们在回国后并没有满腔热血去报效祖国，而是在物非人非的现实面前感到迷茫和无力。作者通过塑造典型人物昆波，批判了非洲海归自身存在的懦弱性。这种懦弱性正是甘蔗的"咸味"之所在。其二象征着非洲大地上经历悲剧的普通民众。他们受到不同环境的影响，各有各的悲剧。其三则象征真实苦涩的非洲生活。作者通过小说题目中"有点儿质疑精神吧"（with salt）这一英语结构，希望引起非洲读者对于生活为何会苦涩的思考，同时也委婉表达了呼吁非洲民众觉醒，让他们对统治者保持辨别能力和质疑精神的期待。

（文/上海外国语大学 朱伟芳）

---

① Johannes Fabian, *Power and Performance: Ethnographic Explorations Through Proverbial Wisdom and Theatre in Shaba, Zaire*, Madison: University of Wisconsin Press, 1990, p. 17.

② Paul Zeleza, "Banishing Words and Stories: Cencorship in Banda's Malawi", *Codesria Bulletin*, 1996 (1), p. 10.

第十篇

萨缪尔·恩塔拉
小说《非洲之子》中的梦境与困境

萨缪尔·恩塔拉

Samuel Ntara，1905—1979

作家简介

萨缪尔·恩塔拉（Samuel Ntara，1905—1979），契瓦族（Chewa）人，马拉维文学先驱，马拉维史学与语言学研究先导。因父亲是姆韦腊教会（Mvera Church）教员，恩塔拉从小在教会学校接受教育。1928 年，恩塔拉考得马拉维二级教育证书，后长期在恩科霍马教会（Nkhoma Church）任教。此外，他还是非洲尼亚萨兰国会（Nyasaland African Congress）、中非基督长老教会（Church of Central Africa Presbyterian）、马拉维教协（Teachers' Association），及多瓦区委会（Dowa District Council）的重要成员。恩塔拉的创作之路始于 1932 年参加的一次文学竞赛。该竞赛由设于伦敦的国际非洲语言文化研究所（International Institute of African Languages and Cultures）举办，恩塔拉凭借作品《恩松多》（Nthondo，1932）问鼎了其中传记类奖项的冠军。一年后，此部获奖作品在教会的资助下公开发表，成为最早由非洲本土作家创作并公开发表的小说之一。此后，恩塔拉用本土奇契瓦语持续创作，重要代表作品有《非洲之子》（Man of Africa，1934）、《头人的事业》（Headman's Enterprise，1949）、《非洲之女》（Woman of Africa，1949）、《契瓦史》（The History of the Chewa，1973）和《奇契瓦俗语表达》（Idiomatic Expressions in Chichewa，1964）等。这些著作的英译者大多是英国传教士。

恩塔拉创作的最大特色在于，能充分从本土的口头传统与殖民者传播的宗教思想中汲取营养，将传记中的历史叙事与小说中的情节构思融会贯通，从而使作品兼具文学之美与史学之真，呈现出独特的"非洲式史传文学"之风。恩塔拉笔下的非洲式史传大多以传主为中心，生动地描绘了非洲传统的生活习俗，真实地再现了非洲人眼里的酋长国战争、奴隶贸易、殖民冲突、部族起义和教会办学等历史现实，并深刻地探讨了殖民统治下的文明、文化冲突对个体与民族造成的严重冲击。这些作品虽存在道德说教和宗教教化等历史局限性，但也相对客观地呈现了孕育于非洲传统中的个体在面临文明冲突时的抉择与改变。

作品节选

《非洲之子》
（*Man of Africa*, 1934）

But Nthondo dreamed a dream that he had come into a country that was strange to him and in which he found some people tormented by fire that burned out their eyes, while there were others singing many songs and these the very songs that he had heard that day. Each section had its master. Those in the fire had as master a terrible figure of a man with a pair of horns and a tail at the tip of which fire burned. But the other section had as master one very tall and all clothed in white. On noticing the arrival of Nthondo these two leaders began to strive with each other. The terrible one clutched Nthondo round the middle and tried to pull him to the fire while the attractive-looking one took him by the hand. "Let this man alone!" shouted the terrible one, "so that I may take him away. He is bad." But the other said, "He is mine; I paid for him." As they struggled thus, Nthondo awoke.[1]

但恩松多做了个梦，他梦见自己来到了一个陌生的国度。在那里，恩松多看见有些人饱受烈火折磨，这火甚至灼瞎了他们的双眼；而另一些人则伴唱起曲曲歌谣，这歌正是他那天听过的。两群人都有各自的主导者。烈火中的主导者好似人儿模样，但形象可怖。他头长双角，后有尾巴，尾巴末梢还被火给烧焦了。而另一群人中的主导者则身穿白衣一袭，极其高挑。一看到恩松多来了，两位主导

---

[1] Sameul Yosia Ntara, *Man of Africa*, Trans., T. Cullen Youn, London: The Religious Tract Society, 1934, pp. 132-133.

者开始争相上前抓住他。形象可怖的那个拦腰把恩松多紧紧抓住，试图将其推入火中。与此同时，面相迷人的那个则紧攥住恩松多的一只手。"快放开他！"形象可怖的那个大声喝道，"这样我便能把他带走了。他是坏人。"而另一个说："他是我的，我雇佣了他。"正值他们相互拉扯之际，恩松多醒了。

（万中山/译）

作品评析

小说《非洲之子》中的梦境与困境

引 言

创作于殖民统治初期的《非洲之子》是马拉维文学、史学先驱恩塔拉的处女作，也是马拉维书面文学诞生之初最早由非洲本土作家创作并公开发表的小说之一。这部恩塔拉最广为人知的历史传记小说，曾获国际非洲语言文化研究所于1933年颁发的最佳传记奖。作品以偷盗成习、父母双亡的主人公恩松多（Nthondo）为叙事中心，历时地讲述了主人公是如何在原始社会中成长，并在白人出现、传统价值观瓦解的历史背景下，一步步重塑自我，成为酋长，最后在民众的爱戴中安然死去的故事。作者恩塔拉从非洲视角出发，以史载传，借文书史，寓教于文，用梦境隐喻困境，既呈现了马拉维由传统社会过渡到殖民社会的特殊历史过程，又探讨了"非洲梦"与"我是谁"的深刻主题，再现了二者的历史形态和互释轨迹。这部历史传记小说兼备文学之美与史学之真，极具"非洲式史传文学"之风。

一、口头与殖民：梦生于口头，困起于殖民

根植口头传统、映照殖民现实是《非洲之子》独具非洲特色的两个重要原因。其中，口头传统赋予了此部历史传记小说别具一格的非洲之美，而殖民现实

则为这种美蒙上了一层悲痛与哀伤的色调。殖民者出现之后，故事的主人公恩松多时刻游走于传统的美梦和殖民的噩梦之间，最后寄望于宗教教育能帮助自己和族人走出传统价值观迷失的困境。可以说，殖民是恩松多美梦破灭、噩梦产生、困境开始的根源所在。

《非洲之子》发表于马拉维书面文学产生初期，模仿口头历史叙事是此部历史传记小说的一大特色。作者以历史事件为背景，以主人公逐梦的一生为线索，将求真求实的叙事风格与跌宕起伏的戏剧性效果充分融合，塑造了恩松多勇于逐梦、不畏险阻和知错能改的典型形象。与非洲其他国家一样，马拉维也拥有丰富的口头文学遗产，包括谚语、寓言、诗歌和各种叙事故事。其中，口头历史叙事可分为"口述历史"与"口述传说"①。著名华人口述史研究专家、传记文学家唐德刚曾提出，口述史与文学创作息息相关。他认为，从史学角度来看，口述史并不是历史的全貌，而是史料的口述部分，剩余的部分还需创作者找材料加以印证、补充；从文学的角度看，不论在东方还是西方都存在"六经皆史"（西方也有"二经皆史"，指《新约全书》《旧约全书》）及"诸史皆文""文史不分""史以文传"②的现象。从口述史和口述传说中汲取养料正是《非洲之子》兼具历史之真与文学之美的重要原因。对此，恩塔拉坦言，《非洲之子》中的情节"是根据流浪者口中的故事创作而来的，这些流浪者从南方回来，都或长期或短期地在欧洲雇主那儿务过工"③。

口头传统不仅为《非洲之子》的人物活动提供了极具特色的文化语境，还深刻地影响了作品的叙事模式与文本功能。文化语境主要体现在三个方面。其一，由于缺少书面文字记载，作品中围绕人物所描写的梦境、迁徙、战争、节日、婚俗、狩猎、饮食、巫医等大多取材于口头故事。其二，作品中关于人物事迹的描述具有一定的神话传说色彩。例如，恩松多在面临困境时所做的决断大多与先前的梦境有着千丝万缕的联系；恩松多的父亲在狩猎时，与同伴一起听到豹子开

---

① 埃比戈贝里·乔·阿拉戈：《非洲史学实践——非洲史学史》，郑晓霞、王勤、胡皎伟译，上海：上海社会科学院出版社，2016 年，第 7 页。

② 唐德刚：《史学与文学》，上海：华东师范大学出版社，1999 年，第 5—9 页。

③ Samuel Yosia Ntara, *Man of Africa*, Trans., T. Cullen Young, London: The Religious Tract Society, 1934, p. 10.

口讲话，等等。其三，口头谚语、歌谣等在《非洲之子》中得到了大量使用。如恩松多母亲唱的摇篮曲："lu! lu! lu! lu! lu! lu! The baby cries and cries for its Mother, and she has gone to the water. lu! lu! lu! … "[1]在叙事模式上，《非洲之子》延续了口头讲述的传统。从叙事视角层面来看，《非洲之子》与口头故事一样采用全知视角，按人物从生到死的自然时序来讲述故事。从空间层面来看，故事主人公往往是在宏大的时代历史背景中做出抉择。尽管故事空间有时会因为部族迁徙、人物活动等原因发生移动，但人物的话语空间与故事空间始终保持一致。另外，文本功能指向明确同样是恩塔拉继承口头传统的例证。代代相传的口头故事大多带有一定的教育性质，《非洲之子》也因此带有明显的教化功能。恩塔拉在谈及创作初衷时曾说，"我们能得到指导，并从中获益……正所谓'正是人类创造了世界，纵使林木亦有疤痕'（当地谚语）"[2]。这也正是阿契贝所说的："故事是我们的向导，没有故事我们便成为瞎子……确切地说，是故事拥有并指导我们。"[3]

非洲文化中的故事"从来都是和历史、现实相互交织的"[4]，《非洲之子》中恩松多面临的困境就与马拉维被殖民的历史密不可分。在被殖民之前，"撒哈拉以南大部分非洲地区没有书写文字，文学样式为口传文学"[5]。欧洲传教士的到来直接推动了马拉维书面文字的形成，并在客观上为马拉维文学从口头过渡到书面提供了契机。但这些传教士的主要目的是利用文字办学，来宣传宗教教义。殖民者的这些做法不仅严重冲击了当地的原始风俗、生活习惯和传统观念，还在一定程度上给马拉维早期书面文学作品蒙上了浓厚的宗教色彩。殖民者利用宗教宣传来瓦解马拉维传统的价值体系是《非洲之子》的传主恩松多屡次面临精神困

---

[1] Samuel Yosia Ntara, *Man of Africa*, Trans., T. Cullen Young, London: The Religious Tract Society, 1934, p. 34.

[2] Samuel Yosia Ntara, *Headman's Enterprise: An Unexpected Page in Central African History*, Trans. T. Cullen Young, London: Lutterworth Press, 1949, p. 7. 谚语原文为：It is people who make the world; the bush has wounds and scars.

[3] Chinua Achebe, *Anthills of the Savannah*, London: Heinemann, 1987, p. 124.

[4] 段静：《钦努阿·阿契贝长篇小说中的口述性论析》，《当代外国文学》，2017 年第 1 期，第 119 页。

[5] 泰居莫拉·奥拉尼央、阿托·奎森（编）：《非洲文学批评史稿》，姚峰、孙晓萌、汪琳等译，上海：华东师范大学出版社，2020 年，导读第 7 页。

境，并试图通过接受宗教教育来寻求救赎的重要根由。另外，殖民者对马拉维经济、政治、文化的全方位控制也极深地影响了马拉维书面文学的发展。殖民者在政治、经济上居于绝对的支配地位，严格控制着文化宣传与书籍的出版。与此同时，他们也会鼓励当地作家创作体现殖民价值观的作品，以达到精神殖民的目的。在此背景下，许多本土作家只能无奈反抗。例如，恩塔拉正是在书面文字形成之初，在殖民政府的"支持"与"姆韦腊荷兰革新教会（Dutch Reformed Church Mission）的鼓励下"[①]，才得以游历各地收集流传于人们口中的历史故事，撰写并发表了传记小说——《非洲之子》。但作者并没有因此一味美化殖民，而是以恩松多的"真实"经历为写照，将殖民环境下马拉维人民所遭遇的生存之困、生活之困和身份之困都相对客观地呈现在了书中。

此外，《非洲之子》的主题内容和艺术特征都不同程度地受到了殖民干预的影响，这从侧面反映了作者创作时面临的各种困境。恩塔拉从小接受教会学校教育，后在殖民统治中成长，亲眼见证了马拉维经历着由传统社会转为殖民社会的沧桑巨变。作为一位忧国忧民又深受殖民教育影响的马拉维知识分子，恩塔拉在《非洲之子》中既真实还原了殖民前后马拉维人民的生活样貌和心理变化，又在一定程度上表露出了推崇道德教化、美化宗教与殖民者的倾向。例如，《非洲之子》中的恩松多原本性格叛逆、偷盗成习、慵懒无为。别人教导他，他却说："我不希望有人对我说这样的屁话……我又不吃你的食物，你应该思考下自己是否有权利这样说，就好像我是你资助的一样……"[②]但在恩松多了解了宗教学校并听过传教士布道后，一切都发生了改变。恩松多虽然对"新神"与"旧神"的不同心存疑虑，但最终还是被基督教教义所感化。此后，他开始对自己的劣行满怀羞愧，下定决心不再盗窃，并一心向善，还积极与尊长交流，学习各种生活技能。恩塔拉以传记的形式描述这些内容，较真实地再现了殖民统治在非洲大陆造成的文化冲突。殖民者力图用殖民社会的"新思想"将传统社会旧的价值观逐步摧毁，这就导致身处其中的个体为适应时代环境，不得不寻求突破和改变。于

---

① B. Pachai, "SAMUEL JOSIAH NTARA: Writer and Historian", *The Society of Malawi Journal*, 1968, 21 (2), p. 60.

② Samuel Yosia Ntara, *Man of Africa*, Trans., T. Cullen Young, London: The Religious Tract Society, 1934, p. 69.

是，种种矛盾心理自然生成。恩塔拉则擅长用梦境来隐喻现实的困境，用独白来描绘人物内心的挣扎。例如，在《非洲之子》中，恩松多在听完传教后当晚便梦到烈火中的恶魔和身着白衣的圣者在撕扯自己。①于恩松多而言，其中的恶魔就像是自己的恐惧，而这位圣者则好比新的希望；于作者而言，这火中恶魔代表着即将崩溃的传统价值观，而这圣者则代表着满眼利益的殖民者。事实上，作品中恩松多的困境即当时作者自己和大多数非洲人的困境。

由此可见，《非洲之子》中逐梦的精神内核主要源自口头传统，而传主和作者面临的困境则与殖民的历史息息相关。作品出色的艺术特性与深刻的文化内涵体现在：作者融合了文与史之长，以虚实相生的手法，相对客观地呈现了殖民之初非洲人眼里的宗教宣传、文明冲突与身份迷失。

二、梦境与困境：解"非洲梦"之谜，析"我是谁"之困

"非洲梦"与"我是谁"是《非洲之子》中的两大重要主题。二者的不同之处在于，前者包含着对民族命运的担忧，后者潜藏着对自我身份的困惑；相同的是，它们同属文明、文化冲击的产物。"史"录集体，"传"载个人。事实上，在《非洲之子》中所探讨的命运担忧和身份困惑，既指集体之中的个人，又指个人背后的集体。

非洲作家具有强烈的民族使命感和历史责任感，"是非洲梦的发声者"②，他们笔下的人物形象同样是身处不同时代的逐梦人。非洲人民对"非洲梦"的探寻隐含着对历史的总结、对现实的审视，以及对未来的期盼。在小说《非洲之子》中，"非洲梦"分为真实的梦、虚幻的梦和未来的梦。其一，是真实的梦。所谓真实的梦，即日常生活中所做之梦，是人的本能行为，是现实生活的投射。《非洲之子》中恩松多的父亲在做梦后会认真思索，将梦视为对生活的启示。在

---

① Samuel Yosia Ntara, *Man of Africa*, Trans., T. Cullen Young, London: The Religious Tract Society, 1934, pp. 132-133.

② 朱振武：《非洲英语文学的源与流》，上海：上海人民出版社、学林出版社，2019 年，第 213 页。

没有接受教会学校的传教前，恩松多也会梦到长着獠牙的同伴，追逐自己的狮子和已经逝世的父亲。但受到本土化的基督教洗礼后，恩松多就梦到了极富宗教象征意味的白衣圣人，并时常为各种梦境所困而不得安宁。恩塔拉作品中真实的梦，从艺术手法上看，源自口头文学；在内容上，则反映着传统与殖民的冲撞。其二是虚幻的梦，它由殖民者编织而成。恩松多为梦境困扰后，想到的却是从宗教中寻找灵魂依托，这就落入了殖民者的圈套当中。因为历史事实证明，披着宗教外衣的政治宣传不过是一场加强殖民统治的阴谋。从这个层面讲，恩塔拉之作客观呈现了非洲人民担忧民族命运与产生身份焦虑的初始形态。后来也有越来越多的作家，开始反思历史，反思过去那场虚幻的梦。其三是未来的梦，这既是文本内的人物所追逐的，也是文本外的作者想要传达的。虽然《非洲之子》中的恩松多年轻时离经叛道、劣迹斑斑，但他具有极强的冒险精神。他勇敢无畏地与白人交流，并主动寻求自我提升，为同族人谋求出路。恩松多成为酋长之后，更是具有极强的责任感。他为维持部落的稳定发展，为让族人接受教育费尽了心力。文本之外的作者则希望能借大时代背景下历史人物的抉择，来告诫非洲人民应该如何以史为鉴，探索属于非洲人的未来。恩塔拉笔下非洲梦的三重内涵隐含着传统的智慧、时代的悲哀以及对未来的憧憬。

　　"我是谁"之问思考的是"'我从哪里来''我要到哪里去'的问题"①，其背后是对过去自我的审视、对当前自我的定义，以及对未来自我的展望。"我是谁"这一疑问本质上是身份焦虑的体现，它产生于文化冲突与强制性的文化规训，表现为过去自我与当下自我的激烈碰撞。在《非洲之子》中，作者首先描写了传统生活中的个体，真实再现了他们过去相对平和、原始的生活样貌。殖民者到来之后，作者随即用大量笔墨描绘了白人的陆续出现给当地人带来的惊奇与恐慌，并着重刻画了传主恩松多积极面对新事物和勇敢抉择的精神。当殖民政府与外来宗教对马拉维实施全面殖民后，以恩松多为代表的当地人的内在灵魂与外在行动都悄然地发生了改变。此时，作者以梦境切入，集中展现了人物的灵魂与肉体在隐形的压迫与规训过程中所发生的异变。这种异变让作品中人物的过去自我

―――――――――――――

① 朱振武：《非洲英语文学的源与流》，上海：上海人民出版社、学林出版社，2019年，第216页。

和当前自我之间产生激烈冲突，使人物开始怀疑自己决策的正确性，并促使非洲群体思考"我是谁"的问题。面对相对强势的文明，过去的自我在经过漫长而痛苦的被殖民后大有消隐之势。值此，殖民者又循循善诱地让以恩松多为代表的非洲人相信，只有接受殖民宗教教义"我"才能成为更好的"我"。而殖民者的真实意图则是，让非洲人在潜意识中认同殖民统治下的"我"和"我们"会有光明未来。于是，过去的自我与当下的自我的激烈碰撞愈演愈烈。这便是《非洲之子》所呈现的"我是谁"之困。其中讨论的殖民宗教问题和文明与文化的冲突，也正是非洲历代作家作品中"我是谁"之问产生的根源。历史车轮滚滚向前，随着殖民宣传的谎言被各界的斗士们戳破，越来越多的觉醒的非洲人民开始真正总结历史，审视当下，期盼未来，并思考"我过去是谁，现在是谁，想成为谁"这一永恒命题。可以说，恩塔拉笔下的历史传记小说呈现了"我是谁"与"非洲梦"两个主题产生的初始形态，而这种叙述形式与精神内核对后代作家探讨新的"我是谁"与"非洲梦"主题产生了重要影响，并在后世非洲文学中得以延续。

此外，在《非洲之子》中，"非洲梦"主题的三重含义与"我是谁"主题的多层内涵彼此关联、相互阐释。首先，在西方殖民者到来之时，"非洲梦"与"我是谁"正式产生交织。透过恩塔拉笔下的描述可以发现，真实的梦同样是非洲人民生活的一部分，它来源于传统，变异于殖民。白人和宗教的出现让真实的梦逐渐发生扭曲，"我是谁"之问也随即开始萌芽。这就意味着过去的自我已经产生了动摇。随后，在殖民者的经济援助、生产扶持和宗教教育等种种蛊惑下，新的自我慢慢生成。但当前自我与过去自我的价值观存在着诸多矛盾。于是，两个自我不断地产生碰撞，并互相挣扎着出现在真实的"非洲梦"里。在这层层梦境产生的背后，实则隐藏着做梦者对自我身份的怀疑，也掩盖着殖民者通过编造虚幻的梦来实现思想殖民的阴谋。而以恩松多为代表的非洲酋长始终怀揣着一个迈向未来的梦，他们希望自己能带领部族走向光明未来。殖民者正是利用他们为部族而逐梦的心理，通过宗教宣传等各种手段试图让追梦者相信，殖民能让非洲人成为更好的"我"，并由此编造出一个个虚幻的"非洲梦"来。历史的局限性与现实的无奈，让无数个酋长和头人们不得不相信眼前殖民者的种种"善行"和谎言。许多民众也真的陷入了这一虚幻的梦境当中。这时，"我是谁"之困愈演愈烈，频繁地映射在非洲作家的作品和反抗者的血与泪中。最后，殖民的残酷与越来越多觉醒者的出现，让虚幻的梦慢慢走向破灭。非洲知识分子们也纷纷扛起重铸"非洲梦"的大旗，专注于重新审视这一受骗的过程，从历史的角度出发，更加客观地思考"我本来是谁"，后来"我沦为了谁"，"我现在是谁"，"我想成为谁"。通过这一过程，他们开始重构历史，建立自己全新的"非洲梦"。

总体而言，"我是谁"与"非洲梦"探讨的核心是总结历史、审视当下、期盼未来。而对此的探讨是每个民族的文学都有的共性，殖民不过起着催化作用。从这个层面来看，恩塔拉笔下历史传记小说的主题是具有世界性的。

三、历史与传记：以史书梦，由传写困

以《史记》为代表的中国史传文学源远流长，在亚洲影响深远。其实，在遥远的非洲，同样存在着独特的"非洲式史传"。正如学者露丝·芬尼根（Ruth Finnegan, 1933— ）所言，诸多撒哈拉以南的国家在书面文学产生之初，都存在以大量的家族村落起源及祖辈相关事迹为中心的历史叙事类文学作品。[1]在马拉维，同样如此，恩塔拉的创作便是一个鲜明例证。恩塔拉笔下的"非洲式史传"大多在口头与殖民的双重影响下写成，是马拉维文学肇始时期的一种文学范式，具有独特的非洲性及文史学研究价值。在《非洲之子》中，作者将历史事件的真实与梦境的虚幻相糅合，用传主的个人命运来映射殖民统治下个体面临的困境，充分发挥了史传文学集文史之长于一身的特性。

通过考究史传文学中"史传"二字的含义与使用即可部分透视中国史传文学的基本特征。"史者，记事者也"[2]，在《说文解字》中，"史者"指史官或撰史者，其主要任务是记录事件。"传者，转也；转受经旨，以授于后"[3]，刘勰在《文心雕龙》中认为"传"指解读和传授"经旨"，其目的在于"利后世"。

---

① Ruth Finnegan, *Oral Literature in Africa*, Cambridge: Open Book Publishers, 2012, p. 361.

② 许慎：《说文解字注》，段玉裁注，上海：上海书店出版社，1992年，第1页。

③ 刘勰：《文心雕龙注释》，周振甫注，北京：人民文学出版社，1981年，第169页。

关于"史传"二字的最早使用，学界说法不一。一说其最早出现于《后汉书·隗嚣传》，其"所载《讨王莽檄》中有'援引史传'的话"[①]；另一说指出"刘勰《文心雕龙·史传》篇最早使用'史传'这一词语"[②]。此两种说法虽在"史传"一词的最早出处上莫衷一是，但其中都隐含着"史传"具有历史叙事显著、教育目的鲜明的特点。

"史传文学"概念的提出最早可追溯至南北朝时期刘勰的《文心雕龙》，而今对"史传文学"的定义有着广、狭义之说。刘勰在《文心雕龙·史传》篇中谈及的"史传"包括上起虞夏、下至东晋的各体史书，这也是"史传文学"的最初概念。基于此，一般认为，《左传》《国语》《战国策》等历史著作为史传文学的生成奠定了基础，而《史记》的诞生则标志着"史传体"正式形成，也代表了"史传文学的高峰"[③]。这类史传体文学因兼具史实录之质、文博雅之美，且重视个体生命的存在发展，关注时代社会的历史变迁，而成为中国乃至亚洲文学发展史上极其重要的组成部分。随着文体范式与史学观念的不断演化发展，如今对"史传文学"概念的阐释在继承古人的基础上衍生出了广、狭义之说，对"史传文学"之表征的总结则更为系统和具体。"从广义上来说，是指史书中文学性强、以刻画人物形象为主的作品；从狭义来说，仅指纪传体史书中的人物传记。"[④]总体而言，中国史传文学在时间、阶层、精神层面具有连续性，在时空和人物层面具有系统性，且含有教化、审美等功利性目的，形成了以人物为中心的模式化纪传体。[⑤]

恩塔拉笔下的"非洲式史传"与中国的史传文学既有诸多共通的表征，也存在着不少差别。二者的相似是亚、非人民文史观互通的印证，二者间的区别则彰显了"非洲式史传"独一无二的特性。

---

① 郭丹：《先秦两汉史传文学史论》，上海：上海古籍出版社，2014年，第1页。

② 张新科：《唐前史传文学研究》，西安：西北大学出版社，2000年，第16页。

③ 郭丹：《先秦两汉史传文学史论》，上海：上海古籍出版社，2014年，第275页。

④ 张新科：《唐前史传文学研究》，西安：西北大学出版社，2000年，第1页。

⑤ 张新科：《唐前史传文学研究》，西安：西北大学出版社，2000年，第11—13页。

除《非洲之子》外，恩塔拉创作的历史传记小说《头人的事业》（*Headman's Enterprise*, 1949）和历史专著《契瓦史》（*The History of the Chewa*, 1973）等作品同样具有史传的特性。恩塔拉的巅峰之作《头人的事业》围绕部族头人①姆斯亚姆波扎（Msyamboza, 1830—1926）展开，以欧洲白人的出现为界分成两个部分，再现了主人公由生到死这近百年间的马拉维历史。作者从非洲人的视角出发，向读者描绘了一个在恩戈尼人（Ngoni）入侵、奴隶贸易盛行、欧洲人出现、基督教学校扩张的时代背景下为部落人民的生存发展而艰难抉择，并不断地在自我怀疑中苦苦挣扎的非洲头人形象。再如恩塔拉的重要历史著作——《契瓦史》，该书是马拉维记载契瓦族历史的开山之作，按时间顺序写成，其中夹杂着宏观层面的部族大事和微观层面的历史人物传记。《非洲之子》和《头人的事业》中的主人公、其他重要人物、历史事件及地名等大多在《契瓦史》中有真实记载。只不过作者在充分收集口述资料的基础上对其中的故事情节做了一定的艺术化处理。

结合《非洲之子》等历史传记作品的具体特征，可将恩塔拉笔下的"非洲式史传"定义为出现于马拉维文学肇始期，以刻画家族、部落、种族等口述史中的人物为中心，且文学性较强的传记作品。由此可见，恩塔拉笔下的"非洲式史传"与中国的史传文学在概念上有着相同的形式和不同的内涵。一方面，中国的史传文学与恩塔拉笔下的"非洲式史传"都强调史传须立足文学审美本身，以刻画历史人物为中心，且用传记文体写成。这正是《非洲之子》兼具历史真实性和文学审美性的重要原因所在。另一方面，中国史传文学中的历史人物大多有史书记载，而恩塔拉笔下"非洲式史传"中的传主则大多来自民间的口头故事，且故事内容也带有明显的殖民价值观偏向性和宗教主义色彩。这主要是由马拉维的口述史影响广泛，书面史籍出现较晚，文学发展受殖民干预明显等因素决定的。

在《非洲之子》中，"非洲梦"的书写与历史的发展环环相扣，"我是谁"困境的产生、演变及其造成的影响主要通过传主恩松多的个人命运来呈现。恩塔

---

① 头人：相当于部族头领，直接受酋长监督。马拉维王国在被殖民之前推行的是金字塔式的等级统治结构，最顶层的是国王，其次是封地藩王，再下面是各地酋长，最后是各部族头人。殖民时期，殖民者往往把酋长和头人视为可利用以维护殖民统治的重要角色。

拉充分利用史传之文体来表现作品主题的写作方式，在功利性、模式化、连续性和系统性上与中国史传文学有诸多契合之处。第一，从"功利性"角度来看，恩塔拉试图通过展现大时代背景下传主的抉择来指引困顿中的非洲人抛弃传统陋习，多办基督教学校，并从教会中寻求灵魂解脱。在每一次面临重大抉择时，传主恩松多都会为梦境所困，不禁深陷自我怀疑当中。这既体现了作者与传主对本族人民未来的担忧与对当下现实的无奈，也反映出殖民者利用宗教宣传来实现精神殖民的企图。其引领民众的创作旨归与中国史传文学"利后世"的目的是相似的。第二，从"模式化"角度来看，《非洲之子》和《头人的事业》等作品皆从传主的出生写起，历时地把人物置于时代背景中，用大历史事件下人物的抉择将传主的一生串联。这与中国史传文学的写作模式十分相似。第三，从"连续性"和"系统性"层面来看，恩塔拉笔下的"非洲式史传"与中国的史传文学间存在些许差别。纵观马拉维文学，恩塔拉笔下的史传虽然同样具有某种程度上的连续性，但这里的连续性主要指文体背后的精神内核，而并非这种范式本身。例如，在马拉维文学的发展繁荣期，涌现出许多与《非洲之子》类似，具有自传色彩的文学作品。这些作品对传统与殖民历史的反思、对个体生命与民族命运的关注，与恩塔拉笔下的史传是一脉相承的。另外，在系统性上，虽然恩塔拉笔下的史传描写了在长达百年的历史中村民、头人、酋长、传教士及殖民者所经历的时代变迁，但作者主要以头人和酋长为传主，这使得作品的视角有限，很难形成体系。

恩塔拉将历史书写融入传记文体的创作范式不仅与中国史传文学的写作模式颇为相似，还在某种程度上体现出了非洲文学的独特性和世界性。"文史同源"是世界各国早期文学形式中的一个显著特征。在欧美，古希腊神话、《荷马史诗》、《圣经》都不同程度地夹杂着多样的历史叙事。在大洋洲，早期书面文学亦受口头文学传统影响，关注"历史和传记的记载"[①]，留有鲜明的历史印记。亚洲更是如此，例如，中国早期文学的承担者便是巫、史两类人，且后者"与书面文献的形成有最直接的关系，他们也被认为是擅长文辞、讲究文采的"[②]。正

---

① 王晓凌：《南太平洋文学史》（修订本），合肥：安徽大学出版社，2006年，第25页。
② 骆玉明：《简明中国文学史》，上海：复旦大学出版社，2004年，第5页。

基于此，经过漫长的演变，影响深远的史传文学在中国应运而生。在马拉维文学肇始时期，文与史的关联同样十分紧密，也出现了独具特色的"非洲式史传文学"。但与欧美、亚洲早期文学不同，它不是在自然演化中形成的一种相对固定的范式，而是和发轫期的南太平洋文学一样，具有极其鲜明的殖民干预痕迹及继承口头传统的特征。

"史"承载着国家与民族命运的变迁，"传"则记录了个体生命的存在与发展。从文体层面看，恩塔拉笔下的历史传记小说与中国的史传文学之间存在诸多共通之处，这不仅是亚洲、非洲在文史叙事观上的共鸣，更是人类命运休戚与共之思在文学审美与历史书写层面的印证。

结　语

恩塔拉创作的历史传记小说脱胎于口头文学，受制于殖民现实的非洲式史传，既顺应了先辈"以史为鉴"的传统，体现了作者对本部族的历史担当，也反映了作者对殖民者的妥协。即便其中具有饱受批评家诟病的宗教性与殖民教化倾向，但这种特殊的文体本身，不仅成为非洲文学成功继承口头传统的优秀代表，还显现出其创作背后深刻的时代印记。不论是从内容还是形式上看，恩塔拉笔下的"非洲式史传"都在客观上为马拉维文学的发展繁荣奠定了坚实基础，也为非洲自传文学的兴盛埋下了历史的种子。另外，恩塔拉糅合史学之真与文学之美的写作模式，既体现出了"非洲式史传"与中国史传间存在的超时空文体"互文"现象，又彰显出了非洲文学生成背景的独特性与创作观念的世界性。"和羹之美，在于合异。"不得不说，以《非洲之子》为代表的"非洲式史传"给璀璨的世界文学版图增添了一抹别样的非洲色彩。

（文/华中师范大学 万中山）

第十一篇

杰克·马潘杰
诗集《最后一支甜香蕉》中的隐喻构成

杰克·马潘杰

Jack Mapanje，1944—

作家简介

　　杰克·马潘杰（Jack Mapanje，1944—），马拉维最著名的诗人之一，马拉维作家协会（Malawi Writers' Group）的创始人之一。1944 年 3 月 25 日，马潘杰出生在英属尼亚萨兰保护国南部的卡丹戈（Kadango）村。其父亲是马拉维瑶族（Yao）人，母亲是莫桑比克尼昂加族（Nyanja）人。马潘杰自小就生活在传统氛围浓厚的家庭环境当中。长大后，他分别在教会学校、马拉维大学、伦敦大学等执不同理念的院校接受教育，并取得了英语教育硕士和语言学博士学位。从英国学成回国后，马潘杰长期在马拉维大学教授文学和语言学相关课程。此间，他目睹了国家从殖民走向独立后打着民主的幌子实行专制独裁。在敏感的政治高压下，马潘杰因发表诗集《变色龙与神》（*Of Chameleons and Gods*，1981）惹恼了当局，于 1987 年至 1991 年间被监禁于臭名昭著的弥库尤（Mikuyu）监狱，后在国际舆论的支持下才得以出狱。但获释后不久，马潘杰又因收到死亡恐吓而不得不举家迁往英国。居英期间，马潘杰始终心系祖国，笔耕不辍，一边坚持创作诗歌，一边在约克大学、利兹大学、纽卡斯尔大学等高校任职，成为闻名国际的诗人、学者和人权斗士。

　　马潘杰的诗歌创作为马拉维文学和非洲文学走出非洲、走向国际做出了一定贡献。其诗作以自己不同时期的经历和见闻为主线，始终关注非洲个体、非洲国家和非洲整体发展，融合了传统、殖民、流散等多重文化艺术内涵，表现了诗人忧国忧民的博大胸怀。也正因如此，其诗歌备受沃莱·索因卡（Wole Soyinka，1934—）和恩古吉·瓦·提安哥（Ngugi wa Thiong'O，1938—）等作家推崇，在国际诗坛大放异彩，并屡获奖项。截至目前，马潘杰发表了《变色龙与神》《弥库尤监狱，鹡鸰高鸣》（*The Chattering Wagtails of Mikuyu Prison*，1993）、《无索而跃》（*Skipping Without Ropes*，1998）、《最后一支甜香蕉》（*The Last of the Sweet Bananas*，2004）、《纳隆伽的野兽》（*Beasts of Nalunga*，2007）和《来自祖父的问候》（*Greetings from Grandpa*，2016）六部诗集。

作品节选

《最后一支甜香蕉》
（ *The Last of the Sweet Bananas*, 2004 ）

The Soft Landing

Woman, hold my shoulders
We'll drift and drift until
We reach the promised Nsinja
Forest and river of life.
When our safari is done
We'll tell all animals and
Chiuta of our soft landing
Imploring them to follow suit.
Meanwhile hold on woman
Let's glide and glide
On our pioneer project:
Hope is our only hope.①

飘然而至

姑娘，请挽住我的臂膀
让我们一起飘啊飘
飘到那应许的恩希尼亚
森林和生命之流川。
当我们的游猎结束后
就告诉契尤塔②和

---

① Jack Mapanje, *The Last of the Sweet Bananas*, Northumberland: Bloodaxe Books Ltd., 2004, p. 18.
② 契尤塔：马拉维神话中万能的天神。

所有生灵我们已飘然而至
并恳请他们紧紧跟随。
这时，请挽紧我，姑娘
让我们一起飞啊飞
飞去追随先驱的使命：
希望是我们仅有的希望。

The First Fire

Hard wood upon soft wood twirling
Sparks a sudden riot of mothers and babies.
Corrosive flames devour Nsinja Forest
Chiuta's abode belches and blazes.
When frenzied lions storm out, jackals
Crackle gaping at man's invention.
The stampede thus whacked thuds away
Free from the hissing eggshells.
Only dogs, tails between legs
Cower under the Man's fiery arm.[1]

第一场火

硬木棒在软木枝上飞旋
火花中迸发出万物的生母和幼体。
肆虐的焰火吞噬了恩希尼亚之林
契尤塔的住所烈焰喷薄火光四溅。

---

[1] Jack Mapanje, *The Last of the Sweet Bananas*, Northumberland: Bloodaxe Books Ltd., 2004, pp. 18-19.

当狂乱的狮群凶猛涌来，匹匹豺狼
也垂涎低嚎凝望着人造万物。
受攻击的生灵便逃窜着轰然四散
从嘶鸣的幼卵内破壳而出。
只有犬狗，双腿夹着尾巴
蜷缩在人类燃烧的臂弯之下。

组诗《如果契尤塔是人类》（"If Chiuta Were Man"）节选

（万中山 / 译）

作品评析

诗集《最后一支甜香蕉》中的隐喻构成

引 言

　　隐喻是杰克·马潘杰诗歌创作的一个突出表征，其中蕴含着炽烈的情感、深刻的思想、丰富的文化内涵和独特的审美意蕴。马潘杰诗歌中隐喻的形成和构成与马拉维、非洲、欧洲的政治文化联系紧密。这一特征在《最后一支甜香蕉》这部诗歌合集中得到了淋漓尽致的体现。《最后一支甜香蕉》是马潘杰发表的第四部诗集，也是《变色龙与神》《弥库尤监狱，鹡鸰高鸣》《无索而跃》这三部作品的精选合集（增录了部分新诗）。《变色龙与神》创作于马潘杰求学时期，这一时期的主要创作特点是"温和讽刺"；《弥库尤监狱，鹡鸰高鸣》创作于马潘杰流亡初期，主要描写狱中经历，其创作口吻主要以"愤怒抗议"为主；《无索而跃》和《最后一支甜香蕉》中增录的新诗创作于马潘杰流亡中期，"沉痛批判"是这一时期的突出表征。在一定意义上，《最后一支甜香蕉》是马潘杰从留学海外到被监禁，最后被迫流亡海外这一期间所作诗歌的集大成之作，对深入了解马潘杰及其诗歌创作具有重要意义。在此部合集中，隐喻与政治文化有着极深的交互关系。一方面，特定的政治文化语境促成了马潘杰诗歌中隐喻的产生；另一方面，隐喻不仅表达着深刻的政治主题和主体意识，还承载着丰富的本土文化和西方文化。

一、隐喻生成的政治文化语境

从认知层面来看，隐喻在一定意义上是思维的存在，隐喻的生成是认知的需要[①]。正如认知语言学创始人之一莱考夫（George Lakoff，1941—）在其与马克·约翰逊（Mark Johnson）合著的隐喻研究专著《我们赖以生存的隐喻》（*Metaphors We Live by*, 1980）中所言："人类的思维过程在很大程度上是隐喻性的。"[②]在文学的视域下，隐喻则"是文学世界与社会生活之间转换的桥梁，是文学思维呈现的表征之一"[③]，其生成是修辞审美的需要。虽说认知语言学和文学对于隐喻生成的看法侧重点各有不同，但二者一致强调隐喻与文化有着深度关联的特性。就马潘杰的诗集《最后一支甜香蕉》而言，隐喻的生成不仅是思维本能和修辞的需要，还与诗人的个人经历和所处的政治文化环境密切相关。

马拉维代代相传的口头传统孕育了马潘杰诗歌中的隐喻，并为其诗歌增添了厚重的文化底蕴。和诸多非洲其他国家一样，在殖民者到来之前，马拉维尚未形成书面文字，也没有现代意义上的国家概念。在此种背景下，口头叙述便成了各部族记述历史传说、传承文化习俗、传播价值观念、教育子孙后代等的主要途径。马潘杰的父亲是马拉维瑶族人，母亲是莫桑比克尼昂加族人。虽来自不同的族群，但皆十分重视通过讲述本族口头传统故事进行家庭教育。他们营造的家庭环境让青少年时期的马潘杰有了双重文化身份；他们对待传统文化的态度，更是潜移默化地对马潘杰的诗歌创作产生了不可磨灭的影响。马潘杰早年的生活经历，为其日后流亡海外，在多元文化语境下一边使用英语进行诗歌创作，与世界对话，一边通过诗意的隐喻维系自己马拉维人和非洲人的身份埋下了根基。另

[①] 张沛：《隐喻的生命》，北京：北京大学出版社，2004年，第13页。

[②] 乔治·莱考夫、马克·约翰逊：《我们赖以生存的隐喻》，何文忠译，杭州：浙江大学出版社，2015年，第3页。

[③] 朱全国、肖艳丽：《诗学隐喻理论及其文学实践》，北京：中国社会科学出版社，2014年，第1页。

外，马潘杰在马拉维大学攻读学位和任职期间，还对马拉维口头文学颇有研究。他认为，学者们对口头文学的模型化分析虽看起来十分实用，但在一定程度上忽略了对文本的呈现和对创作者的重视。因此，他主张口头文学研究须"在欣赏文本的基础上强调口头表演者的灵动性和中心地位"①。从某种意义上讲，马潘杰的研究理念与创作观念是一脉相承的。其在诗集《最后一支甜香蕉》中借助隐喻赋予口头传统以时代意义的做法，实则是以再创作的方式，解读口头故事中神、人、动物等的现实内涵，品析口头传统的诗性价值。

另外，马潘杰之所以如此重视马拉维口头文学，客观上也是因为受到了民族主义运动的影响。1964年，马拉维正式脱离英国的殖民统治，成为独立国家，这是马拉维民族主义运动取得的巨大胜利。国家独立后，马潘杰等一批见证了民族主义运动成功并深受其影响的知识分子们，力图通过挖掘口头传统、岩画艺术等来对冲殖民文化，构建民族文化身份认同。在后殖民时期，这种尝试实则也是大多数非洲作家所共同持有的创作理念。在他们看来，"保持非洲文化底蕴的一个主要途径，就是向口头文类寻求灵感，或以之为榜样"②。就马潘杰个人而言，其"将传统（口头）的文学和思维模式，尤其是解谜（riddling），视为隐喻和灵感的源泉"③。可以说，这些口头传统带来的滋养"一次又一次地显现在马潘杰的诗歌之中"④，并通过隐喻得到了最为直接的呈现。总体而言，一方面，马拉维的口头传统在无形中孕育和滋养了马潘杰诗歌中的隐喻；另一方面，主动从口头传统中汲取养料的创作观念也贯穿了马潘杰的整个诗歌创作历程，并使其诗中的隐喻具有了独特的文化内涵与韵味。

殖民文化和西方文化也影响了马潘杰诗歌中的隐喻，并为其诗歌蒙上了一层宗教神话色彩。这种影响也折射出诗人在面对多重文化时复杂的心理状态。

---

① Jack Mapanje, "Orality and the Memory of Justice", *Leeds African Studies Bulletin*, 1995, 96 (60), p. 18.

② 泰居莫拉·奥拉尼央、阿托·奎森（编）：《非洲文学批评史稿》，姚峰、孙晓萌、汪琳等译，上海：华东师范大学出版社，2020年，第81页。

③ Reuben Makayiko Chirambo, "Protesting Politics of 'Death and Darkness' in Malawi", *Journal of Folklore Research*, 2001, 38 (3), p. 209.

④ James Gibbs, " 'Whiskers, Alberto' and the 'Township Lambs'—Towards an Interpretation of Jack Mapanje's Poem 'We Wondered About the Mellow Peaches'", *The Journal of Commonwealth Literature*, 1987, 22 (1), p. 33.

马拉维现行的官方用语是奇契瓦语和英语，前者书面形式的生成得力于传教士的助推，后者则本就属于殖民者的语言。在殖民时期，殖民者大量建立教会学校，并利用这两种语言来宣传宗教教义，以期最终实现思想殖民。从语言书写层面来看，不论是奇契瓦语还是英语，都与殖民文化有着千丝万缕的关联。即便马拉维最终赢得了独立，这种文化上的关联也仍存在于当地社会生活的方方面面。例如，在因关押政治犯而臭名昭著的弥库尤监狱，《圣经》是囚犯唯一的读物。马潘杰从小学到中学也正是在卡丹戈圣公教会学校（Kadango Anglican School）、奇克瓦瓦天主教会学校（Chikwawa Catholic Mission School）和松巴天主教中学（Zomba Catholic School）这类隶属于殖民教育体系的机构内接受教育。在马拉维大学就读期间，马潘杰虽然选择攻读英语文学专业，但同时对马拉维传统的文学文化也进行了深入研究。此外，他还通过创建作家研讨会（Writers' Workshop）正式开始了自己的诗歌创作之旅。以上这些经历一方面让马潘杰熟练掌握了基督教和古希腊神话等殖民者的文学文化，另一方面也为其后来留学英国，撰写语言学博士学位论文《基于池尧语、奇契瓦语和英语中"体"与"态"的阐释》（*On the Interpretation of Aspect and Tense in ChiYao, Chichewa and English*, 1983），发表诗集《变色龙与神》埋下了种子。诗集《最后一支甜香蕉》中的隐喻意象既有选自口头神话、赞美诗、传说等的，又有选自《圣经》和古希腊神话的。由此可见，马潘杰诗歌中的隐喻根植于传统口头文化，但也在一定程度上受到了殖民文化和西方文化的影响，而这与其个人的生活经历和所处的多重文化环境息息相关。

此外，马拉维的高压政治还直接催生了马潘杰诗歌中的隐喻，而马潘杰用诗歌记录国家历史，用隐喻谴责非洲大陆和世界各地的政治暴行的做法，使其诗歌同时具有了深刻的政治讽刺性和开阔的国际视野。1964年，英属尼亚萨兰保护国宣布独立，更名为"马拉维"。同年，马潘杰曾就读和任职的马拉维大学创立。独立两年之后，马拉维宣布成立共和国，由被尊为"独立之父"和"国父"的黑斯廷斯·卡穆祖·班达担任国家第一任总统。1970年，班达政府修改国家宪法，宣布班达为终身总统。同年，马潘杰参与创立的作家研讨会在马拉维大学悄然诞生。从1964年到1994年，班达在马拉维执政长达30年之久。其间，他虽然为马拉维的独立、稳定和发展做出了重要贡献，但其"绝不容许国内有反对派出现"①，经常更换、撤职、逮捕、流放身边幕僚，厉行审查制度监视臣民言行的专断作风也引起了广大群众的不满。班达专门设立的审查委员会更是常常主观地以一些莫须有的罪名对所谓的"政治犯"实施暴行，将他们监禁或流放。这些做法对这一时期的马拉维文学产生了巨大影响，作家研讨会的成员中就有不少作家和诗人因借作品抨击班达政府的暴行而遭遇监禁和流放。20世纪90年代，马拉维国内民众受"政治民主化"风潮影响，开始罢工游行，呼吁多党制与自由民主。一些欧洲国家和人权主义机构也通过政治谴责、停止经济援助等方式对班达政府施加压力。1993年，班达政府被迫举行建国以来的首次民主大选。最终班达落选，并于一年后卸任，其建立的集权政治模式也随之宣告破产。

马潘杰早期的诗歌正是在如此敏感的政治环境下创作而成，而频繁使用隐喻则成了其通过审查的重要方法。生活在审查制度的阴影下，马潘杰深知"只需要某个有些权力的人认定你的诗歌、你的书、你的思想具有颠覆性和反叛性，或者只是有些激进，你就会遇到麻烦"②。因此，他在学术研究中一直是通过谨慎的自我审查（self-censorship）来避免被迫害。在诗歌创作过程中亦是如此。对此，马潘杰坦言："几乎每个人都在某种审查或自我审查的形式中备受煎熬，我们被迫寻找其他的策略以求生存，采用别样的隐喻来表达我们的感情和想法。"③例如，马潘杰"会戏妨口头赞歌，像唱诗者批判首领一样，运用讽刺和夸张性的赞美或蕴含贬义的隐喻"④来抨击马拉维虚伪腐败的政客。事实上，对这一时期的马潘杰而言，"写作只是一种治疗方式……是为了在精神上活下去且保持理智"⑤。而班达总统公开支持南非白人通过种族隔离制度滥杀无辜的行为让马潘杰彻底愤怒。于是，他在诗集《变色龙与神》后半部分以更加激烈的言辞抨击了

---

① 夏新华、顾荣新（编著）：《列国志·马拉维》，北京：社会科学文献出版社，2015年，第58页。

② 泰居莫拉·奥拉尼央、阿托·奎森（编）：《非洲文学批评史稿》，姚峰、孙晓萌、汪琳等译，上海：华东师范大学出版社，2020年，第188页。

③ Jack Mapanje, "Leaving No Traces of Censure", *Index on Censorship*, 1997, 26 (5), p. 76.

④ Sangeeta Ray, Henry Schwarz (eds.), *The Encyclopedia of Postcolonial Studies* (Mapanje, Jack), Chichester: John Wiley & Sons, Ltd., 2016, p. 2.

⑤ Jack Mapanje, "Leaving No Traces of Censure", *Index on Censorship*, 1997, 26 (5), p. 76.

班达和南非政府。该诗集发表后，在马拉维和英国好评如潮。也正因如此，马拉维当局不经审判就直接将马潘杰关进了弥库尤监狱。由于狱中的读物只有《圣经》，马潘杰儿时听到的口头故事和后来研究过的口头文学，在此时也就成了其仅有的"心理支撑"①。在国内外舆论的压力下，班达政府终于在1991年将马潘杰释放。但出狱后不久，马潘杰又因收到死亡恐吓信而不得不举家迁往英国，成为一个流亡者。监禁和流放的经历成了马潘杰诗歌中永久的伤痛，同时也直接进一步加剧了《弥库尤监狱，鹃鸰高鸣》和《无索而跃》两部诗集中隐喻表达愤怒批判的口吻。不过马潘杰也赞同，审查制度于文学创作而言也存在着积极的一面。因为它"驱策作者们创造出新手法来通过审查"，也"迫使他们使用隐喻"，而这无形中也就"提高了作品的水准"②。

虽然马潘杰的诗歌主要是通过叙述自己的经历来控诉班达政府的种种暴行，但他也认为，这种暴行不只是存在于非洲，还存在于世界的各个角落，如美国等西方世界、南美……因此，他怀着深沉的人文关怀，用隐喻批判和讽刺了欧洲对非洲的殖民、南非的种族隔离制度、美苏冷战、葡萄牙人在非洲的大屠杀等政治事件。换言之，马潘杰通过《最后一支甜香蕉》等诗集"记录了其对历史的主观理解，创造了取材于丰富传统的新颖隐喻，并由此言说了他人所不敢言之事"③。

---

① Jack Mapanje, "Orality and the Memory of Justice", *Leeds African Studies Bulletin*, 1995, 96 (60), p. 18.

② Jack Mapanje, "Censoring the African Poem (as given to the Second African Writers' Conference, Stockholm, 1986)", *Index on Censorship*, 1989, 18 (9), p. 7.

③ David M. Jefferess, "Saying Change in Malawi: Resistance and the Voices of Jack Mapanje and Lucius Banda", *A Review of International English Literature*, 2000, 31 (3), p. 121.

二、隐喻表达的政治主题与主体意识

从殖民时代过渡到后殖民时代，马拉维历经了抵抗殖民统治、争取国家独立、选择发展道路，以及应对国际局势风云变幻的政治历程。在这种背景下产生、发展并繁荣的马拉维英语文学就像是一面不朽的棱镜，生动地映射着马拉维部族的存亡、民族的兴衰和人民生存发展的历史现实。马潘杰的诗歌亦复如是。在他看来，"频繁在政治与诗歌间作切割是站不住脚且做作的……纵观我的生活，政治与诗歌是如此错综复杂地交织在一起，似乎不可分割"①。在这一创作观念的驱动下，同时经历了"异邦流散"和"本土流散"②的马潘杰，在《最后一支甜香蕉》中以自己的经历为主线，用丰富新奇的隐喻痛斥了班达政府的独裁、暴政和腐败，控诉了欧洲对非洲的殖民，谴责了世界各地政治斗争对个体公民的迫害。这一方面体现出马潘杰从个体看国家、从马拉维看非洲和从非洲看世界的视野；另一方面也反映了其明确的主体意识，即始终强调个体公民在国家政治生活中的主体地位。

马潘杰在《最后一支甜香蕉》中常用隐喻将班达总统及其部下比作怪物、野兽、狮子、猎豹、犀牛、鬣狗、鳄鱼、蜥蜴、毒蛇、松鼠、蝎子、蟑螂、水蛭等或残暴，或凶狠，或恶毒，或阴险的动物，以及《圣经》和希腊神话中代表邪恶的动物、人物。与此同时，诗人将和自己有着相同遭遇的政治犯、受班达压迫的马拉维人民、反对班达政府的抗议者等隐喻为鹡鸰鸟、燕子、鸽子、羚羊、蜗牛、青蛙等相对弱小的动物，以及《圣经》和希腊神话中惨死或被迫害的人物。诗人借此表达了对班达政府暴政独裁的讽刺和批判。这种政治性批判也从侧面体现了马潘杰的公民主体意识，即强调民众是政治权利主体，而非客体，且有权参

---

① Jack Mapanje, *The Last of the Sweet Bananas*, Northumberland: Bloodaxe Books Ltd., 2004, p. xi.

② 朱振武、袁俊卿：《流散文学的时代表征及其世界意义——以非洲英语文学为例》，《中国社会科学》，2019 年第 7 期，第 137 页。

与政治生活、发表个人意见和加入社会政治关系。例如在诗歌《我们对香甜的桃子感到惊奇》（"We Wondered About the Mellow Peaches"）①中，马潘杰就把班达政府比作松鼠，把受害者隐喻为羔羊：

…

Behind the spate of those Chilobwe township

Lambs brutally chopped in their dark huts

…Why, why did I waste my

Melodious song excoriating parochial squirrels

……

在奇洛布韦镇的这一系列事件背后

是一群被他们关在黑屋里残酷宰割的羔羊

……为何？为何我要浪费我

美妙的乐曲来痛斥这群偏私自顾的松鼠

此诗讲述的是阿尔贝托（Alberto）为了夺权，利用不知情人士对政府的不满，引诱他们密谋刺杀班达总统。但谋划的一系列行动并未成功，这些人最后也被残忍杀害。尽管发生了这些，腐败的政府官员们仍是摆出一副事不关己的姿态，开着豪车，带着美女，奢侈至极。诗人用"羔羊"来形容这些死于政治斗争的无辜民众，以此表达痛惜。"松鼠"在马潘杰诗中是"不作为、狭隘和自私自利"②的典型。诗人在此将班达政府官员隐喻为松鼠，充满了讥讽意味，由此也体现出其对国家未来发展的哀痛之感。又如诗歌《玩弄政治囚犯的鬣狗》（"Hyenas Playing Political Prisoners"，2004：182），马潘杰在其中将腐败、

---

① Jack Mapanje, *The Last of the Sweet Bananas*, Northumberland: Bloodaxe Books Ltd., 2004. p. 46. 本文关于《最后一支甜香蕉》的引文均出自此版本，译文均为笔者自译，以下引用随文标明页码，不再一一详注。

② James Gibbs, "'Whiskers, Alberto' and the 'Township Lambs'—Towards an Interpretation of Jack Mapanje's Poem 'We Wondered About the Mellow Peaches'", *The Journal of Commonwealth Literature*, 1987, 22 (1), p. 42.

伤害同胞、幸灾乐祸的狱警比作"鬣狗"，痛斥了他们盲目拥护班达总统且沾沾自喜的丑恶嘴脸。再如《当虚弱的怪物争辩时》（"When the Watery Monsters Argued"，2004：187），诗人将垂垂老矣的班达视为虚弱的怪物，并谴责了他罔顾历史事实，强行为自己争辩的行径。而在《弥库尤监狱，鹡鸰高鸣》（"The Chattering Wagtails of Mikuyu Prison"，2004：89）中，马潘杰以监狱周围成群的鹡鸰鸟来隐喻包括自己在内的政治囚犯，借鹡鸰鸟之口来描述监狱对人的精神和肉体的双重折磨，表达对班达的控诉和对自由的渴望。诸如此类的隐喻在诗集《最后一支甜香蕉》中不胜枚举。由此可见，马潘杰不仅是一位诗人，也是一位具有强烈社会责任感和历史使命感的民族斗士，还是一位主体意识的践行者，他在诗歌中用强烈的隐喻批判班达政府的同时，也极其渴望唤醒民众，渴望他们能铭记历史，并积极争取个人的政治权利。

变色龙是马潘杰诗歌创作中一个特殊且重要的隐喻意象，它有着极其丰富的政治意蕴和内涵，在《最后一支甜香蕉》中也扮演着重要角色。正因如此，才有马潘杰之诗衍生出著名的"变色龙政治"（Chameleon Politics）①之说。所谓"变色龙政治"指的是，一个国家的领导人通过政治宣传等手段，不断变幻"颜色"来伪装自己，以满足私利。变色龙在《最后一支甜香蕉》中的隐喻有着三层基本含义。首先，在现实层面，班达总统或班达政府是变色龙。在敏感的政治语境下，通过审查制度的诗文大多将班达总统赞誉成神一般的存在，班达也自诩为"神"。而马潘杰则戏仿口头赞歌的模式，通过组诗《如果契尤塔是人类》（"If Chiuta Were Man"，2004：19）将神人化、动物化，认为神不过是一只为牟取私利而不断用宣传伪装自己的变色龙而已。其次，在诗歌层面，以早期的马潘杰为代表的"政治犯"、流亡者，以及抗议班达政府的斗士也都是变色龙。在访谈时，马潘杰就将自己形容为"一只困在狱中的变色龙"②。此外，他也在《没有了母亲》（"No Mother"）中以"我再不会/以变色龙的颜色涂抹另外的

---

① Robert P. Marlin, "Review of *A Democracy of Chameleons: Politics and Culture in the New Malawi*", *African Affairs*, 2005, 104 (417), p. 701.

② Landeg White, "The Chattering Wagtails: The Malawian Poet Jack Mapanje Is Interviewed in York by Landeg White About His New Volume of Poems", *Wasafiri*, 1994, 19 (9), p. 54.

生活"（2004：146）来表达流亡之旅的悲哀。在上文提及的诗歌《我们对香甜的桃子感到惊奇》中，诗人还将行刺领导者阿尔贝托视为变色龙，认为他们这些政客"是静待致命一击的伪装高手"①。行刺失败后，诗人感到惊异："变色龙怎么会/丢失掌控自己颜色的本领呢？"（2004：46）。最后，马拉维普通民众也"被怂恿成了变色龙"②，他们不是一味逢迎，就是自欺欺人，时刻保持警惕，以免被审查员和间谍抓住把柄。但后期的马潘杰相信，生活在"变色龙政治"笼罩下的人们终将"停止模仿变色龙，并会采取行动击溃他们的统治者"③。从无奈伪装到主动出击的态度转变，实则体现了马潘杰愈发增强的主体意识。

《最后一支甜香蕉》中的隐喻表达的另一个政治主题则是以马拉维在政治上走向独裁腐败、经济上沦为附庸、传统文化濒临崩塌的现状为例，控诉欧洲对非洲的殖民。其中，诗人往往以雏鸡、妓女、母亲等弱者，香蕉、葫芦、蓝花楹木、猴面包树等具有非洲代表性的植物，以及非洲舞蹈、非洲鼓等来隐喻马拉维、非洲，或非洲人民、非洲传统。马潘杰借此揭露了殖民的残酷和殖民者的虚伪，斥责了殖民者在侵略、利用了非洲后，将其无情遗弃的丑恶行径。这与马潘杰坚信"非洲有权说被背叛了"④的观点是一致的。例如《雏鸡之歌》（"Song of Chickens"，2004：21）一诗：

> Master, you talked with bows,
>
> Arrows and catapults once
>
> Your hands steaming with hawk blood
>
> To protect your chicken.
>
> Why do you talk with knives now.
>
> Your hands teaming with eggshells

---

① James Gibbs, "'Whiskers, Alberto' and the 'Township Lambs'—Towards an Interpretation of Jack Mapanje's Poem 'We Wondered About the Mellow Peaches'", *The Journal of Commonwealth Literature*, 1987, 22 (1), p. 43.

② Jack Mapanje, *Of Chameleons and Gods*, Oxford: Heinemann, 1991, p. vii.

③ Robert P. Marlin, "Review of *A Democracy of Chameleons: Politics and Culture in the New Malawi*", *African Affairs*, 2005, 104 (417), p. 703.

④ Jack Mapanje, "Orality and the Memory of Justice", *Leeds African Studies Bulletin*, 1995, 96 (60), p. 11.

And hot blood from your own chicken?

Is it to impress your visitors?

主人，你曾带着弓弩，

枪弩和箭矢谈判

你的双手腾散着苍鹰之血

为了庇护你的雏鸡。

为何如今你却持着尖刀交谈。

你的双手满沾着蛋卵之壳

以及你的雏鸡们的滚烫鲜血？

为了让你的游客们钦佩？

在这首诗中，"主人"指的是非洲传统部族的斗士，"苍鹰"和"雏鸡"则分别是殖民者和非洲民众的隐喻。殖民时期，部族斗士与殖民者英勇搏斗。而殖民结束后，"主人"却牢牢被西方资本主义控制，为满足游客的需求建造虚假的"古玩商店"（"Kabula Curio-Shop"，2004：12），并手持"尖刀"杀害自己的子民，以向这些曾是殖民者的游客献媚。诗人通过这种前后的对比，揭露了后殖民时期西方通过资本主义对非洲的政治入侵，以及非洲政府的腐败无能。又如诗歌《斯密勒酒吧快活的女孩们，1971》（"The Cheerful Girls at Smiller's Bar"，1971，2004：13）。在殖民者到来之前，她们"不过是曾穿着微颤的迷你裙，戴着东方念珠的/女孩"。但"长老会教徒"的到来把她们变成了性服务者，而后随着"迷你裙"被禁，酒吧里的女孩沦落为"面临被解雇的丑陋妓女"。在本诗末尾，作者悲哀地写道：

Today, the girls still giggle about what came through

The megaphones: the preservation of our traditional

et cetera, et cecera, et ccrera ...

今天，女孩们仍咯咯笑谈着广播里

传来的声音：保护我们传统的

等等，等等，等等……

该诗中用"妓女"来隐喻马拉维或非洲，用"迷你裙"隐喻传统，用"长老会教徒"来指代殖民者，讲述了一个传统女孩是如何在长老会教士的引诱下逐渐丧失自我，忘记品尝"独立果实"，最后沦为酒吧中丑陋而快活的妓女的故事。透过这首诗，不难看出诗人对殖民者的憎恶、对马拉维和非洲的悲哀，以及对保护传统的呼吁。从中也折射出马潘杰从马拉维看非洲，并始终将非洲视为一个整体的思想，以及强烈期盼非洲早日摆脱政治附庸地位的愿望。

从人基本的政治权利出发，谴责发生在非洲和世界各地的政治斗争对个体公民的迫害，是《最后一支甜香蕉》中的隐喻所表达的另一重要主题。与对班达政府的控诉类似，马潘杰选择用狮子、野兽、秃鹰、蝙蝠、蝎子、跳蚤、蟑螂等来隐喻肆意压迫或杀害百姓的政府及政府官员，用香蕉、叶子、蓝花楹木等来隐喻受害者。这种隐喻在《飞越家乡夏日的阴霾》（"Fly Over the Summer Haze of Home"，2004：66）一诗中得到了淋漓尽致的体现：

Why is our African summer often unsettling,

Why must flying over home sink the heart?

In Rwanda…hanging thus like industrial dust

On faceless banana fronds whittling them;

Swaziland…devastating cyclones…

Harare…crickets shriek…

…And the fierce lions of Nairobi…

When does this haze intend to lift? Sometimes

It feels like you are watching mountain fires…

为何我们非洲的夏日总是让人不安，

为何飞越家乡定会让人内心沉重？

在卢旺达……绞死就像是工业的灰尘

落在不起眼的香蕉叶上削减着他们；

斯威士兰……摧枯拉朽的旋风……

哈拉雷……尖叫的蟋蟀……

……还有内罗毕凶猛的狮群

这些阴霾什么时候才能消散？有时

它让你感觉像是在看延绵的山火……

　　诗人幻想自己滑翔在非洲故土的上空，本打算飞越被"夏日阴霾"笼罩的家乡，不料却看到一幕幕触目惊心的景象，它们像重重"山火"一样烧灼着诗人的心灵。诗中的"阴霾"和"香蕉叶"分别隐喻着蔓延非洲各国的暴政统治和受害者，"山火"即掌权者对普通民众的残害。马潘杰通过此种描述，痛批了这些无情的统治者，沉痛地表达了自己对非洲人民生存和非洲未来发展的忧虑。与此类似的表达方式在《博茨瓦纳首都哈博罗内的合欢树》（"The Acacias of Gaborone City, Botswana"，2004：165）和《对肯·萨罗·维瓦的殷切思念》（"Warm Thoughts for Ken Saro-Wiwa"，2004：166）等诗中也得到了充分体现。此外在《我的柏林墙纪念碎片》（"The Souvenir Shards of My Berlin Wall"，2004：116）等诗歌中，马潘杰结合自身经历，从人最基本的政治、生存、平等等权利出发，用隐喻的手法抨击了世界各地的恶性政治事件对普通民众身心的摧残。

　　利用隐喻讽刺、抨击、批判暴政者，唤醒人们的主体意识是马潘杰诗歌中隐喻表达的重要旨归之一。马潘杰诗歌中的隐喻，不是简单呈现政治事件的工具，而是"从价值体系的恒定或变化层面来解读这些事件的方法"①，也是其秉持悲悯情怀、忧虑国家和非洲的命运、关怀普遍意义上的人之生存状态的体现。

---

① David M. Jefferess, "Saying Change in Malawi: Resistance and the Voices of Jack Mapanje and Lucius Banda", *A Review of International English Literature*, 2000, 31 (3), p. 112.

三、隐喻承载的本土文化与西方文化

口头文学与殖民统治本是马拉维文学的两个重要源头，二者在语言、叙事和审美等方面都对马拉维书面文学产生了深远影响。而且"马拉维文化本就具有典型的隐喻性"①。可以说，马拉维独特的口头传统、艰难的殖民历史、复杂的政治环境，以及诗人成长、求学、参与政治生活的个人经历，共同促成了马潘杰诗歌中隐喻的跨文化表征。而文化互鉴也正是马潘杰诗歌中的隐喻别具韵味的重要因由。其中，隐喻承载本土文化主要表现为诗人对马拉维口头谜语、赞歌、神话等的继承与创新；隐喻呈现西方文化则主要体现在诗人对古希腊和希伯来文化意象的引介上。两种差异甚大的文化在马潘杰的诗歌中水乳交融，并通过隐喻化呈现出了别样的现实意义，这对马潘杰之诗走出非洲、走向世界起着重要作用。

马潘杰诗歌创作中呈现的隐喻思维，在一定意义上是对口头"谜语模式"的再现。此外，马潘杰诗中的隐喻还从激情充沛、情绪高昂、节奏鲜明的口头赞歌中汲取了营养。不同的是，诗人给赞歌注入了诸多批判性内容，让隐喻充满了反讽和荒诞的意味。所谓"谜语模式"，即一个设谜者运用巧思藏谜，猜谜者找寻线索解谜的过程。从小受口头文化熏陶的马潘杰对马拉维谜语有着深入研究，是典型的学者型诗人。他曾在《马拉维谜语的艺术》（"The Art of Malawi Riddling"，1976）一文中引用亚里士多德的论述，深入探讨了谜语和隐喻的关系。马潘杰认为"谜语以巧妙的方式要求警觉的倾听者保持一种平衡感和理智感……诗的语言则大体上是一个谜，一个谜语或一种仪式性的密码系统，供产生共情的听众来解码"②。由此，将隐喻融入诗句便成为马潘杰践行这一创作观念

---

① Alison McFarlane, "Changing Metaphorical Constructs in the Writing of Jack Mapanje", *Journal of Humanities*, 2002, 16 (1), p. 1.

② 转引自 James Gibbs, "'Whiskers, Alberto' and the 'Township Lambs'—Towards an Interpretation of Jack Mapanje's Poem 'We Wondered About the Mellow Peaches' ", *The Journal of Commonwealth Literature*, 1987, 22 (1), pp. 41-42.

的重要途径。例如，在诗句中不道明隐喻对象，而直接用凶残、邪恶的动物、人物来指代施暴者，用相对弱小的动物、植物或人物来指代受害者；又或者在诗歌的结构编排、复杂词汇的选用、押韵等方面加入隐喻巧思；等等。加之这些隐喻意象和语言都有着跨文化的特征，这就使得马潘杰之诗一方面有着丰富性、深刻性和多义性，且充分调动了读者的积极性；另一方面解读起来也十分困难。马潘杰笔下的口头赞歌往往潜藏着辛辣的讽刺。例如诗歌《月台新舞》（"The New Platform Dances"，2004：3）中对班达总统的"赞颂"：

…

Haven't my wives at mortars sang

Me songs of praise，of glory,

How I quaked the earth

How my skin trembled

How my neck peaked

Above all dancers

How my voice throbbed

Like the father-drum

……

我月台上的妻子们难道没有为我

唱赞美之歌，光荣之歌，

我是如何让天地战栗

我的皮肉是如何抖荡

我的脖颈是如何高昂

越过所有的舞者

我的嗓音是如何震响

像祖辈的鼓点一样

207

诗人把自己代入班达总统的视角，用赞歌的形式讽刺了班达打着保护传统文化的幌子，利用古时"酋长履行求雨职责"①的舞蹈来进行政治宣传。其中的女性伴舞者原来是酋长的"妻子们"，作者用其来指代"妇女联盟"（Women's League）的女性作家，谴责她们枉顾班达政府的种种劣行而一味写诗赞美的行为。另外，"舞蹈"是传统的隐喻，而"新舞"则隐喻着班达的政治作秀，作者以一种高亢的风格尖刻地反讽了班达的丑态。口头赞歌在风格层面对马潘杰诗歌中的隐喻表达影响巨大，诗人后期愤懑的"监狱写作"和沉痛的"流亡写作"都不同程度地延续了这一鲜明特点。

口头神话是《最后一支甜香蕉》中隐喻取材的重要来源，其中的动物意象大多有其特定的神话原型或文化内涵。但马潘杰并非简单地将这些原型或意象放置于隐喻表达当中，而是创造性地重构神话、颠覆意象的原型，从而达到双重反讽和猛烈批判的效果。例如，大象在非洲大部分地区本被认为是"传统和尊严"②的守卫者，而马潘杰却在诗歌《关于大象我们所说的谎言》（"The Lies We Told About the Elephant"，2004：184）中将大象隐喻为班达总统，认为人们说了太多关于赞美班达的谎言。又如鹊鸰鸟。在马拉维神话中，每当狮子、鬣狗、毒蛇等危险动物靠近人类时，鹊鸰鸟就会向人类发出警告，正是它"让人类幸免于灭绝"③。但在诗歌《弥库尤监狱，鹊鸰高鸣》（2004：89）中，马潘杰以鹊鸰鸟隐喻与自己类似的"政治犯"，认为它们不再是当危险降临时给人类通风报信的使者，而是灾难的预兆，借此表达了对这种处境的悲哀。最能体现这一特征的是马潘杰在组诗《如果契尤塔是人类》中对天神契尤塔和变色龙的改写，此二者在多个版本的马拉维神话中都与人类起源密切相关。在万物起源时，一种说法是变色龙是最先的存在，是变色龙创造了人类，但人类从变色龙那夺走了权力；另一种说法是天神和动物是最先的存在，变色龙是渔夫，它从陷阱里发现了人类。还有一种说法是契尤塔是最先的存在，天门大开后出现人类和动物。而人发明的火

---

① Leroy Vail, Landeg White, "Of Chameleons and Paramount Chiefs: The Case of the Malawian Poet Jack Mapanje", *Review of African Political Economy*, 1990, 17 (48), p. 40.

② Alison McFarlane, "Changing Metaphorical Constructs in the Writing of Jack Mapanje", *Journal of Humanities*, 2002, 16 (1), p. 2.

③ J. M. Schoffeleers, A. A. Roscoe, *Land of Fire: Oral Literature from Malawi*, Limbe: Popular Publications, 1985, p. 225.

吓到了契尤塔和生灵万物，变色龙于是提醒契尤塔躲在树上。最后，契尤塔顺着蜘蛛丝爬上天不再下来，他惩罚人必须死且死后要升天。[①]马潘杰明显是从第三个版本的神话中选取了隐喻意象的原型，但其将契尤塔设想为人，又把神看作变色龙的做法又同时参考了多个版本的说法。组诗的第一部分《飘然而至》（2004：18）描述的是第一个男人和女人一起寻找新的居住地；第二部分《第一场火》（2004：18）描述的是人类发明火让万物逃窜时的状况；第三个部分《人类在契尤塔升天之时》（"Man on Chiuta's Ascension"，2004：19）描述的是神咒骂人类并爬进"象牙塔"的状况。在组诗的最后一部分《于是神成了只变色龙》（"So God Became a Chameleon"，2004：19）中，诗人以讽刺的口吻写道：

A muezzin

with gelded

tongue

slunk in

celibacy

A politician

empiric

muffing

easy balls

fearing fear

一个宣礼员

操着娘化的

腔调

偷潜入

---

① J. M. Schoffeleers, A. A. Roscoe, *Land of Fire: Oral Literature from Malawi*, Limbe: Popular Publications, 1985, pp. 17-20. 以上三个版本的神话分别见于 "Horned Chameleon and the Original Life (Chewa)", "Chameleon and the First Man and Woman (Yao)", "The Kaphirintiwa Myth (Chewa)"。

独尊之位

一位政客

按经验

把好球

个个踢飞

恐惧着恐惧

在班达推行个人崇拜的背景下，马潘杰通过"重构神话原型"①讽刺了班达总统。诗人将神人化，认为神不过是一位"操着娘化的/腔调/偷潜入/独尊之位"的政客。当其带着恐惧"把好球/个个踢飞"时，神成了变色龙，班达变成了为牟取私利而不断用宣传伪装自己的动物。类似于颠覆神话的创作在马潘杰的诗歌中数不胜数。

《最后一支甜香蕉》中的隐喻构思还反映出古希腊神话对马潘杰诗歌创作的影响。这主要表现在，诗人把古希腊神话与非洲政治事件结合，在接受古希腊文学传统设定的基础上，赋予神话人物非洲政治身份。例如诗歌《不，克瑞翁，嚎叫毫无益处》（"No, Creon, There Is No Virtue in Howling"，2004：70）：

No, Creon, There Is No Virtue in Howling

"It is no glory to kill and kill again." Teiresias in Antigone.

No, Creon, you overstate your image to your

People. No. there's no virtue in howling so.

How can you hope to repair Haemon, your

Own blood, our only hope for the throne.

…

Even the village lads toss their coins for old

---

① Steve Chimombo, "The Chameleon in Lore, Life and Literature—the Poetry of Jack Mapanje", *The Journal of Commonwealth Literature*, 1988, 23 (1), p. 108.

Creons days. What cowardice, what perversity
Grates life-laden minds on our death-beds?

> "一再地杀戮毫不光荣。"
> ——忒雷西阿斯（《安提戈涅》）

不，克瑞翁，你对着你的子民夸大你的
形象。不，你这般地嚎叫毫无益处。
你期望如何能补救海蒙，你的
亲生骨肉，我们继承王位的唯一希望。
……
即便是村舍的小伙也会在克瑞翁时代
手足无措。多么怯懦，多么肆意地
在死亡之床上碾磨我们生机勃勃的思想？

　　《安提戈涅》是古希腊悲剧作家索福克勒斯的代表作，欧洲戏剧史上最伟大的作品之一。故事中的国王克瑞翁，下令将儿子海蒙的未婚妻安提戈涅处死，因为她违抗禁令埋葬了被视为叛徒的哥哥。占卜者忒雷西阿斯说克瑞翁冒犯了诸神，于是克瑞翁后悔不已，但为时已晚。知道了一切的海蒙奋起反抗，最后自杀身亡。马潘杰的这首诗正是以此为蓝本，把"克瑞翁"隐喻为马拉维或非洲的暴君。安提戈涅是欧洲文学史上第一个敢于说"不"的女性反抗者，她在诗中隐喻着被暴政戕害的非洲抗议者。诗中的"海蒙"则是觉醒者的隐喻，他们在高压的政治环境下身心备受折磨。诗人通过这些隐喻，揭露了统治者罪行的不可原谅，强烈斥责了这些残酷的统治者滥杀无辜，控制持不同政见者思想的暴行。此类诗歌是马潘杰吸收西方文化的重要例证，也为隐喻表达蒙上了浓重的跨文化色彩。

　　马潘杰对希伯来文化的接受与再创造在《最后一支甜香蕉》的隐喻中也有集中体现。《圣经》中的各类形象就频繁地出现在马潘杰创造的隐喻当中。但诗人不是简单地挪用这些具有极强文化属性的意象，而是通过意象对比和注入新思为

《圣经》中原本的形象提供了别样的阐释空间。如诗歌《弥库尤监狱饥饿又固执的乌鸦》（"The Famished Stubborn Ravens of Mikuyu"，2004：94）中的表达：

> These could not be Noah's ravens, these crows
> Of Mikuyu Prison, groaning on our roof-tops each
> Day…
> These could not be Elijah's ravens either, for,
> However stubbornly this nation might challenge
> Lord Almighty's frogs…
> These could only be from that heathen stock of
> Famished crows and carrion vultures sent here
> To peck at our insomnia and agony-blood-eyes

> 这些不可能是诺亚的渡鸦①，这些
> 弥库尤监狱的老鸹，每天在我们的房顶
> 啼叫……
> 这些亦不可能是以利亚的渡鸦②，因为，
> 无论这个国家如何顽固地挑战
> 君主万能的青蛙……
> 这些只能是异教徒们送到这里的
> 饥饿的老鸹和食肉的秃鹫
> 来啄食我们的失眠和痛苦的血眼
> ……

---

① 诺亚的渡鸦：《圣经》中，诺亚在洪水淹没人间时先放出了乌鸦，但乌鸦为腐肉诱惑再没飞回来，然后诺亚放出了鸽子，鸽子热爱圣洁，无处落脚便飞了回来。
② 以利亚的渡鸦：上帝在以利亚走投无路时，派乌鸦帮助以利亚，每天叼来饼和肉供养他。

此诗的创作灵感来自诗人被监禁在弥库尤监狱时阅读《圣经》的经历。[1]马潘杰在诗中用异教徒来形容班达政府，用"老鸹"和"秃鹫"的隐喻来表达监狱对自己精神和肉体的折磨。诗人把西方代表邪恶的"乌鸦"和马拉维监狱的"老鸹"进行对比，强调它们（Raven）虽出自同一本《圣经》却有着不同的含义。诺亚的乌鸦是贪婪的，以利亚的乌鸦是禁欲的，而弥库尤监狱屋顶的乌鸦是饥饿而固执的。诗人的这种隐喻表达也从侧面折射出非洲与欧洲在文化上的复杂联系。另外诗人在《复活的拉撒路结局十分乏味》（"The Risen Lazarus at Very Tedious Last！" 2004：143）中更是将耶稣描述为一个为了树立威信故意不及时拯救拉撒路，待他死后再出现，让拉撒路复活的伪君子。诗人在此处同样是将耶稣看作班达政府的隐喻，借此揭露班达的虚伪。此类诗歌展现了马潘杰在多元文化背景下对自己多重文化身份的协调及其反叛性的创作观念。

总体而言，马潘杰将本土文化和西方文化化用于隐喻中时，并没有以折损本民族的文化根基为代价来迎合西方，也没有让本土文化与西方文化形成对抗，而是在继承马拉维口头传统和西方文学传统的基础上合成二者，突破二者，最后将读者引入自己独特的"非洲英语写作"（Africa Writing in English）世界。[2]

结　语

诗集《最后一支甜香蕉》中的隐喻在高压的政治环境和多元文化交杂的文化语境中生成，是审查制度下马潘杰进行诗歌创作的通行证，是流散过程中马潘杰融合非洲文学传统和欧洲文学传统的成功尝试。借助隐喻，诗人表达了自己对个人生存、国家发展和非洲未来的关注与担忧，对非洲文学文化走出非洲、走向世界的期

---

[1] Landeg White, "The Chattering Wagtails: The Malawian Poet Jack Mapanje Is Interviewed in York by Landeg White About His New Volume of Poems", *Wasafiri*, 1994, 9 (19), p. 56.

[2] Alison McFarlane, "Changing Metaphorical Constructs in the Writing of Jack Mapanje", *Journal of Humanities*, 2002, 16 (1), p. 20.

盼，以及对人之主体意识觉醒的呼唤。这些诗意的隐喻以政治文化为主要构成，体现出了马潘杰丰富的想象力和独特的创造力，凸显出了非洲文学与政治联系紧密、受口头和殖民文化影响深远的鲜明特性。

（文/华中师范大学 万中山）

第十二篇

莱格森·卡伊拉
小说《金加拉》中失落的男性主体

莱格森·卡伊拉

Legson Kayira，1942—2012

作家简介

　　莱格森·卡伊拉（Legson Kayira，1942—2012）是马拉维第一位在国际上产生重要影响力的小说家，具有卓越的叙事才华，马拉维的政治生态是其小说的主要背景。20 世纪初，马拉维的黑人就开始通过各种形式的斗争获取人权，著名民族主义者班达领导尼亚萨兰进行了艰辛而漫长的民族主义运动。1964 年 7 月 6 日，尼亚萨兰独立，改名为"马拉维共和国"，班达就任总统。但是班达政府并没有兑现建设一个更美好国家的承诺，而是任由民主建国的幻想破灭。对这些政治家的执政纲领与政体进行仔细分析与深刻批判，成为独立后多年马拉维文学最主要的主题。另外，马拉维作家也十分关注如何重新看待黑人传统文化，如何完成马拉维的国家想象。这些也是卡伊拉创作中最为重要的主题。他的作品满怀情感地描绘了马拉维的田园牧歌式生活，并以相对温和的讽刺笔法反映了马拉维在班达执政时期政治、经济、文化的诸多冲突与悖论，探索了马拉维的文化身份与民族想象。卡伊拉的创作代表了 20 世纪 60 和 70 年代马拉维文学的高度。

　　卡伊拉的创作数量不多，主要包括自传《我将一试》（*I Will Try*，1965）和几部以非洲为背景的长篇小说，如以马拉维农村生活为主题的《幽暗的影子》（*The Looming Shadow*，1970）、以通奸故事为题材的《公务员》（*The Civil Servant*，1971）和政治讽刺剧《被拘留者》（*The Detainee*，1974）等。卡伊拉的小说从内容上看有对故乡的怀旧，对马拉维物质和文化景观的丰富描述，也涉及马拉维的文化冲突和移民劳工问题。此外，他的作品还直面在许多非洲国家普遍存在的个人不安全感和暴政问题，关注着后殖民代理政权如何影响普通人的生活，并探讨了主体性与公共领域之间的关系，内容丰富而又深刻。

作品节选

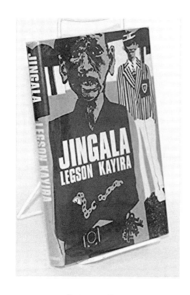

《金加拉》

（ *Jingala*, 1969 ）

As far as his fellow villagers were concerned, Jingala had become a precious antique. The mere fact that he had attained the age of 55 and so become "a very old man indeed" was to them an achievement of great proportions. They treated him with profound respect and awe, regarding him as some sort of demi-god, a sacred thing, one who knew the whole of the past and half the future.

"I've had my days", he always said whenever he was asked to comment on his life thus far, "I've had my days and I've lived them well."

To the children, however, he was always the same delightful old man, the master story-teller who seemed to have been created for the precise purpose of amusing or frightening them with the strangest of tales.[1]

对他的村民们来说，金加拉本人已经成为一件珍贵的古董。仅凭他已成为一个年满 55 岁的长者这一事实本身，就是一个巨大的成就。他们向他表示出深深的尊敬和敬畏，在某种意义上把他看作半个神——一个神圣的知道全部过去和一半未来的人。

无论何时被问到他如何评价自己的生活，他都会非常骄傲地说，"我曾经风光过了，我把我的生活过得很好"。

然而对于孩子们而言，他就是一个令人愉快的老人，一个故事大王。他的存在仿佛就是为了讲一些非常奇怪的故事来愉悦他们或者吓唬他们。

（肖丽华 / 译）

---

① Legson Kayira, *Jingala*, New York: Doubleday & Company, Inc., 1969, p. 2.

小说《金加拉》中失落的男性主体

引 言

　　莱格森·卡伊拉是马拉维第一位获得国际声誉的作家，《金加拉》是其小说的优秀代表。小说以20世纪50年代作者在马拉维的生活经历为基础，描写了马拉维北部的乡村生活。故事围绕着三组不同的人物关系、矛盾与冲突展开，将代表黑人传统文化的主人公金加拉（Jingala）置身于多重冲击之中。金加拉最后的主体失落和死亡悲剧与马拉维的民族想象紧密相连。作者通过一个极其简洁的故事，反映了非洲传统的生活方式与20世纪社会和政治之间的冲突，表现了马拉维传统在西方现代主义力量下被侵蚀的一面。这本小说具有丰富的阐释空间，但早期评论家多数低估了这部小说的成就。随着对这部作品的深入阅读，评论界逐渐认识到了《金加拉》具有较高的文学价值。

　　从历史上看，马拉维在经济上依赖资源丰富的邻国，有大量劳动力输出到南非等国家。这一经济关系对马拉维的民众生活、文化身份以及民族想象产生了深远的影响。南非一直在非洲地区扮演着帝国的角色，而约翰内斯堡则是帝国与资本的象征。马拉维等周边贫穷国家的过剩劳动力不断涌进约翰内斯堡，到1988年，马拉维一直是南非矿山第二大合同工供应国。同时，马拉维如同其他的非洲国家一样，在漫长的殖民史中丧失了其独立自主的地位，一直作为西方殖民势力的附庸而存在。因此，在西方殖民文化、南非资本主义的双重夹击下，马拉维即便取得独立，本国作家有关民族、身份的想象也无法摆脱这双重影响。《金加拉》将人物冲突置于传统文化、西方精英主义和南非资本主义的三重角逐之中，而与这三者有关的问题都围绕着跨国地理空间展开。南非已经介入马拉维人的日常生活并影响着他们的观念，而英国等殖民宗主国虽然居于更遥远的地理空间，却对受过教育的马拉维年轻人产生了不可小觑的重要影响。卡伊拉本人在作品中也倾向于"将文化理念视作一个动态和开放系统，总是在不断发展和变化"①。小说的主人公金加拉正是在这动态的、多重的文化势力下丧失了自己的主体性。因此，从跨国地理、空间、资本的动态文化关系角度入手分析该小说中的人物关系，进而探索马拉维的民族想象，是解析这部作品的重要线索。

一、金加拉的婚恋悲剧：南非资本与进步观念的胜利

《金加拉》以马拉维北部农村为地理和文化背景，虚构了一个名为奇马利罗（Chimaliro）的传统小村落，作为传统文化代表的金加拉一家就生活在这里。金加拉在妻子去世后，按照传统，与当时还是孩子的丽姿（Liz）订婚。但习俗规定，女孩进入青春期之前是不能结婚的。于是金加拉一直等待着丽姿长大，并为此付出了巨大的耐心，也付出了钱财。当丽姿的父母宣布她终于迎来了人生中的初潮，等经期一过就可以与金加拉结婚时，他满怀热情地为自己的婚礼做着充分的准备。然而就在婚礼前夜，他的未婚妻和一个名为穆乔纳（Muchona,意思是"他已经离开了很长时间"）的南非矿工一起私奔了。但金加拉的悲剧远不止此。金加拉辛辛苦苦培育他的独生子格雷戈里（Gregory）成长，希望他受过教育后返回部落延续传统生活。但是他却矢志追随白人教师去做一名天主教传教士。他无视父亲的坚决阻止，在父亲新婚前的夜里不辞而别。金加拉面临着双重背叛，万念俱灰，感觉失去了一切，最后伤心而死。小说以他的悲剧宣告了文化冲突中马拉维传统不可挽回的败局。

小说的第一层悲剧反映在金加拉的家庭婚恋问题及其背后所承载的文化冲

---

① Fetson Kalua, "Reading Protest and Myth in Malawian Literature: 1964-1990s", *Literator: Journal of Literary Criticism, Comparative Linguistics and Literary Studies*, 2016, 37 (1), p. 6.

突上。在小说中，上了年纪的鳏夫金加拉一直在等待着自己年幼的未婚妻长大成人并与之完婚。金加拉的未婚妻丽姿从来没有离开过村子，还是孩童的时候就被父母指定成为中年丧偶的金加拉的未婚妻，这在马拉维的婚姻传统中司空见惯。丽姿经历着部落女性一代又一代的宿命，但在当地人看来女人嫁给哪个男人都一样，都要过提水、捡柴、烧饭伺候一个男人的一生。但是对于丽姿来说，金加拉首先得活得足够长久才能够等到她长大成人。尽管二人年龄差距如此巨大，但这在丽姿父母以及酋长（他们代表了部落整体的看法）眼中却是一桩良缘，因为金加拉勤劳、善良、极有声望。丽姿一直以未婚妻的身份跟随母亲照料金加拉的生活，并接受金加拉的馈赠。金加拉则像看护着自己的财产那样照看丽姿，隔三差五看看自己的小丽姿又长大了多少，计算着"收成"的时刻。在整部小说中，读者无法听到丽姿的声音与意愿，这对于黑人女孩而言就是既定的命运。从她们生下的那一刻就注定了她们只有一种命运，长大成人然后毫无怨言地服侍某个男人。沉默与服从是命中注定的，她们几乎不作为主体而存在，丽姿就是静默的黑人女性群像的典型代表。静默就是加在她们身上的多重压制，"第三世界妇女正是因失语而反证了自身的缺席和处于世界与意识形态的'边缘'"[1]。这些女性扮演着传统的性别角色——静默、边缘、丧失主体，然而她们的内心世界并不完全静默，只是没有人愿意听到她的声音。如果说卡伊拉的作品有任何遗憾的地方，那就是没有进一步探讨丽姿的心理过程。然而故事却向读者描述了不可思议的一幕——一直在父母与未婚夫金加拉的监护之下长大的丽姿在结婚前夜逃跑了。全知叙事者告诉读者这一切只是因为南非矿工穆乔纳未经深思熟虑的诱骗。这一令众人惊骇的行为，正是丽姿打破静默、渴望自由的激烈反抗。

这场婚恋之争不是两个男人之间的斗争，而是穆乔纳所传达的南非图景对马拉维传统生活图景的碾压式胜利。也就是说，赢得了丽姿的根本就不是爱情。如果忽视了穆乔纳所代表的南非想象，那么这个故事呈现的就只是廉价的三角恋，会减损其中的深刻寓意。穆乔纳的胜利至少有两个优势：一是南非的资本优势，二是与黑人村落相比更为文明的生活观念。20世纪马拉维在文化认同、民族、社

---

[1] 王岳川：《后殖民主义与新历史主义文论》，济南：山东教育出版社，1999年，第59页。

会和经济再生产方面的冲突，在很大程度上受到马拉维与南非关系的影响。相比于贫穷落后的马拉维，南非更近乎是非洲现代资本主义经济体系的区域性中心。全球现代化的帝国资本主义，通过南非向马拉维或者整个非洲辐射开来。金加拉身边的年轻男性涌入南非打工，他们以这样的方式参与资本运作，也感受到了更为进步的文化。当他们回到村落时，带回来的不仅仅是金钱，还有来自资本和西方的现代性观念。这一切改变了村民的意识，并进而破坏了金加拉的传统世界。村民们在传统文化与现代资本世界的冲突中，产生了一种有关南非的跨国想象，这一想象在某种程度上甚至是世界资本体系的写照。20世纪，几乎整个世界都进入到了资本主义的世界体系当中。该体系以国际分工为特征，包括专门从事资本密集型生产的"核心国家"（主要是西方国家），以及提供劳动力与资源的"外围国家"。马拉维就属于资本市场的外围国家。

小说详细描述了这些前往南非打工的马拉维年轻人的变化。他们外出务工一两年后回到部落，操一口在南非学到的奇怪语言，同时带回来了金钱和一些代表着现代化的产品，如自行车、无线电等。他们的新身份和新故事让马拉维人对南非具有了初步认知——我们可以将其定义为一个富有想象力的地理环境。"想象中的地理"这个概念有助于我们深入理解该小说。"南非作为半边缘化国家，通过不断提供未实现的承诺来攫取马拉维的劳动力，展现了小说所揭示的世界体系的逻辑。"①南非被许多马拉维人称为"Kujoni"（约翰内斯堡）。这个同样充满了种族冲突、贫穷和灾难的国家被马拉维人简略成了"约翰内斯堡"——一个发达、现代、富有，甚至是公平的现代都市。在《金加拉》中，关于南非的想象正是如此。矿工穆乔纳对约翰内斯堡以外的南非并不了解，他向金加拉的未婚妻丽姿描绘了一幅以约翰内斯堡为原型的南非景象。此时，富饶的约翰内斯堡在他眼中似乎成了一个逃避马拉维艰辛乡村生活的避难所，作为一个符号而存在。通过穆乔纳这样的矿工的描述，南非更加具有诱惑力了。这些矿工之所以要有意无意地对南非进行这种想象，既有现实局限，也有一些复杂的心理因素。马拉维

---

① Mpalive-Hangson Msiska, "Kujoni: South Africa in Malawi's National Imaginary", *Journal of Southern African Studies*, 2017, 43 (5), p.1022.

劳工到达南非后，在多数情况下生活和工作在城市及其附近的矿区，或是在富裕白人的家中做仆人等，这就限制了他们对南非作为一个国家的直观感受。从心理因素看则是出于声望或者面子的原因。如果他们在农场工作，他们就不会承认，因为这与当初在马拉维古老村落的生活没有本质区别。而且，这可能会消除马拉维和南非生活之间的巨大反差，而工业劳动的社会价值正是基于这种反差建立起来的。因此，在对南非的想象中，城市生产和消费已经成为整个国家的标尺，标志着马拉维和南非之间的经济差异，从而建立了南非作为一个地理空间的优势地位。正因为如此，"《金吉拉》中的劳动移民淡化了民族认同的概念，强调了生产地是此处'跨地域形成'的基础。南非在其中被视为与马拉维共存的更大的资本主义生产与消费场所，而这正是马拉维缺乏和渴望的现代性的真正体现"[1]。于是马拉维移民劳工培养出一种强烈的区域认同感，这种被赋予想象的地理环境在跨国家式的文化与身份认同中发挥了关键作用。矿工们对南非这一地理想象和认同其实与对资本的认同是一致的，都从根本上否定了本土的生产方式。本土生产方式被认定为非生产，金加拉和同村人的农业和畜牧业被评价为非劳动，因为他们的劳动与产品不属于资本的价值体系。这种狭隘的经济学观点将许多原始形式的劳动、商品交换和财富积累的经济价值都边缘化了。如果南非代表着资本，马拉维则不仅代表着前资本主义的生产方式，还代表着反资本，这是一个积极阻挠资本力量的体系。因此，在马拉维有关南非的想象不仅体现了文化冲突，还体现了经济冲突。这种经济冲突进而转变成传统男性气质与现代男性气质的冲突，这是这场婚恋悲剧的第一重根源。

而穆乔纳战胜金加拉还有第二重因素。他之所以能够胜出，是因为他所代表的是现代性的男性气质，这一气质的获取源自他在南非的经历，这使得他具有了与传统信仰抗衡的能力。而他的男性气质的确立，除了上文分析的经济、资本的优势，更为重要的是有关性别观念的讨论。因此，我们不能忽视他在追求丽姿时所讲过的话。穆乔纳对丽姿说自己无法忍受村子里的女性像兽类一样被对待，他

---

[1] Mpalive-Hangson Msiska, "Kujoni: South Africa in Malawi's National Imaginary", *Journal of Southern African Studies*, 2017, 43 (5), pp.1018-1019.

对这些女性的命运感到心痛。他告诉丽姿，如果她跟随自己到南非大城市生活，就会摆脱女性在村子里被奴役的命运。在那里她将被丈夫温柔而平等地对待，再也不必像在村子里那样每天只是提水、捡柴，而是像一个真正的白人妇女那样生活。他就是用这样一幅无法抗拒的玫瑰般的南非图景来诱惑她。那么，什么才是"真正的白人妇女"的生活呢？她们与毫无权力和自由的"丽姿们"截然不同。她们衣食无忧，享受着平等与自由。"自由"是一个如此抽象的词汇，它是如何对一个从未离开过村落半步且刚刚进入青春期的丽姿产生巨大感召力的？小说并未着力于此，也并没有探讨黑人女性的心路历程。但是，穆乔纳的话是具象的，因此在丽姿的心里激起了巨大的波澜。在南非的城市生活里，女性不必服侍丈夫，还可以骑自行车，或跟着丈夫乘坐火车或汽车四处旅行。对于"丽姿们"而言，这是一幅美丽新世界的图景。穆乔纳向丽姿所描述和承诺的，以一名南非矿工妻子的身份生活，与其说是真实的，不如说是想象的："你把你所有的家务都交给仆人……每天早上，你都要向厨师和管家发号施令……他们会称呼你为多纳（Dona，大意为夫人），因为你将成为这样的人。"① 穆乔纳向丽姿所描述的其实是虚假的地位与生活，他试图以此来欺骗丽姿。但从更深层的心理动机来说，这也体现了他对自我身份的不满。卡伊拉以温和的讽刺嘲笑了矿工对事实的公然歪曲和对自我身份的包装，同时也指出了这样一个事实，即矿工们作为马拉维传统社会的新人形象，其实是建立在一个虚假身份的基础上的。但是建立在想象基础之上的对南非的虚假描述，却对奇马利罗村和丽姿产生了巨大影响。丽姿沉醉于穆乔纳给她的虚构性叙述，试图抓住自由和美好生活的希望。南非不分种族和阶级解放所有妇女，这已经成为马拉维人心目中南非形象的一部分。南非在现实中是否能够具有这样的性别观念并不重要，重要的是这是马拉维女性心中的理想。对丽姿而言，这是值得抛下一切背叛家庭，铤而走险去追求的理想生活。虽然从情节来看，这种安排是突兀的，因为我们很难看出丽姿所经历的内心动荡。毕竟要做出并践行这个决定，对于一个刚刚进入青春期的黑人少女而言是缺乏合

---

① Legson Kayira, *Jingala*, New York: Doubleday & Company, Inc., 1969, p. 143.

理性的。然而作者通过这样激烈的、戏剧性的逆转，想表达的是赢得丽姿的并非爱情，她爱上的不是一个具体的男人，而是他所代表的新生活、新思想。虽然按照马拉维黑人社群的传统，金加拉是一个理想的男人。他对妻子很好，为人稳重且有声望；他亲手盖了一所房子，并确保他的家庭从来不缺食物。这一切都使他在传统的乡村社会赢得了尊重和爱戴。然而，他和穆乔纳相比就变成了缺少价值的男性。金加拉输了这场"战斗"。穆乔纳取代金加拉在传统乡村所具有的合法地位，说明现代文化、性别观念和跨国男性气概战胜了传统。

跨国世界体系有力地控制着马拉维人的生活，它不仅是一种抽象的逻辑，而且渗透到整个生命中。卡伊拉用小说的形式来描述南非资本主义世界对马拉维的意义，并探讨这种历史经验对马拉维日常生活的影响及其与全球化的关系。在马拉维独立半个世纪之后，在南非种族隔离结束近30年后，在南非成为金砖国家多年之后，许多马拉维青年仍然觉得他们的前途就是通过各种渠道前往约翰内斯堡就业，[①]两国之间的边缘与半边缘关系没有太大变化。事实上，今天从马拉维移民到南非的工人的地位比《金加拉》所描绘的时代更不稳定。新一代移民工人还必须与南部非洲以外的移民竞争，他们面临着南非本国青年高失业率和国民经济萎缩造成的对国外移民劳工的敌意。或许，今天的"丽姿们"不会轻易被矿工们对南非的描述打动，因为她们可以通过各种渠道了解更为遥远的发达世界，比如英国、美国等发达国家。虽然媒体全球化改变了马拉维人的通信方式和他们对南非的想象，但基本的历史结构仍然如故。从这个角度而言，卡伊拉在金加拉的婚恋悲剧中揭露了南非和马拉维关系的残酷性。表面上看，作者书写的是一个充满黑色幽默色彩的婚恋悲剧；但在这一悲剧之后，其关注的是在南非资本主义冲击下马拉维个体的身份困境及其与社会的关系。总而言之，卡伊拉在《金加拉》中对南非的经济霸权和马拉维的从属地位做出了非常有价值的思考。

---

① Mpalive-Hangson Msiska, "Kujoni: South Africa in Malawi's National Imaginary", *Journal of Southern African Studies*, 2017, 43 (5), p. 1027.

二、金加拉的亲情悲剧：代际冲突与传统的失落

这部小说具有传统戏剧般的结构，在紧凑的剧情之中安排了三组重要冲突。小说故事情节简单，每一组矛盾很少超越两个主要人物。我们在第一部分中分析了第一组矛盾，即通过对比金加拉与穆乔纳的价值观，体现出了传统与现代的冲突。金加拉与儿子格雷戈里间的父子冲突是第二组重要的人物矛盾。代际关系是文学中的经典主题，也最容易表达为新旧交替中呈现的观念冲突。但是在这部小说中，作为部落文化代表的金加拉，与接受西方精英教育的儿子发生的冲突并不仅仅是新旧的问题，而是传统部落信仰与基督教信仰的冲突。广义上讲，这也是亚非拉殖民地文学常常面对的文化冲突问题。宗主国的影响并不仅体现在经济渗透上，还体现在年轻一代的文化认同上。

代际冲突同样由婚恋问题引起。格雷戈里被迫中断学业回到家中，不得不接受长辈们的婚姻安排。没有征得他的同意，一个年轻的女孩贝利塔（Belita）就由酋长和两位父亲决定，成了他的未婚妻。她每天默默无言地照顾他的生活。这一有悖于文明社会的荒诞婚约让格雷戈里无比愤怒，他无法认同一桩没有经过当事人同意的被迫婚姻。他对酋长说，"如果村庄希望我结婚，并且我一旦结婚就应该照顾好我的妻子的话，那么就应该允许我有自己选择妻子的权利，而不是由外人来决定我必须娶谁"①。他的这番话激怒了父亲，双方婚姻观的激烈冲突正是各自代表的文化立场的根本对立。小说以幽默讽刺的口吻描述了父亲和儿子与同样年轻的女孩谈婚论嫁，以最为简单的对比法呈现了这两场极不符合现代文明的婚约：父亲满心欢喜等待完婚大喜，儿子正在努力逃避婚姻。最后，儿子不辞而别逃离了婚姻安排，只留下那位被安排给他做未婚妻的女孩黯然神伤。父亲的未婚妻则在结婚前夜与人私奔，这使金加拉人财两空、因伤心过度而亡，成了一个

---

① Legson Kayira, *Jingala*, New York: Doubleday & Company, Inc., 1969, p. 102.

让人心酸的笑料。格雷戈里对部落原始婚姻制度的抗争，是现代文明与传统部落文明针锋相对的一部分。父子二人的婚恋故事都未能有和美的收场，体现出作者对这一落后部落文化的内在性否定。

在这对父子之间，除了婚恋情节之外，还有诸多方面也呈现出尖锐的矛盾。金加拉在自己的部落是一个受人尊重的"老年人"，他活到这个岁数本身就是他的某种资本，见多识广和了解过去更让他自以为可以预测未来。小说在开头部分就以诗一般的语言描述了他的出场，在十月一个微凉、美丽的清晨，他一身传统装扮，从容地走在村落的马路上，他对于一切都胸有成竹，仿佛他有一生的时间来完成他的漫游。村民们也敬重他，因为在过去的岁月中，他忠厚、讲信誉、有担当。因此，在他的太太去世后，他太太的兄弟决定把自己只有几岁大的女儿许配给他为妻，并且认为女儿能嫁给这样一位德高望重的好人，是一个很不错的归宿。金加拉的装扮中有两样东西别有意味。其中一个是在各种场合收集到的钥匙串。这把已经毫无用处、无锁可开的钥匙，具备某种象征意义。对于金加拉来说，这或许是为了彰显他的地位。钥匙代表了掌管某种财富，是一种权力的炫耀，一把钥匙总是通向某个既定的隐秘空间。然而，极具反讽意味的是这些钥匙没有任何对应的空间可开启，反而显示出了金加拉的虚弱，及其自我价值的虚幻，也暗示了他在构建自我身份时的危机重重。他的装扮中另一件象征性物品则是一个坏掉的旧怀表。钟表是时间的记录仪，走动的指针永远指向未来。一个指针不再走动的钟表代表了时间的凝滞。它以传统的身份参与到现代性之中，意味着金加拉只有已经逝去的旧时光，正如他唯一值得夸耀的仅有过去的日子。在小说中，部落的酋长也戴着一个坏掉的怀表，并且还时不时煞有介事拿出那个怀表看一下时间。他和金加拉以一种装腔作势的态度对待钟表，正如他们一厢情愿地想要留住时间，留住历史。此外，钟表也代表了西方的时间尺度，这是对金加拉所生活的时代的提醒。关于坏掉的钟表这一象征物，小说中有这样一个细节：当格雷戈里和金加拉在拜访酋长时，酋长不停地看着自己的手表，暗示他很忙，"酋长挥动他的左臂，看着他的手表，好像它在工作，甚至说了一些话，大意是已经很晚了"。而此时"金加拉也从胸前口袋里掏出他的钟表，仔细看了一眼，然后摇了一摇，又看了一眼。天色已晚，他同意酋长的话，然后把它放回口袋里"①。金加拉很明显是带着悲剧色彩的喜剧人物，正是现代性和现代化将他们变成了现代世界里的边缘人。②金加拉和酋长在以太阳判断时间之前，总会先看一看这只根本不走的钟表以确定时间。这个细节充满了喜剧性的嘲讽意味。在他们的世界中，时间其实是由太阳的运动、阴影的长度和季节的变化来确定的。但是，他们却依然假模假样地用代表了资本主义或者是现代性意义的钟表来做对照，以此表明在马拉维的传统生活中，对于金加拉这位老税吏和酋长来说，西方的现代性必须服从于当地的时间和本土先验的价值体系。正如酋长告诉格雷戈里的，"白人有他自己的历史和传统，他为他们的历史和传统感到骄傲"，但是"你有自己的过去和习惯"。③他们试图确保西方人有西方人的文化，马拉维有马拉维的真理。然而在格雷戈里看来，酋长和他的父亲一样滑稽可笑。在这场有关时间，即有关现代性的较量中，金加拉与酋长输了。

当格雷戈里被迫中断学业回到村落之后，压根儿就没有将拜访酋长以获得土地和建筑房屋的权利当回事。在教会学校的学习已经重塑了他的世界观，他不认同父亲所代表的传统文化，并在意识深处认为其是负担，甚至是耻辱。这从他在学校看到穿一身传统服饰的父亲时所做出的反应即可见一斑。对金加拉的同村人来说，他的衣着突出了他年长者的角色——一个长寿到足以成为"珍贵古董"的人。但是，当他一身传统装扮，出现在儿子的教会学校中时，却遭到了羞辱与排斥。金加拉听到那帮孩子在窃窃私语，认为他简直就是一个刚从森林里跑出来的原始人。原始和过去在这些热衷于英国精英教育的孩子心中，就是"落后"的同义词。格雷戈里在看到父亲的这身装扮后，"他意识到额头和背上都有流汗的刺痛感……他父亲明明很容易就可以买到裤子和夹克，为什么要穿着背心和缠腰布、腰间别着把斧头跑到学校里来？"④。这些西方服饰在儿子心目中就是文明

---

① Legson Kayira, *Jingala*, New York: Doubleday & Company, Inc., 1969, p. 95.

② Adrian Roscoe, *The Columbia Guide to Central African Literature in English Since 1945*, New York: Columbia University Press, 2007, p. 141.

③ Legson Kayira, *Jingala*, New York: Doubleday & Company, Inc., 1969, p. 98.

④ Legson Kayira, *Jingala*, New York: Doubleday & Company, Inc., 1969, p. 18.

与进步的标志，那一身传统装扮成了儿子受伤的直接原因。格雷戈里的复杂情绪体现了两种文化的较量。金加拉的传统服饰使他成为那些认同现代生活方式之人的嘲笑对象，这些人包括他的儿子格雷戈里和他的同学们，而这正表现了殖民宗主国现代性对马拉维文化的冲击。作者通过无用的钥匙和钟表，暗示了金加拉所代表的传统文化的必然失落。

因此，金加拉认为送格雷戈里去教会学校是自己一生中最为严重的错误。当他强硬要求儿子结束学业跟随他回归部落时，父子之间、金加拉与白人教师之间发生了激烈的言语冲突。金加拉对着教会学校的老师大喊大叫，发泄愤怒，因为那位老师竟然说自己的独生子格雷戈里是上帝的孩子（the God's Child）。金加拉无法接受这一说法——是他自己给予儿子生命，并从他九岁开始独自一人辛苦抚养他，送他接受教育，因此他只能是自己的孩子。而今儿子竟然想做牧师，献身宗教，那么他一定是受到了白人教师的蛊惑。金加拉认为是白人牧师要"拐走"自己的独生子。可是儿子再三表明"没有谁可以决定自己的命运"，"一切都是由自己决定"。这一"我自己做主"的主体意识，表明了部落文化在金加拉儿子身上是缺失的。金加拉指责儿子："我曾教过你。我现在很穷是因为我曾花了大把的钱送你去上学，而你呢？你自大。你自满。你变得骄傲了，自以为和你这个饱学之士比，我们都是愚蠢的人。"[1]他认为自己和村子里其他的黑人男性，都不会读也不会写，但是他们却可以幸福生活，正是白人的教育摧毁了马拉维传统部落的和平宁静。格雷戈里尽管不得不跟随金加拉暂时回到村子，但他再也不可能回到父亲期待的儿子角色中来。他只是表面按照父亲的安排喂牛、砍柴、种地、修建属于自己的房屋，而内心却陷入巨大的痛苦当中。不过，他献身宗教的人生志向不曾动摇。金加拉以为只要让格雷戈里娶妻，他就能够安心留在部落，不料这种荒唐的婚姻观更是让他愤怒不已。格雷戈里对父亲给他找的女孩满怀愧疚，但是他内心坚定。而能够支撑他与部落传统、与父亲权威进行斗争的动力，正是来自他在教会学校所接受的宗教信仰。于是当他收到了学校牧师寄来的信以

---

① Legson Kayira, *Jingala*, New York: Doubleday & Company, Inc., 1969, p. 42.

及路费，告诉他可以继续求学，不需要再支付学费的时候，他义无反顾地背叛了父亲的期待，在父亲结婚前的深夜逃走了。他渴望去过崭新的精神生活。卡伊拉用讽刺的手法，从以西方现代性和基督教文化为基础的精英意识的必然逻辑出发，论证了金加拉及其村民的反抗注定失败，也以悲剧式的笔调哀叹了金加拉的负隅顽抗。在西方强大的文化冲击面前，部落的传统价值呈现出可笑且不堪一击的一面。

三、资本与宗教：两种外来"现代文明"之争

卡伊拉在较短的篇幅中安排了三组主要的冲突，我们已经分析了婚恋问题与父子冲突。小说的第三种矛盾则是围绕格雷戈里与两位刚从南非回到村子的矿工间展开的，体现了基督教信仰与资本崇拜间的矛盾。对于马拉维的传统部落而言，此二者都是外来的。

金加拉的独生子格雷戈里，是一位受过教会学校熏陶的黑人少年。在教会学校学习知识的同时，他的信仰也发生了变化。他无法认同父亲等族人身上所代表的传统文化；同时，他也无法认同其他年轻人身上所体现出的资本崇拜、金钱至上的价值观，因为他并非像其他年轻人那样，能通过到南非务工来了解外面的世界。因此，他与来拜访自己的两个南非矿工之间有着较深层次的冲突，他对矿工们通过金钱追求所确立的身份表示否定。马拉维是南非最重要的劳务输出国。小说中提到村子里的年轻人习惯于离开村庄到南非的矿山或农场打工，每年都有许多年轻人加入这些务工的同胞之中。这些矿业公司依据合同向马拉维政府支付这些工人在南非期间工资的20%或更多。这两个矿工代表了多数马拉维年轻人的选择，他们放弃传统部落生活，到南非去"淘金"。只有在南非，他们的劳动才能参与到资本世界中来，因此他们很快就可以赚到更多的钱，带回来更多的现代生活用品。如果留在部落，劳动是不能产生资本价值的，因为整个马拉维的传统村落还停留在靠天吃饭和自给自足的前现代状态。这些从南非打工赚到钱的年轻人回到部落的时候都有一种见过世面的派头，他们穿工作服、黑皮靴、戴太阳镜、

金属链、大戒指，用无线电等，关键是还会讲一种从南非学会的其他人听不懂的古里古怪的语言，那仿佛是他们用以确认身份的行话。在这一部分作者主要采用的是对话方式，让矿工和格雷戈里双方展开了辩论，赋予主人公以自由的声音和独立的个性，"使作者意识和主人公意识以及主人公意识和主人公意识同时并存、相互作用，最终进入积极的对话状态"①。双方就受过教育后的格雷戈里将会从事怎样的工作进行了激烈的争吵，表现了两种不同的外来文化之间的冲突。矿工们对于价值的判断是由金钱决定的，因此想当然地认为，像格雷戈里这样受过良好教育的年轻人将来一定会赚很多钱。当听到格雷戈里说自己将会去做一个不赚钱的牧师的时候，他们认为自己被欺骗了。小说中这样写道：那两个矿工认为格雷戈里会从事教学工作，"这是一份很好的工作，他会赚很多钱，很快就会变得富有"。格雷戈里说，"我会成为一名牧师，不会挣任何钱"。他们认为这是一个玩笑，所以同时笑了起来。手腕上戴着金属链子的矿工说，"他会挣很多钱，他不想把钱透露给我们。我知道受过教育的年轻人有多狡猾，他会挣很多钱"。"你不明白，"格雷戈里生气地说，"我不会挣任何钱。"②从他们脸上困惑的表情中，格雷戈里知道彼此之间存在无法跨越的鸿沟，不为金钱而工作是矿工以前从未听说过的事情。从这段对话可以看出他们之间深厚的隔膜。接受了资本世界的金钱观的矿工无法理解格雷戈里竟然不为赚钱而工作的打算。换而言之，这是追求英国精英教育和宗教教育的格雷戈里与追逐现代资本主义生活方式的马拉维青年，在价值观层面的冲突。格雷戈里以自视高人一等的精英思想否定简化为金钱的外部世界。

格雷戈里认为，自己的地位建立在获得英国中产阶级价值观和教会学校教育积累的象征性资本的基础上。作为奇马利罗村为数不多的受过教育的人之一，他阅读过经典著作，接受过基督教的熏陶。因此，他的社交方式、人生理想与矿工们不同，他不需要物质或个人的城市生活体验，他在西方精英教育的浸染之下建立了一种超国族意识的世界观。在格雷戈里看来，他的思想才是代表现代的，

---

① 凌建侯：《巴赫金哲学思想与文本分析法》，北京：北京大学出版社，2007年，第271页。
② Legson Kayira, *Jingala*, New York: Doubleday & Company, Inc., 1969, p. 62.

且比矿工的思想要深刻得多。因此，他面对矿工们时，表现出一种居高临下的态度。矿工们的虚拟身份来自对资本的认同，而格雷戈里告诉矿工："我对金钱不感兴趣，我不是拜金主义者。"矿工们认为格雷戈里是一个自大的傻瓜，他不了解金钱的价值，甚至不了解他在市场上作为劳动力的经济效益。他们对西方的现代性的认同出于不同路径，他们质问格雷戈里："你为什么不去矿井呢？像你这样受过教育又聪明的年轻人很容易找到好工作……你可以轻松地成为大办公室的领班或总管，那意味着你将可以获得大笔的收入。"[1]他们之间充满了对彼此的不理解和蔑视。双方的观念冲突，体现出受过教育的、有教养的身份认同，与没受过教育的、没有教养的身份认同之间的巨大鸿沟。

卡伊拉对矿工的描写带有某种程度的嘲讽。那些到南非务工的黑人回到部落时，往往身着工作制服，脚穿带鞋钉的黑色厚靴，戴着头盔、大大的太阳镜以及夸张的戒指，甚至有的人一只手要戴五枚戒指。这两个矿工就是这些黑人中的一员。格雷戈里观察着他们在南非工作时穿的笔挺的卡其色绿领工装服，向左斜戴着标签不明显的棕色大帽子，以及闪亮的黑色鞋子。他们身上还有一种奇怪的气味，是廉价洗发水的味道。其中一个手腕上戴一条有纹饰的夸张的厚重金属链子，另一个则在每只手上戴了两枚不同颜色的戒指，手里还拿着一个设计奇特的烟斗，这个烟斗并没有真的在用，但是他却时不时把烟斗放进嘴里，假装在抽烟。从这两个矿工的装扮来看，他们是滑稽可笑、装腔作势的，这暴露出他们自命不凡而实则虚弱不堪的内在。他们为了确立自己的身份，与那些没有离开过部落的普通黑人拉开距离，故意操一口洋泾浜式的混杂语言。他们不停地和对方说话，发出"Ayi konna！"的声音。他们的这种语言在某种程度上与霍米·巴巴的混杂理论相似，只是在霍米·巴巴看来，"'模仿'的观念……也作为被殖民者对这种话语的不适当的模仿，这种话语具有威胁殖民权威的作用"[2]。在殖民地，语言的混杂是一种典型的现象，尤其是不同语系、语种或方言之间的混杂。虽然混杂通常具有一种解构意义，但是对于这两个矿工而言，这不过是他们重塑

---

① Legson Kayira, *Jingala*, New York: Doubleday & Company, Inc., 1969, p. 64.

② 罗钢、刘象愚（主编）：《后殖民主义文化理论》，北京：中国社会科学出版社，1999年，第235页。

自我的重要工具。它体现着矿工群体对资本世界的膜拜与认同，以及他们想以此掩盖传统部落身份的装腔作势。他们当着格雷戈里的面，用混杂的语言进行了长时间的交谈。此时，语言成为凸显他们主体身份的力量。这是一种时髦，代表了新世界，代表了一种进步的外来性。然而，受过精英教育的格雷戈里，看出了这些哗众取宠的矿工们的虚浮与庸俗。他认为矿工们是自命不凡的小丑，他们所使用的这种洋泾浜式的语言，正暴露出他们文化上的虚弱，而他们的爱出风头和庸俗举止冒犯了正统的西方文化精神和传统的马拉维文化。

　　格雷戈里并不认同马拉维传统文化，他所代表的是被殖民思想和国家机器吞噬的现代性，他奉为圭臬的人生理想是一种"崇高"的宗教献身精神。因此他讨厌两个矿工听说他要从事宗教事业之后称呼他为"圣人"，他觉得这个词在他们的口气里有一种不恭敬，他更希望他们称自己为"牧师"。他就这两个词的微妙差异来纠正矿工，而两个矿工对宗教毫无兴趣，因此也毫不在意。我们从格雷戈里身上可以看出：教会学校不仅培养基督教徒，还培养殖民统治所需的、被现代文明规训的被殖民者。格雷戈里发自肺腑地认同，并追随具有强烈献身精神和超脱世俗物欲的基督教文化，他代表了西方文化传统在殖民地最为成功的思想改造。酋长曾向格雷戈里描述他对现代教育的立场："你的父亲、德韦拉和我都不会读书。所以在你们眼中，我们没有受过教育，但我们知道怎样与人共同生活，怎样养育儿女，怎样安抚祖先，怎样埋葬逝者。那不是教育吗？"[①]格雷戈里作为受过教育的精英，他反对金钱的思想本身也是一种象征性资本，事实上金钱对他来说同样重要。例如，格雷戈里的教育不是免费的——不是每个人都能上圣博尼法斯（St. Boniface）学校。格雷戈里的受教育费用由父亲金加拉提供，他在思想上不拜金，但父辈的财富积累为其一生提供了保障。格雷戈里身上的这一悖论，可以被视为典型的虚假意识。这一虚假意识使他对奇马利罗村财富生产和再生产的社会关系视而不见。格雷戈里和南非矿工们来自同一个文化和语言共同体，但他们在殖民资本主义现代性中立场的不同，导致了他们在意识形态上的对立。但是，作者却指出，格雷戈里本人对他成为牧师后将履行的职能也没有非常

---

① Legson Kayira, *Jingala*, New York: Doubleday & Company, Inc., 1969, pp. 97-98.

明确的想法。因为他认识的唯一的牧师是他在学校的老师。这位老师扮演各种角色，既是教师、牧师、医疗助理，也是木匠或工程师。即使怀揣着非常朦胧的想法，这个从黑人部落叛逃的少年却找到了自己的人生之光，指引他毫无畏惧地从生活的村子里连夜出逃。他无法接纳父亲所代表的传统文化，对于矿工们代表的资本价值观更是不能苟同。因此，他只有逃跑，从家里跑出去。他是马拉维受过良好教育的年轻人中渴望塑造全新自我的典型。

《金加拉》以悲喜剧形式刻画人物的遭际与命运，在这种形式中，欢笑与悲伤相互交织。虽然作者在故事中对人物的虚妄行为进行了讽刺，但这种讽刺并不尖刻，而是表露出温和的讽喻意味。小说通过紧凑的篇幅与极简的情节，呈现了人物的多重矛盾冲突。这些戏剧性的冲突丰富了主题，增强了故事性，体现了当代马拉维的身份杂糅问题。马拉维的传统文化面临至少两种外来文化强有力的挑战：来自南非的当代资本势力和来自宗主国的宗教文化、精英文化。这两种外来势力互相抵触，资本与宗教呈现出某种内在的紧张关系。金加拉的悲剧正是这两种外来势力战胜传统部落文化的结果。

结　语

卡伊拉在这部小说中对人物的塑造是成功的。他善于抓住人物的外貌与衣着特征，尤其精通于选取具有象征意味的意象来表现主题，例如金加拉身上随身佩戴的丧失实用功能的钥匙与怀表。另外，卡伊拉还善于写人物对话。小说主体部分由人物的对话构成，通过人物对话推动故事情节，呈现思想交锋。这部小说语言简练，几乎没有多余的抒情与议论。即使在小说结尾，金加拉面对着双重背叛，作者也只是以一句"他伤心而死"作为结束，没有流于感伤抒情，而是呈现一种简约节制的美学特点。小说的线索与结构也颇有匠心。金加拉的悲剧其实是由两个事件导致，但是这两个线索完全独立发展，双重背叛直到最后一刻才交汇，成为压垮了金加拉的巨石。双线并进，各自发展，直到结尾才汇合，在较短的篇幅中容纳了更多的社会内涵。当然，客观来看，这部小说也具有许多令人诟病的地方，如不自然的写作风格、人物塑造僵化、故事情节展开不足，这些都是许多非洲政治小说在叙事技巧上的通病。因此，如何综合而客观地评价卡伊拉等非洲作家的创作成就，还有待于研究者进一步的解读。

（文/浙江财经大学 肖丽华）

赞比亚文学

　　赞比亚共和国（The Republic of Zambia）是非洲中南部的一个内陆国家，原称"北罗得西亚"（Northern Rhodesia），1964年独立。该国北靠刚果民主共和国（The Democratic Republic of the Congo），东北邻坦桑尼亚（Tanzania），东和马拉维接壤，东南和莫桑比克（Mozambique）相连，南接津巴布韦、博茨瓦纳（Botswana）和纳米比亚（Namibia），西与安哥拉（Angola）相邻。其国内总人口数为2057万（2023年数据），有73个民族，官方语言为英语。

　　赞比亚英语文学萌生于20世纪60年代，初期作家们以文学期刊为主要阵地，为寻找合适的英语表达风格做出了有益探索。《赞比亚新作》（*New Writing of Zambia*，1964—1975）和《非洲珍宝》（*Jewel of Africa*，1968—1970）就是当时的重要刊物。20世纪70年代，赞比亚英语文学渐渐走向成熟，作品体裁多样化，尤以长篇小说为代表。安德里亚·马西耶（Andreya Masiye，1922—）创作了第一部英语长篇小说《黎明之前》（*Before Dawn*，1971），多米尼克·穆莱索（Dominic Mulaisho，1933—2013）和基甸·菲里（Gideon Phiri，1942—）两位作家对英语的运用更有赞比亚风格。20世纪80年代后，赞比亚英语文学因国家政治、经济危机进入沉寂期，这一阶段比较有名的是作家格里夫·西巴莱（Grieve Sibale，1952—）等。近年，该国英语文学中具有代表性的作品是艾伦·班达-阿库（Ellen Banda-Aaku，1965—）的《万迪的细小声音》（*Wandi's Little Voices*，2004）。另外，还有美籍赞比亚裔作家纳姆瓦利·瑟佩尔（Namwali Serpell，1980—）的小说《古老的漂流》（*The Old Drift*，2019），此作获2020年亚瑟·C.克拉克奖（Arthur C. Clarke Award）。

第十三篇

肯尼思·卡翁达
传记《赞比亚必将获得自由》中的非暴力自由与行动

肯尼思·卡翁达

Kenneth David Kaunda，1924—2021

作家简介

肯尼思·卡翁达（Kenneth David Kaunda，1924—2021）是赞比亚政治家、外交家、教育家和国务活动家。他不仅被称为"赞比亚国父""非洲民族解放运动的元老"，还是非洲统一组织（非洲联盟）和不结盟运动的领导者。

卡翁达原先是教师，于1949年进入政界，1953年成为北罗得西亚非洲人国民大会党（Northern Rhodesian African National Congress）总书记，地位仅次于该党主席哈里·恩坎布拉（Harry Mwaanga Nkumbula，1916—1983）。1958年，卡翁达退出该党，另建赞比亚非洲人国民大会（Zambian African National Congress），自任党主席。1959年，赞比亚非洲人国民大会被英国殖民当局取缔，卡翁达被判入狱。1960年出狱后，他当选为联合民族独立党（The United National Independence Party，UNIP）主席。1964年1月，联合民族独立党在选举中获胜，卡翁达就任北罗得西亚自治政府总理，成为英联邦内最年轻的政府首脑。同年10月，赞比亚正式独立，卡翁达成为首任总统，连续执政长达27年。1991年，卡翁达大选失败后下野。2000年，卡翁达正式宣布退出政坛，之后依旧活跃于国际舞台，为人类抗击艾滋病做出了贡献。

卡翁达始终保持着对现实问题的思考，且善于从实际行动中总结经验。其作品有《黑人政府?》（*Black Government?*，1960）、《赞比亚必将获得自由》（*Zambia Shall Be Free*，1962）、《非洲的人道主义者：赞比亚总统肯尼思·卡翁达写给科林·莫里斯的信》（*A Humanist in Africa: Letters to Colin M. Morris from Kenneth D. Kaunda, President of Zambia*，1966）、《暴力之谜》（*The Riddle of Violence*，1981）等。在这些著作中，卡翁达认为，非洲人不仅可能实现自治，也有具体的实现方法，他还强调了反暴力斗争的重要性。

作品节选

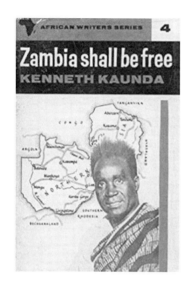

《赞比亚必将获得自由：一部自传》

（*Zambia Shall Be Free:*

An Autobiography, 1962）

We of U. N. I. P. know what we want, self-government now, and we also know how to get it, through non-violent means plus positive action... Countrymen, this is a fitting moment for me to say like Shakespeare, "Our legions are brim full, our cause is ripe." U. N. I. P. has become a most powerful organization because each member has played his part honestly, sincerely, truthfully, and untiringly; and because we have based our policy on humanitarian principles... For a long time I have led my people in their shouts of KWACHA (the dawn). We have been shouting it in the darkness; now there is the grey light of dawn on the horizon and I know that Zambia will be free. [1]

　　我们联合民族独立党知道我们想要什么，就是（赞比亚）立刻实现自治，我们也知道如何得到它，通过非暴力手段和积极行动……同胞们，此刻我正好可以像莎士比亚那样说："我们的军队已经十分强大，我们行动的时机已经完全成熟。"联合民族独立党之所以成为最强大的组织，是因为每个成员都诚实地、诚恳地、如实地、不遗余力地发挥了自己的作用；还因为我们的政策基于人道主义原则……长期以来，我带领我的人民高呼"黎明"。我们一直在黑暗中呼喊"黎明"；现在，黎明的灰色曙光出现在了地平线上。我知道赞比亚将获自由。

（张欢 / 译）

① Kenneth Kaunda, *Zambia Shall Be Free: An Autobiography*, London: Heinemann, 1962, pp. 152, 158, 160.

作品评析

传记《赞比亚必将获得自由》中的非暴力自由与行动

引　言

《赞比亚必将获得自由》是赞比亚国父肯尼思·戴维·卡翁达的自传，按时间顺序叙述了其在1924年至1962年间的经历。

在这30多年里，卡翁达由从教转而从政，加入了北罗得西亚非洲人国民大会，这是北罗得西亚第一个由非洲人组成的政党。他很快成为该党第二领导人，但最终因意见分歧与主席哈里·恩坎布拉①决裂，另建赞比亚非洲人国民大会。但不久后，这个新政党就被定义为非法组织并遭到取缔，卡翁达被捕入狱。1960年1月，他出狱后成为联合民族独立党主席，继续领导北罗得西亚人民进行独立斗争。1962年，《赞比亚必将获得自由》出版几个月后，联合民族独立党就在选举中获胜，卡翁达就任北罗得西亚联合政府地方政府和社会福利部部长。1964年1月，他又当选为北罗得西亚自治政府总理；同年10月24日，北罗得西亚正式宣告独立并更名为"赞比亚共和国"，卡翁达成为首任赞比亚总统。

---

① 哈里·恩坎布拉：北罗得西亚民族主义领导人，曾领导北罗得西亚进行反殖民独立斗争。他出生于赞比亚南方省纳姆瓦拉县，在卫理公会传教士学校受教育后成为教师，又在斯图尔特·戈尔－布朗赞助下继续深造。恩坎布拉之后前往英国，在那里遇到了更多非洲民族主义者，1949年，他和未来的马拉维国父海斯廷廷斯·班达合作起草了一份文件，表达了非洲人对中非联邦的反对。1950年，恩坎布拉回国，次年成为北罗得西亚非洲人国民大会主席。他也是北罗得西亚有史以来第一位将酋长召集起来对抗英国殖民政府的政治家。

　　身为一名自传作者，肯尼思·卡翁达相当于自身的历史学家。[1]在这本自传里，他跌宕起伏的前半生故事与国家独立史交织在一起，而其主题就是"行动"。首先，卡翁达解释了自己为何行动起来，成为反殖民运动的领导者；其次，通过对过去行动经验的总结，卡翁达强调了非暴力斗争的必要性；最后，身为民族独立领袖的卡翁达，进一步为自己人民指出了未来的行动方针。因此，可以说，《赞比亚必将获得自由》是一本非暴力自由战士（Freedom Fighter）[2]的行动之书。

一、人生选择：从教师到自由战士

　　对肯尼思·卡翁达而言，《赞比亚必将获得自由》的第一写作目标，是解释自己的人生选择，即他为何会走上政治之路。可以说，他是在认识到自身"不自由"的过程中定义"自由"，开始争取"自由"，并因此走上政治道路，从教师变成了自由战士。

　　英国学者约翰·穆勒（John Stuart Mill，1806—1873）曾在其著作《论自由》（*On Liberty*，1859）中为自由下了这样一个定义："首先，它包括意识的内在领地；要求在最广泛的意义上的良心自由、思想和情感的自由……其次，是要求拥有趣味和追求的自由的原则；使我们的生活适合于我们的性格并据以规划我们生活的原则……最后，从每个人的这种自由出发，在相同的限度内，就产生了另外一种自由，即个人之间联合的自由；不以伤害他人为目的联合的自由；参与联合的人应是成年人，他们不受强迫，也不受蒙骗。"[3]这段话依次递进，表明自由不仅是个人的追求，也是群体的追求。在卡翁达的成长过程中，随着身份的变化，他对自由的认识也经历了一个渐进的过程。

---

[1] James Olney, *Autobiography: Essays Theoretical and Critical*, Princeton, NJ: Princeton University Press, 2014, p. 35.

[2] 自由战士：为达到政治目的而参加暴力斗争的人，尤指为推翻政府而参与斗争的人。

[3] 约翰·穆勒：《论自由》，谢祖钧译，郑州：河南文艺出版社，2014年，第12页。

1924年4月28日，肯尼思·卡翁达出生在北罗得西亚穆钦加（Muchinga）省钦萨利区（Chinsali）的卢勃瓦（Lubwa）。正是在同一年，北罗得西亚成了英属保护国。卡翁达要等到长大后才能明白，这一事实对于非洲人民而言意味着什么。

卡翁达出身于中产阶级。他的父亲戴维·卡翁达（David Julizya Kaunda，1878—1932）是一位苏格兰教会传教士兼教师，1904年从其出生地尼亚萨兰被派往钦萨利，在这里建起了卢勃瓦教区，负责向本巴人（Bemba）[1]传教。其母海伦·卡翁达（Helen Nyirenda Kaunda，1885—1972）属于首批在殖民时期的赞比亚担任教师的非洲妇女。卡翁达在父母膝下度过了幸福的童年，可在他八岁时，父亲就去世了，此后母亲艰难维持家计。为了帮助母亲，卡翁达学会了做各种家务，可谓"吾少也贱，故多能鄙事"。

虽然家道中落，但卡翁达还是接受了良好的英语教育，并因此找到了教职，过上了自足的生活。作为北罗得西亚的一名知识分子，他获得了较大程度上的个人自由，即《论自由》中定义的第一层自由——"良心自由、思想和情感的自由"[2]。

戴维在世时即为肯尼思规划了良好的教育路线，准备等到儿子完成基础教育后就把他送到南非知名学者Z. K.马修斯（Z. K. Matthews，1901—1968）[3]那里学习。这一念头最终落空了，卡翁达家随着戴维的去世而陷入贫困，母亲在朋友的帮助下才为肯尼思筹足了基础教育的学费。接受完基础教育后，肯尼思先是被卢勃瓦师范培训班录取，17岁时又到穆纳利的高级中学学习。1943年，卡翁达返回卢勃瓦教书，很快成为当地一所学校的校长，之后他又游历了坦桑尼亚的坦噶尼喀（Tangayika）和南罗得西亚（今津巴布韦），还在穆富利拉（Mufulira）的一所学校当过老师。

---

[1] 本巴人：亦称"巴本巴人"，非洲中南部民族，属尼格罗人种班图类型。主要分布在赞比亚北部、扎伊尔和坦桑尼亚。部分成员信仰基督教，习俗中仍有部分母系社会遗风。

[2] 约翰·穆勒：《论自由》，谢祖钧译，郑州：河南文艺出版社，2014年，第12页。

[3] Z. K. 马修斯（Zachariah Keodirelang Matthews，1901—1968）：南非著名学者，任教于福特哈尔大学，学生中有很多未来非洲大陆的领导人。

可以说，肯尼思·卡翁达的情况完美符合马克思的一句名言——"环境是由人来改变的，而教育者本人一定是受教育的"①。卡翁达受到的教育使其实现了"个性的自由发展"②，也让他有能力帮助别人。成为教师的卡翁达发现，虽然生活幸福，但自己并不满足，因为母爱和教会的权威都令人感到压抑。回顾这段岁月时，卡翁达表示："我一生都在做别人为我计划的事情，我想脱离出来，自己行动一次。"③卡翁达接下来的游历让其进入了一个新的人生阶段，他开始从事政治活动，为更多人的自由而努力。正如《论自由》中所提到的："个性与发展是同一回事，而且只有培养个性才能够产生或者才会产生良好发展的人类……充分发展了的人对于欠发展的人是有某些用处的。"④

身为北罗得西亚的一名普通教师，卡翁达意识到，在白人的殖民统治下，非洲人的生活并不自由。穆纳利中学有一位在福特哈尔大学（University of Fort Hare）受过教育的南非老师，正是在这位老师的教导下，卡翁达第一次认识到了种族隔离（apartheid）的存在，还了解到了非洲同胞在英国白人的统治下所受的屈辱。这种屈辱也发生在卡翁达身上。在他前往殖民机构办理事务时，那里的白人官员坚持让人把自己的英语翻译成本巴语（Bemba）⑤，全然不顾对面求助的非洲人说的就是英语。卡翁达愤愤道："学生时期，在我花了所有的时间试图精通英语并学习英国文学后，这位地区专员又想把我推回到他认为我应该在的位置——'普通的本地人'。"⑥这提醒他，教育并不能带来平等和真正的自由。并且，非洲人能在殖民政府那里获取的权利也不是真正的权利。1949年，卡翁达在穆富利拉教书时当选为省议员。那时他第一次遭遇了种族歧视。穆富利拉的商店不允许

① 马克思、恩格斯：《马克思恩格斯选集》（第一卷），中共中央马克思恩格斯列宁斯大林著作编译局编，北京：人民出版社，1995年，第55页。

② 约翰·穆勒：《论自由》，谢祖钧译，郑州：河南文艺出版社，2014年，第57页。

③ Kenneth Kaunda, *Zambia Shall Be Free: An Autobiography*, London: Heinemann, 1962, p. 23. 如无特殊标注，引文部分均为笔者自译，以下同。

④ 约翰·穆勒：《论自由》，谢祖钧译，郑州：河南文艺出版社，2014年，第65页。

⑤ 本巴语：本巴人使用的语言，也是赞比亚最占优势的土著语言，直到今天在当地某些地区还是通用语。戴维·卡翁达负责向本巴人传教，肯尼思·卡翁达的母语也是本巴语。

⑥ Kenneth Kaunda, *Zambia Shall Be Free: An Autobiography*, London: Heinemann, 1962, pp. 17-18.

非洲人从前门进入。卡翁达决定挑战这种不公平现象。他选中当地一家药店，从大门进入要求购物。但卡翁达的抗议失败了，该店坚决不卖商品给他。直到得知他是省议员后，店主才道歉。卡翁达表示，他"没有要求对我自己有任何特殊照顾"，只是认为"我的人民在他们自己的国家受到合理的礼遇"①，这种歧视现象让他非常不满。

这种生活中的"不自由"已经让卡翁达感到不适，在他转而从政、决心为非洲人谋取更多利益后，其政治权利、言论自由和出版自由等合法权利更加难以保障。1953年末，卡翁达和恩坎布拉因发行党报被捕，虽然他们确实有合法手续，因而被释放，但这份报纸还是被禁止出版。1955年1月，二人因被控藏有和散发颠覆性文学书籍被当局逮捕，并被判处了两个月的监禁。这一年晚些时候，卡翁达发现自己的人身自由也受到了限制，他不能到南罗得西亚参加会议。尽管他就是英国治下的中部非洲联邦的本土居民，但他仍然被视为自己土地上的"外国人"并收到了一张驱逐令。②

《论自由》中提到，"表达和出版意见的自由"是更进一步的自由。卡翁达在这个阶段的待遇证明殖民政府对其监管进一步加强，这也就意味着他影响力的扩大。作为北罗得西亚非洲人国民大会的主要领导人之一，卡翁达将党员视为"自由事业的工作者"，并把党组织定义成"为非洲人民表达其合法愿望的途径"③。正如该党发布的传单所言，此时非洲人民要求的自由是："在邮局、酒店、休息室、餐饮场所、剧院、公园、游乐场等公共场所不受肤色歧视"；"免受警察暴行和非法逮捕"；"在政府公务员系统、军队和警察部队中能凭自身能力获得更高的职位"及"更多更好的教育卫生设施"；更意味着拥有选举权及表达反对中非联邦这一政治意见的权利。④

而在之后的岁月里，卡翁达遭受到了更多迫害。1959年3月，他作为赞比亚非洲人国民大会主席被殖民政府逮捕，被流放到北方省的卡邦波（Kabompo）

---

① Kenneth Kaunda, *Zambia Shall Be Free: An Autobiography*, London: Heinemann, 1962, p. 33.

② Kenneth Kaunda, *Zambia Shall Be Free: An Autobiography*, London: Heinemann, 1962, pp. 60-61.

③ Kenneth Kaunda, *Zambia Shall Be Free: An Autobiography*, London: Heinemann, 1962, pp. 57-58.

④ Kenneth Kaunda, *Zambia Shall Be Free: An Autobiography*, London: Heinemann, 1962, p. 66.

县，之后依次被拘禁在卢萨卡和索尔兹伯里（Salisbury）的监狱中。这段岁月在卡翁达的自传里留下了浓墨重彩的一笔，因为他的思想在这个阶段有了变化，其对自由的理解也更深了一层。

在卡邦波时，卡翁达发现，"西方的生活方式如此强大，以至于我们自己的社会、文化和政治结构都被强大而贪婪的西方文明强奸。最重要的是，经济的不平衡使得我们的人民失去了他们的社会和文化背景，徘徊在追赶西方外在的社会、文化的优越水平之路上"，其结果只能是"道德上的毁灭"。①此处讨论的是民众酗酒问题，但也让人想起卡翁达少年时代的屈辱——即他发现自己已经精通英语，但在白人官员眼中，他仍然是个只会说本巴语的普通非洲人。而今身陷囹圄，卡翁达反而发现这是个反思自我的好时机："被逮捕和勒令停职反而是因祸得福。我不仅发现了自己的错误，而且在这个过程中，刚刚才开始重新认识自己和自己的人民。"②在索尔兹伯里监狱里遇到的罪犯则让卡翁达产生了更多思考，他发现："当围墙外的社会如此肮脏时，我们非洲人在很大程度上是无能为力的。有些索尔兹伯里的囚犯曾直截了当地说，他们在监狱里比在外面更好。他们会争辩说，他们永远不指望能找到工作，还会被警察骚扰，要求出示通行证、税单和其他许多东西。一个促使某些公民以这种方式思考的社会是腐朽的，需要被埋葬。"③这和《论自由》的论断不谋而合："如果社会让其不少的成员长大了还是同孩子一样，没有远大的理想，不能根据远大的理想来行事，那么社会应为这种结果而受到责备。因为社会不但拥有进行教育的一切权力，而且拥有公认的舆论的权威；它控制着那些最不适宜于为自己作出判断的人们的头脑。"④

因此，在1960年1月发表的出狱演说中，卡翁达将自由定义为"塑造我们自己的命运"⑤。为此，他呼吁建立一个由非洲人民统治的国家："就像英国人统治英国、法国人统治法国、日本人统治日本、印度人统治印度一样，非洲人

---

① Kenneth Kaunda, *Zambia Shall Be Free: An Autobiography*, London: Heinemann, 1962, p. 114.

② Kenneth Kaunda, *Zambia Shall Be Free: An Autobiography*, London: Heinemann, 1962, p. 114.

③ Kenneth Kaunda, *Zambia Shall Be Free: An Autobiography*, London: Heinemann, 1962, p. 134.

④ 约翰·穆勒：《论自由》，谢祖钧译，郑州：河南文艺出版社，2014 年，第 84 页。

⑤ Kenneth Kaunda, *Zambia Shall Be Free: An Autobiography*, London: Heinemann, 1962, p. 138.

必须统治非洲。"①"我们"应当获得自治，并最终实现独立，且能管理自己的政府，即一个民有、民治、民享的政府。②这呼应了南非国父曼德拉（Nelson Rolihlahla Mandela，1918—2013）在其自传《漫漫自由路》（*Long Walk To Freedom: The Autobiography of Nelson Mandela*，1994）中写过的一句话："当我走出监狱的时候，解放压迫者和被压迫者双方就成了我的使命……获得自由不仅仅是摆脱自己身上的枷锁，而是尊重和增加别人的自由的一种生活方式。我们献身于自由的考验还刚刚开始。"③和曼德拉一样，卡翁达也把自己定义为自由战士，④并允诺将为国家的自由而不懈斗争："我们这些自由战士……不为站在民族独立和自决斗争的前列而道歉，自由是我们与生俱来的权利，我们只是决心要实现它。"⑤而为了达成这一目标，要进行长期且艰巨的斗争。

二、"非洲的甘地"：卡翁达的非暴力斗争方式

1857年，美国废奴运动领袖弗雷德里克·道格拉斯（Frederick Douglass，1817—1895）⑥在一次演讲中发言称："人类自由进步的整体历史表明，对她（自由）那庄严的主张所作的一切让步都是在认真的斗争中产生的……如果没有斗争，就没有进步。"⑦一个世纪以后，美国黑人民权运动领袖马丁·路德·金

① Kenneth Kaunda, *Zambia Shall Be Free: An Autobiography*, London: Heinemann, 1962, p. 119.

② Kenneth Kaunda, *Zambia Shall Be Free: An Autobiography*, London: Heinemann, 1962, p. 152. 卡翁达在自传里提及，他在政治生涯早期读过林肯相关的书并受其影响，可以在这里的"民有、民治、民享"中看出。

③ 纳尔逊·曼德拉：《漫漫自由路：曼德拉自传》，谭振学译，桂林：广西师范大学出版社，2013年，第656页。

④《漫漫自由路》第三部标题即为《一个自由战士的诞生》（*Birth of a Freedom Fighter*）。

⑤ Kenneth Kaunda, *Zambia Shall Be Free: An Autobiography*, London: Heinemann, 1962, p. 120.

⑥ 弗雷德里克·道格拉斯：19世纪美国废奴运动领袖，杰出的非裔演说家、作家、政治活动家。他出生在马里兰州，母亲是黑人奴隶，八岁起就被送到巴尔的摩当家奴，1838年9月通过"地下铁道"逃至马萨诸塞州新贝德福德。道格拉斯是那个时代美国最著名的知识分子之一，其三部自传是美国黑人文学的开山之作，还曾在1872年被提名为副总统竞选候选人。

⑦ 引自弗雷德里克·道格拉斯于1857年8月3日在纽约发表的"西印度解放"演讲词。详见：Ngugi wa Thiong'O, *Writers in Politics: A Re-engagement with Issues of Literature & Society*, London: Heinemann Educational Books Ltd., 1981, p. 131。

（Martin Luther King, Jr., 1929—1968）在《来自伯明翰监狱的信》（*Letter from a Birmingham Jail*, 1963）中写道："永远记住。自由从来不是压迫者自愿给予的，自由需要被压迫者自己去主动要求。"①可见，为了自由，必须行动起来开始斗争，那应当用什么方式进行斗争呢？肯尼思·卡翁达创作自传的第二目标，就是要解答这一问题。在《赞比亚必将获得自由》中，他向民众宣称："我们将以非暴力方式为我们应得的自由而战。"②卡翁达终生坚持着这一原则，并因此被誉为"非洲的甘地"③。

在卡翁达看来，非暴力斗争方式有其合理性和必要性。可以从以下三方面找到理由：

第一，卡翁达早早认识到了暴力的副作用，因此很快接受了非暴力理念。早在童年时期，卡翁达的"非暴力"思想就已初见端倪。戴维·卡翁达是一位严格的父亲，有一天，他发现年幼的肯尼思主动与玩伴打架，于是狠狠地体罚了儿子。从此肯尼思·卡翁达意识到，暴力并不可取。④而他参与的第二次斗殴则是在小学足球赛中为了维护团体荣誉。这是一场惨败。敌方来势汹汹，卡翁达不得不迎战，他取得了肢体打斗的胜利，但对手拿出了一把刀，开始在卡翁达身上乱砍，血弄脏了他的白衬衫。⑤中学时期的卡翁达在求学过程中还意识到了自立（self-help）的价值，⑥他因此不再使用暴力。当面对高年级的霸凌时，他勇敢地与对方争吵；他还主动团结自己的同级同学，保护他们不受欺负。⑦后来，卡翁达在政治生涯早期读到了提倡非暴力斗争方式的政治家甘地（Mohandas Karamchand Gandhi, 1869—1948）的相关著作，并深以为然。

① 马丁·路德·金：《马丁·路德·金自传》，克莱伯恩·卡森编，马乐梅、张安思、杨婕译，南昌：江西人民出版社，2009年，第319页。
② Kenneth Kaunda, *Zambia Shall Be Free: An Autobiography*, London: Heinemann, 1962, p. 139.
③ Colin Morris, Kenneth Kaunda, *Black Government?*, Lusaka: United Society for Christian Literature, 1960, p. 5.
④ Kenneth Kaunda, *Zambia Shall Be Free: An Autobiography*, London: Heinemann, 1962, pp. 5-6.
⑤ Kenneth Kaunda, *Zambia Shall Be Free: An Autobiography*, London: Heinemann, 1962, pp. 11-12.
⑥ Kenneth Kaunda, *Zambia Shall Be Free: An Autobiography*, London: Heinemann, 1962, p. 10.
⑦ Kenneth Kaunda, *Zambia Shall Be Free: An Autobiography*, London: Heinemann, 1962, pp. 15-16.

第二，卡翁达的非暴力斗争观有理论支撑。早在1947年左右，卡翁达就接触到了朱利叶斯·尼雷尔（Julius Kambarage Nyerere，1922—1999）①的作品，这位未来的坦桑尼亚国父主张采用非暴力的斗争方式，要求内部自治并分阶段实现民族独立，以建立一个多民族互相信任、合作共存的国家。1952年任北罗得西亚非洲人国民大会北方省委组织书记期间，卡翁达又阅读了许多关于印度独立斗争的文献，②甘地的非暴力斗争思想极大影响了他。1958年5月受邀访问印度时，卡翁达感到很高兴，因为他终于有机会前往甘地的故乡，能见到那些帮助印度赢得独立的非暴力示威的人了。③卡翁达的愿望实现了，他在那里与人交流，更深入理解了非暴力斗争理论。他后来曾经在文章中写道："（在印度）遇到一位朋友，他和我一样，试图走非暴力之路。事实上，他有难得的机会与圣雄甘地密切合作，我们花了很长时间就如何建立基于非暴力的社会秩序交换意见。"④卡翁达还在1960年和1961年两次前往美国拜访马丁·路德·金，金的非暴力斗争思想也给了他启发。这些与国际友人的互动没有在《赞比亚必将获得自由》中留下太多痕迹，但上述领导人的理论、个人早期生活的基督教观念，及其本人固有的人道主义都对卡翁达产生了影响，后来他一直使用非暴力方式进行斗争。

当然，卡翁达没有一味强调理论，而是把理论与具体实际相结合，进行了自己的思考。1957年，卡翁达应英国工党之邀访问英国，并逗留六个月进行考察，以研究英国的政党组织，学习先进经验。在此期间。他意识到，尽管双方彼此抱有善意，却无法实现真正的交流。工党成立长达50余年，该党成员的合法权利不受限制，享有言论自由、出版自由和结社自由。尽管卡翁达遇到的很多欧洲人都善良、礼貌且有同情心，但他们无法理解北罗得西亚人民所受到的巨大压迫，甚至不相信卡翁达口中所说的是事实。⑤因此，英国工党的经验没有什么参考价

---

① 朱利叶斯·尼雷尔：坦桑尼亚政治家、教育家、文学家、翻译家，坦桑尼亚建国后的第一任总统，执政超过25年，在坦桑尼亚享有崇高威望，被尊称为"国父"和"导师"。

② Kenneth Kaunda, *Zambia Shall Be Free: An Autobiography*, London: Heinemann, 1962, p. 52.

③ Kenneth Kaunda, *Zambia Shall Be Free: An Autobiography*, London: Heinemann, 1962, pp. 91-92.

④ Kenneth Kaunda, *Humanism in Zambia and a Guide to Its Implementation II*, Lusaka: Zambia Information Services, 1974, p. ix.

⑤ Kenneth Kaunda, *Zambia Shall Be Free: An Autobiography*, London: Heinemann, 1962, p. 83.

值。相反，生长于北罗得西亚的卡翁达对这片土地上的具体情况有着准确的判断，他知道对症下药的必要性："我从自己的经验中知道……有了耐心和理解，人们可以被引导到更好的土地和他们梦想中的迦南，但如果你试图把他们推得比他们想走得更快，他们就会反抗。"①

在北罗得西亚这片土地上，非洲人受到了严重的压迫，因此，首先应该让他们意识到，自己受到的不公正待遇是不合理的，应当反抗："非洲人是人，不是可以被放牧和驱赶的牛。"②而即便英国这头狮子已经老而无牙，也"绝不可掉以轻心去靠近它，除非你打算把你的人民卖给它"③。尽管非洲人需要"为自我保护而斗争，而非由他人保护"④，但在敌我差距悬殊的情况下，暴力只会招来统治者的军队。因此领导人有道义上的责任，要让自己的人民远离帝国的子弹。⑤在这种情况下，非暴力斗争方式是最合适的。

在卡翁达和恩坎布拉的领导下，北罗得西亚人民为了争取自由，先后开展了如下活动：首先，自1953年起，北罗得西亚非洲人国民大会号召人们团结起来，抗议商店和邮局的种族隔离规定，以维护非洲消费者的权益。其次，1955年，恩坎布拉代表赞比西河谷的居民向英国女王递交了请愿书，因为水利项目侵占该保护地后，那里的人民流离失所。再次，1956年，国民大会在全国多地组织发起对实施种族歧视制度的商店的抵制活动，一些成员因此被捕并被警方恶意对待，该党因此诉诸法律。这一系列和平抵制活动取得了一些成果，毕竟国民大会的主要目标就是"谈判或在谈判失败的情况下采取行动"⑥，改善至今仍受到严重剥削的非洲人的生活水平。和平抵制就是一种非暴力斗争方式。卡翁达自己也身体力行。当地肉店要求非洲人通过专门的小窗口买肉，为了表达对这种歧视的抗议，他开始拒绝吃肉，并从此终生食素。

---

① Kenneth Kaunda, *Zambia Shall Be Free: An Autobiography*, London: Heinemann, 1962, p. 59.

② Kenneth Kaunda, *Zambia Shall Be Free: An Autobiography*, London: Heinemann, 1962, p. 59.

③ Kenneth Kaunda, *Zambia Shall Be Free: An Autobiography*, London: Heinemann, 1962, p. 87.

④ Kenneth Kaunda, *Zambia Shall Be Free: An Autobiography*, London: Heinemann, 1962, p. 66.

⑤ Kenneth Kaunda, *Zambia Shall Be Free: An Autobiography*, London: Heinemann, 1962, p. 91.

⑥ Kenneth Kaunda, *Zambia Shall Be Free: An Autobiography*, London: Heinemann, 1962, p. 78.

第三，卡翁达始终坚持着非暴力原则，但随着时间推移，具体斗争手段转变为"积极行动"。

北罗得西亚非洲人国民大会一直声明自己对非暴力的信念，但随着时间推移，一些成员的想法发生了改变，卡翁达却仍然坚信"战胜敌人的唯一办法就是让他们理解你的想法，而不是用暴力来打败他们"[1]。他对"非暴力"的兴趣越来越浓厚，之后退出北罗得西亚非洲人国民大会也有这个原因。[2]但随着局势变化，卡翁达指出，此时应放下耐心，采取非暴力和"积极行动"相结合的方式进行斗争。[3]

"积极行动"（Positive Action）是由加纳国父克瓦米·恩克鲁玛（Kwame Nkrumah，1909—1972）[4]提出的一种手段，曾在1949年末到1950年初应用于西非国家黄金海岸（"加纳"旧称）人民的反殖民斗争。"积极行动"受到甘地非暴力不合作思想的启发，主要特征是在非暴力原则下采取有效的、纪律严明的政治行动，包括合法的政治鼓动、新闻宣传和教育活动。而作为最后手段，在绝对非暴力原则的基础上，也可以按照宪法实施罢工、抵制和不合作。

早在担任国民大会书记期间，卡翁达就提过恩克鲁玛的"积极行动"[5]。1958年，他又去加纳参加了由恩克鲁玛组织的全非人民大会。因此，在1960年8月举行的联合民族独立党首次大会上，卡翁达强调这位加纳国父的成功经验并不让人感到惊讶。他声称："我们现在的任务是动员一切可以动员的力量来实现自治……它需要真诚的目标、决心、勇气和自律。事实上，它需要恩克鲁玛的'三S'——服务、牺牲和痛苦。"[6]

---

[1] Kenneth Kaunda, *Zambia Shall Be Free: An Autobiography*, London: Heinemann, 1962, p. 88.

[2] Kenneth Kaunda, *Zambia Shall Be Free: An Autobiography*, London: Heinemann, 1962, pp. 89-91.

[3] Kenneth Kaunda, *Zambia Shall Be Free: An Autobiography*, London: Heinemann, 1962, p. 152.

[4] 克瓦米·恩克鲁玛：加纳政治家、思想家、教育家、外交家，非洲民族解放运动的先驱，非洲统一组织和不结盟运动的发起人之一。1957年，恩克鲁玛领导加纳成为非洲第一个获得独立的国家。1966年他应邀访问越南时被军警发动军事政变推翻政权，长期流亡海外，1972年病逝于罗马尼亚。

[5] Fergus MacPherson, *Kenneth Kaunda of Zambia: The Times and the Man*, Lusaka: Oxford University Press, 1974, p. 299.

[6] Kenneth Kaunda, *Zambia Shall Be Free: An Autobiography*, London: Heinemann, 1962, p. 152.

事实上，坚持非暴力斗争在此时成了一件相对困难的事。一方面，卡翁达一直在与新上任的殖民地事务大臣伊恩·麦克劳德（Iain Macleod，1913—1970）[①]等人交涉，但进展并不顺利。另一方面，联合民族独立党成员不断增多，群众的民族主义情绪也在持续高涨，殖民政府的监管却从未放松，故实际活动中难免会发生警民双方间的冲突。在这个世界"对暴力活动非常崇尚而对非暴力口诛笔伐"[②]的情况下，卡翁达不是没有过犹豫，"我有时会想，我公开谴责暴力行为，是否有任何好处。如果我保持沉默，有人就会说我在纵容暴力；如果我谈论它，他们就会告诉我，我并不真诚……有一个很大的诱惑，如果我们试图使用暴力，而不是一直想要阻止它，那到底会发生什么？"[③]非暴力斗争的艰难性是显而易见的，但他还是坚守着非暴力信念。

1961年2月，卡翁达发表了一份名为《我的人民已经厌倦》（"My People Are Tired"）的声明。他在声明中指出，如果殖民政府继续无视非洲人民要求实现自治的合法愿望，北罗得西亚可能会爆发大规模的起义，与之相比，茅茅运动（Mau Mau Rebellion）[④]就像是一场游戏般的儿童野餐。但他强调，茅茅运动不仅意味着黑人对白人的伤害，也意味着白人对黑人的伤害。陷入恐慌情绪的白人手中有更多更先进的武器，在这样的情形下，武装起义相当于为黑人建造集体坟墓。[⑤]更何况，他不想看到任何一方流血，因为联合民族独立党的政策是以人道主义原则为基础的。[⑥]这种对于和平的坚持贯穿了卡翁达的一生，他曾把战争比

---

① 伊恩·麦克劳德：英国保守党政治家、演说家，1960年代初期担任殖民地事务大臣，监管许多非洲国家脱离英国统治并独立的事务。

② Kenneth Kaunda, *Zambia Shall Be Free: An Autobiography*, London: Heinemann, 1962, p. 133.

③ Kenneth Kaunda, *Zambia Shall Be Free: An Autobiography*, London: Heinemann, 1962, pp. 144-145.

④ 茅茅运动：20世纪50年代东非国家肯尼亚人民反对英国殖民者的武装斗争运动。大规模起义于1952年爆发，英国总督于当年10月宣布进入"紧急状态"，搜捕"茅茅"战士和其他独立运动人士。在这场运动中，有超过100万名农民参加"茅茅"宣誓，组建游击队与殖民当局抗争。战事持续四年，数万名起义者被杀害，约15万人被关进集中营。许多历史学家认为，没有茅茅运动就没有肯尼亚的独立。

⑤ Kenneth Kaunda, *Zambia Shall Be Free: An Autobiography*, London: Heinemann, 1962, pp. 155-156.

⑥ Kenneth Kaunda, *Zambia Shall Be Free: An Autobiography*, London: Heinemann, 1962, p. 158.

作清除丛林，付出巨大代价后，短时间内可以在清理出的土地上种植庄稼，但最终丛林只会更加茂密。①

因此，卡翁达反复申明，联合民族独立党采取消极抵抗或非暴力方法并积极行动。"屈服于压迫，默默地埋怨是很容易的。当然，组织一场公开的反抗不那么困难，但组织一场非暴力斗争更困难，因为它要求所有参与者都要有信念……但这种训练的成果使参与者在接管政府时处于有利地位。"②这一判断是正确的，在卡翁达领导下，北罗得西亚最终以和平方式实现了独立。

三、独立领袖的行动之书

"我的父母给我取名'Buchizya'，意思是'意料之外的人'，因为我出生在他们婚后第二十年，是第八个孩子，其中三个孩子早逝。"③卡翁达的自传就以这个句子为开篇。而私人事件与社会、政治事件融合，并没有改变《赞比亚必将获得自由》的性质——一本独立领袖的行动之书。首先，卡翁达是北罗得西亚民族独立运动的领导人，其自传属于政治传记；其次，《赞比亚必将获得自由》的叙事重点是"行动"，即作者本人领导的非暴力斗争活动，卡翁达也通过对自身行为的描述，把自己塑造成了优秀的独立领袖；最后，这本书也着眼于未来，卡翁达在结尾处号召人民参与投票行动，以实现北罗得西亚的和平独立。

《赞比亚必将获得自由》是典型的"摆脱殖民主义的领导人所撰写的民族自传"文本。印度开国总理尼赫鲁（Jawaharlal Nehru，1889—1964）的《自传》（*An Autobiography*，1936）、首任加纳总统克瓦米·恩克鲁玛的《加纳：克瓦米·恩克鲁玛自传》（*Ghana: The Autobiography of Kwame Nkrumah*，1957），

---

① Jay M. Shafritz, *Words on War: Military Quotations from Ancient Times to the Present*, Upper Saddle River, N. J.: Prentice Hall, 1990, p. 458.

② Kenneth Kaunda, *Zambia Shall Be Free: An Autobiography*, London: Heinemann, 1962, p. 153.

③ Kenneth Kaunda, *Zambia Shall Be Free: An Autobiography*, London: Heinemann, 1962, p. 5.

以及20世纪90年代出版的曼德拉的《漫漫自由路》、李光耀（Lee Kuan Yew，1923—2015）的《新加坡故事：李光耀回忆录》（*The Singapore Story: Memoirs of Lee Kuan Yew*，1998）都采用了这种叙述方式。[①]尼赫鲁早就在1936年的自序中点明了此种叙事方法的缺陷："这些'自传性质的叙述'，结果仍是关于过去的、概略的、不完全的私人记载而已。"[②]

　　个人经历能否代表国家历史？对它的讲述有没有价值？或许我们能从泰戈尔（Rabindranath Tagore，1861—1941）写给尼赫鲁的一封信里找到答案。泰戈尔在信中评价，尼赫鲁《自传》的细节里"有一股人性的深流"，它"跨越了错综复杂的事实，引导我们找到一个比其行为更伟大、比周围环境更真实的人"[③]。叙述者本就是该国国民，其亲身经历也发生在该时代的现实中，因此这种传记文本的真实性远大于虚构性，且其真实性与历史真实性相契合。尼赫鲁自己曾提到过：他的意图是"想尽其可能地回溯我自己的心理的发展情形……本书的叙述，乃完全单方面的，因而也不免是自我本位的；有很多重要的事件，完全忽略了，而很多形成各种局势的重要人物，差不多没有提及……但是，本书以及其他别的私人记载，或亦可予以协助，补其不足，而对于一些困难事实的研究，也可以值得作为参考"[④]。卡翁达的自传也有这样的作用。这些政治传记构成了国家独立史的一部分，因此在现代民族解放运动中有重要地位。单在赞比亚一国，1964年后就有许多此类传记出版，如长期生活在赞比亚的传教士弗格斯·麦克弗森（Fergus MacPherson，1921—2002）创作的《赞比亚的肯尼思·卡翁达：时代与人物》（*Kenneth Kaunda of Zambia: The Times and the Man*，1974）、约翰·姆瓦纳卡特韦（John Mwanakatwe，1926—2009）[⑤]的《教师、政治家、律师：我的自传》（*Teacher, Politician, Lawyer: My Autobiography*，2003）以及学者贾科莫·马科

---

① Philip Holden, "Other Modernities: National Autobiography and Globalization", *Biography*, 2005, 28 (1) p. 89.

② 贾瓦哈拉尔·尼赫鲁：《尼赫鲁自传》，毕来译，北京：生活·读书·新知三联书店，2014年，第4—5页。

③ Gauri Shankar Jha, *Current Perspectives in Indian English Literature*, New Delhi: Atlantic Publishers & Distributors (P) Ltd., 2006, p. 63.

④ 贾瓦哈拉尔·尼赫鲁：《尼赫鲁自传》，毕来译，北京：生活·读书·新知三联书店，2014年，第3—4页。

⑤ 约翰·姆瓦纳卡特韦：赞比亚政治家，第一批在北罗得西亚大学获得学位的非洲人之一，之后在卡翁达政府任职。

拉（Giacomo Macola）为恩坎布拉写的传记《中非的自由民族主义：哈里·姆瓦安加·恩坎布拉传》（*Liberal Nationalism in Central Africa: A Biography of Harry Mwaanga Nkumbula*，2010）等。

但是，在相似的民族解放运动大背景下，这些国家可以借鉴彼此的反殖民斗争经验，领导人也常有私交，自传文本因此具有一定的互文性。那么，卡翁达这本自传有何独特之处？

事实上，《赞比亚必将获得自由》是一本行动之书。这本书的篇幅只有160页，语言也凝练、简约。卡翁达没有对自己生活中的某些私人事件进行充分叙述，大量人物也只是一笔带过，所以一些评论者认为这本书没有向读者提供作家的真实写照。比如，早在1964年6月，美国学者罗伯特·I. 罗特伯格（Robert I. Rotberg，1935—）就在书评里写道，《赞比亚必将获得自由》相当于完整的传记大纲，"卡翁达拒绝与他的读者进行更深入的交流"[1]。出现此类评价是因为，这本书的叙事重点是卡翁达在北罗得西亚民族独立运动中的行动，以及其思想随着这些行动产生的变化，着重凸显了"我"作为民族领袖的一面。而1950年代，卡翁达作为政治家的生活才开始被叙述，他也才真正"获得"了传记[2]。

在《赞比亚必将获得自由》里，卡翁达为自己树立了杰出民族领袖的形象。首先，这位领导人与本土人民关系密切——"我们是不善言辞的群众的代言人，来表达自己在白人定居者主导的社会中所产生的挫败感"[3]。卡翁达相信人民是可以教育的，重点是增强他们的政治意识，"赞比亚人民是普通人，有偏见和恐惧，但也有智慧，并且非常渴望改善他们的处境"[4]。他也有作为领袖的不凡——无论是1952年在钦萨利遇到狮子，[5]还是1959年在卡邦波遇见"约五英尺"的剧毒黑曼巴蛇，[6]卡翁达都毫发无损，这些经历为他增添了几分传奇性。

---

① Robert I. Rotberg, "Review", *Political Science Quarterly*, 1964, 79 (2), p. 314.

② Brutus Mulilo Simakole, *Political Auto/biography, Nationalist History and National Heritage: The Case of Kenneth Kaunda and Zambia*. M. A. Diss., University of the Western Cape, 2012, p. 46.

③ Kenneth Kaunda, *Zambia Shall Be Free: An Autobiography*, London: Heinemann, 1962, p. 21.

④ Kenneth Kaunda, *Zambia Shall Be Free: An Autobiography*, London: Heinemann, 1962, p. 59.

⑤ Kenneth Kaunda, *Zambia Shall Be Free: An Autobiography*, London: Heinemann, 1962, p. 53.

⑥ Kenneth Kaunda, *Zambia Shall Be Free: An Autobiography*, London: Heinemann, 1962, p. 110.

与此同时，卡翁达也和白人关系良好。他曾这样声明："我们在各个种族中都有许多朋友。我们不会在与白人种族主义者斗争的同时，自己也成为种族主义者。"① 1949年，卡翁达在当老师时，兼职成为开明白人议员斯图尔特·戈尔－布朗（Stewart Gore-Browne，1883—1967）②的翻译和非洲问题顾问，由此学到了殖民地政府的知识，也锻炼了政治本领。他正式从政后，也遇到了一些真心实意为非洲人争取利益的白人，但这些白人要么被视为胡言乱语的异类，要么会受到政府迫害。例如，西蒙·贝尔·朱卡斯（Simon Ber Zukas，1925—2021）③是北罗得西亚非洲人国民大会中难得的白人成员，他全心全意地把北罗得西亚当成自己的国家，是一位英勇的自由战士，但在1952年被殖民政府送入监狱并被流放到了英国。还有一位卢萨卡的白人议员斯科特医生（Doctor Scott）也支持独立，但他的呼吁却被政府忽视。④因此，卡翁达断定，自由是所有人共同的要求，赞比亚争取独立的斗争"不是反对白人，而是在反对错误"⑤。这体现了他作为领导人的温和与理智，戈尔－布朗为《赞比亚必将获得自由》作前言时就提到过，此书"代表了北罗得西亚绝大多数明智人士的感受，无论是欧洲人还是非洲人"⑥。

不仅如此，卡翁达平时表现十分突出，其优秀在党内已经成为了共识。例如，他和恩坎布拉访问伦敦期间，那里的同志们就更希望由前者而非后者来领导民族主义运动。"他没有沉迷于任何会使运动陷入困境的活动……卡翁达不喝酒也不抽烟，与恩坎布拉相比，他是一个极其优秀、谦虚、敬业的人……具有我们

---

① Kenneth Kaunda, *Zambia Shall Be Free: An Autobiography*, London: Heinemann, 1962, p. 158.

② 斯图尔特·戈尔－布朗：生于英国伦敦，一战退伍后来到北罗得西亚定居，他被选入北罗得西亚立法委员会后积极为非洲人争取权益，因此受到当地人的尊重。他和哈里·恩坎布拉及卡翁达关系密切。

③ 西蒙·贝尔·朱卡斯：北罗得西亚为数不多的反种族主义的白人之一，为赞比亚争取独立的英雄。朱卡斯出生在立陶宛，1938年来到赞比亚。他加入了北罗得西亚非洲人国民大会，为非洲人争取利益。因此殖民当局在1952年4月把他送入监狱，之后又将其驱逐到英国。在那里，朱卡斯代表北罗得西亚的非洲民族主义者继续活动。1960年联合民族独立党成立后，他成为该党伦敦委员会主席。赞比亚独立后，卡翁达政府即邀请朱卡斯回国，之后他为赞比亚做出了更多贡献。

④ Kenneth Kaunda, *Zambia Shall Be Free: An Autobiography*, London: Heinemann, 1962, pp. 68-69.

⑤ Kenneth Kaunda, *Zambia Shall Be Free: An Autobiography*, London: Heinemann, 1962, p. 158.

⑥ Kenneth Kaunda, *Zambia Shall Be Free: An Autobiography*, London: Heinemann, 1962, Foreword.

希望在民族主义领导人身上看到的特点。"[1]但个人品格仅仅由同志了解，或只在民间口耳相传，对政治家来说显然是不够的。卡翁达早就意识到了大众传媒等方式的重要性。他提到过，在1955年的挫折时期，最让他担心的不是警察的暴力打击，而是"新闻和广播的所有力量都被用来诋毁我们"[2]。因此，在写作自传时，卡翁达运用技巧，用文本为自己塑造了良好的形象。

更重要的是，在这本书里，卡翁达与其他人的分歧都经过了美化。因此有学者评价《赞比亚必将获得自由》"未能充分捕捉到他所密切参与的政治戏剧"[3]不无道理。但卡翁达没有隐瞒其政治生涯中的不愉快事件，他只是在书写过程中采用了有策略的真诚，以保证自己道德地位的不可撼动。比如，1951年，时任国民大会钦萨利支部书记的卡翁达反对首任党主席戈德温·姆比库西塔-莱瓦尼卡（Godwin Mbikusita-Lewanika，1907—1977）[4]连任，支持哈里·恩坎布拉上任。这是因为姆比库西塔-莱瓦尼卡的立场已经发生了变化，他背弃了非洲人民，这个"在1951年领导反对联邦（指中非联邦）的人"在第二年就变成了"第一个加入支持联邦的政党的非洲人"，并且"从那时起一直在联邦议会任职"[5]。卡翁达在这之后还写道，姆比库西塔的背叛是彻底的、不可原谅的，1952年正是他向殖民政府提供了证据，导致西蒙·朱卡斯被捕并被驱逐出国。[6]因此，卡翁达反对姆比库西塔这一行为完全具有正当性，可以被读者接受。

而1958年与哈里·恩坎布拉的决裂，是影响卡翁达政治生涯的一件大事。在卡翁达笔下，恩坎布拉是个逐渐被权力腐蚀的人。他在早期是真诚的，曾经"在

① Fergus MacPherson, *Kenneth Kaunda of Zambia: The Times and the Man*, Lusaka: Oxford University Press, 1974, p. 232.

② Kenneth Kaunda, *Zambia Shall Be Free: An Autobiography*, London: Heinemann, 1962, p. 66.

③ Robert I. Rotberg, "Review", *Political Science Quarterly*, 1964, 79 (2), p. 314.

④ 戈德温·姆比库西塔-莱瓦尼卡：巴罗策兰（Barotseland，赞比亚西南部一地区）国王卢波希·勒瓦尼卡（Lubosi Lewanika，1841—1916）第四子，也是赞比亚独立政治运动的先驱。1946年，非洲福利协会联合会在姆比库西塔-莱瓦尼卡的提议下成立，两年后他又成为北罗得西亚非洲人国民大会的创始人兼首任主席。在任期间，他派遣年轻成员到海外接受高等教育，并开始了非洲自由运动领导人之间的跨境协商和合作。

⑤ Kenneth Kaunda, *Zambia Shall Be Free: An Autobiography*, London: Heinemann, 1962, p. 45.

⑥ Kenneth Kaunda, *Zambia Shall Be Free: An Autobiography*, London: Heinemann, 1962, p. 49.

反对联邦时激励我们"。但成为主席后，恩坎布拉一直在打压批评者以维护自己的领导地位，这使党内积怨颇深。最终，恩坎布拉亲近殖民政府并倒戈的行为让卡翁达无法忍受。在卡翁达看来，"我曾给予无条件支持和忠诚的人"成了"第二个姆比库西塔"①。所以，卡翁达必须离开北罗得西亚非洲人国民大会，建立一个新的、纯洁的政党——赞比亚非洲人国民大会，从此成为赞比亚独立运动的第一领导人。

另外，卡翁达也十分关注国际舆论。1960年，联合民族独立党决定发起"恰恰恰"运动（Cha-cha-cha Campaign）。这是发生在北方民间的起义运动。其直接领导人是党员刘易斯·昌古富（Lewis Changufu，1927—2016）②，目的是反对中部非洲联邦，具体行为包括纵火和破坏道路等。起初并无暴力事件，但之后英国政府表示，为了白人定居者的利益，他们不能允许北罗得西亚实现多数统治。这意味着联合民族独立党代表团在伦敦交涉的失败，使得"恰恰恰"运动成员的手段逐渐激烈，因此出现了伤亡事件。当年5月，一位白人妇女遭遇伏击，被殴打并最终因烧伤去世。"恰恰恰"运动由此引发了国际社会的广泛关注和批判。《赞比亚必将获得自由》没有提及这一争议性事件，卡翁达只是在书中隐晦地写道："我在伦敦时，收到了一位欧洲妇女伯顿夫人死亡的可怕消息，她的车在一次政治会议后被烧毁……我深感震惊，几乎找不到语言来表达。我说，我不知道是谁干的，是我方政党的追随者还是不知名的流氓。不管是谁，我都深感遗憾。"③之后，他又再次为自己辩护道："没人比我更遗憾北方省发生的暴力事件，但如果你把一只动物赶到角落里折磨，你就应当预料到它会在恐惧和愤怒中反击。"④

---

① Kenneth Kaunda, *Zambia Shall Be Free: An Autobiography*, London: Heinemann, 1962, p. 98.

② 刘易斯·昌古富：赞比亚政治家，"恰恰恰"运动领导者。昌古富先加入了北罗得西亚非洲人国民大会，之后随卡翁达出走，成为赞比亚非洲人国民大会党成员。在新政党被取缔后，多名成员被捕，昌古富也被拘禁了十个月，获释后继续在联合民族独立党内担任重要职务。正是在这一时期，他领导发起了"恰恰恰"运动，因此再次被捕。赞比亚独立后，他担任过国防部部长、内政部部长等职务。

③ Kenneth Kaunda, *Zambia Shall Be Free: An Autobiography*, London: Heinemann, 1962, p. 144.

④ Kenneth Kaunda, *Zambia Shall Be Free: An Autobiography*, London: Heinemann, 1962, p. 160.

事实上，"恰恰恰"也被认为是促使北罗得西亚在斗争高峰期战胜英国统治的关键运动。《赞比亚必将获得自由》近结尾处的这句话，就反映了此种观点："总有些人说，暴力是有用的，正是在北方省发生的事情使英国政府再次改变了主意。"①但卡翁达一向反对暴力，因此微妙地表示了不赞同之意，并提出应采取和平方式实现独立。"不应该说白厅里发生了什么，我所知道的是，现在是1962年，我们获得了一部宪法，我们决定在其中为北罗得西亚的多数统治努力。在我们的历史上，或许我们将第一次能够用投票箱粉碎这个丑陋的中非联邦。"②

在自传结尾处，卡翁达号召人民投票，由此将未来的行动与过去联系在一起，使这本书成为彻底的行动之书。1962年10月，北罗得西亚即将举行最终非殖民化的第一次立法选举，此时的紧要任务是通过宣传工作为联合民族独立党争取选票。《赞比亚必将获得自由》简洁明了，且大量引用其他文件，这样做一是为了让非洲人民理解当前联合民族独立党的行动方针，说明现实需要人们有"一流的政治才能"③；二是因为他没有太多闲暇时间可以写作。卡翁达不是像曼德拉或尼赫鲁一样在狱中写自传，也不是在万事尘埃落定后回忆往生。1962年竞选前几个月，《赞比亚必将获得自由》才在英国出版，且在运往北罗得西亚之前就被海关扣押，因而迟迟没有与读者见面，也无法对非洲选民产生意料中的影响。④但在10月的选举中，联合民族独立党还是赢得了议会37席中的15席，卡翁达因此当选为北罗得西亚立法会议议员，并就任北罗得西亚联合政府地方政府和社会福利部部长。这也为后来这个国家彻底独立奠定了基础。

① Kenneth Kaunda, *Zambia Shall Be Free: An Autobiography*, London: Heinemann, 1962, p. 160.

② Kenneth Kaunda, *Zambia Shall Be Free: An Autobiography*, London: Heinemann, 1962, p. 160.

③ Kenneth Kaunda, *Zambia Shall Be Free: An Autobiography*, London: Heinemann, 1962, p. 78.

④ Robert I. Rotberg, "Review", *Political Science Quarterly*, 1964, 79 (2). p. 313.

结　语

通过书写自身经历，作者将个人故事与国家前途融合。在《赞比亚必将获得自由》里，卡翁达描写了北罗得西亚人民的反殖民斗争，也想象了一个"新"国家的形成。①就像他最后许诺的那样，黎明之光已经出现在了地平线上，这个自由的国家也即将成立。在书名中，卡翁达就宣告了北罗得西亚独立后的新名字。②

正如澳大利亚历史学家芭芭拉·凯恩（Barbara Caine，1948—）所言，人们把自传视为重要的文学形式，与其说是因为其对个人主体性的洞察，不如说是因为它"将某种特殊的生活与重大的政治、社会发展变革联系起来的方式"③。作为非暴力自由战士的行动之书，《赞比亚必将获得自由》既是卡翁达的个人史，也是赞比亚的民族史，更是20世纪民族解放运动的一份记录。它在某种意义上鼓舞了全世界的受压迫者。

（文/天津外国语大学 张欢）

---

① Brutus Mulilo Simakole, *Political Auto/biography, Nationalist History and National Heritage: The Case of Kenneth Kaunda and Zambia*, M. A. Diss. University of the Western Cape, 2012, p. 36.

② Kenneth Kaunda, *Zambia Shall Be Free: An Autobiography*, London: Heinemann, 1962, p. 160. 1962 年《赞比亚必将获得自由》初版的扉页中专门提示了赞比亚即北罗得西亚这一点。

③ Barbara Caine, *Biography and History*, Basingstoke: Palgrave Macmillan, 2010, p. 80.

第十四篇

纳姆瓦利·瑟佩尔
小说《古老的漂流》中的虚幻叙事与历史书写

纳姆瓦利·瑟佩尔

Namwali Serpell, 1980—

作家简介

纳姆瓦利·瑟佩尔（Namwali Serpell, 1980— ），赞比亚裔美国小说家和文学批评家。1980 年，瑟佩尔生于赞比亚首都卢萨卡（Lusaka）。其父为英裔赞比亚人，是赞比亚大学（University of Zambia）的心理学教授；其母是曾为联合国工作的杰出经济学家。1989 年，瑟佩尔随家人移民至美国马里兰州（Maryland）的巴尔的摩（Baltimore），后在美国接受教育，在耶鲁大学完成文学本科教育，在哈佛大学完成美国和英国小说等专业教育，获得硕士和博士学位。2008 年至 2020 年，在加州大学伯克利分校（University of California, Berkeley）教授英语文学；2021 年秋，回到哈佛大学担任英语教授。自 2008 年以来，瑟佩尔长期居住于美国加利福尼亚州，并于 2017 年加入美国国籍，但每年都会返回非洲访问卢萨卡。

作为学术型作家，瑟佩尔的文学批评作品丰厚，著有《不确定性的伦理：20 世纪美国文学解读》（*The Ethics of Uncertainty: Reading Twentieth-century American Literature*，2008）、《不确定性的七种模式》（*Seven Modes of Uncertainty*，2014）和《论黑色难度：托尼·莫里森和专横的震颤》（*On Black Difficulty: Toni Morrison and the Thrill of Imperiousness*，2019）等。同时，她又是富有创造力的小说家，著有长篇小说《古老的漂流》（*The Old Drift*，2019）和短篇小说《穆尊古》（"Muzungu"，2009）、《麻袋》（"The Sack"，2014）等。《麻袋》在 2015 年获得"凯恩非洲文学奖"（Caine Prize for African Writing）。《古老的漂流》更是在 2020 年先后斩获"埃内斯弗雷德－沃夫图书奖"（Anisfield-Wolf Book Award）和"亚瑟·克拉克奖"。此外，瑟佩尔本人也因其小说成就摘得 2020 年"温德姆－坎贝尔奖"（Windham-Campbell Prize）。瑟佩尔的作品在形式和内容上大胆革新，展现殖民时期和后殖民时期中部非洲群体的生活状态和价值取向，具有独特的非洲风格和本土色彩，是赞比亚文学的重要组成部分。

作品节选

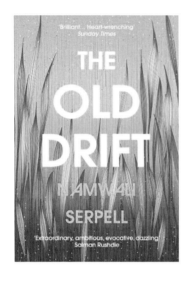

《古老的漂流》
（*The Old Drift*, 2019）

Neither Oriental nor Occidental, but accidental is this nation. Would you believe our godly Scotch doc was searching for Nile in the wrong spot? As it turns out, there are two Niles—one Blue, one White—which means two sources, and neither one of them is anywhere near here. This sort of thing happens with nations, and tales, and humans, and signs. You go hunting for a source, some ur-word or symbol and suddenly the path splits, cleaved by apostrophe or dash. The tongue forks, speaks in two ways, which in turn fork and fork into a chaos of capillarity. Where you sought an origin, you find a vast babble which is also a silence: a chasm of smoke, thundering. Blind mouth! [1]

既非东方也非西方，但这个国家充满意外性。你会相信那位虔诚的苏格兰医生在错误的地点寻找尼罗河吗？事实证明，有两条尼罗河——一条蓝色，一条白色——这意味着两处来源，但它们都不在这附近。这种事情伴随国家、传说、人类和神迹而来。你去寻找一个源头、一些词语或象征符号时，突然，道路被撇号或破折号分隔开。舌头分叉，以两种方式说话，两条分叉的舌头反过来进入混乱的毛细血管。在你寻找到起源的地方，你将发现一种巨大的呓语，它也是一种寂静：一种烟雾和雷鸣的深渊。盲者的嘴巴！

（田金梅 / 译）

---

[1] Namwali Serpell, *The Old Drift*, New York: Hogarth, 2019, p. 6.

作品评析

小说《古老的漂流》中的虚幻叙事与历史书写

引 言

1855 年，英国旅行家大卫·利维斯通由西向东穿越非洲大陆时，看到世界上最惊心动魄的瀑布之一，立即以维多利亚女王的名字为其命名："我决定像科洛洛人一样，运用同样的自由权利，给这个国家的一个地方取了一个唯一由我命名的英国名字。"[①]自此，白人殖民者根据利维斯通探索的线路大量涌入。1895 年，塞西尔·约翰·罗得斯夺得赞比西河以北地区，以自身之名将该地区命名为"北罗得西亚"，赞比亚成为了英属殖民地。此时的赞比亚已然成为多元种族人群的聚集地。后在 1953 年，英国将南、北罗得西亚和尼亚萨兰合并为"中部非洲联邦"。直到 1964 年 10 月 24 日，北罗得西亚才正式宣布独立，改名为"赞比亚共和国"。赞比亚裔作家纳姆瓦利·瑟佩尔的小说《古老的漂流》正是以上述重大历史事件为叙述根基，以赞比亚的首都卢萨卡为主要背景，将意大利裔、英裔和赞比亚裔三个家族三代人互相交织的坎坷经历作为叙事线索，用超现实的寓言形式书写了赞比亚 100 余年的历史、现状与未来，堪称一部"令人眼花缭乱的处女作"[②]。《古老的漂流》更是一部长达 600 页的创造性史诗，将奇幻的个体经历融汇于宏大

---

① 理查德·霍尔：《赞比亚》（上册），史毅祖译，北京：商务印书馆，1973 年，第 92 页。

② Salman Rushdie, "A Sweeping Debut About the Roots of Modern Zambia", *The New York Times*, Mar. 28, 2019, https://www.salmanrushdie.com/salman-rushdie-reviews-a-sweeping-debut-about-the-roots-of-modern-zambia/. (Accessed on Jan. 15, 2022).

的历史叙事中。同时，这部小说将视野拓展到后殖民、后种族主义时代以及不久的将来（2024 年），用魔幻、讽刺和科幻式的风格书写出赞比亚的历史诗篇，对民族国家的现代文明与现代意识进行了全面审视与深刻反思。

一、魔幻与真实交织的历史画卷

作为赞比亚裔先锋型女性作家，纳姆瓦利·瑟佩尔以魔幻和童话式的写作颠覆语言传统并试图改写现实生活，通过魔幻现实主义在文学文化层面上揭露社会政治斗争，利用神话和隐喻深刻表现强权者的虚伪政治和弱势群体的情感体验。在《古老的漂流》中，瑟佩尔描绘出多族裔的三代人的百年历史画卷，其中多有魔幻奇异与历史真实相互交织之处。

作者在文中借用颇多神话和魔幻元素，不仅为小说蒙上了一层奇幻色彩，也给读者带来了奇妙的阅读体验。在《古老的漂流》中，当白人殖民者在赞比西河上筑建卡里巴大坝（Kariba Dam）时，通加人（the Tonga）[①]声称赞比西河里鱼头蛇尾的神祇尼亚米（Nyami）会因人类的破坏而降下厄运。雨季来临，水位上涨的赞比西河冲击未完工的大坝并吞没施建工人时，通加人会说"尼亚米饥饿极了"[②]。当两种异质文明和意识形态相遇时，通加人被迫进入一种"流散"的文化语境中。对古老神灵的敬畏意味着通加人对原始自然规律的敬重，同时也体现出本部族群体对现代文明的抗拒和对人为变化的恐惧。除本土非洲人的经历具有神秘色彩之外，小说中其他族裔的历程也具有极强的魔幻性。意大利人埃德瑞纳（Adriana）怀孕时吃下母亲用头发施肥的西芹，生出被毛发包围的塞比拉（Sibilla）。塞比拉在夜晚的沙龙中旋转，用毛发编织成束缚自我的巨大蚕茧，随后被关在林中木屋，她身上的毛发"像纤细的触须一般起伏不定，像蟒蛇一般缠绕着她……形成绳状竞技场"[③]。其情人弗德雷克（Federico）根据绕在树木上的发丝，穿越

---

① 通加人：赞比亚民族之一，亦称"巴通加人"，为赞比亚第二大族，属尼格罗人种班图类型。

② Namwali Serpell, *The Old Drift*, New York: Hogarth, 2019, p. 78.

③ Namwali Serpell, *The Old Drift*, New York: Hogarth, 2019, p. 51.

茂密的森林找到塞比拉。塞比拉就像《格林童话》中的莴苣姑娘，将自己的长发作为一种工具以便王子寻找到自己。然而，《古老的漂流》的结局却不像童话故事般美好。弗德雷克在杀死亲哥哥并将其埋葬于花园后，窃走了他的身份证明，与塞比拉一同逃亡至赞比亚。瑟佩尔利用人类记忆中纯真的童话故事书写出一场血案，用讽刺的口吻揭露出 20 世纪中期资本主义社会充斥的贪婪欲望和虚伪情感。在小说中，瑟佩尔运用此类神话或魔幻式故事再现真切的社会现实，从所谓边缘化的文化视角构建起独具非洲特色的话语体系。

神话和魔幻元素的融入不仅为作品蒙上一层神秘面纱来吸引读者阅读，更折射出一定的社会现象，引发读者思考现象背后深刻的文化本质。西方国家完成工业革命后社会经济遥遥领先，急于开拓殖民地以获取廉价原料和劳动力，这股殖民势力陆续来到非洲大陆。西方人居高临下地以狭隘的道德观念看待其他民族文化，推行白人种族优越论，贬低其他有色人种，尤其是黑色人种。在《古老的漂流》中，瑟佩尔就通过塑造魔幻式的人物形象，叙述奇异的人物经历来影射种族偏见问题。小说中出生在英国温布尔顿（Wimbledon）的网球少女阿格内斯（Agnes）视力每下降一次，雪白的皮肤下就会出现一个肿块，直至失明。站在阳光下的她就像希腊神话中的"百眼巨人"（Argus）①。阿格内斯爱上北罗得西亚黑人罗纳德（Ronald），其父母气急败坏、坚决反对，并声称女儿"玷污了整个家族，祖父会气得从坟墓中跳出来"②。可见 20 世纪欧洲人的种族偏见何其深！种族主义将身体特征的肤色差异演化为文明差异，将肤色视为民族文化优劣的衡量标准。这种种族观念其实早已出现，"18 世纪启蒙历史观认为，文明史就是人类从野蛮迈向理性的历史，白种人领先于其他种族，欧洲文明即为文明之巅"③。甚至伏尔泰、康德和卢梭等西方哲学家也持有种族主义观念，他们认为白人天生优于黑人，黑人没有"自由意识"。直到小说着重叙述的 20 世纪殖民史时期，"欧洲中心主

① 阿尔戈斯是希腊神话中的百眼巨人，被赫拉派遣去监视变成了母牛的伊俄（宙斯的情人），后来被宙斯派遣的神使赫尔墨斯杀死。阿尔戈斯死后，赫拉取下他的眼睛，撒在她的孔雀尾巴上作为装饰。

② Namwali Serpell, *The Old Drift*, New York: Hogarth, 2019, p. 96.

③ 赵一凡、张中载、李德恩（主编）：《西方文论关键词》（第一卷），北京：外语教学与研究出版社，2006 年，第 468 页。

义"观念日益盛行，西方殖民者打着科学的幌旗宣扬并不平等的人种学，堂而皇之地对非洲国家进行土地殖民和文化殖民。虽然瑟佩尔的小说叙事充满魔幻色彩和神话意味，但社会现实才是其书写的根基所在。瑟佩尔利用阿格内斯奇特的身体表征揭露出不公的种族主义。在神话中，"被变成母牛的伊俄"隐喻权力牢笼中自我封闭的文化观念；而在瑟佩尔的小说中，其象征着种族主义的狭隘观念。神话中的百眼巨人阿尔戈斯作为伊俄的对立面，象征破除种族偏见的一股强势力量，对应小说中的阿格内斯。阿格内斯在高压的种族歧视环境中逐渐失明，但皮肤上的"眼睛"使她清醒地认识到打破白人中心种族秩序的必要性。最终她选择与罗纳德私奔到赞比亚，并投身于赞比亚的社会主义建设中。阿格内斯完成了空间内的转移，在"挑战肤色政治的仪式中狂欢"①，这在很大程度上颠覆了肤色界限与种族差异的意识形态。

小说中的魔幻现实主义不仅表现在种族偏见书写中，还体现在赞比亚本土群体的经历之中。赞比亚女孩玛莎（Matha）的一生充满着奇妙的巧合和魔幻的际遇。玛莎小时候被妈妈剃成光头，在卢文纳教会学校（The Lwena Mission School）伪装成男孩读书。长大后，她加入荒唐的赞比亚太空计划组织，试图通过滚筒滑行和弹跳训练实现携带12只猫登上月球的梦想。自生下女儿西尔维亚（Sylvia）后，玛莎日夜流泪不止，脸颊上总是悬挂着一条静静流淌的小溪，这使整间屋子都充满了被海水浸泡过的咸味。直到"西尔维亚·姆瓦巴去世时，玛莎·姆瓦巴才停止了哭泣"②。其他人物身上也有诸多魔幻元素。当发现赞比亚货币克瓦查（Kwacha）将全面代替英镑和联邦货币时，玛莎的爸爸慌忙跑到黄土地里挖掘自己毕生的积蓄。二代移民伊莎贝拉（Isabella）用金钱衡量家中的每一件物品，在每个角落贴上价格标签，甚至想将女儿们明码标价。正如阿斯图里亚斯（Asturias）所说："在欧洲人看来，我们的小说显得不合逻辑或者脱离常规。并非是这些作品追求骇人听闻的效果，只是我们经历的事实在骇人听闻。整块整块的大陆被大

---

① 李蓓蕾、谭惠娟：《论美国非裔种族冒充小说的恶作剧叙事》，《外国语文》，2017年第5期，第36页。
② Namwali Serpell, *The Old Drift*, New York: Hogarth, 2019, p. 485.

海淹没，争取独立的种族遭到阉割，'新大陆'裂成碎片。"① 与拉丁美洲崛起的魔幻现实主义文学相同，《古老的漂流》中破碎奇特的魔幻元素也深刻映射现实，展现出了赞比亚独特的政治历史和社会风貌。

魔幻元素同样与性别叙事联系紧密。女性主义学者曾尖锐地指出，"一部人类的文明史，就是一部性别压迫的历史"②。作为一位女性作家，瑟佩尔在其作品中以魔幻的书写方式展现女性的边缘化处境，在一定程度上解构了传统叙事中以男性为中心的话语体系，激发了被权力话语压制的女性意识。在赞比亚等许多非洲国家中，女性被上千年的父权制文化禁锢在家庭之内，不能接受教育和独立工作。众多女性局限于顺从的妻子和生儿育女的母亲形象之中，并被美其名曰"家庭的天使"。《古老的漂流》分为九大章节，其中有七个章节都以女性的姓名命名，并围绕该女性的成长经历展开叙述。其中最有代表性的女性之一玛莎"始终在哭泣，但她从不大声哭泣"③。小说中玛莎永不止息地默默哭泣，她的泪水淹没了蟑螂、跳蚤和蚂蚁，也冲刷了自己的视网膜和声带。最后，她成了盲人和哑巴。曾有一群哭泣者（the Weepers）聚集于一处，陪伴玛莎整日流泪。曾有学者指出，在魔幻现实主义中，"'现实主义'是指主题方面的，而'魔幻'是指语义方面的"④。瑟佩尔以玛莎魔幻式的人生经历隐喻非洲女性的悲惨命运，再现女性的边缘化处境，并试图冲击残旧父权制的堡垒，重新塑造独立自由的女性形象。玛莎的妈妈伯纳黛塔（Bernadetta）是一位思想前卫的独立女性，她认为"女性的一份工作不仅是一项权利，更是一种像水、住房和触觉一样重要的必需品"⑤。当时赞比亚的学校将女性拒之门外，伯纳黛塔剃光玛莎的头发，将她装扮成男孩送往教会学校接受教育。瑟佩尔还在小说中构建出"无脸"式（facelessness）的教育模式，其中的"'无脸'象征对

① 米盖尔·安赫尔·阿斯图里亚斯：《玉米人》，刘习良、笋季英译，上海：上海译文出版社，2020 年，第 410 页。

② 杨莉馨：《"身体叙事"的历史文化语境与美学特征——林白、埃莱娜·西苏的对读及其他》，《中国比较文学》，2002 年第 1 期，第 57 页。

③ Namwali Serpell, *The Old Drift*, New York: Hogarth, 2019, p. 205.

④ 中国社会科学院外国文学研究所、外国文学研究资料丛书编辑委员会（编），陈光孚（选编）：《拉丁美洲当代文学评论》，桂林：漓江出版社，1988 年，第 304 页。

⑤ Namwali Serpell, *The Old Drift*, New York: Hogarth, 2019, p. 141.

一切人进行教育：无论富人还是穷人，不管男性还是女性"①。作者将魔幻与现实融合，力图颠覆既有的权力规范，塑造全新的合理现实。

意识形态和社会变革常常成为潜藏在魔幻现实主义之下的暗流。瑟佩尔将光怪陆离的魔幻元素和非洲大陆真实的历史文化相融合，对已发生的历史现实进行了伪装和加密，以变形的方式展现出被压迫者的隐秘情感，以讽刺的口吻力图颠覆既有的不合理规范，致力于构建全新的非洲文学话语。

二、科幻思考之中的未来危机

在从文学范畴边缘逐渐走向学者关注中心的过程中，科幻文学作为一种历史政治寓言的潜力逐渐显现。《古老的漂流》既是一部兼具神秘奇幻色彩的魔幻现实主义小说，也是一部书写未来想象的科幻小说。瑟佩尔曾在一次采访中这样谈及《古老的漂流》："不同的'体裁'（genres）会映射到不同的'世代'（generations）。"②在叙述家族的第三代际时，瑟佩尔突破非洲传统写作模式，借助颇为前卫的人文科幻叙述方式，诠释了与社会现实相对应或悖离的异托邦世界。

瑟佩尔采取科幻式的想象对人类现实和未来进行深刻阐释，构建起赞比亚人被权力和科技控制的异托邦，以此唤醒非洲人民对未来的自主掌控意识。身体和生命在一定程度上被知识所掌控、被权力所把持。在《古老的漂流》中，21世纪20年代末，"科技不再是富人的专属"③，许多发展中国家率先兴起电子珠（Bead）热，赞比亚的每位普通人都有机会在手指中嵌入电子珠。科技服务者将手电筒和扬声器用针管嵌入人类手指，将麦克风嵌入手腕，把芯片和电子回路注射进手掌中心，并配备导电墨水（conductive ink），使人类皮肤成为一个电子页面。人类

---

① Namwali Serpell, *The Old Drift*, New York: Hogarth, 2019, p. 399.

② Sharon Marcus, "The Places Where Things Blur: Namwali Serpell on *The Old Drift*", *Public Books*, Apr. 19, 2020, https://www.publicbooks.org/the-places-where-things-blur-namwali-serpell-on-the-old-drift/. (Accessed on Jun. 16, 2022).

③ Namwali Serpell, *The Old Drift*, New York: Hogarth, 2019, p. 424.

可以在手掌中心查阅一切资料，了解世界各地的新闻。但"一颗珠子也是一只眼睛"①，电子珠可以潜入人体内部跟踪个人信息，并将所获情报传达至外部。提供电子珠的强权国家密切监视和管控已安装电子珠的赞比亚群体。被监控者的行踪和思想不再是个人隐私，而成为权力操纵者的掌中之物。瑟佩尔将控制论、人工智能和信息技术等话题纳入写作视野，颠覆了以往的非洲文学题材和写作风格，创作出兼具非洲本土化想象和后人类意蕴的赛博朋克作品。同时，作者以此警醒科技和机器异化人类的可能性，并谋求人类与科技良性互建共构的发展模式。正如瑟佩尔所说："《古老的漂流》将虚构想象和历史事实融合在一起，使读者无法真正区分两者，确实使人困扰。就像我融合不同流派的方式一样。这和我对身体和器械的感觉类同……我对事物模糊的地方更感兴趣。"②瑟佩尔是人工智能和人机共融技术的乐观主义者，但却对权力和信息控制持有尖锐的质疑和批判态度。

在瑟佩尔之前，其实已有许多非洲作家尝试创作科幻小说。这些小说大多展现了非洲本土作家对黑暗历史政治的暗喻和对未来人类命运的思考。南非流亡作家彼得·德雷尔（Peter Dreyer，1939— ）的《眼中的野兽》（ *A Beast in View*，1969）就是一部反种族隔离的近未来恐怖小说，揭露了一个试图从页岩油所在地区引爆核炸弹的阴谋；加纳作家科乔·莱因（Kojo Laing，1946—2017）的《大主教罗克和祭坛歹徒》（ *Big Bishop Roko and the Altar Gangsters*，2006）设定未来的基因工程和机器人使得富裕国家和贫穷国家的分化愈加严重。他们和瑟佩尔一样，通过书写包含未来科幻元素的小说，揭露了潜藏于假象之下的真实历史表征，建构了全新的自我主体身份。

"科幻小说文本本身作为语言空间就是一种异托邦的构造，它以极度陌生化的题材和叙事建构了超越现实的'看的恐惧'，直接指涉那些人们不敢睁眼去看的异样真实和令人恐惧的真相，从而揭示现实层面内外的复杂向度。"③小说用文

---

① Namwali Serpell, *The Old Drift*, New York: Hogarth, 2019, p. 496.

② Sharon Marcus, "The Places Where Things Blur: Namwali Serpell on *The Old Drift*", *Public Books*, Apr. 19, 2020, https://www.publicbooks.org/the-places-where-things-blur-namwali-serpell-on-the-old-drift/. (Accessed on Jun. 16, 2022).

③ 汪晓慧：《先锋·异托邦·后人类：中国科幻文学的"可见"与"不可见"——宋明炜〈中国科幻新浪潮〉》，《中国现代文学研究丛刊》，2021年第6期，第254页。

学式的科幻想象构建起一个乌托邦社会，以此警醒人类对科技的合理化运用。瑟佩尔在《古老的漂流》中塑造了一位叫雅各布（Jacob）的男孩。小时候，每当他看到飞机穿越家乡卡林加林加（Kalingalinga）时，他就会伸直双臂模仿飞机颤抖起飞，鼻子嗡嗡作响制造引擎噪声。童年对飞机的痴迷激发了青年雅各布对研制无人机的兴趣。雅各布后来在将军的威逼利诱和朋友约瑟夫（Joseph）的资金支持下，成功研制出微型无人机——莫斯克吐兹（Moskeetoze）①，并将其卖给将军。不料这却成为独裁政府侦察和压迫赞比亚人民的工具。小说中的赞比亚于 2020 年成为一个独裁国家，政府严格管控人民的思想和行为，最糟糕的是大多数赞比亚群体选择了顺从。暴动是被剥夺了发声权的人的语言。小说中奈拉（Naila）、雅各布和约瑟夫三位青年具有强烈的独立意识，聚集于一处召集人民革命。政府当局发现三人的行为，立即派遣微型无人机攻击革命人民。"那群蜂群——雅各布的莫斯克吐兹，她敢肯定，是他卖给政府的莫斯克吐兹——扑向人群，开始刺穿人们的皮肤"，"衣服在蜂群下变成了煤渣，奈拉身旁的男孩身上长满了密密麻麻的无人机"②，"蜂群"如此密集，奈拉甚至从嘴巴里钩出一小打无人机。瑟佩尔以其惊人的文学功力表现出末日般的悲惨景象，如果无人机是用来制服人群的，那么它们已经达到目的。瑟佩尔借助科幻元素描摹出政治统治对科学技术使用不当的恐怖图景，虚构出一个反乌托邦式的社会模式。在这种极权政府统治的社会背景之下，"在压倒一切的效率和日益提高的生活水准这双重的基础上，利用科技而不是恐怖去压服那些离心的社会力量"③，技术失去其传统意义上的"中立性"，沦为强权力量监控和镇压人民的工具。

　　集权国家的独裁力量利用发达的科技管控人民已然令人警惕，科技的道德维度和伦理底线更是不容忽视。在《美丽新世界》（Brave New World, 1931）中，阿道司·赫胥黎（Aldous Huxley，1894—1963）揭露科技异化对人类意识形态和繁殖能力的绝对控制；石黑一雄（Kazuo Ishiguro, 1954— ）在《莫失莫忘》（Never

---

① Moskeetoze：与 mosquito（蚊子）读音相近，"蚊子"这一意象在小说中多次出现，有其深刻隐喻性。

② Namwali Serpell, *The Old Drift*, New York: Hogarth, 2019, p. 543.

③ 赫伯特·马尔库塞：《单向度的人——发达工业社会意识形态研究》，刘继译，上海：上海译文出版社，2008 年，导言第 2 页。

Let Me Go, 2005）中讲述在权力规训和医学管控下的克隆人如何追寻失落的自我身份。欧美作家深入探究科学技术与人伦道德之间的普遍联系，瑟佩尔则将视野聚焦于非洲大陆，通过书写触犯伦理底线的艾滋病防控研究，警醒赞比亚甚至非洲人民医学技术的不当使用会使道德伦理关系恶化。2000 年时，15% 的赞比亚人已经感染上艾滋病病毒，这一事实被瑟佩尔融汇于小说中。莱昂内尔（Lionel）医生是小说中的虚构人物，他"在赞比亚最阴暗的角落寻求解决方案"①，将众多女性用于医学人体试验，并将西尔维亚命名为"卢萨卡病人"（the Lusaka Patient），他的所作所为致使西尔维亚身患艾滋病后痛苦离世。莱昂内尔的儿子约瑟夫（Joseph）虽熟知医疗技术的伦理限度，但仍然坚信"最终还是要进行人体试验"②，并继承了父亲未完成的医学事业。在高新技术飞速发展的历史背景下，人体试验对受试者身体的侵袭日益加重，人类的主体性和身份性伦理面临空前挑战。瑟佩尔大胆揭露赞比亚现实和未来可能存在的技术危机，对身体伦理进行深刻的人道关切和哲学反思，这在一定程度上也可以推动赞比亚以及其他国家完善"人体试验伦理和法律综合为治的法定模式"③。

对集权国家借助高新科技束缚和控制人类这一可能性现象进行反思和批判，成为瑟佩尔着重诠释的主题之一。小说对未来的悲观预言绝不是杞人忧天，而是对赞比亚社会现实黑暗面的深刻揭露。同时，瑟佩尔通过塑造恐怖的反乌托邦社会来警醒人类合理使用科技，力图推动人类构建科技与社会发展和谐共融的全新模式。

---

① Namwali Serpell, *The Old Drift*, New York: Hogarth, 2019, p. 364.

② Namwali Serpell, *The Old Drift*, New York: Hogarth, 2019, p. 429.

③ 李幡、刘冠合：《人体试验受试者身体权的伦理省思与立法回应》，《医学与哲学》，2020 年 17 期，第 70 页。

三、在书写历史中重构民族记忆

"我潜入一场看似愚蠢的太空歌剧，却在那里发现了殖民历史的遗体。"[①]瑟佩尔借助魔幻和科幻元素书写出一部多重语境交织的赞比亚历史小说，将国家历史以文学形式呈现给世界读者，并凸显出官方历史叙事淡化和缺失的部分，真实地再现了赞比亚人民的文化传统、政治抗争和生活风貌。

真实的历史现实为小说创作提供了清晰的历史叙述脉络。根据新历史主义的观点，"历史是一个延伸的文本，文本是一段压缩的历史"，"文本是历史的文本，也是历时和共时统一的文本"[②]。文本与历史具有互文性，使其能对历史进行阐释和制约。瑟佩尔作为当代赞比亚后殖民语境下具有国际影响力的作家，正是通过构建小说文本来书写赞比亚的被殖民史和人民抗争史，揭露帝国主义殖民扩张的背后逻辑和思想根源，同时以悲悯和赞赏的眼光审视为赞比亚的独立和自由做出贡献的集体。《古老的漂流》以维吉尔的《埃涅阿斯纪》选段开篇，奠定了小说的史诗基调，"埃涅阿斯对这意想不到的景象感到吃惊，他困惑、迷茫，想问发生了什么事，在他们身后漂过的河流是什么"[③]。同样让人感到困惑的是赞比亚这个非洲国家的演变历史，小说继而在奇幻的故事叙述中开始阐发赞比亚的被殖民史。白人旅行家利维斯通将巨大的瀑布命名为"维多利亚瀑布"后，众多白人殖民者涌入这块土地，殖民者代表塞西尔·罗得斯诱骗巴罗策兰国王和其他部落酋长签订租让条约。1899 年起，赞比亚由英国南非公司管辖。1911 年，被改称为北罗得西亚，以纪念殖民侵略者罗得斯。直到 1924 年，英国政府接管行政管理权，北罗得西亚正式成为英国保护地。后在 1953 年，英国殖民统治者把北罗得西亚、

---

① Namwali Serpell, "The Afronaut Archives: Reports from a Future Zambia", *Public Books*, Mar. 28, 2019, https://www.publicbooks.org/the-afronaut-archives-reports-from-a-future-zambia/. (Accessed on Jun. 12, 2022).

② 朱立元（主编）：《当代西方文艺理论》（第三版），上海：华东师范大学出版社，2014 年，第 349 页。

③ Namwali Serpell, *The Old Drift*, New York: Hogarth, 2019, the title page.

南罗得西亚（今津巴布韦）和尼亚萨兰（今马拉维）强行合并为"中部非洲联邦"。在殖民统治下，赞比亚本土人民被赶到土地最贫瘠的地方，被剥夺一切政治权力，被迫到欧洲人的矿山、种植园和大坝工程做没有薪酬的苦工。《古老的漂流》虽然打破了传统的线性叙事，并时常穿插魔幻元素，但基本沿袭了真实的历史脉络，使一部真正的赞比亚被殖民的历史清晰展现在读者面前。

相比于被殖民史，赞比亚人民争取民族独立和自由的革命在小说中表现得更为明显。如毛发疯长的塞比拉率领通加人谴责视本土群体生命为草芥的修建大坝者。还有"百眼巨人"阿格内斯主动加入马克思俱乐部，努力学习非洲社会主义知识。更有伯纳黛塔身体力行，加入非洲人国民大会（The African Congress），主张破除一切形式的种族歧视和民族压迫，但却被殖民警察抓进监狱折磨致死。上述个体事例均体现出赞比亚人民尤其是女性对祖国及人民深沉的热爱。除却以个人形式为自由独立而战，还有众多团体为赞比亚的独立做出贡献。例如，联合民族独立党（The United National Independence Party, UNIP）正是为继续反抗英国殖民统治和种族歧视而成立，玛莎在该党派的庇护下得以幸存。瑟佩尔用激昂的语言描绘赞比亚独立的神圣日期。1964 年 10 月 24 日，赞比亚共和国正式宣告独立，"飘落的蓝花楹铺就紫色的道路，火焰树排列成整齐的红色，整个城市飘扬着小小的绿色旗帜"，"我们看到英国国旗降落，我们看到赞比亚国旗升起"①。瑟佩尔根据自身民族记忆和官方档案构建出全新的历史叙事，展现出隐蔽角落中边缘个体的革命意志和创伤经历。她曾在一次采访中谈道："历史和科学细节对我来说非常重要，以确保读者信服。因此，这项研究是创造现实质感的一种方式，它支撑着小说中的幻想。"②瑟佩尔以赞比亚的重大史实为文本骨骼，在虚构与真相的交互中完成历史叙事，以此唤醒逐渐隐没的赞比亚民族记忆。

《古老的漂流》中有一位以赞比亚的独立和富强为奋斗目标的个体尤其值得关注。爱德华·穆库卡·恩科罗索（Edward Mukuka Nkoloso）在小说中是积极投身于赞比亚独立运动的一分子，也是最引人注目的人物之一。恩科罗索荒谬而

---

① Namwali Serpell, *The Old Drift*, New York: Hogarth, 2019, p. 123.

② Marry Wang, "Namwali Serpell: 'I Almost Always Find My Errors Productive'", *Guernica*, Jan. 21, 2020, https://www.guernicamag.com/miscellaneous-files-namwali-serpell/. (Accessed on Jan. 15, 2022).

滑稽的太空计划使其成为赞比亚的堂·吉诃德。不同的是，堂·吉诃德是塞万提斯笔下虚构性的人物，而恩科罗索在历史上确有其人。瑟佩尔说"当我第一次发现赞比亚太空计划时，就像发现了一个可以漫游的新月"①。经过翻阅尘土飞扬的档案文件和繁复的互联网参考资料，瑟佩尔洞察到这颗卫星的真相。恩科罗索不仅仅是渴望太空遨游的异想天开者，还是经过殖民政府酷刑拷打却依然争取民族独立的真正勇士。瑟佩尔将恩科罗索真实的历史事迹撰写进小说中，以恩科罗索的个体经历为中心，诠释赞比亚群体对殖民体系的控诉以及为促进国家强大所做的努力。历史上的 1962 年，恩科罗索被殖民政府释放后不久，和朋友贿赂了一位太平间工作人员，抬出一位白人女性的尸体并涂上动物血。他们来到白人聚集地，声称这是白人总理韦伦斯基（Welensky）妻子的尸体。瑟佩尔将这件反抗轶事如实还原写进小说。历史上的恩科罗索在 1964 年成立赞比亚国家科学、空间研究和哲学学院（The Zambia National Academy of Science, Space Research and Philosophy），并启动太空计划。通过训练"宇航员们"缩在油桶中从山坡滚下、在溪流中摇摆模拟水上着陆等，恩科罗索试图将玛莎和 12 只猫送上月球。瑟佩尔更是在作品中详细叙述了这一太空计划，使全球读者从微观层面了解赞比亚的历史真相。总之，瑟佩尔成功塑造了恩科罗索这一兼具历史真实与文学虚构的人物形象，将个体命运融汇于宏大的历史背景中，并从个体角度进一步述说历史真实来弥补赞比亚的历史空白，对重构赞比亚民族记忆具有重要意义。

非洲作家大多倾向于撰写历史事件以铭记国家从殖民地走向独立的宏大历史进程。2021 年诺贝尔文学奖获得者——坦桑尼亚作家阿卜杜勒－拉扎克·古尔纳（Abdulrazak Gurnah，1948—）的《今世来生》（*Afterlives*，2020）探讨英德殖民语境中以及后殖民时代的非洲群体去向问题，并叙述德属东非和殖民地警备军队以揭露历史真相。南非作家扎克斯·穆达（Zakes Mda, 1948—）的《红色之心》（*The Heart of Redness*，2000）和《与黑共舞》（*She Plays with the Darkness*，1995）重写南非科萨族的历史，呈现出对殖民文化统治地位反抗和颠覆的书写倾向。索

---

① Namwali Serpell, "The Afronaut Archives: Reports from a Future Zambia", *Public Books*, Mar. 28, 2019, https://www.publicbooks.org/the-afronaut-archives-reports-from-a-future-zambia/. (Accessed on Jun. 12, 2022).

马里作家纽拉丁·法拉赫（Nuruddin Farah, 1945— ）的第一部小说《来自弯曲的肋骨》（*From a Crooked Rib*, 1970）聚焦索马里的传统文化和历史命运，挖掘非洲的民族记忆，构建起逐渐失落的民族身份。与以上非洲作家的作品相比，瑟佩尔在《古老的漂流》中的历史叙事相对更加完整，呈现出了赞比亚近150年来清晰的历史脉络，也使读者讶异于发现隐没在历史长河中的伟大事迹。瑟佩尔曾说"一开始写这部赞比亚小说是个玩笑，现在越来越觉得是一种责任"①，她通过架构变形和被人遗忘的记忆，将真实发生过的历史拉回到公众视野，从而颠覆了现存的权利关系，重构了全新的文化记忆和民族历史。

结　语

《古老的漂流》是一部融汇了魔幻现实主义、未来主义和历史叙述等多重特色的伟大小说，其魔幻和科幻存在于语义方面，历史和现实才是真正主题。瑟佩尔借助魔幻元素颠覆了以往非洲文学传统，以讽刺性的寓言式小说揭露出殖民语境下种族歧视和女性权利缺失等问题。科幻想象呈现出与现实相对应或悖离的异托邦世界，由此揭示的是赞比亚群体面对独裁政府的可能性，并警醒人类对未来的掌控性和科技使用的合理性。虚幻以现实为目的，现实以虚幻为手段，小说的根基最终还是落在赞比亚历史上。瑟佩尔将赞比亚的历史大事书写于作品中，并探究边缘群体的隐秘情感，创作出了一部宏大的传奇史诗。

（文 / 中国海洋大学 田金梅）

---

① Marry Wang, "Namwali Serpell: 'I Almost Always Find My Errors Productive'", *Guernica*, Jan. 21, 2020, https://www.guernicamag.com/miscellaneous-files-namwali-serpell/. (Accessed on Jan. 15, 2022).

第十五篇

多米尼克·穆莱索
小说《哑巴的舌头》中的反殖民书写

多米尼克·穆莱索

Dominic Mulaisho，1933—2013

作家简介

多米尼克·穆莱索（Dominic Mulaisho，1933—2013），赞比亚政治家、作家。1933 年，多米尼克·穆莱索出生于费拉（Feira），后来成为一位罗马天主教徒。他接受了良好的教育，在查利姆巴纳学院（Chalimbana College）获得教学文凭，在罗得西亚与尼亚萨兰大学（The University College of Rhodesia and Nyasaland）获得学士学位。20 岁左右，他成为肯尼思·卡翁达总统的秘书，开始了长期的政府服务生涯，并担任了采矿业董事长、国家农业营销委员会总经理等多个职位。出于对文学的浓厚兴趣，他创作了赞比亚第一部英语长篇小说《哑巴的舌头》（The Tongue of the Dumb，1971）和以卡翁达总统为原型的小说《响亮的烟雾》（The Smoke That Thunders，1979)。

作为一位赞比亚优秀小说家，多米尼克·穆莱索的创作展示了殖民统治下的非洲社会现实。20 世纪 70 年代以后，赞比亚作家更关注殖民统治下的非洲社会，将目光转向西方文明与本土文明冲突中赞比亚自身的社会现实，并形成了独特的写作风格。穆莱索一改前期小说家对理想化传统文明的赞颂，不仅支持非洲人民进行反殖民主义斗争，也嘲讽本土文化的落后性。他以虚构的非洲国家为故事背景，真实再现了人们的生存境遇，揭露了困扰着非洲社会的种种问题，如宗教、巫术、婚姻、歧视和暴力等。他的作品具有浓厚的反殖民色彩，对于全面了解赞比亚社会状况具有重要意义。

作品节选

《哑巴的舌头》
(*The Tongue of the Dumb*, 1971)

"So, then you know that when you stand between Mpona the snake, and his food he will eat you up first? You are a clever one, I can see," concluded Yuda, turning away. "But I see you still don't understand," he went on. "You may speak the same language as Mpona, but you are not of his tribe. Stranger, you come from far across the Luangwa, from the country of the unknown. 'Stranger'," intoned Yuda in a mysterious whisper, "do you remember that? Was it Lubinda who said it?"[1]

"所以，那么你知道当你站在姆波纳、蛇和他的食物之间时，他会先把你吃掉吗？我看得出来，你是个聪明的人。"尤达说完，转过身去。"可我看你还是不明白，"他接着说，"你可能说的是和姆波纳一样的语言，但你不是他的部落的人。陌生人，你来自遥远的卢安瓜，来自一个陌生的国度。'陌生人'。"尤达神秘地低声说："你还记得吗？这是鲁宾达说的吗？"

（柴相楠 / 译）

---

[1] Dominic Mulaisho, *The Tongue of the Dumb*, London: Heinemann, 1973, p. 172.

作品评析

小说《哑巴的舌头》中的反殖民书写

引 言

在致穆莱索家族的慰问信中，迈克尔·萨塔（Michael Sata，1937—2014）总统称已故的多米尼克·穆莱索是一位忠诚的爱国者和知识分子，并对他的离世致以沉痛的哀悼。[①]作为一名有责任感、有人文主义情怀的行政工作者，穆莱索一直关注殖民统治之下争取独立的非洲国家。他将后殖民时代赞比亚的真实社会情况融入文学创作中，创作出了《哑巴的舌头》。这部英语长篇小说以1948年赞比亚东南部姆波纳（Mpona）村庄为背景，是第一部受国际认可的后殖民时代的赞比亚小说。在故事中，西方传教士的出现带来了先进的现代文明，同时也影响着乡村的政治与经济结构，而处于原始生活条件下的人们对本土文明有着根深蒂固的信仰，在文化碰撞中维护着本土文明的命脉。穆莱索在小说中塑造了许多性格各异的人物，通过他们之间的冲突与妥协，抨击了西方殖民者对非洲真实生活的"妖魔化"曲解，取下了殖民主义时期的文学作品中白人形象的完美光环。同时，小说也再现了非洲人民在殖民者"种族主义"歧视之下的生活状态，并肯定了他们为反抗殖民主义侵略所做出的努力。《哑巴的舌头》故事情节虽为虚构，但深刻反映了当时的社会现实，具有浓厚的反殖民主义色彩。

---

① Xavier Manchishi, "Zambia: Sata Mourns Mulaisho", *The Times of Zambia (Ndola)*, Jul. 2, 2013, https://allafrica.com/stories/201307030682.html. (Accessed on Jun. 10, 2021).

一、去"妖魔化"的真实图景

非洲文学在反对殖民者残酷压迫和剥削的斗争中曲折前进，经历了一个走向觉醒的过程。根深蒂固的种族优越感赋予了殖民者天然的征服欲，他们从自己对非洲本土文明的偏见出发，构建起殖民社会。"殖民活动和殖民权威的合理性在表面上依赖于它所声称的普遍性，它能够解释、表征／代表其他文化。"[①]殖民者为实现掠夺的目的，在这一时期的文学作品中刻意渲染非洲大陆的原始状态，"未开化""愚昧"成为土著黑人的代名词。随着许多非洲国家陆续获得独立，在欧洲殖民教育中深受西方文化影响的知识分子转而反思殖民主义的弊端。穆莱索生长于非洲土地，他热爱非洲，同情非洲人民。为打破西方殖民文学对非洲的揶揄和成见，穆莱索用文学创作向人们还原了这片土地上人们的真实生活状态，描绘了一幅去"妖魔化"的真实图景。

在小说中，穆莱索从姆波纳村的地理位置、宗教信仰和风俗习惯等方面出发，展开了一幅广阔而细致的非洲画卷。赞比亚人民从东部省份逃离至考恩加山谷（Kaunga Valley），汇集成了一个村落。村庄干旱频发，地理条件并不优越，而村民们长久以来依赖自给自足的农业生产，以种植玉米和饲养山羊为生。在他们心中，巫术是一种神秘的力量，任何事情都是由巫师暗中操纵才会发生。自然灾害的降临、村民的意外死亡全都应该归因于厄运，而厄运就是一种巫术反应，它是人为的，必须要有人对它带来的不良后果承担起责任。同时，作者介绍了当地独具特色的民俗。村里会为步入成人的年轻女孩举行庆祝仪式，她们顶着一葫芦水伴着鼓声跳舞，在人们的期待和兴奋中成为成年女性。非洲人民对神明的信仰不仅体现在生者的日常生活中，也体现在对死者的殡葬上。村民们心怀敬畏，为离世者制作棺木、擦拭身体，并用崭新的黑布把洁净的尸体裹好，放进芦苇箱里。

---

① 贺玉高：《霍米·巴巴的杂交性身份理论研究》，北京：中国社会科学出版社，2012 年，第 104 页。

死者的头通常朝向东方，村民们相信，如果他的真实身份是一名巫师就可以在天亮之前死而复生。

土著民族长期生活在这一环境中，形成了较强的群体意识。自给自足的自然经济和落后的生产技术主导着这片广袤的农村土地，使得财富积累十分缓慢。村民们为维持生存所需的条件，只能更多依靠共同协作的劳动方式。在非洲传统观念中，人并非孤立的个体，而是时刻处在共同体之中，他们有着很强的归属感，注重人与自然、社会、神灵之间的和谐关系。肯尼亚学者约翰·姆毕蒂（John Mbiti，1931—2019）认为，"在传统生活中，个人不会，也不可能脱离集体而单独存在"[1]。经过长期的生产和生活实践，非洲人逐渐形成对本族群的认同感、归属感，他们以共同利益为重，互帮互助，一旦脱离集体就成了无依无靠的'陌生人'。在姆波纳村遭遇蝗虫灾害时，当年的收成难以维系生存所需，村民们面临饥荒的威胁。尽管每个人都想要在粮食危机中保全性命，但他们还是无私地将自己的食物与邻里亲朋分享，以共同渡过难关。当赖以生存的家园一次次受到巫术的威胁时，他们也站在一起，与给村庄带来不祥之事的神秘力量抗争。

穆莱索并非一味描绘和谐、质朴的乡村生活，而是真实地展现出错综复杂的帮派和大大小小的权力争端。非洲社会崇尚男性权力，在殖民地背景下，男性角色往往出尽风头。姆波纳村由同名酋长姆波纳（Mpona）统治，他是这片区域名义上的首领，主要管理村内的大小事务。而姆波纳的议员和村庄的药师鲁宾达（Lubinda）是一个不道德的人，他觊觎别人的妻子，贪恋酋长的地位，不惜采用多种手段栽赃陷害他人来满足自己的私欲。以鲁宾达等人为代表的邪恶势力在平静的村庄布下重重阴谋，利用人们纯洁的宗教信仰和单纯的内心世界，来填满自己的欲望。鲁宾达主张关闭学校，煽动群众表达对当局统治的不满，将姆波纳酋长划归为敌对的白人阵营，并利用大规模的信任危机来谋权篡位。他买通占卜者证明酋长是一名精通巫术的巫师，这是造成村庄发生一系列悲惨事件的原因。村民们指责酋长允许白人把男孩带走，他们不相信黑人哑巴男孩姆瓦佩（Mwape）的残疾能被治好。故事的最后，康复的姆瓦佩回归，这一难以用非洲人的信仰解

---

[1] John Mbiti, *African Religions and Phillisophy*, London: Heinemann, 1990, p. 106.

释的奇迹击破了鲁宾达的谎言，使得姆波纳酋长重获人们的爱戴。在找到鲁宾达的尸体之后，姆波纳酋长没有因为之前所发生的事情而心怀怨恨，而是以德报怨，毅然决定将他的尸骨葬于自己先祖的墓冢，让坏事做尽的鲁宾达在地下得以安生。非洲社会兼容了平等、协作、共享等人道主义精神，人们乐观豁达、富有同情心、乐于助人，但是他们的个性中仍然具有本能的利己性与竞争性，因而部落内部存在敌对与分裂。当各自愿望相互排斥、相互抵制、相互威胁时，猜疑、偏执、敌意，甚至残酷的冲突就在所难免。不过，在集体意识的熏陶下，非洲人往往从宽恕中探寻人生意义，他们认为合作比竞争更重要。

村民们的内部斗争并不只局限于男性之间，妇女们也始终处于边缘地位，承受着深重的苦难。年轻女孩成年之后必须恪守女性的准则，婚后要时刻以丈夫为尊，"你在经期的时候，不可摸你丈夫的食物。不要在他的食物里放盐，当他要吃东西的时候也不要自己把食物递给他。把它给你的孩子，或者把它丢在地板上"[1]。这些行为规范不仅用来束缚本族女性，嫁进村落的外族女性也要时刻遵守。作为"他者"，被束缚、被虚化的女性是小说的重要组成部分，外族女性如何与本土男人产生情感纠葛，并推动着整个故事情节的发展。作为小说中最具有代表性的女性，纳托比（Natombi）虽被不断地卷入权力争夺的浪潮之中，却始终处于"失语"或"缺席"的状态。她是一个沉默的角色，没有办法主宰自己的命运，只能依附于身边的男性，成为男人的工具。丈夫在世的时候，纳托比可以因此受到他人的尊敬，一旦失去了丈夫，她就沦为了权势斗争的牺牲品。

姆波纳村村民都是有血有肉的普通人，他们有着自己的生活方式和处事智慧，相对原始但是并不野蛮。在人与人之间的交往中，有矛盾和斗争，也有宽恕与和解。非洲农村的生活条件相对落后，人们的文化素质较低，但是他们始终坚守着自己的信仰，嫉恶如仇，待人亲和有礼，为人正直善良。由此可见，非洲文明与世界上其他文明一样具有多面性，并不似殖民者所塑造的那样粗鲁和片面。穆莱索从客观公正的视角深入当地人们的日常生活，在一定程度上颠覆了传统认知与刻板印象，以反击西方对非洲文化的曲解，维护了本民族的尊严。

---

[1] Dominic Mulaisho, *The Tongue of the Dumb*, London: Heinemann, 1973, p. 9.

二、非"常规性"的白人形象

殖民时期的文学作品包含了太多将非洲人置于"他者"地位的不实书写，是西方带有殖民色彩的文学实践。在欧洲人眼中，非洲文明原始而又野蛮，需要由一种较开化的文明来指引，而宗教是文明的核心。殖民者意识到宗教信仰对于一个民族的重要意义，它是族群最为神秘的集体生活表征，承载了族群精神生活中最为隐秘的共同认知体验。因此，他们打着宗教的旗帜，把它看作扩张的工具，利用基督教传播去征服海外领土。作为黑人作家，穆莱索在《哑巴的舌头》中创造了几位独具特色的白人传教者角色，在冷静、客观的叙述中揭示了殖民者身上存在的局限性，表达了对基督教传教政策的反对。

奥利弗（Oliver）神父始终坚信欧洲种族和文明的优越性，将不信仰基督教的人统统视为需要教化的异教徒。从外貌上看，他不具有亲和力。他"又高又胖，脾气暴躁。他的白色法衣填得满满的，破烂不堪，打着补丁。他的眉毛浓密，脸上笼罩着即将爆发的雷鸣般的阴云"[1]。在看到哀悼者没有按照要求施洗尸体的时候，他严厉地警告人们："如果你们不带着病人来传教会，我会让殖民总督监禁你们。"[2]在与姆波纳村村民交往的过程中，奥利弗神父始终保持着居高临下的姿态。他将自己的信仰带到愚昧横行的乡村之中，认为黑人们必须接受权威教会的领导，才能走向正常的生活轨道。在他看来，村民们都是头脑简单、易于控制的野蛮人，而他要做的，"不只是简单地给人施洗，还包括治疗。治疗他们的身体疾病和精神疾病"[3]。奥利弗神父掌握了很多医学知识，据此，他提出带走哑巴男孩姆瓦佩，采取科学的手段帮助他说话。而村庄长老们通常认为，一个孩子天生不会讲话是因为受到巫术的控制，是天命不可违。在这种情况下，奥利弗神父明

---

① Dominic Mulaisho, *The Tongue of the Dumb*, London: Heinemann, 1973, p. 38.

② Dominic Mulaisho, *The Tongue of the Dumb*, London: Heinemann, 1973, p. 41.

③ Dominic Mulaisho, *The Tongue of the Dumb*, London: Heinemann, 1973, p. 40.

知贸然将孩子带走必定会加大人们的顾虑，引起恐慌，但他仍坚持自己的决定。他没有思索能够安抚群众的两全方案，而是怒斥当地人是异教徒。相比于拯救土著人的性命，奥利弗神父更不能容忍的是对方对自己的质疑。同时，他执着于带领非洲人民走进基督教世界，因此重视学校的传教作用，把课堂看作传授知识、塑造信仰的神圣之地。在得知学校被关闭、老师阿丰齐茨（Aphunzitsi）可能被赶走或者杀害后，奥利弗神父第一时间亲自赶来姆波纳村。他虽然同情村民的愚昧无知，但仍下达了命令，严厉表示学校必须开放，并用殖民总局的权力作威胁。穆莱索借助奥利弗神父这一白人形象，表达了对殖民者傲气凌人、颐指气使的态度的辛辣嘲讽。但奥利弗神父的个性中并非没有可取之处，他认真负责，在洪涝灾害造成的饥荒中亲自跳上船分发玉米，以保障人们的生命安全。除此之外，他还兢兢业业建设学校、治疗病患，为村落带来了知识和健康。

与奥利弗神父不同，贡萨戈（Gonzago）神父尊重土著人民和传统文化，致力于在适应本土文化的基础上施行教化。他认为，传播基督教文化真正要做的是将其融入日常生活，只有这样才能实现平稳过渡，否则就会产生意想不到的悲剧结果。人们要从内心意识到这种文化的先进性，自行决定如何运用这些新思想，以最大限度造福自身。因此，传教应该把老人作为主要对象，而不是孩子。传教者既要重视学校的工作，也不能疏远了长老，如果没有长老构成孩子与现实世界的连接，那么所传授的任何知识都是纸上谈兵，无法落到实处。在得知奥利弗神父违背长老们的意愿强行带走姆瓦佩接受治疗之事后，贡萨戈神父明确指出，相比于人民的认可，传教者的行为动机本身善良与否未必更重要。统治者想要得到民心，就不能将自己的价值体系不管不顾地强加给异族百姓，即便这些思想有着一定的正确性，也会让人们产生敌意和不信任感。贡萨戈神父尊重非洲土著民族的尊严，他认为，"他们可能不是白人，但他们是人。他们甚至比我们这些基督教的传播者中的一些人更好"①。不仅如此，贡萨戈神父待人友善，易于亲近，面对单身母亲纳托比渴望了解儿子现状的焦急之态，他耐心地解释她提出的问题，并保证说：

---

① Dominic Mulaisho, *The Tongue of the Dumb*, London: Heinemann, 1973, p. 149.

"我们是你的人，酋长。"①他以开放包容的态度对待非洲民间文明，既接受超出欧洲惯例的一夫多妻制和与众不同的哀悼形式，又认为非洲人对于巫术的执着追求具有一定的合理性。在他看来，巫术本质上是承认世界的恶。在贡萨戈神父患了黄疸病时，他拒绝了奥利弗神父去医院接受系统治疗的提议，而是依赖于民间的巫术和药物；他不想将自己的骨头同其他传教士一样展览，许下了死后"和其他去世的人一样被埋在地下"②的心愿。在作者的笔下，自以为是的奥利弗神父具有理性的思维，而温和谦逊的贡萨戈神父又很"愚昧"，两人大相径庭的品行特征代表了敢于对抗的欧洲人和努力适应本地文化的欧洲人之间的冲突与调和。

外国牧师阿鲁佩（Aruppe）与神父们的形象存在一定的差异。他虽没有很浓厚的基督信仰，总被看成是传教的门外汉，却在传教实践中时刻为身边人提供有力的帮助。作品中多次强调阿鲁佩牧师和奥利弗神父分属两个阶级，这种强烈的对比体现了后者传教方式的失败。阿鲁佩牧师出身低微，对外没有任何隐私，其存在似乎只是为满足神职人员不同的需求。因而，出身高贵的奥利弗神父轻视他，心安理得地享受着他的服务。但阿鲁佩牧师不受与神父之间悬殊地位的困扰，他关心人们的福祉，看重生命的神圣意义，切实地服务于身边的人，不管是小孩还是老人，神职人员还是土著人。他欣然地接受教会分配的琐碎而不可或缺的任务，并从中获得成就感和满足感，"虽然人们通常在教堂里是不会笑的，但当他在这个巨大的机器上跳上跳下时，他笑得很开心"③。圣诞节前夕，阿鲁佩牧师主张制作圣诞树来增加节日气氛，鼓动奥利弗神父把家里的圣诞卡片贡献出来。他不仅用热情温暖着身边的每一个人，也不惜为坚守内心的责任感而放弃生命。在教堂中听到养鸡场的嘈杂声时，他担忧养鸡场出现异样，听从神父的指示穿戴整齐下去查看，确定养鸡场安全之后，却不料自己反倒成了狮子的食物。穆莱索以朴素而真诚的阿鲁佩牧师为例，表明真正将传教落在实处的往往不是地位崇高的神职人员，而是愿意奉献爱与关怀的平凡人。

---

① Dominic Mulaisho, *The Tongue of the Dumb*, London: Heinemann, 1973, p. 159.

② Dominic Mulaisho, *The Tongue of the Dumb*, London: Heinemann, 1973, p. 230.

③ Dominic Mulaisho, *The Tongue of the Dumb*, London: Heinemann, 1973, p. 30.

在相互的交往过程中，传教者们并非对自身的弱点视而不见，而是逐渐发现问题，并渴望通过反思实现灵魂救赎。在作品中，阿鲁佩牧师最为贴近非洲土著民族的生活，并且在很大程度上得到了姆波纳村村民们的信任，成为其中的一分子。即便去世后，他也没有从作品中完全消失，而是凭借对非洲人民的亲善态度持续地影响着身边的人。阿鲁佩牧师的死亡与奥利弗神父没有直接的关系，却对奥利弗神父实现灵魂皈依具有重要的意义。奥利弗神父从前对阿鲁佩的轻蔑态度给人们留下了不好的印象，他决定真诚地为阿鲁佩的灵魂祈祷。在诵经的时候，奥利弗神父睡着了，他在梦中看到一位女巫。她在为自己挑选继承者，指出有些人只顾盲目推进事业，加速了他们的厄运。奥利弗神父想到了以前在工作中的所作所为，在女巫声声"值不值得"的询问中，他高声呼喊着"值得"而惊醒。于是，奥利弗神父开始了对过去的反思，意识到自己只坚持贯彻刻板的基督教教义，而不注重灵活变通，无意中伤害了很多人。这种只关注结果的传教方式实际无法达到预期的效果，奥利弗神父在与阿鲁佩牧师相比时更是自惭形秽，俨然可以看作一个"骄傲的罪人"。

不同于以往为显示西方殖民者美德而塑造的常规白人形象，作品中传教士的个性往往存在着一定的缺陷。穆莱索通过描绘几位神职人员的经历与感受、冲突与妥协，体现了对基督教传教强制政策的指责与否定。作者没有点明基督教教义的标准，而是明确指出耶稣传递的实际是一种生活方式。"耶稣的权威"体现了谦逊对人、超然物外、同情贫苦、尊重百姓的价值观念，暗示着欧洲人应以平等的姿态对待非洲文明。

三、反"种族主义"的精神觉醒

西方殖民者将自身文明放置在其他文明之上，否定非洲文化历史的存在，并以基督教文化改造部落的传统文明。非洲人民不仅逐渐意识到本土文化正在遭受侵蚀，还察觉到自己已落入殖民者的种族主义陷阱。种族主义的核心是"认为人们的体质特征同人们的个性、智力、文化之间有因果关系，认为一些种族天生就比其他种族优越。种族主义者还认为各个种族的优劣之分都是遗传的；不仅体质特征可以遗传，而且与体质无关的文化特质如发达程度、伦理规范、行为方式和价值观念等也是遗传的"①。穆莱索以现实为蓝本进行创作，在作品中，西方殖民者浓厚的种族主义思想给姆波纳村的村民们带来了深重的灾难。村民为推翻白人的统治、阻碍西方现代文明的渗透而大胆反抗，体现了非洲人民对本土文化的热爱。在殖民压迫愈演愈烈的情况下，非洲土著逐渐形成了种族身份认同，并凭借对自身的认同感与殖民势力顽强抗争。

由于姆波纳村庄的地理环境较为闭塞，村民们对于自己祖祖辈辈所生活的土地有着极大的依赖性。这片土地既孕育了独特的本土文明，也凝聚着他们的宗族情感。随着外来文明的侵入，长期生活在这片土地上的人们努力地捍卫土著文明的传统，以免在西方思想浪潮中迷失自我。20 世纪，西方殖民者执行同化政策，想使非洲人感到羞耻，抛弃野蛮的旧制度，接受文明的新制度；白人把自己塑造成充满力量、智慧和仁慈的形象，给交战的部落带来和平安宁，给不识字的文盲带来正规教育，给不懂基本卫生知识的人带来医疗设备和知识；他们让黑人感到，生为黑人既是一种不幸，也是一种耻辱。②为将基督教思想深入村民的日常生活，殖民者在姆波纳村开办学校，并走进村庄实施教学活动。村里的人们具有仇外情绪，虽然能够容忍附近村庄的居民，但对来自更远地方的人和欧洲人不可避免地持有排斥态度。他们对走进村庄的陌生白人了解较少，看到外族人来到本国土地企图改变本地传统的生活习俗，便认为白人都是鬼魂，白人传播的宗教是为村庄带来麻烦事的罪魁祸首。杜拉尼（Dulani）之死、暴风席卷、蝗虫灾害、姆瓦佩失踪等在本土人看来都是白人的小把戏，辛贝亚（Simbeya）患上麻风病也是因为白人纵了一把"上帝之火"。鲁宾达等人没有接受过文化教育，主张暂时关闭

---

① 林耀华（主编）：《民族学通论》（修订本），北京：中央民族大学出版社，1997 年，第 56 页。

② Jeffrey W. Hunter, Jerry Moore (eds.), *Black Literature Criticism: Supplement*, Farmington Hills: Gale Research, 1999, p. 18.

学校，即使在神父到村庄强调学校和老师的重要性时仍丝毫不肯让步。面对强硬的殖民当局，村民们勇敢地表达出自己的诉求，大胆指出建设学校是违背当地传统的不义之举。学校不仅带坏男女交往风气，还使得村庄相继发生一系列奇怪的事情。这是作品中非洲人民与白人势力的第一次正面交锋，他们勇于表达内心的不满和维护传统文明的命脉。

非洲人民对西方殖民者的勇敢反抗有利于实现自身对本土文明的强烈认同，但是盲目排斥一切的态度也在一定程度上阻碍了传统文化的革新。随着村民们种族身份的不断形成，他们认为外族人在这个区域中的势力必须被铲除。阿丰齐茨老师被白人派遣到姆波纳村，他一心一意地做着教育服务，得到了很多人的尊重。但是，基督教的信仰始终流淌在他的血液之中，他将村里人视为异教徒。出于对杜拉尼意外去世的同情，他加入了哀悼者的队伍，却因为入会仪式的缺席受到他人的拒绝。对此，他说："我是基督徒。我不能以异教徒的方式哀悼。他们拒绝让我为他的灵魂祈祷，现在当我们试图向他们表示同情时，他们却唾弃我们。"[1] 村民们将阿丰齐茨视为白人用来维护自身统治的工具、威胁村落安全的巫师，为了避免白人在这里站稳脚跟，他们对外族人阿丰齐茨加以迫害。这位白人老师虽然不被村民们接纳，但仍秉持着人文主义关怀，热心帮助村民们走出困境。尽管学校关了，他仍遵循着宗教的奉献精神，坚持为病人施洗，不料因此举与女性接触过密，不符合本土文明，而惨遭村民毒打。为缓和殖民统治者和非洲人民的敌对关系，姆波纳酋长提议将阿丰齐茨放走。村子遭逢饥荒时，他怀着同情心又带着食物重新回到了人们身边，并开办起了学校，但结果却是再次被人指控。村里人认为，他是在利用巫术让村庄遭遇不幸。铺天盖地的流言蜚语使他意识到村民对他的不信任感，也让他逐渐对姆波纳村失去了信心。阿丰齐茨曾以为可以凭借自己的努力拯救这些愚昧的灵魂，却差一点儿失去了自己的生命。经人挑拨，他听信了谗言，认为一直照顾着自己饮食起居的酋长想要置他于死地。于是，他对这里的一切彻底绝望了。他终于领悟到，对村里人而言，不管自己做到什么程度，都不可能获得真正的尊敬。在非洲人民眼中，外族人没有办法与土著民族站在统一战线。由

---

[1] Dominic Mulaisho, *The Tongue of the Dumb*, London: Heinemann, 1973, p. 25.

于身份差异，两者之间必然存在着难以逾越的鸿沟。阿丰齐茨的经历体现了村民们已经意识到构建种族身份认同与保留传统文明命脉的重要意义，于是，他们做出了反抗西方种族主义压迫并抵制基督教文化的侵入的新尝试。

除了拒绝接受文化教育之外，村民们也反对适应白人的生活习惯和文化传统。姆波纳酋长为了保护人们的合理权益，曾经颁布法令，允许麻风病人同正常人一样平等、自由地生活，他们可以和家人一起居住，不用像天花病人一样在村外的山洞中独居。这一人性化的政策一度得到了村民的支持。但是，为了改善村落的卫生条件，引导非洲人告别野蛮落后的生活方式，殖民当局提出要非洲人民学着西方人修建厕所，同时，村庄还要组织麻风病人与健康村民隔离。鲁宾达等人认为，男性与女性共用厕所违背了村庄多年的传统，一旦实行这一举措，可能产生很多麻烦。他们一同抵抗殖民当局施加的压力，指责姆波纳酋长不尊重民族传统习俗。最终，厕所修建计划搁浅，村民们装作已经将麻风病人送往医院。这表面上显示了非洲人民对白人殖民统治的服从，实则是一种无声的反抗。不仅如此，非洲人民还时刻警惕西方殖民者的文化侵略，斥责白人藐视土著文明，阻止他们在这片土地上肆意妄为。奥利弗神父探访学校时发现男孩姆瓦佩是一个哑巴，为了帮助他恢复说话的能力，他不顾阿丰齐茨的劝阻，坚持将男孩带走医治。男孩姆瓦佩生来就是个哑巴，在村民们看来，他的残疾是巫术注定的，是巫师的作品，不可能借助外力矫正。贸然带走男孩这一行为不妥，不符合当地的传统。村民们还直接表达了对白人殖民者的不满，他们不赞同治疗哑巴孩子姆瓦佩的舌头，也不相信他的舌头会被治好。由于男孩姆瓦佩长期失联，他们觉得男孩的真实身份可能是白人安插的耳目，或者姆波纳酋长已经与白人勾结，将男孩卖给了异族。他们如此反对诊疗哑巴男孩，正反映了对白人统治势力的恐慌心理。杳无音讯的黑人男孩成为鲁宾达推翻姆波纳酋长统治的有力武器，也是他获取群众信任的关键。借此，作者肯定了村民们日益觉醒的种族观念，同时，也对西方医学和现代科技持有积极乐观的态度。哑巴男孩姆瓦佩在康复后重新返回家乡，身陷困境的姆波纳酋长再次受到村民的尊敬，这一大团圆的结局透露出作者已经意识到固守本土文明的狭隘性。作者相信，只有取西方文化之精华，去自身文明之糟粕，才能真正促进非洲社会发展进步。

欧洲人征服非洲并将其殖民地化的过程尽管充满着掠夺和残忍，却也推动了非洲身份认同的产生（或者不过是加速了它的成熟）。[①]在非洲民众与白人殖民统治的斗争中，非洲人民一直是相对弱势的一方。在欧洲白人殖民者眼中，自己是优于其他种族的。此种具有种族偏见性质的殖民统治，使非洲人民遭受了诸多屈辱和苦难。穆莱索笔下的姆波纳村就是欧洲人眼中一个典型的"未开化"的荒蛮地区，西方人企图在这一区域实现自己的殖民统治。面对着基督教文明与本土文化的冲突，非洲人民不再选择坐以待毙。他们具备了自主意识，勇敢地提出了自己的诉求，已经走向思想觉醒。虽然非洲本土民众要迎接的是混乱不堪的现状和迷茫的未来，但是，他们还是坚定地渴求独立，因此与殖民势力不屈不挠地抗争。

结　语

身为赞比亚文学发展期较有代表性的作家，多米尼克·穆莱索在《哑巴的舌头》中运用精练的情节和简洁的语言，深入赞比亚的社会现实，探讨了当时存在的种种问题。在殖民主义入侵背景下，种族歧视与性别歧视为非洲人民带来苦难，使社会动荡不安。面对着基督教教会带来的压力，非洲人民已经意识到保留本土文化命脉的重要性；他们虽处于相对弱势的地位，却已经萌生了与殖民地绝对统治奋勇抗争的勇气。尽管非洲本土民众想要解决自身的危机仍任重道远，但他们身上体现出的这种勇于反抗的精神有利于其走出欧洲殖民主义的阴霾，重获自由，实现独立，并推动世界殖民体系走向瓦解。

（文 / 上海师范大学 柴相楠）

[①] 埃里克·吉尔伯特、乔纳森·T.雷诺兹：《非洲史》，黄磷译，海南：海南出版社、三环出版社，2007年，第134页。

❧ 参考文献 ❧

一、著作类

外文著作

1.Achebe, Chinua. *Anthills of the Savannah*. London: Heinemann, 1987.

2.Bhabha, Homi K. *The Location of Culture*. New York and London: Routledge, 1994.

3.Brehm, Sharon S. et al. *Intimate Relationships*. New York: McGraw-Hill, 2002.

4.Caine, Barbara. *Biography and History*. Basingstoke: Palgrave Macmillan, 2010.

5.CCJPZ/LRF. *Breaking the Silence, Building True Peace: A Report on the Disturbances in Matabeleland and the Midlands, 1980-1988*. Harare: CCJPZ and LRF, 1997.

6.Chimombo, Steve. *Breaking the Beadstrings*. Zomba: Wasi Publications, 1995.

7.Collins, John Churton (ed.). *Pope's Essay on Criticism*. New York: The Macmillan Company, 1896.

8.Dangarembga, Tsitsi. *Nervous Conditions*. Seattle: Seal Press, 1989.

9.Dirie, Waris. *Desert Flower*. London: Virago, 2001.

10.Duminy, Andrew and Bill Guest. *Natal and Zululand from Earliest Times to 1910: A New History*. Pietermaritzburg: University of Natal Press, 1989.

11.Eagleton, Terry. *The Ideology of the Aesthetic*. Oxford: Blackwell, 1990.

12.Eppel, John. *Absent: The English Teacher*. Harare: Weaver Press, 2009.

13.Fabian, Johannes. *Power and Performance: Ethnographic Explorations Through Proverbial Wisdom and Theatre in Shaba, Zaire*. Madison: University of Wisconsin Press, 1990.

14.Fanon, Frantz. *The Wretched of the Earth*. Trans., Constance Farrington, New York: Grove Press, 1963.

15. Finnegan, Ruth. *Oral Literature in Africa*. Cambridge: Open Book Publishers, 2012.

16. Gilman, Lisa. *The Dance of Politics: Gender, Performance, and Democratization in Malawi*. Philadelphia: Temple University Press, 2009.

17. Grosz, Elizabeth. *Volatile Body: Towards a Corporeal Feminism*. Bloomington: Indiana University Press, 1994.

18. Hunter, Jeffrey W. and Jerry, Moore (eds.). *Black Literature Criticism: Supplement*. Farmington Hills: Gale Research, 1999.

19. Irele, Abiola and Simon, Gikandi (eds.). *The Cambridge History of African and Caribbean Literature (Vol. 2)*. Cambridge: Cambridge University Press, 2004.

20. Jha, G. Shankar. *Current Perspectives in Indian English Literature*. New Delhi: Atlantic Publishers & Distributors (P) Ltd., 2006.

21. Kaunda, Kenneth. *Humanism in Zambia and a Guide to Its Implementation II*. Lusaka: Zambia Information Services, 1974.

22. Kaunda, Kenneth. *Zambia Shall Be Free: An Autobiography*. London: Heinemann, 1962.

23. Kayira, Legson. *Jingala*. New York: Doubleday & Company, Inc., 1969.

24. Kilalea, Rory. "Unfinished Business", in Irene Staunton (ed.). *Writing Now*. Harare: Weaver Press, 2005.

25. Kitshoff, M. C. (ed.). *African Independent Churches Today: Kaleidoscope of Afro-Christianity*. Lewiston, NY: Edwin Mellen, 1996.

26. Kristeva, Julia. *The Kristeva Reader*. New York: Columbia University Press, 1986.

27. Lederach, John Paul. *Building Peace: Sustainable Reconciliation in Divided Society*. Washington D. C.: United States Institute of Peace, 1997.

28. Lessing, Doris. *Going Home*. New York: Harper Perennial, 1996.

29. Lessing, Doris. *The Grass Is Singing*. London: Panther Books, 1980.

30. Lugard, F. D.. *The Dual Mandate in British Tropical Africa*. Edinburgh and London: William Blackwood and Sons, 1922.

31. Mbiti, John. *African Religions and Philosophy*. London: Heinemann, 1990.

32. M'passou, Denis. *A Pig in the Coffin*. Limbe: Popular Publications, 1991.

33. M'passou, Denis. *"We Saw It All": CIMS Observers' Reports*. Nambia: Churches Information and Monitoring Service, 1990.

34.M'passou, Denis. *Murder in the Interest of the Church*. Accra: Asempa Publishers, 1985.

35.MacPherson, Fergus. *Kenneth Kaunda of Zambia: The Times and the Man*. Lusaka: Oxford University Press, 1974.

36.Mapanje, Jack. *The Last of the Sweet Bananas*. Northumberland: Bloodaxe Books Ltd., 2004.

37.Mapanje, Jack. *Of Chameleons and Gods*. Oxford: Heinemann, 1991.

38.Marx, Karl. *The Eighteenth Brumaire of Louis Bonaparte*. Trans., Daniel De Leon, Chicago: Charles H. Kerr & Company, 1907.

39.McGregor, Joann and Primorac, Ranka. *Zimbabwe's New Diaspora: Displacement and the Cultural Politics of Survival*. New York and Oxford: Berghahn Books, 2010.

40.Millett, Kate. *Sexual Politics*. Champaign: University of Illinois Press, 2000.

41.Morris, Colin and Kaunds, Kenneth. *Black Government?*. Lusaka: United Society for Christian Literature, 1960.

42.Morris, Jane (ed.). *Short Writings from Bulawayo II*. Bulawayo: 'amaBooks, 2005.

43.Morrison, Toni. *Beloved*. New York: Alfred A., Knopf, Inc., 1987.

44.Muchemwa, Kizito and Muponde, Robert (eds.). *Manning the Nation: Father Figures in Zimbabwean Literature and Society*. Harare: Weaver Press, 2007.

45.Mulaisho, Dominic. *The Tongue of the Dumb*. London: Heinemann, 1973.

46.Mungoshi, Charles. *The Setting Sun and the Rolling World*. London: William Heniemann Ltd., 1980.

47.Mungoshi, Charles. *Waiting for the Rain*. Harare: Heniemann Educational Books, 1975.

48.National Research Council, Policy and Global Affairs, Cooperation Development, Security. *Lost Crops of Africa: Volume III: Fruits*. Washington D. C.: The National Academies Press, 2008.

49.Ng'ombe, James. *Sugarcane with Salt*. London: Longman Publishing Group, 1989.

50.Ntara, Samuel Yosia. *Headman's Enterprise: An Unexpected Page in Central African History*. Trans., T. Cullen Young, London: Lutterworth Press, 1949.

51.Ntara, Samuel Yosia. *Man of Africa*. Trans., T. Cullen Young, London: The Religious Tract Society, 1934.

52.Olney, James. *Autobiography: Essays Theoretical and Critical*. Princeton, NJ: Princeton University Press, 2014.

53.Onselen, Chibaro van Charles. *African Mine Labour in Southern Rhodesia, 1900-1933*. London:

Pluto Press, 1976.

54. Pettman, Jan. *Zambia—Security and Conflict*. London: Julian Friedmann Publishers Ltd., 1974.

55. Radzik, Linda. *Making Amends: Atonement in Morality, Law, and Politics*. Oxford: Oxford University Press, 2009.

56. Ray, Sangeeta and Schwarz, Henry (eds.). *The Encyclopedia of Postcolonial Studies*. Chichester: John Wiley & Sons, Ltd., 2016.

57. Rheam, Bryony. *This September Sun*. Bulawayo: 'amaBooks, 2009.

58. Roscoe, Adrian. *The Columbia Guide to Central African Literature in English Since 1945*. New York: Columbia University Press, 2007.

59. Ross, Kenneth R. and Wapulumuka, O. Mulwafu (eds.). *Politics, Chrisianity and Society in Malawi*. Mzuzu: Mzuni Press, 2020.

60. Rowe, Margaret Moan. *Women Writers: Doris Lessing*. London: The Macmillan Press Ltd., 1994.

61. Schoffeleers, J. M. and A. A. Roscoe. *Land of Fire: Oral Literature from Malawi*. Limbe: Popular Publications, 1985.

62. Senghor, Léopold Sédar. *Négritude et Civilization de l'Universel*. Paris: Le Seuil, 1977.

63. Serpell, Namwali. *The Old Drift*. New York: Hogarth, 2019.

64. Shafritz, Jay M.. *Words on War: Military Quotations from Ancient Times to the Present*. Upper Saddle River, N. J.: Prentice Hall, 1990.

65. Sielke, Sabine. *Reading Rape: The Rhetoric of Sexual Violence in American Literature and Culture, 1970-1990*. Princeton: Princeton University Press, 2003.

66. Sithole, Ndabaningi. *African Nationalism*. Cape Town: Oxford University Press, 1959.

67. Smith, Kate Darian, Liz Gunner, and Nuttall, Sarah (eds.). *Text, Theory, Space Land, Literature and History in South African and Australia*. London: Routledge, 1996.

68. Sprague, Claire (ed.). *The Pursuit of Doris Lessing: Nine National Reading*. London: Palgrave Macmillan, 1990.

69. Staunton, Irene (ed.). *Laughing Now: New Stories from Zimbabwe*. Harare: Weaver Press, 2007.

70. Stiff, Peter. *Cry Zimbabwe: Independence-Twenty Years on the 1980's Disturbances in Matabeland & the Midlands*. Cape Town: Galago Publishing, 2000.

71. Thiong' O, Ngugi wa. *Decolonizing the Mind: The Politics of Language in African Literature*. Portsmouth: Heinemann, 1986.

72. Thiong' O, Ngugi wa. *Writers in Politics: A Re-engagement with Issues of Literature & Society*. London: Heinemann Educational Books Ltd., 1981.

73. Vera, Yvonne. *The Stone Virgins*. Harare: Weaver Press, 2002.

74. Vera, Yvonne. *Butterfly Burning*. Harare: Baobab Books, 1998.

75. Zimunya, Musaemura. *Those Years of Drought and Hunger*. Gweru: Mambo Press, 1982.

中文著作

1. 阿米娜·玛玛：《面具之外：种族、性别与主体性》，徐佩馨、许成龙译，杭州：浙江工商大学出版社，2018 年。

2. 埃比戈贝里·乔·阿拉戈：《非洲史学实践——非洲史学史》，郑晓霞、王勤、胡皎伟译，上海：上海社会科学院出版社，2016 年。

3. 爱德华·W.萨义德：《东方学》，王宇根译，北京：生活·读书·新知三联书店，2019 年。

4. 艾捷凯尔·姆赫雷雷：《沿着第二大街》，印晓红译，杭州：浙江工商大学出版社，2019 年。

5. 埃里克·吉尔伯特、乔纳森·T.雷诺兹：《非洲史》，黄磷译，海南：海南出版社、三环出版社，2007 年。

6. 鲍秀文、汪琳（主编）：《20 世纪非洲名家名著导论》，杭州：浙江人民出版社，2016 年。

7. 彼得–安德雷·阿尔特：《恶的美学历程：一种浪漫主义解读》，宁瑛、王德峰、钟长盛译，北京：中央编译出版社，2014 年。

8. 柏拉图：《会饮篇》，王太庆译，北京：商务印书馆，2013 年。

9. 布莱恩·拉夫托帕洛斯、A.S.姆拉姆博：《津巴布韦史》，张瑾译，上海：东方出版中心，2013 年。

10. C. S. 霍尔、V.S.诺德贝：《荣格心理学入门》，冯川译，北京：生活·读书·新知三联书店，1987 年。

11. 曹雪芹：《红楼梦》，北京：团结出版社，2015 年。

12. 查尔斯·蒙戈希：《待雨》，文伊、洪怡、晓光等译，上海：上海译文出版社，1986 年。

13. 陈光孚（主编）：《拉丁美洲当代文学评论》，桂林：漓江出版社，1988 年。

14. 陈望道：《修辞学发凡》，上海：上海教育出版社，1997 年。

15. 戴维·洛奇：《小说的艺术》，王峻岩等译，北京：作家出版社，1998 年。

16. 戴维·史密斯、科林·辛普森、伊恩·戴维斯：《杰出的津巴布韦人——穆加贝》，周锡生、吕瑞金译，北京：世界知识出版社，1985 年。

17. 多丽丝·莱辛：《这原是老酋长的国度》，陈星译，南京：南京大学出版社，2008 年。

18. 多丽丝·莱辛：《野草在歌唱》，一蕾译，南京：译林出版社，2008 年。

19. 恩格斯：《家庭、私有制和国家的起源》，中共中央马克思恩格斯列宁斯大林著作编译局编译，北京：人民出版社，2018 年。

20. 弗朗兹·法农：《黑皮肤，白面具》，万冰译，南京：译林出版社，2005 年。

21. 弗朗兹·法农：《全世界受苦的人》，万冰译，南京：译林出版社，2005 年。

22. 郭丹：《先秦两汉史传文学史论》，上海：上海古籍出版社，2014 年。

23. 贺玉高：《霍米·巴巴的杂交性身份理论研究》，北京：中国社会科学出版社，2012 年。

24. 赫伯特·马尔库塞：《单向度的人——发达工业社会意识形态研究》，刘继译，上海：上海译文出版社，2008 年。

25. 贾瓦哈拉尔·尼赫鲁：《尼赫鲁自传》，毕来译，北京：生活·读书·新知三联书店，2014 年。

26. 卡尔·马克思：《资本论》（第一卷），上海：上海人民出版社，2004 年。

27. 李鹏涛：《殖民主义与非洲社会变迁：以英属非洲殖民地为中心（1890—1960 年）》，北京：社会科学文献出版社，2019 年。

28. 理查德·霍尔：《赞比亚》（上册），史毅祖译，北京：商务印书馆，1973 年。

29. 凌建侯：《巴赫金哲学思想与文本分析法》，北京：北京大学出版社，2007 年。

30. 林耀华（主编）：《民族学通论》（修订本），北京：中央民族大学出版社，1997 年。

31. 刘利、纪凌云（译注）：《左传》，北京：中华书局，2007 年。

32. 刘勰：《文心雕龙注释》，周振甫注，北京：人民文学出版社，1981 年。

33. 刘欣中：《金圣叹的小说理论》，石家庄：河北人民出版社，1986 年。

34. 卢敏（主编）：《西方文论思辨教程》，武汉：武汉大学出版社，2018 年。

35. 罗钢、刘象愚（主编）：《后殖民主义文化理论》，北京：中国社会科学出版社，1999 年。

36. 骆玉明：《简明中国文学史》，上海：复旦大学出版社，2004 年。

37. 马丁·路德·金：《马丁·路德·金自传》，马乐梅、张安恩、杨婕译，南昌：江西人民出版社，2009 年。

38. 马克·奥康奈尔、拉杰·艾瑞：《象征符号插图百科》，余世燕译，汕头：汕头大学出版社，2009 年。

39. 马克思、恩格斯：《马克思恩格斯选集》（第一卷），中共中央马克思恩格斯列宁斯大林著作编译局编译，北京：人民出版社，1995 年。

40. 米·安·阿斯图里亚斯：《玉米人》，刘习良、笋季英译，上海：上海译文出版社，2020 年。

41. 木心：《文学回忆录》（第二册），桂林：广西师范大学出版社，2018 年。

42. 纳尔逊·曼德拉：《漫漫自由路：曼德拉自传》，谭振学译，桂林：广西师范大学出版社，2013 年。

43. 奈保尔：《河湾》，方柏林译，南京：译林出版社，2013 年。

44. 聂珍钊：《英国文学的伦理学批评》，武汉：华中师范大学出版社，2007 年。

45. 宁骚（主编）：《非洲黑人文化》，杭州：浙江人民出版社，1993 年。

46. 乔治·莱考夫、马克·约翰逊：《我们赖以生存的隐喻》，何文忠，杭州：浙江大学出版社，2015 年。

47. 任一鸣：《后殖民：批评理论与文学》，北京：外语教学与研究出版社，2008 年。

48. 荣格：《心理学与文学》，冯川、苏克译，北京：生活·读书·新知三联书店，1987 年。

49. 莎伦·布雷姆等：《爱情心理学》，郭辉等译，北京：人民邮电出版社，2010 年。

50. 沈晓雷：《津巴布韦土地改革与政治发展》，北京：社会科学文献出版社，2020 年。

51. 苏联科学院非洲研究所（编）：《非洲史：1918—1967》（下册），上海：上海人民出版社，1974 年。

52. 泰居莫拉·奥拉尼央、阿托·奎森（编）：《非洲文学批评史稿》，姚峰、孙晓萌、汪琳等译，上海：华东师范大学出版社，2020 年。

53. 唐德刚：《史学与文学》，上海：华东师范大学出版社，1999 年。

54. 托·斯·艾略特：《批评批评家·艾略特文集·论文》，李赋宁、杨自伍等译，上海：上海译文出版社，2012 年。

55. 王晓凌：《南太平洋文学史》（修订本），合肥：安徽大学出版社，2006 年。

56. 王岳川：《后殖民主义与新历史主义文论》，济南：山东教育出版社，1999 年。

57. 韦恩·布斯：《小说修辞学》，华明等译，北京：北京联合出版公司，2017 年。

58. 闻一多：《闻一多诗文集》，北京：万卷出版公司，2014 年。

59. 吴晓东：《文学性的命运》，广州：广东人民出版社，2014 年。

60. 西蒙娜·德·波伏瓦：《第二性》，郑克鲁译，上海：上海译文出版社，2014 年。

61. 夏新华、顾荣新（编著）：《列国志·马拉维》，北京：社会科学文献出版社，2015 年。

62. 许慎：《说文解字注》，段玉裁注，上海：上海书店出版社，1992 年。

63. 亚里士多德：《尼各马可伦理学》，廖申白译，北京：商务印书馆，2003 年。

64. 亚历山大·蒲柏：《批评论》，张艾、方慧夏译，北京：中信出版社，2017 年。

65. 廷德尔：《中非史》，陆彤之译，上海：上海人民出版社，1976 年。

66. 杨仁敬等：《新历史主义与美国少数族裔小说》，上海：上海外语教育出版社，2013 年。

67. 杨慎：《升庵诗话笺证》，王仲镛笺证，上海：上海古籍出版社，1987 年。

68. 叶舒宪（选编）：《神话 – 原型批评》，朱国屏、叶舒宪译，西安：陕西师范大学出版社，
    1987 年。

69. 约翰·穆勒：《论自由》，谢祖钧译，郑州：河南文艺出版社，2014 年。

70. 约瑟夫·康拉德：《黑暗之心》，黄雨石译，北京：人民文学出版社，2002 年。

71. 詹姆斯·费伦：《作为修辞的叙事：技巧、读者、伦理、意识形态》，陈永国译，北京：
    北京大学出版社，2002 年。

72. 詹姆斯·乔治·弗雷泽：《金枝》，徐育新、汪培基、张泽石译，北京：大众文艺出版社，
    1998 年。

73. 张晶（主编）：《论审美文化》，北京：北京广播学院出版社，2003 年。

74. 张沛：《隐喻的生命》，北京：北京大学出版社，2004 年。

75. 张新科：《唐前史传文学研究》，西安：西北大学出版社，2000 年。

76. 张政、王赟：《翻译学导论》，北京：清华大学出版社，2018 年。

77. 赵一凡、张中载、李德恩（主编）：《西方文论关键词》，北京：外语教学与研究出版社，
    2006 年。

78. 朱光潜：《朱光潜全集》（第三卷），合肥：安徽教育出版社，1987 年。

79. 朱立元（主编）：《当代西方文艺理论》（第三版），上海：华东师范大学出版社，2014 年。

80. 朱全国、肖艳丽：《诗学隐喻理论及其文学实践》，北京：中国社会科学出版社，2014 年。

81. 朱振武、邓芬：《什么是心理分析理论与批评》，上海：上海外语教育出版社，2012 年。

82. 朱振武：《非洲英语文学的源与流》，上海：上海人民出版社、学林出版社，2019 年。

二、期刊类

外文期刊

1. Alfaro, María. "Intertextuality: Origins and Development of the Concept". *Atlantis*, 1996, 18 (1/2),
    pp. 268-285.

2. B, Pachai. "SAMUEL JOSIAH NTARA: Writer and Historian". *The Society of Malawi Journal*,

1968, 21(2), pp. 60-66.

3. Basu, Biman. "Trapped and Troping: Allegories of the Transitional Intellectual in Tsitsi Dangarembga's *Nervous Conditions*". *Ariel*, 1997, 28 (3), pp.7-24.

4. Chimombo, Steve. "Cracking Knuckles: The Failure of Moral Vision in James Ng'ombe's *Sugarcane with Salt*". *Journal of Humanities*, 1993, 7 (1), pp. 69-77.

5. Chimombo, Steve. "The Chameleon in Lore, Life and Literature—the Poetry of Jack Mapanje". *The Journal of Commonwealth Literature*, 1988, 23 (1), pp. 102-115.

6. Chirambo, Reuben Makayiko. "Protesting Politics of 'Death and Darkness' in Malawi". *Journal of Folklore Research*, 2001, 38 (3), pp. 205-227.

7. Drew Shaw. "Narrating the Zimbabwean Nation: A Conversation with John Eppel". *Scrutiny* 2, 2012, 17 (1), pp.100-111.

8. Fishburn, Katherine. "The Manichean Allegories of Doris Lessing's *The Grass Is Singing*". *Research in African Literatures*, 1994, 25 (4), pp. 1-15.

9. George, M. Rosemary, Helen Scott. "An Interview with Tsitsi Dangaremgba". *Novel*, 1993, 26 (3), pp. 309-319.

10. Gibbs, James. "'Whiskers, Alberto' and the 'Township Lambs'—Towards an Interpretation of Jack Mapanje's Poem 'We Wondered About the Mellow Peaches'". *The Journal of Commonwealth Literature*, 1987, 22 (1), pp. 31-46.

11. Holden, Philip. "Other Modernities: National Autobiography and Globalization". *Biography*, 2005, 28 (1), p. 89.

12. Hooks, Bell. "Transgression". *Paragraph*, 1994, 17 (3), pp. 270-271.

13. Jefferess, David M. "Saying Change in Malawi: Resistance and the Voices of Jack Mapanje and Lucius Banda". *A Review of International English Literature*, 2000, 31 (3), pp. 105-123.

14. Kalua, Fetson. "Reading Protest and Myth in Malawian Literature: 1964-1990s". *Literator: Journal of Literary Criticism, Comparative Linguistics and Literary Studies*, 2016, 37 (1), pp. 1-6.

15. Lazzaeri, Gabriele. "Peripheral Realism and the Bildunsroman in Tsitsi Dangarembga's *Nervous Conditions*". *Research in African Literatures*, 2018, 49 (2), pp. 107-124.

16. Lee, Christopher. "Malawian Literature After Banda and in the Age of AIDS: A Conversation with Steve Chimombo". *Research in African Literatures*, 2010, 41 (3), pp.33-48.

17. Mabura, Lily G. N.. "Black Women Walking Zimbabwe: Refuge and Prospect in the Landscapes

of Yvonne Vera's *The Stone Virgins* and Tsitsi Dangarembga's *Nervous Conditions* and Its Sequel *The Book of Not*". *Research in African Literatures*, 2010, 41 (3), pp. 88-111.

18.Malaba, Mbongeni Z. "Traditional Religion or Christianity? Spiritual Tension in the African Stories of Charles Mungoshi". *Word & World*, 1997, 17 (3), pp. 301-307.

19.Mapanje, Jack. "Leaving No Traces of Censure". *Index on Censorship*, 1997, 26 (5), pp. 71-78.

20.Mapanje, Jack. "Orality and the Memory of Justice". *Leeds African Studies Bulletin*, 1995, 96 (60), pp. 10-22.

21.Mapanje, Jack. "Censoring the African Poem (as given to the Second African Writers' Conference, Stockholm, 1986)". *Index on Censorship*, 1989, 18 (9), pp. 7-11.

22.Marlin, Robert P. "Review of *A Democracy of Chameleons: Politics and Culture in the New Malawi*". *African Affairs*, 2005, 104 (417), pp. 701-713.

23.Masondo, Sibusiso. "The History of African Indigenous Churches in Scholarship". *Journal for the Study of Religion*, 2005, 18 (2), pp.89-103.

24.McFarlane, Alison. "Changing Metaphorical Constructs in the Writing of Jack Mapanje". *Journal of Humanities*, 2002, 16 (1), pp. 1-24.

25.Monk, Joanne. "Cleansing Their Souls: Laundries in Institutions for Fallen Women". *Lilith: A Feminist History Journal*, 1996 (9), pp. 21-32.

26.Moyo, Nathan, Jairos Gonye. "Representations of 'Difficult Knowledge' in a Post-colonial Curriculum: Re-imaging Yvonne Vera's *The Stone Virgins* as a 'Pedagogy of Expiation' in the Zimbabwean Secondary School". *Pedagogy, Culture & Society*, 2015, 23 (3), pp. 467-468.

27.Msiska, Mpalive-Hangson. "Kujoni: South Africa in Malawi's National Imaginary". *Journal of Southern African Studies*, 2017, 43 (5), pp. 1011-1029.

28.Okonkwo, Christopher. "Space Matters: Form and Narrative in Tsitsi Dangarembga's *Nervous Conditions*". *Research in African Literatures*, 2003, 34 (2), pp.53-74.

29.Peltzer, Karl. "Psychosocial Effects in Malawian Returnees". *Psychopathologie Africaine*, 1998, 29 (1), pp. 41-56.

30.Primorac, Ranka. "Zimbabwean Literature: The Importance of Yvonne Vera". *Journal of Southern African Studies*, 2003, 29 (4), pp. 995-1009.

31.Rotberg, Robert I. "Review". *Political Science Quarterly*, 1964, 79 (2), pp. 313-314.

32.Said, Edward W.. "Invention, Memory, and Place". *Critical Inquiry*, 2000, 28 (2), pp. 175-192.

33. Silva, Jose. "African Independent Churches: Origin and Development". *Anthropos*, 1993, 88 (4-6), pp. 393-402.

34. Staunton, Irene. "Publishing for Pleasure in Zimbabwe: The Experience of Weaver Press". *Wasafiri*, 2016, 31 (4), pp. 49-54.

35. Stratton, Florence. "Charles Mungoshi's *Waiting for the Rain*". *Zambezia*, 1986, 13 (2), pp. 11-24.

36. Titlestad, Michael. "Violence and Complicity in Ian Holding's *Unfeeling*". *English Studies in Africa*, 2007, 50 (2), pp. 171-176.

37. Uwakweh, Pauline Ada. "Debunking Patriarchy: The Liberational Quality of Voicing in Tsitsi Dangarembga's *Nervous Conditions*". *Research in African Literatures*, 1995, 26 (1), pp. 75-84.

38. Vail, Leroy and White Landeg. "Of Chameleons and Paramount Chiefs: The Case of the Malawian Poet Jack Mapanje". *Review of African Political Economy*, 1990, 17 (48), pp. 26-49.

39. Watkins, Mark. "A Grammar of Chichewa: A Bantu Language of British Central Africa". *Language Dissertation*, 1937, 24 (4), pp. 5-158.

40. White, Landeg. "The Chattering Wagtails: The Malawian Poet Jack Mapanje Is Interviewed in York by Landeg White About His New Volume of Poems". *Wasafiri*, 1994, 19 (9), pp. 54-57.

41. Zeleza, Paul, "Banishing Words and Stories: Censorship in Banda's Malawi". *Codesria Bulletin*, 1996 (1), pp. 10-21.

中文期刊

1. 段静：《钦努阿·阿契贝长篇小说中的口述性论析》，《当代外国文学》，2017 年第 1 期，第 116—124 页。

2. 郭佳：《从宗教关系史角度解读基督教在非洲的传播过程》，《浙江师范大学学报》（社会科学版），2020 年第 6 期，第 18—24 页。

3. 蒋天平：《〈阿罗史密斯〉中的殖民医学与帝国意识》，《外国文学评论》，2014 年第 1 期，第 33—48 页。

4. 雷雨田：《论基督教的非洲化》，《西亚非洲》，1990 年第 2 期，第 53—58，80 页。

5. 李保平：《南非种族隔离制的理论体系》，《西亚非洲》，1994 年第 3 期，第 18—25 页。

6. 李蓓蕾、谭惠娟：《论美国非裔种族冒充小说的恶作剧叙事》，《外国语文》，2017 年第 5 期，第 36—42 页。

7. 李幡、刘冠合：《人体试验受试者身体权的伦理省思与立法回应》，《医学与哲学》，2020

年第 17 期，第 70—75 页。

8. 李维建：《当代非洲宗教生态》，《世界宗教文化》，2017 年第 3 期，第 32—42 页。

9. 李昕：《黑人传统音乐中的鼓文化研究》，《音乐艺术》（上海音乐学院学报），1999 年第 4 期，第 48—53 页。

10. 李正栓、孙燕：《对莱辛〈野草在歌唱〉的原型阅读》，《当代外国文学》，2009 年第 4 期，第 12—18 页。

11. 娄玉慧：《非洲鼓的"说话"功能及价值体现》，《北方音乐》，2013 年第 10 期，第 41—42 页。

12. 隋立新：《传统宗教文化视阈下的非洲面具艺术》，《艺术科技》，2016 年第 5 期，第 202—204 页。

13. 王东来：《马拉维发展农业的政策与措施》，《西亚非洲》，1988 年第 5 期，第 46—48 页。

14. 汪晓慧：《先锋·异托邦·后人类：中国科幻文学的"可见"与"不可见"——宋明炜〈中国科幻新浪潮〉》，《中国现代文学研究丛刊》，2021 年第 6 期，第 249—258 页。

15. 徐彬：《〈野草在歌唱〉中帝国托拉斯语境下的农场"新"秩序》，《外国文学研究》，2019 年第 5 期，第 101—111 页。

16. 徐薇：《南非非洲独立教会及其对社会与政治的影响——以锡安基督教会为例》，《世界宗教文化》，2019 年第 2 期，第 40—47 页。

17. 杨莉馨：《"身体叙事"的历史文化语境与美学特征——林白、埃莱娜·西苏的对读及其它》，《中国比较文学》，2002 年第 1 期，第 56—68 页。

18. 岳岭：《马拉维——非洲国家发展农业的样板》，《国际展望》，1987 年第 10 期，第 24—25 页。

19. 张健然：《〈磐石上的阴影〉中的食物书写》，《英美文学研究论丛》，上海：上海外语教育出版社，2020 年，第 237—250 页。

20. 张桥贵：《多元宗教和谐与冲突》，《世界宗教研究》，2014 年第 3 期，第 160—164 页。

21. 朱振武、蓝云春：《津巴布韦英语文学的新拓展与新范式》，《上海师范大学学报》（哲学社会科学版），2019 年第 5 期，第 58—67 页。

22. 朱振武、袁俊卿：《流散文学的时代表征及其世界意义——以非洲英语文学为例》，《中国社会科学》，2019 年第 7 期，第 135—158 页。

三、学位论文类

英文学位论文

1.Saxton, Ruth Olsen. Garments of the Mind: Clothing and Appearance in the Fictions of Doris Lessing. Ph. D Diss., University of California, 1986.

2.Simakole, Brutus Mulilo. Political Auto/biography, Nationalist History and National Heritage: The Case of Kenneth Kaunda and Zambia. M. A. Diss., University of the Western Cape, 2012.

中文学位论文

李晓娟：《中国现代小说里的海归人物》，扬州大学硕士学位论文，2007 年。

四、报纸类

宫照华：《米亚·科托：对非洲的最大误解，是把它视为一个整体》，《新京报》，2018 年 8 月 18 日，第 B6 版。

五、网址（电子文献）类

1.Bookshy. "Meet Bryony Rheam", http://www.bookshybooks.com/2013/04/ meet-bryony-rheam. html.

2.Bookshy. "Book Review: Bryony Rheam's '*This September Sun*'", http://www.bookshybooks. com/2013/02/book-review-bryony-rheams-this.html.

3.Breto, Isabel Alonso. "Some Reflections About Barbarism in Africa: An Interview with Jack Mapanje", Jan. 1, 2004, http://www.publicacions.ub.edu/ revistes/bells13/PDF/inter_01.pdf.

4.Christie, Sean. "Eppel's Acid Satire Finds New Purchase in Zim", *Mail and Guardian*, Apr. 5, 2013, https://mg.co.za/article/2013-04-05-00-eppels-acid-satire-finds-new-purchase-in-zim-1.

5.Dan, Kane. "The History of Black Culture Tattoos", http://inkdsoul.com/history-of-african-tattooing-culture/.

6. Face of Malawi. "Reasons of Women Wear Waist Beads", Aug. 6, 2015, https://www.faceofmalawi.com/2015/08/06/reasons-women-wear-waist-beads-chikopamwamuna/.

7. Global Economy, "Malawi: Female to Male Ratio, Students at Tertiary Level Education", https://www.theglobaleconomy.com/Malawi/Female_to_male_ratio_students_tertiary_level_educa/.

8. Machingaidze, Tendai. "All Come to Dust: An Interview with Bryony Rheam", Nov. 8, 2020, https://www.mosioatunyareview.com/post/all-come-to-dust-an-interview-with-bryony-rheam.

9. Manchishi, Xavier. "Zambia: Sata Mourns Mulaisho", *The Times of Zambia (Ndola)*, Jul. 2, 2013, https://allafrica.com/stories/201307030682.html.

10. Marcus, Sharon. "The Places Where Things Blur: Namwali Serpell on *The Old Drift*", *Public Books*, Apr. 19, 2022, https://www.publicbooks.org/the-places-where-things-blur-namwali-serpell-on-the-old-drift/.

11. Mungana, Francis. "BOOK REVIEW from *The Standard*, May 1, 2010", https://www.africanbookscollective.com/books/this-september-sun/francis-mungana-the-standard/at_download/attachment.

12. Reads, Geosi. "Bryony Rheam, Author of *This September Sun* Interview!", https://geosireads.wordpress.com/2011/06/27/bryony-rheam-author-of-this-september-sun-interviewed/.

13. Rushdie, Salman. "A Sweeping Debut About the Roots of Modern Zambia", *The New York Times*, Mar. 28, 2019, https://www.salmanrushdie.com/salman-rush die-reviews-a-sweeping-debut-about-the-roots-of-modern-zambia/.

14. Serpell Namwali. "The Afronaut Archives: Reports from a Future Zambia", *Public Books*, Mar. 28, 2019, https://www.publicbooks.org/the-afronaut-archives-reports-from-a-future-zambia/.

15. Wang, Marry. "Namwali Serpell: 'I Almost Always Find My Errors Productive'", Guernica, Jan. 21, 2020, https://www.guernicamag.com/miscellaneous-files-namwali-serpell/.

16. Young, Louisa. "'People Think the Book Is a Love-letter to Africa, but Really It Is a Love-letter to My Mother': Alexandra Fuller Talks to Louisa Young About Her Acclaimed Memoir of Her African Childhood", *The Guardian*, Mar. 14, 2002, https://www.theguardian.com/world/2002/mar/14/gender.uk.

附 录

本书作家主要作品列表

津巴布韦主要作家作品列表

1. D. E. 博雷尔（D. E. Borrell，1928— ）

1979 年，诗集《一方天空：诗选》（ *A Patch of Sky: Selected Poems* ）

2. N. H. 布雷特尔（N. H. Brettell，1908—1991 ）

1977 年，诗集《季节和假象：诗歌》（ *Season and Pretext: Poems* ）

3. 埃蒙德·奇帕曼加（Edmund Chipamaunga，1938—2019 ）

1983 年，小说《自由战士》（ *A Fighter for Freedom* ）

1998 年，小说《自由的铁链》（ *Chains of Freedom* ）

4. 艾伯特·穆尼奥罗（Albert Munyoro，1968— ）

2019 年，短篇小说集《裂缝和其他短篇故事》（ *Cracks and Other Short Stories* ）

5. 艾伯特·奇米扎（Albert Chimedza，1955— ）

1984 年，诗集《对位》（ *Counterpoint* ）

6. 艾琳·萨巴蒂尼（Irene Sabatini，1967— ）

2009 年，小说《隔壁的男孩》（ *The Boy Next Door* ）

7. 艾琳·斯汤顿（Irene Staunton，n. d. ）

2003 年，访谈《生活的悲剧》（ *A Tragedy of Lives* ）

2005 年，短篇小说集《写在当下：更多津巴布韦故事》（ *Writing Now: More Stories from Zimbabwe* ）

2007 年，短篇小说集《笑在此时：津巴布韦的新故事》（ *Laughing Now: New Stories from Zimbabwe* ）

2008 年，短篇小说集《津巴布韦的女性写作》（ *Women Writing: Zimbabwe* ）

2011 年，短篇小说集《自由写作》（ *Writing Free* ）

2014 年，短篇小说集《书写生活》（ *Writing Lives* ）

8. 安德里亚·埃姆斯（Andrea Eames，1985— ）

2011 年，小说《离鸟的叫声》（ *The Cry of the Go-Away Bird* ）

9. 安德鲁·惠利（Andrew Whaley，1958— ）

1991 年，戏剧《惨败同志的崛起与荣光》（ *The Rise and Shine of Comrade Fiasco* ）

2004 年，小说《被铭记的布伦达》（ *Brenda Remembered* ）

10. 奥利·马努马（Olley Maruma，1953—2010）

2007 年，自传体小说《还乡》（ *Coming Home* ）

11. 巴克尔·凯瑟琳（Buckle Catherine，1957— ）

2001 年，自传《非洲之泪》（ *African Tears* ）

2002 年，自传《超越泪水：津巴布韦悲剧》（ *Beyond Tears: Zimbabwe's Tragedy* ）

2009 年，自传《无辜的受害者》（ *Innocent Victims* ）

2010 年，小说《伊麦尔：诺曼·特拉弗斯的生活与时代》（*Imire: The Life and Times of Norman Travers*）

2013 年，书信集《你能听到那鼓声吗？》（*Can You Hear the Drums?*）

2014 年，书信集《数百万、数十亿、万亿：2005—2009 年间的津巴布韦信件》（*Millions, Billions, Trillions: Letters from Zimbabwe 2005-2009*）

2015 年，自传《像野兔那样酣睡》（*Sleeping Like a Hare*）

2016 年，自传《亲手饲育小象》（*Hand Rearing Baby Elephants*）

2018 年，书信集《当胜利者成了败者：2009—2013 年间来自津巴布韦的信件》（*When Winners Are Losers: Letters from Zimbabwe 2009-2013*）

2018 年，书信集《寻找我们的声音：来自津巴布韦的信件（2013—2017）》（*Finding Our Voices: Letters from Zimbabwe 2013-2017*）

2020 年，自传《幸存的津巴布韦》（*Surviving Zimbabwe*）

12. 布莱昂尼·希姆（Bryony Rheam，1974— ）

2009 年，小说《这个九月的太阳》（*This September Sun*）

2020 年，小说《尘归尘》（*All Come to Dust*）

13. 巴兹尔·迪基（Basil Diki，1971— ）

1982 年，戏剧《我的叔叔格雷·本佐》（*My Uncle Grey Bhonzo*）

2000 年，小说《格拉夫部落》（*The Tribe of Graves*）

2009 年，小说《混乱之王》（*The Lord of Anomy*）

2010 年，小说《福之所依》（*Shrouded Blessings*）

2012 年，小说《两个刽子手，一本绞刑架上的书》（卷一）（*Two Hangmen, One Scaffold Book I*）

2013 年，小说《闪亮的绞刑架》（*Glittering Gallows*）

2013 年，小说《希尔伯尼的灾难》（*The Shirburnian Catastrophe*）

14. 邦加尼·斯班达（Bongani Sibanda，1990— ）

2016 年，短篇小说集《恩典和其他故事》（*Grace and Other Stories*）

15. 彼得·戈德温（Peter Godwin，1957— ）

1996 年，自传《穆基瓦：一位在非洲的白人男孩》（*Mukiwa: A White Boy in Africa*）

1999 年，小说《三个美国人：纽约的新生活》（*The Three of U.S.: A New Life in New York*）

2006 年，自传《鳄鱼食日》（*When a Crocodile Eats the Sun*）

2011 年，纪实文学《恐惧：罗伯特·穆加贝和津巴布韦的殉难》（*The Fear: Robert Mugabe and the Martyrdom of Zimbabwe*）

16. 布莱恩·奇科瓦瓦（Brian Chikwava，1972— ）

2010 年，小说《北哈拉雷》（*Harare North*）

17. 查尔斯·蒙戈希（Charles Mungoshi，1947—2019）

1972 年，短篇小说集《旱季来临》（*Coming of the Dry Season*）

1975 年，小说《待雨》（*Waiting for the Rain*）

1980 年，短篇小说集《某些伤口》（*Some Kinds of Wounds*）

1987 年，短篇小说集《残阳与尘世》（*The Setting Sun and Rolling World*）

1989 年，短篇小说集《绍纳童年故事》（*Stories from a Shona Childhood*）

1991 年，短篇小说集《久远时日：更多绍纳童年故事》（*One Day Long Ago: More Stories from a Shona Childhood*）

1997 年，短篇小说集《步履不停》（*Walking Still*）

1998 年，诗集《送奶工不只送牛奶》（*The Milkman Doesn't Only Deliver Milk*）

2013 年，小说《黑暗中的支流》（*Branching Streams Flow in the Dark*）

18. 查尔斯·萨姆皮尼迪（Charles Samupindi，1961—1993）

1990 年，小说《死亡阵痛：姆布亚·内汉达的审判》（*Death Throes: The Trial of Mbuya Nehanda*）

1992 年，小说《小卒》（*Pawns*）

19. 陈杰莱·霍夫（Chenjerai Hove，1956—2015）

1981 年，诗集《现在，诗人说话了》（*And Now the Poets Speak*）

1982 年，诗集《武装》（*Up in Arms*）

1985 年，诗集《家乡的红山》（*Red Hills of Home*）

1988 年，小说《骨头》（*Bones*）

1991 年，小说《影子》（*Shadows*）

1994 年，散文集《酒馆故事：来自哈拉雷的消息》（*Shebeen Tales: Messages from Harare*）

1996 年，小说《祖先》（*Ancestors*）

1996 年，传记《土地的守护者》（*Guardians of the Soil*）

1997 年，诗集《尘土中的彩虹》（*Rainbows in the Dust*）

2003 年，诗集《盲月》（*Blind Moon*）

2011 年，传记《无家可归者的甜蜜之家：迈阿密回忆录》（*Homeless Sweet Home: A Memoir of Miami*）

20. 大卫·蒙戈希（David Mungoshi，1949—2020）

1987 年，短篇小说集《破碎的梦和其他故事》（*Broken Dream and Other Stories*）

1992 年，小说《墙上的污渍》（*Stains on the Wall*）

2009 年，小说《黯淡的太阳》（*The Fading Sun*）

2017 年，诗集《像艺术家一样生活》（*Live like an Artist*）

21. 丹布佐·马瑞彻拉（Dambudzo Marechera，1952—1987）

1978 年，中短篇小说集《饥饿之屋》（*The House of Hunger*）

1980 年，小说《黑色阳光》（*Black Sunlight*）

1984 年，诗歌、戏剧、散文集《头脑风暴》（*Mindblast or the Definitive Buddy*）

1988 年，随笔集《丹布佐·马瑞彻拉（1952 年 6 月 4 日—1987 年 8 月 18 日）图片、诗歌、散文、致辞》（*Dambudzo Marechera, 4 June 1952-18 August 1987: Pictures, Poems, Prose, Tributes*）

1990 年，小说《黑色心灵》（*The Black Insider*）

1992 年，诗集《心灵墓地》（*Cemetery of Mind*）

1994 年，短篇小说集《铁屑蓝调》（*Scrapiron Blues*）

2015 年，诗歌、小说、戏剧集《精神爆炸》（*Mindblast*）

22. 丹尼尔·曼迪肖纳（Daniel Mandishona，1959—2021）

2009 年，短篇小说集《白色的神，黑色的魔》（*White Gods, Black Demons*）

2018 年，短篇小说集《连接》（*Junction*）

23. 德里克·哈金斯（Derek Huggins，1940—2021）

2005 年，小说《被污染的土地》（*Stained Earth*）

24. 迪克森·A. 蒙加奇（Dickson A. Mungazi，1929—2008）

2002 年，小说《汉巴·昆巴上学记》（*Humba Kumba Goes to School*）

25. 多丽丝·莱辛（Doris Lessing，1919—2013）

1950 年，小说《野草在歌唱》（*The Grass Is Singing*）

1952 年，小说《玛莎·奎斯特》（*Martha Quest*）

1953 年，短篇小说集《五：短篇小说》（*Five: Short Novels*）

1954 年，小说《良缘》（*A Proper Marriage*）

1957 年，随笔《归家》（*Going Home*）

1958 年，小说《暴风雨中的涟漪》（*A Ripple from the Storm*）

1962 年，小说《金色笔记》（*The Golden Notebook*）

1964 年，短篇小说集《非洲故事》（*African Stories*）

1965 年，小说《壅域之中》（*Landlocked*）

1969 年，小说《四门之城》（*The Four-Gated City*）

1973 年，短篇小说集《这原是老酋长的国度》（*This Was the Old Chief's Country*）

1973 年，短篇小说集《太阳在他们脚下》（*The Sun Between Their Feet*）

1974 年，小说《幸存者回忆录》（*The Memoirs of Survivor*）

1975 年，小说《草原日出》（*A Sunrise on the Veld*）

1978 年，短篇小说集《故事集》（*Stories*）

1977 年，小说《轻度蝗灾》（*A Mild Attack of Locusts*）

1992 年，随笔《非洲的笑声：四访津巴布韦》（*African Laughter: Four Visits to Zimbabwe*）

1994 年，自传《刻骨铭心：1949 年前的自传》（*Under My Skin: Volume One of My Autobiography to 1949*）

2009 年，自传《影中独行：成长至今》（*Walking in the Shade: Growing Point*）

26. 恩达巴宁古·塞特洪（Ndabaningi Sithole，1920—2000）

1972 年，纪实文学《一夫多妻制》（*The Polygamist*）

1976 年，纪实文学《索尔兹伯里监狱的来信》（*Letters from Salisbury Prison*）

1978 年，纪实文学《革命之根：津巴布韦斗争场景》（*Roots of a Revolution: Scenes from Zimbabwe's Struggle*）

1991 年，纪实文学《在非洲上空的锤子和镰刀》（*Hammer and Sickle over Africa*）

27. 弗吉尼亚·菲里（Virginia Phiri，1954— ）

2002 年，短篇小说集《孤注一掷》（*Desperate*）

2006 年，小说《命运》(*Destiny*)

2008 年，小说《赞德的探索》(*Exploration of Zander*)

2010 年，小说《公路女王》(*Highway Queen*)

2017 年，小说《灰色天使》(*Grey Angels*)

28. 弗里德姆·尼姆巴亚（Freedom Nyamubaya，1958—2015）

1985 年，诗集《再次启程：津巴布韦解放斗争及战后诗歌》(*On the Road Again: Poems During and After the National Liberation of Zimbabwe*)

1995 年，诗集《黎明的黄昏》(*Dusk of Dawn*)

29. 基齐托·Z. 穆尚瓦（Kizito Z. Muchemwa，1950—）

1978 年，诗集《津巴布韦英语诗歌》(*Zimbabwean Poetry in English*)

30. 加里凯·N. 穆塔萨（Garikai N. Mutasa，1952—）

1985 年，小说《接触》(*The Contact*)

1996 年，中篇小说集《桥：两部中篇小说》(*The Bridge: Two Novellas*)

31. 简·莫里斯（Jane Morris，n. d. ）

2003 年，短篇小说集《布拉瓦约短篇故事》(*Short Writings from Bulawayo*)

2005 年，短篇小说集《布拉瓦约短篇故事（第二辑）》(*Short Writings from Bulawayo II*)

2006 年，短篇小说集《布拉瓦约短篇故事（第三辑）》(*Short Writings from Bulawayo III*)

2009 年，短篇小说、诗集《无声的哭泣：津巴布韦年青声音的回响》(*Silent Cry: Echoes of Young Zimbabwe Voices*)

2011 年，短篇小说集《去向何方》(*Where to Now*)

2014 年，诗集《小朋友及其他故事和诗歌》(*Small Friends and Other Stories and*

Poems）

2017 年，短篇小说集《继续前行和其他津巴布韦故事》（*Moving on and Other Zimbabwean Stories*）

32. 杰弗里·恩德拉拉（Geoffrey Ndhlala，1949— ）

1979 年，小说《吉金雅》（*Jikinya*）

33. 凯·鲍威尔（Kay Powell，1948— ）

2021 年，小说《然后，一阵风起》（*Then a Wind Blew*）

34. 克莱门特·马普夫莫·奇霍塔（Clement Mapfumo Chihota，1950— ）

1999 年，诗集《下一首歌之前及其他诗歌》（*Before the Next Song and Other Poems*）

2000 年，短篇小说集《不再有塑料球》（*No More Plastic Balls*）

35. 克里斯蒂娜·伦加诺（Kristina Rungano，1963— ）

1984 年，诗集《一场风暴正在酝酿：诗歌集》（*A Storm is Brewing: Poems*）

36. 克里斯托弗·米拉拉齐（Christopher Mlalazi，1970— ）

2008 年，短篇小说集《随生活起舞》（*Dancing with Life*）

2012 年，小说《与母亲一同逃跑》（*Running with Mother*）

2014 年，小说《他们来了》（*They Are Coming*）

37. 劳伦·立本格尔格（Lauren Liebengerg，1972— ）

2008 年，小说《花生酱和果酱的诱人美味》（*The Voluptuous Delights of Peanut Butter and Jam*）

38. 劳伦斯·霍巴（Lawrence Hoba，1983— ）

2009 年，短篇小说集《徒步旅行和其他故事》（*The Trek and Other Stories*）

39. 劳伦斯·瓦姆贝（Lawrence Vambe，1917—2019）

1972 年，纪实文学《命途多舛的民族：津巴布韦前后的罗德人》（*An Ill-Fated People: Zimbabwe Before and After Rhodes*）

1976 年，纪实文学《从罗得西亚到津巴布韦》（*From Rhodesia to Zimbabwe*）

40. 罗里·基拉利亚（Rory Kilalea，1951— ）

2009 年，戏剧《连续体和其他剧本》（*In the Continuum and Other Plays*）

41. 马卒加兹·格莫（Mashingaidze Gomo，1964— ）

2010 年，诗集《疯得正好》（*A Fine Madness*）

42. 穆萨穆拉·奇蒙亚（Musaemura Zimunya，1949— ）

1989 年，诗集《秃鹫的命运：非洲新诗》（*The Fate of Vultures: New Poetry of Africa*）

1982 年，诗集《翠鸟、吉金尼亚及其他诗歌》（*Kingfisher, Jikinya and Other Poems*）

1982 年，诗集《思维轨迹》（*Thought Tracks*）

1985 年，诗集《乡村的黎明和城市的灯光》（*Country Dawns and City Lights*）

1990 年，诗集《与生俱来的权利：南部非洲诗歌精选》（*Birthright: Selection of Poems from Southern Africa*）

1993 年，短篇小说集《夜班》（*Nightshift*）

1993 年，诗集《完美的仪态》（*Perfect Poise*）

1995 年，诗集《诗选》（*Selected Poems*）

43. 内万吉·梅丹纳（Nevanji Madanhire，1961— ）

1993 年，小说《山羊的气味》（*Goatsmell*）

1996 年，小说《如果当时风在吹》（*If the Wind Blew*）

44. 尼亚拉佐·米蒂奇拉（Nyaradzo Mtizira，n. d.）

2008 年，《奇木兰加章程》（*The Chimurenga Protocol*）

45. K. 尼亚马亚罗·木夫卡（K. Nyamayaro Mufuka，1940— ）

1993 年，短篇小说集《尊严问题》（*Matters of Dignity*）

1997 年，纪实文学《来自美国的信：一个非洲人对美国文化的看法》（*Letters from America: An African's View of American Culture*）

1999 年，短篇小说集《良心问题》（*Matters of Conscience*）

2000 年，纪实文学《非洲：历史、发展和文化》（*Africa: Essays in History, Development, and Culture*）

2002 年，纪实文学《哭吧，我心爱的津巴布韦》（*Cry My Beloved Zimbabwe*）

2016 年，纪实文学《罗伯特·穆加贝的生活与时代：津巴布韦 1980—2015 年间的历史》（*The Life and Times of Robert Mugabe: History of Zimbabwe 1980-2015*）

46. 诺瓦林特·布拉瓦约（NoViolet Bulawayo，1981— ）

2013 年，小说《我们需要新名字》（*We Need New Names*）

2022 年，小说《荣耀》（*Glory*）

47. 诺维约·图马（Novuyo Tshuma，1988— ）

2018 年，小说《石屋》（*The House of Stone*）

48. 佩蒂纳·加帕（Petina Gappah，1971— ）

2009 年，短篇小说集《东区挽歌》（*An Elegy for Easterly*）

2015 年，小说《记忆之书》（*The Book of Memory*）

2016 年，短篇小说集《罗敦小道》（*Rotten Row*）

2019 年，小说《走出黑暗，光芒闪耀》（*Out of Darkness, Shining Light*）

49. 奇奇·V. 修门阳伽－菲里（Tsitsi V. Himunyanga-Phiri，1950— ）

1992 年，小说《遗产》（*The Legacy*）

2007 年，小说《跟随精神指引的方向》（*Follow Where the Spirit Leads*）

2007 年，小说《我的证词：由好邻居祝福的生活》（*My Testimony: A Life Blessed by Good Neighbors*）

2007 年，小说《以法律庆祝婚姻》（*Celebrating Marriage Through the Law*）

50. 齐齐·丹格仁布格（Tsitsi Dangarembga，1959— ）

1985 年，短篇小说集《低语的土地：非洲女性故事集》（*Whispering Land: An Anthology of Stories by African Women*）

1987 年，戏剧《她不再哭泣》（*She No Longer Weeps*）

1988 年，小说《惴惴不安》（*Nervous Conditions*）

2006 年，小说《否定之书》（*The Book of Not*）

2018 年，小说《哀悼之躯》（*This Mournable Body*）

51. 乔治·穆贾贾蒂（George Mujajati，1958— ）

1989 年，戏剧《悲惨的人》（*The Wretched Ones*）

1991 年，戏剧《我的血之雨》（*The Rain of My Blood*）

1993 年，戏剧《胜利》（*Victory*）

1999 年，小说《太阳将会再次升起》（*The Sun Will Rise Again*）

2011 年，小说《别害怕，我的兄弟》（*Fear Not, My Brother*）

52. 塞缪尔·奇姆索罗（Samuel Chimsoro，1949— ）

1978 年，诗集《烟雾与火焰》（*Smoke and Flames*）

1983 年，小说《一切皆有可能》（*Nothing Is Impossible*）

53. 莎莫·奇诺迪亚（Shimmer Chinodya，1957— ）

1982 年，小说《晨露》（*Dew in the Morning*）

1984 年，小说《法莱的女儿们》（*Farai's Girls*）

1985 年，小说《战争之子》（*Child of War*）

1989 年，小说《收获荆棘》（*Harvest of Thorns*）

1998 年，短篇小说集《我们能说话吗及其他故事》（*Can We Talk and Other Stories*）

2004 年，中篇小说《塔马丽的故事》（*Tale of Tamari*）

2005 年，小说《傻瓜主席》（*Chairman of Fools*）

2006 年，小说《冲突》（*Strife*）

2011 年，中篇小说《丁多的追寻》（*Tindo's Quest*）

2012 年，短篇小说集《奇奥尼索和其他故事》（*Chioniso and Other Stories*）

54. 史蒂芬·奇夫斯（Stephen Chifunyise，1949—2019）

2018 年，戏剧《哦，我的祖父》（*Oh My Grandfather*）

55. 斯宾塞·S. M. 提佐拉（Spencer S. M. Tizora，1945— ）

1985 年，小说《十字路口》（*Crossroads*）

56. 斯蒂芬·姆波夫（Stephen Mpofu，1955— ）

1984 年，短篇小说集《地平线上的阴影》（*Shadows on the Horizon*）

1996 年，小说《赞比西河静静流淌》（*Zambezi Waters Run Still*）

2012 年，小说《顶端的造物》（*Creatures at the Top*）

57. 斯坦莱克·萨姆康戈（Stanlake Samkange，1922—1988）

1966 年，小说《我为我的祖国受审》（*On Trial for My Country*）

1975 年，小说《被哀悼者》（*The Mourned One*）

1978 年，小说《起义年代》（*Year of the Uprising*）

1985 年，小说《在那群美国佬中》（*Among Them Yanks*）

1986 年，小说《对单方面独立宣言的审判》（*On Trial for That UDI*）

58. 斯坦利·尼亚姆富库达扎（Stanley Nyamfukudza，1951— ）

1980 年，小说《无信仰者的旅途》（*The Non-Believer's Journey*）

1983 年，短篇小说集《后果》（*Aftermaths*）

1991 年，短篇小说集《如果上帝是女性：一部短篇小说集》（*If God Was a Woman: A Collection of Short Stories*）

59. 所罗门·M. 穆特斯瓦罗（Solomon M. Mutswairo，1924—2005）

1974 年，诗歌、散文集《津巴布韦：散文和诗歌》（*Zimbabwe: Prose and Poetry*）

1978 年，小说《马鹏德拉：津巴布韦士兵》（*Mapondera: Soldier of Zimbabwe*）

1983 年，小说《查米努卡：津巴布韦先知》（*Chaminuka: Prophet of Zimbabwe*）

60. 泰特斯·莫特萨比（Titus Moetsabi，1963— ）

1992 年，诗集《水果和其他诗歌》（*Fruits and Other Poems*）

1999 年，诗集《命定的变迁》（*Fated Changes*）

2012 年，诗集《并不温柔的触摸：源自被囚禁的爱的壁炉中的诗》（*Ungentle Touch: Poems from the Fireplace of Arrested Love*）

61. 藤岱·胡楚（Tendai Huchu，1982— ）

2010 年，小说《哈拉雷的美发师》（*The Hairdresser of Harare*）

2014 年，小说《音乐大师、地方法官和数学家》（*The Maestro, the Magistrate and*

the Mathematician）

2021 年，小说《亡灵的图书馆》（*The Library of the Dead*）

2022 年，小说《我们的怪病女士》（*Our Lady of Mysterious Ailments*）

2023 年，小说《邓伟根城堡奇案》（*The Mystery at Dunvegan Castle*）

62. 瓦莱丽·塔戈韦拉（Valerie Tagwira，n. d.）

2006 年，小说《不确定的希望》（*The Uncertainty of Hope*）

63. 旺德·古楚（Wonder Guchu，1969—）

2005 年，小说《高密度生活的草图》（*Sketches of High Density Life*）

2007 年，小说《我的孩子，我的家》（*My Children, My Home*）

2019 年，散文集《众神睡过了一切：散文集》（*The Gods Sleep Through It All: A Collection of Essays*）

64. 威尔逊·卡蒂约（Wilson Katiyo，1947—2003）

1976 年，小说《土地之子》（*A Son of the Soil*）

1979 年，小说《前往天堂》（*Going to Heaven*）

2011 年，小说《齐加》（*Tsiga*）

65. 威廉·西迪（William Saidi，1937—2017）

1978 年，小说《绞刑》（*The Hanging*）

1988 年，小说《贫民区的生活》（*The Old Bricks Lives*）

1991 年，小说《狒狒的幸运日》（*Day of the Baboons*）

1992 年，小说《查提玛路的兄弟》（*The Brothers of Chatima Road*）

2005 年，纪实文学《津巴布韦的愿景》（*Visions of Zimbabwe*）

2011 年，自传《记者生涯》（*A Sort of Life in Journalism*）

66. 威姆·博斯温克尔（Wim Boswinkel，1947— ）

1997 年，短篇小说集《艾丽娜：不可思议的非洲故事》（*Erina: The Unbelievable Story from Africa*）

67. 休·芬恩（Hugh Finn，1925— ）

1997 年，诗集《日光浴者和其他诗歌》（*The Sunbathers and Other Poems*）

68. 亚历山大·富勒（Alexander Fuller，1969— ）

2004 年，回忆录《猫咪涂鸦：和一名非洲士兵一起旅行》（*Scribbling the Cat: Travels with an African Soldier*）

2011 年，回忆录《遗忘树下的鸡尾酒时间》（*Cocktail Hour Under the Tree of Forgetfulness*）

2015 年，回忆录《今夜不要每况愈下：非洲童年故事》（*Don't Let's Go to the Dogs Tonight: An African Childhood*）

2017 年，回忆录《降雨前离开》（*Leaving Before the Rains Come*）

69. 亚历山大·卡南戈尼（Alexander Kanengoni，1951— ）

1983 年，小说《恶性循环》（*Vicious Circle*）

1987 年，小说《雨鸟哭泣时》（*When the Rainbird Cries*）

1993 年，短篇小说集《毫不费力的眼泪》（*Effortless Tears*）

1997 年，小说《沉默回响》（*Echoing Silences*）

70. 亚瑟·希利·克里普斯（Arthur Shearly Cripps，1869—1952）

1890 年，诗集《桃花心木：诗集》（*Primavera: Poems*）

1900 年，诗集《泰坦尼亚和其他诗歌》（*Titania and Other Poems*）

1901 年，诗集《黑基督》（*The Black Christ*）

1902 年，诗集《乔纳森：大卫之歌》（*Jonathan: A Song of David*）

1910 年，小说《他们两个在一起：当代非洲故事》（*The Two of Them Together: A Tale About Africa To-Day*）

1910 年，短篇小说集《荒凉的仙境：非洲故事》（*Faerylands Forlorn: African Tales*）

1911 年，小说《沉思的土地：马绍纳兰故事》（*The Brooding Earth: A Story of Mashonaland*）

1911 年，诗集《劳拉福音：来自马绍纳兰传教士的诗歌》（*Lyra Evangelistica: Missionary Verses of Mashonaland*）

1912 年，诗集《恩典的朝圣》（*Pilgrimage of Grace*）

1913 年，小说《月桂树之乡：马绍纳兰故事》（*Bay-Tree Country: A Story of Mashonaland*）

1915 年，小说《殉道者的仆人：约翰·肯特的故事（1553—1563）》（*A Martyr's Servant: The Tale of John Kent, AD 1553-1563*）

1916 年，小说《殉道者的继承人：约翰·肯特的故事》（*A Martyr's Heir: The Tale of John Kent*）

1916 年，诗集《朝圣者之乐诗》（*Pilgrim's Joy Verses*）

1917 年，诗集《湖泊和战争：非洲水土之诗》（*Lake and War: African Land and Water Verses*）

1918 年，短篇小说集《南方的灰姑娘：南部非洲故事集》（*Cinderella in the South: South African Tales*）

1920 年，纪实文学《萨比保留地：南罗得西亚本土问题》（*The Sabi Reserve: A Southern Rhodesia Native Problem*）

1927 年，纪实文学《非洲人的非洲：为隔离区和南部非洲殖民地人民自由的请愿》（*An Africa for Africans: A Plea on Behalf of Territorial Segregation Areas and Their Freedom in a Southern African Colony*）

1928 年，小说《狮人：复活节的故事》（*Lion Man: An Easter Tale*）

1928 年，小说《圣·佩尔佩图亚：非洲的殉道者》（*Saint Perpetua: Martyr of*

Africa）

1928 年，小说《查米努卡：上帝教导的人》（*Chaminuka: The Man Whom God Taught*）

1928 年，小说《一切非洲人》（*Africans All*）

1935 年，诗集《来自非洲的圣诞颂歌》（*Carols of Christmastide from Africa*）

1939 年，诗集《非洲诗歌》（*Africa: Verses*）

71. 伊恩·道格拉斯·史密斯（Ian Douglas Smith，1919—2007）

1997 年，自传《大背叛：伊恩·道格拉斯·史密斯的回忆录》（*The Great Betrayal: The Memoirs of Ian Douglas Smith*）

2001 年，自传《苦涩的收获：大背叛及其恶果》（*Bitter Harvest: The Great Betrayal and the Dreadful Aftermath*）

72. 伊恩·霍尔丁（Ian Holding，1978— ）

2005 年，小说《无动于衷》（*Unfeeling*）

2010 年，小说《野兽与众生》（*Of Beasts and Beings*）

73. 依温妮·维拉（Yvonne Vera，1964—2005）

1992 年，短篇小说集《你为什么不刻其他动物》（*Why Don't You Carve Other Animals*）

1994 年，小说《无名》（*Without a Name*）

1996 年，小说《无言》（*Under the Tongue*）

1998 年，小说《蝴蝶燃烧》（*Butterfly Burning*）

1999 年，短篇小说集《开放空间：当代非洲女作家作品选》（*Opening Spaces: An Anthology of Contemporary African Women's Writing*）

2002 年，小说《石女》（*The Stone Virgins*）

74. 约翰·埃佩尔（John Eppel，1947— ）

1989 年，诗集《战利品》（*Spoils of War*）

1992 年，小说《D. G. G. 贝里的大北路》（*D. G .G. Berry's the Great North Road*）

1994 年，小说《长颈鹿人》（*The Giraffe Man*）

1995 年，诗集《马塔贝莱奏鸣曲》（*Sonata for Matabeleland*）

2001 年，诗集《诗选：1965—1995》（*Selected Poems 1965-1995*）

2001 年，小说《熟番茄的诅咒》（*The Curse of the Ripe Tomato*）

2002 年，小说《神圣的无辜者》（*The Holy Innocents*）

2004 年，短篇小说集《科伦·鲍恩的卡卢索及其他故事》（*The Caruso of Collen Bawn and Other Short Writings*）

2005 年，诗集《我的祖国教会我的歌谣》（*Songs My Country Taught Me*）

2007 年，诗歌、短篇小说集《爬行的白人》（*White Man Crawling*）

2009 年，小说《缺席了，英语教师》（*Absent: The English Teacher*）

2014 年，小说《和谐》（*Textures*）

2016 年，诗集《内陆之地》（*Landlocked*）

2018 年，短篇小说集《行走的白人》（*White Man Walking*）

2019 年，小说《曾爱露营的男孩》（*The Boy Who Loved Camping*）

75. 约书亚·穆卡布科·恩科莫（Joshua Mqabuko Nkomo，1917—1999 ）

1984 年，自传《恩科莫：我的一生》（*Nkomo: The Story of My Life*）

76. 朱利叶斯·金戈诺（Julius Chingono，1946—2011 ）

2006 年，诗歌、短篇小说集《并非全新的一天》（*Not Another Day*）

2011 年，诗歌、短篇小说集《携手：短篇小说和诗歌》（*Together: Stories and Poems*）

马拉维主要作家作品列表

1. 戴尼斯·姆帕索（Denis M'passou，1935— ）

1973 年，小说《鬣狗的尾巴》（*The Hyena's Tail*）

1973 年，小说《猴子先生，洗洗手》（*Wash Your Hands, Mr. Monkey*）

1985 年，小说《为了教会的利益而谋杀》（*Murder in the Interest of the Church*）

1991 年，小说《棺材里的猪》（*A Pig in the Coffin*）

1994 年，小说《死者的签名》（*Dead Man's Signature*）

2. 奥伯利·卡青维（Aubrey Kachingwe，1926— ）

1966 年，小说《绝非易事》（*No Easy Task*）

3. 奥伯利·卡里特拉（Aubrey Kalitera，1948—2014）

1976 年，小说《经商的滋味》（*A Taste of Business*）

1979 年，小说《囚犯的信》（*A Prisoner's Letter*）

1982 年，小说《为什么，父亲？为什么？》（*Why Father Why?*）

1983 年，小说《母亲，为什么母亲？》（*Mother Why mother?*）

1983 年，小说《为什么儿子？为什么？》（*Why Son Why?*）

1983 年，小说《女儿，为什么女儿？》（*Daughter Why Daughter?*）

1984 年，小说《她在我的床上逝去》（*She Died in My Bed*）

1984 年，小说《命运》（*Fate*）

4. 蒂德·坎贡多（Dede Kamkondo，1957—2006）

1976 年，小说《无辜的男孩》（*Innocent Boy*）

1980 年，小说《空位》（*The Vacant Seat*）

1986 年，小说《真相终将揭晓》（*Truth Will Out*）

1987 年，小说《湖中的孩子》（*The Children of the Lake*）

1988 年，小说《家庭秘密》(*The Family Secret*)

1989 年，小说《为了生存》(*For the Living*)

5. 克里斯·坎龙格拉（Chris Kamlongera，1949—2016）

1976 年，戏剧《爱药》(*Love Potion*)

1976 年，戏剧《墓地》(*Graveyards*)

6. 乔治·坎严戈（George Kayange，n. d.）

2002 年，小说《出去走走》(*Gone for a Walk*)

7. B. M. C. 卡伊拉（B. M. C. Kayira，n. d.）

1997 年，小说《丛林的颤抖》(*Tremors of the Jungle*)

8. 莱格森·卡伊拉（Legson Kayira，1942—2012）

1965 年，小说《我将一试》(*I Will Try*)

1969 年，小说《金加拉》(*Jingala*)

1970 年，小说《幽暗的影子》(*The Looming Shadow*)

1971 年，小说《公务员》(*The Civil Servant*)

1974 年，小说《被拘留者》(*The Detainee*)

9. 肯·利朋加（Ken Lipenga，1952—）

1981 年，短篇小说集《等待转机》(*Waiting for a Turn*)

1990 年，诗集《挥之不去的风：马拉维新诗》(*The Haunting Wind: New Poetry from Malawi*)

1994 年，诗集《未唱之歌》(*The Unsung Song*)

10. 约翰·勒旺达（John Lwanda，1949— ）

1994 年，小说《第二次丰收》（*The Second Harvest*）

11. 杰克·马潘杰（Jack Mapanje，1944— ）

1981 年，诗集《变色龙与神》（*Of Chameleons and Gods*）

1993 年，诗集《弥库尤监狱，鹡鸰高鸣》（*The Chattering Wagtails of Mikuyu Prison*）

1998 年，诗集《无索而跃》（*Skipping Without Ropes*）

2004 年，诗集《最后一支甜香蕉》（*The Last of the Sweet Bananas*）

2007 年，诗集《纳隆伽的野兽》（*Beasts of Nalunga*）

2016 年，诗集《来自祖父的问候》（*Greetings from Grandpa*）

12. 塞缪尔·恩塔拉（Samuel Yosia Ntara，1905—1979）

1932 年，传记《恩松多》（*Nthondo*）

1934 年，小说《非洲之子》（*Man of Africa*）

1949 年，小说《头人的事业》（*Headman's Enterprise*）

1949 年，小说《非洲之女》（*Woman of Africa*）

13. 夏德瑞克·希科蒂（Shadreck Chikoti，1979— ）

2015 年，小说《阿宙图斯王国》（*Azotus: The Kingdom*）

14. 穆提·恩勒玛（Muthi Nhlema，1980— ）

2015 年，小说《塔·奥里法》（*Ta O'reva*）

15. 爱卡莉·姆博杜拉（Ekari Mbvundula，1987— ）

2015 年，小说《蒙塔格的最后一个发明》（*Montague's Last*）

16. 萨巴力卡瓦·姆弗纳（Sambalikagwa Mvona，1958— ）

2002 年，小说《特殊文件》（*The Special Document*）

17. 塞缪尔·姆帕苏（Samuel Mpasu，1945—2018）

1975 年，小说《无友之人》（*Nobody's Friend*）

1995 年，传记《政治囚徒：马拉维的班达博士的 3/75》（*Political Prisoner: 3/75 of Dr. H. Kamuzu Banda of Malawi*）

2014 年，民间故事集《兔子及其他民间故事》（*The Hare and Other Folktales*）

18. 斯蒂夫·奇蒙博（Steve Chimombo，1945—2015）

1975 年，剧本《造雨者》（*The Rainmaker*）

1978 年，戏剧《收获》（*The Harvests*）

1978 年，戏剧《蝗虫》（*The Locusts*）

1987 年，诗集《拿魄罗之诗》（*Napolo Poems*）

1990 年，小说《篮子女孩》（*The Basket Girl*）

1992 年，诗集《蟒蛇！蟒蛇！一首史诗》（*Python! Python! An Epic Poem*）

1995 年，诗集《断珠弦》（*Breaking the Beadstrings*）

2000 年，小说《愤怒的拿魄罗》（*The Wrath of Napolo*）

2006 年，短篇小说集《身披黑暗的鬣狗》（*The Hyena Wears Darkness*）

19. 保罗·泽勒扎（Paul Zeleza，1955— ）

1976 年，短篇小说集《黑暗之夜与其他故事》（*Night of Darkness and Other Stories*）

1992 年，小说《闷烧的木炭》（*Smouldering Charcoal*）

20. 詹姆斯·恩戈贝（James Ng'ombe，1949— ）

1989 年，小说《咸味的甘蔗》（*Sugarcane with Salt*）

1996 年，小说《马达拉的孩子们》(*Madala's Children*)

2005 年，小说《马达拉的孙辈们》(*Madala's Grandchildren*)

21. 囡纳森特·班达（Innocent Banda，1948— ）

1969 年，戏剧《荒年》(*The Lean Years*)

1976 年，戏剧《仁慈的主》(*Lord Have Mercy*)

1976 年，戏剧《裂缝》(*Cracks*)

22. 弗兰克·奇帕苏拉（Frank Chipasula，1949— ）

1984 年，诗集《噢，大地，等等我》(*O Earth, Wait for Me*)

1986 年，诗集《守夜人，夜歌》(*Nightwatcher, Night Song*)

1991 年，诗集《翼中低语》(*Whispers in the Wings*)

23. 亨利·奇彭别尔（Henry Chipembere，1930—1975）

2001 年，传记《国家英雄：马拉维的奇彭别尔》(*Hero of the Nation: Chipembere of Malawi*)

24. 小杜·奇希扎（Du Chisiza, Jr，1963—1999）

1990 年，戏剧《小杜·奇希扎经典戏剧》(*Du Chisiza Jr's Classics*)

1992 年，戏剧《心里的赤脚及其他戏剧》(*Barefoot in the Heart and Other Plays*)

1998 年，戏剧《民主大道及其他戏剧》(*Democracy Boulevard and Other Plays*)

1998 年，戏剧《夏天的风》(*De Summer Blow and Other Plays*)

25. 坎亚玛·丘姆（Kanyama Chiume，1929—2007）

1975 年，传记《坎亚玛·丘姆的自传》(*Autobiography of Kanyama Chiume*)

1978 年，小说《非洲大洪水》(*The African Deluge*)

26. 弗朗西斯·莫托（Francis Moto，1952— ）

1994 年，诗集《凝望夕阳》（*Gazing at the Setting Sun*）

2001 年，著作《马拉维文学新动向》（*Trends in Malawian Literature*）

27. 阿尔弗雷德·姆萨达拉（Alfred Msadala，1956— ）

1996 年，诗集《往事》（*Reminiscence*）

2000 年，诗集《我们忘记了奥西》（*We Lost Track of Ausi*）

2002 年，短篇小说集《邻居之妻》（*Neighbour's Wife*）

28. 爱迪生·姆菲纳（Edison Mpina，1948—2001）

1991 年，小说《通向死亡的小径》（*The Low Road to Death*）

1991 年，小说《自由大道》（*Freedom Avenue*）

29. 卢彭伽·姆潘德（Lupenga Mphande，1947— ）

1998 年，诗集《午夜的碎裂声》（*Crackle at Midnight*）

2011 年，诗集《遗忘的讯息》（*Messages Left Behind*）

2015 年，诗集《万物循环》（*Things Circular*）

30. 安东尼·纳宗贝（Anthony Nazombe，1955— ）

2004 年，诗集《行动与泪水：马拉维诗歌新选》（*Operations and Tears: A New Anthology of Malawian Poetry*）

31. 戴斯蒙德·菲利（Desmond D. Phiri，1931—2019）

1972 年，戏剧《酋长的新娘》（*The Chief's Bride*）

1999 年，传记《让我们为非洲而亡：从非洲视角看尼亚萨兰德的约翰·奇兰布韦的一生》（*Let Us Die for Africa: An African Perspective on the Life and*

Death of John Chilembwe of Nyasaland）

2004 年，历史专著《马拉维历史：从早期到 1915》（*History of Malawi: From Earliest Times to the Year 1915*）

32. 大卫·鲁巴迪里（David Rubadiri，1930—2018）

1965 年，戏剧《来喝茶》（*Come to Tea*）

1967 年，小说《无需彩礼》（*No Bride Price*）

1989 年，诗集《伴诗成长：中学生诗选》（*Growing Up with Poetry: An Anthology for Secondary Schools*）

2004 年，诗集《非洲风暴及其他诗歌》（*An African Thunderstorm & Other Poems*）

33. 罗伊·萨戈亚（Roy Sagonja，1953—）

2001 年，短篇小说集《惊恐之夜》（*Night of Tremor*）

2002 年，儿童小说《烈火英雄》（*Heroes Under Fire*）

赞比亚主要作家作品列表

1. 艾伦·班达－阿库（Ellen Banda-Aaku，1965—）

2004 年，儿童文学《万迪的细小声音》（*Wandi's Little Voices*）

2007 年，小说《苏兹的盒子》（*Sozi's Box*）

2008 年，儿童文学《你的忠实信徒》（*Yours Faithfully Yogi*）

2010 年，儿童文学《十二个月》（*Twelve Months*）

2011 年，小说《拼缀物》（*Patchwork*）

2016 年，小说《第一夫人》（*Madam 1st Lady*）

2. 安德里亚·马西耶（Andreya Masiye，1922— ）

1971 年，小说《黎明之前》（*Before Dawn*）

1973 年，戏剧《卡泽姆贝王国》（*The Lands of Kazembe*）

1977 年，自传《为自由而唱》（*Singing for Freedom*）

3. 宾维尔·森扬威（Binwell Sinyangwe，1956— ）

1993 年，小说《欲望的羽毛》（*Quills of Desire*）

2000 年，小说《一线希望》（*A Cowrie of Hope*）

4. 大卫·古特曼（David Gutman，n. d.）

1974 年，诗集《借他人之眼》（*Through Other Eyes*）

5. 多米尼克·穆莱索（Dominic Mulaisho，1933—2013）

1971 年，小说《哑巴的舌头》（*The Tongue of the Dumb*）

1979 年，小说《响亮的烟雾》（*The Smoke That Thunders*）

6. 福旺扬加·穆里吉塔（Fwanyanga M. Mulikita，1928—1998）

1968 年，短篇小说集《无法重来的时刻》（*A Point of No Return*）

1971 年，戏剧《恰卡·祖鲁》（*Shaka Zulu*）

1975 年，儿童故事集《聪明的傻瓜及其他故事》（*The Wise Fool and Other Stories*）

7. 费尔德·路威（Field Ruwe，1955— ）

2003 年，小说《晕染的颜色》（*Dyeing of Colors*）

2004 年，小说《冲积反射》（*Alluvial Reflections*）

2007 年，小说《珍珠门：费沙·巴渝的尝试和磨难》（*Pearly Gates: Trials and Tribulations of Fisha Bayu*）

2017 年，小说《皇冠上的珠宝》（*Crown Jewels*）

8. 弗雷德·森伊扎（Friday Sinyiza，1972— ）

2001 年，小说《真爱罕见》（*True Love Is Scarce*）

9. 戈德夫利·卡索马（Kabwe G. Kasoma，1950— ）

1976 年，戏剧《傻瓜结婚》（*The Fools Marry*）

1976 年，戏剧《黑曼巴 2 号》（*Black Mamba Two*）

10. 格里夫·西巴莱（Grieve Sibale，1952—2012）

1979 年，小说《两个世界之间》（*Between Two Worlds*）

1998 年，小说《森林中的谋杀》（*Murder in the Forest*）

2006 年，小说《衍生品之舞》（*The Dance of the Derivatives*）

2008 年，小说《阳光下的土地》（*The Land in the Sun*）

2011 年，小说《未来已来》（*The Future Has Arrived*）

11. 汉妮莉·祖鲁（Hannelie Zulu，1964— ）

2002 年，小说《谈判之血》（*Negotiating Blood*）

12. 肯尼思·卡翁达（Kenneth Kaunda，1924—2021）

1962 年，自传《赞比亚必将获得自由》（*Zambia Shall Be Free*）

13. 肯尼思·康恩德（Kenneth Kangende，1953— ）

2000 年，短篇小说集《夜语》（*Night Whispers*）

2001 年，神话传说《赞比亚神话和荒原传说》（*Zambian Myths and Legends of the Wild*）

14. 基甸·菲里（Gideon Phiri，1942— ）

1973 年，小说《痒的感觉》（*Ticklish Sensation*）

1974 年，小说《命运的受害者》（*Victims of Fate*）

15. 马索托·菲里（Masautso Phiri，1945— ）

1979 年，戏剧《索韦托：鲜花即将盛开》（*Soweto: Flowers Will Grow*）

16. 蒙代尔·西弗尼索（Monde Sifuniso，1944— ）

2000 年，短篇小说集《关于日常问题的短篇小说集》（*A Collection of Short Stories on Everyday Problems*）

17. 齐齐·汉姆扬加 – 菲里（Tsitsi Himunyanga-Phiri，1950— ）

1992 年，小说《遗产》（*The Legacy*）

18. 兰巴·瓦 – 卡巴卡（Lyamba Wa Kabika，1955— ）

1983 年，诗集《在泪流中游泳》（*Swimming in Floods of Tears*）

19. 纳姆瓦利·瑟佩尔（Namwali Serpell，1980— ）

2008 年，文学批评著作《不确定性的伦理：20 世纪美国文学解读》（*The Ethics of Uncertainty: Reading Twentieth-century American Literature*）

2014 年，文学批评著作《不确定的七种模式》（*Seven Modes of Uncertainty*）

2016 年，小说《双重人格》（*Double Man*）

2019 年，小说《古老的漂流》（*The Old Drift*）

2022 年，小说《沟壑》（*The Furrows*）

20. 潘图·塞穆克（Patu Simoko，1951— ）

1974 年，诗集《黏土制成的非洲》（*Africa Is Made of Clay*）

1982 年，诗集《为什么欠发达》（*Why Underdevelopment*）

21. 塞特瓦拉·恩蒙达（Sitwala Imenda，1952— ）

1994 年，小说《未婚之妻》（*Unmarried Wife*）

2004 年，小说《祖父的上帝》(*My Grandfather's God*)

2004 年，小说《跳舞的老鼠及其他非洲民间故事》(*Dancing Mice and Other African Folktales*)

22. 斯托姆·本杰亚莫约(Storm Banjayomoyo，1956—)

1979 年，小说《索菲亚》(*Sofiya*)

23. 威廉·西穆克瓦沙(William Simukase，n. d.)

1979 年，小说《政变》(*Coup*)

24. 韦尔伯·史密斯(Wilbur Smith，1933—2021)

1968 年，小说《黑暗烈日》(*The Dark of the Sun*)

1968 年，小说《向魔鬼呼喊》(*Shout at the Devil*)

1976 年，小说《老虎的那只眼》(*The Eye of the Tiger*)

1990 年，小说《死亡之际》(*A Time to Die*)

1992 年，小说《大象之歌》(*Elephant Song*)

2003 年，小说《蓝色海平线》(*Blue Horizon*)

2004 年，小说《太阳的凯旋》(*The Triumph of the Sun*)

25. 赞比亚女性作家协会(Zambia Women Writers Association)

1997 年，短篇小说集《一颗女人心：赞比亚短篇小说集》(*The Heart of a Woman: Short Stories from Zambia*)

2000 年，短篇小说集《窃听：有关日常问题短篇故事集》(*Eavesdropping: A Collection of Short Stories on Everyday Problems*)